NORA ELIAS

Königsberg

Bewegte Jahre

GOLDMANN
Lesen erleben

Informationen zu Nora Elias sowie zu weiteren Titeln der Autorin finden Sie am Ende des Buches.

Nora Elias

Königsberg
Bewegte Jahre

Roman

GOLDMANN

Sollte diese Publikation Links auf Webseiten Dritter enthalten, so übernehmen wir für deren Inhalte keine Haftung, da wir uns diese nicht zu eigen machen, sondern lediglich auf deren Stand zum Zeitpunkt der Erstveröffentlichung verweisen.

Dieses Buch ist auch als E-Book erhältlich.

MIX
Papier aus verantwortungsvollen Quellen
FSC® C014496

Verlagsgruppe Random House FSC® N001967

1. Auflage
Originalausgabe Juli 2019

Dieses Werk wurde vermittelt durch die Literarische Agentur
Thomas Schlück GmbH, 30161 Hannover
Umschlaggestaltung: UNO Werbeagentur München
Umschlagfoto: © Arcangel / Yolande de Kort; FinePic®, München;
mauritius images / Manfred Mehlig;
Richard Jenkins Photography
Redaktion: Regine Weisbrod
BH · Herstellung: kw
Satz: Uhl + Massopust, Aalen
Druck und Bindung: GGP Media GmbH, Pößneck
Printed in Germany
ISBN: 978-3-442-48930-5
www.goldmann-verlag.de

Besuchen Sie den Goldmann Verlag im Netz

Teil 1

1904–1908

I

»Wie uns mitgeteilt wurde, war der Besitzer dieses modernsten Verkehrsmittels ein Franzose, der sich mit Weib und Kind auf einer Spazierfahrt durch unser Vaterland befand.«

Meldung in der Soldauer Glocke vom 13. Juli 1901,
nachdem das erste Automobil in Masuren
gesichtet worden war

September 1904

Wer ist denn diese Schönheit?« Gerhard von Sabrowski lehnte sich auf seiner Rappstute vor, und Maximilian folgte seinem Blick.

»Das ist meine Cousine Victoria.« Ihm entging das aufflackernde Begehren im Blick seines Freundes nicht. »Ich dachte, du musst dir deine Braut im Hochadel suchen?«

»Man darf doch träumen.«

Die Rominter Heide, in der sich der Adel mit dem Haus Hohenzollern zur Jagd traf, war eine von sanften Hügelketten geprägte Landschaft, die durchzogen war von Laub- und Nadelwäldern, Mooren und Waldseen. Maximilian mochte die dunkle Tiefe der Wälder mit ihrem uralten Baumbestand, der jetzt im Herbst von einer wahrhaft beeindruckenden Schönheit war mit seinem Laub, das in allen Nuancen von Zartgelb über Rot bis hin zu Braun gefärbt war.

»Deine Tante trifft sich wieder mit meinem Onkel«, nahm Gerhard den Faden auf, den Blick immer noch auf Victoria gerichtet.

Mit welchen Männern sich seine Tante traf, interessierte

Maximilian nicht im Geringsten. »Erhoffst du dir, dass sie dich mit Victoria bekannt macht?«

»Ja, denn ich vermute, du wirst es nicht tun.«

»Du vermutest richtig. Ihr Vater ist ziemlich streng, was Männerbekanntschaften angeht, und dass du sie nicht heiraten wirst, weiß er ebenso gut wie jeder andere.«

»Tja, das ist leider die Entscheidung meines Onkels, nicht die meine.« Gerhard war der einzige direkte Erbe des Hauses Sabrowski, dem langsam die finanziellen Mittel ausgingen. Und natürlich konnte der Erbe des Grafentitels keine Frau heiraten, die seiner Stellung nicht ebenbürtig war – sagte Paul von Sabrowski. Wenn Gerhard nicht enterbt werden wollte, musste er gehorchen. Denn ansonsten, so Paul von Sabrowski, werde er dem Sohn seines Vetters mit seiner Ehefrau aus dem Hochadel alles vermachen.

Constantin ritt an ihnen vorbei und nickte Maximilian knapp zu. Vor fünf Jahren hatten sie gemeinsam ihren Wehrdienst begonnen, und seither war es immer wieder zu Auseinandersetzungen gekommen. Was in ihrer Kindheit und Jugend nicht so offensichtlich gewesen war, trat nun vermehrt zutage – sie waren in unterschiedlichem Geist erzogen worden. Maximilian in strikter Vasallentreue zum Kaiser, Constantin als Demokrat, wenngleich er natürlich betonte, ebenfalls dem Kaiser anzuhängen. Aber man konnte nicht kaisertreu und gleichzeitig ein Sympathisant der SPD sein. Davon abgesehen munkelte man, sein angeheirateter polnischer Onkel sei Sozialist.

Noch zwei Jahre, dann hatten sie den gemeinsamen Wehrdienst überstanden, zwei Jahre, in denen Constantin weiterhin überall anecken konnte. Während Maximilian der geborene Offizier war, tat sich Constantin schwer als Befehlsempfänger. Da konnte man nur beten, dass kein Krieg ausbrach, wo sie sich und ihre Vaterlandstreue beweisen mussten. Nicht auszudenken, wenn das eigene Überleben von Männern wie ihm abhing.

»Ich wusste gar nicht, dass du einen Bruder hast«, bemerkte Gerhard.

»Constantin? Der ist nicht mein Bruder, sondern mein Cousin.«

»Er sieht aus wie dein Vater.«

»Nun, auch ein von Reichenbach kann es gut treffen.«

Gerhard lachte.

Tatsächlich war es Maximilian ein Ärgernis, dass viele dachten, Constantin sei Leonhard von Schletters Sohn, während man Maximilian, der mit seinem blonden Haar und den blauen Augen nach seiner Mutter kam, eher seiner Tante Elisa zuzuordnen schien.

Immer wieder neigte Maximilian grüßend den Kopf, plauderte mit Bekannten und Freunden. Vereinzelt war Gelächter zu hören, prahlerische Rufe, durchmischt vom Bellen der Hundemeute. Gleich würde es losgehen, und Maximilian spürte die fieberhafte Erregung, die ihn stets vor der Jagd erfasste.

Auch sein Rotfuchs – eines der wahrhaft guten Pferde aus eigener Zucht – schien von der allgemeinen Erwartung angesteckt worden zu sein. Er hatte den Kopf gehoben, die Ohren aufmerksam aufgestellt und tänzelte auf der Stelle. Maximilian sah sich um, entdeckte seinen Vater im Gespräch mit zwei Freunden. Seine Mutter, die sich für die Jagd nie so richtig hatte begeistern können, war dieses Jahr zu Hause geblieben. Allerdings war seine Tante dabei, und obwohl man ihr oft mit Herablassung begegnete, zog sie doch die Blicke auf sich, sie war immer noch eine schöne Frau.

Dann ging es los. Die Meute lief, und die Jäger trieben ihre Pferde an. Hufe trommelten auf den Boden, und Maximilian ahnte, dass nicht nur er sich wie im Rausch befand. Von der rechten Seite näherte sich vom Hügel ein einsamer Reiter, kam näher und schloss sich an, ritt im wilden Galopp an ihnen vorbei und setzte sich an die Spitze. Maximilian grinste. Seine Schwester Helene.

Neben sich hörte er, wie eine Frau entsetzt aufschnappte. »Die trägt ja Hosen!«

Nun musste er lachen.

Nachdem Helene den aufsehenerregendsten Auftritt gehabt hatte, hatte Constantin hernach einen der kapitalsten Hirschböcke geschossen – zu Maximilians ganz offensichtlichem Missfallen. Nun stand Constantin da, hielt sein Pferd am Zügel, lachte, schäkerte mit jungen Frauen und war Leonhard nicht nur in seinem Aussehen mit dem dunklen Haar und den Gesichtszügen, sondern auch in seiner Art, sich zu bewegen, so ähnlich, dass es in Carl bittersüße Erinnerungen an seine eigene Jugend weckte. Damals, als er und sein Freund noch Seite an Seite auf die Jagd geritten waren und hernach den Frauen schöne Augen gemacht hatten.

Carl erinnerte sich an jenen Moment, als er vor Leonhard gestanden hatte, ein letzter Moment, in dem sie noch Freunde gewesen waren. *Du kennst diese Frau seit drei*

Monaten, ich bin dein Freund seit Jahren. Himmel, Carl, es gibt so viele hübsche Frauen, du brauchst doch nur zu wählen. Aber einen guten Freund findest du nicht so ohne Weiteres. Über zwanzig Jahre war das nun her. Ja, er hatte Adela geliebt, tat es wohl immer noch, aber aus dieser Liebe war das Verzehrende gewichen, sie war blass geworden, ein schwacher Abglanz der früheren Leidenschaft.

Jetzt wünschte er, er hätte seinerzeit anders entschieden, hätte Leonhard besser zugehört. *Aber einen guten Freund findest du nicht so ohne Weiteres.* Und damit hatte er recht gehabt. Carl hätte es auch nach der Hochzeit mit Elisa wiedergutmachen können, hätte die Hand ausstrecken und die alte Freundschaft aufleben lassen können. Aber nein, er hatte sich in dem vermeintlichen Unrecht, das ihm angetan worden war, gesuhlt, hatte leichtfertig jedes bisschen Glück, das aus dieser Verbindung erwachsen war und noch hätte erwachsen können, in den Dreck getreten. Sich auf Karolina einzulassen hatte den seinerzeit befriedigenden, längst schalen Beigeschmack gehabt, dass diese Leonhards Schwester war.

Carl dachte oft darüber nach, in welchen Momenten seines Lebens er sich einen anderen Verlauf gewünscht hätte. Leonhards Freundschaft nicht ausschlagen? Ja, ohne Zweifel. Karolina unbehelligt lassen? Auch da würde er zu gerne noch einmal anders entscheiden können. Elisa nicht einfach davonreiten lassen? Dieser Moment war einer der schlimmsten in seiner Erinnerung, und er hatte die Szene unendlich oft in seinen Gedanken durchgespielt. Wenn er jedoch an die Ursache all dieser Konflikte und falschen Entscheidungen dachte, wenn er sich vorstellte, es böte sich die

Möglichkeit, Adela zu heiraten und alles anders kommen zu lassen, dann hätte er das noch vor einigen Jahren ohne lange nachzudenken gewollt. Leonhard und er wären noch Freunde, Elisa und Karolina wären womöglich glücklich verheiratet. Aber es gäbe Constantin und Victoria nicht. Nein, dachte Carl, immer wieder nein. Adela war für ihn verloren gewesen, aber es hatte eine andere Art von Glück gegeben, eines, das er nicht hatte haben wollen, das er zu spät gewürdigt hatte. Und erst das hatte seinerzeit all die zerstörerischen Prozesse in Gang gesetzt. Und nun war es zu spät, Elisa tot, die Freundschaft zu Leonhard für immer dahin.

Victoria ging zu Constantin und hakte sich bei ihm ein, was die jungen Frauen ein wenig auf Distanz gehen ließ unter dem gestrengen schwesterlichen Blick. Carl musste grinsen. Die jungen Männer schoben sich nun, da sich die Reihen an Röcken um Constantin lichteten, näher an ihn heran, und der gestrenge Blick schmolz zu Koketterie. Da Constantins so offen bekundete Kameradschaft die jungen Männer weniger abschreckte als Victorias Andeutung von schwesterlicher Stutenbissigkeit die Frauen, waren sie kurz darauf alle in eine angeregte Unterhaltung vertieft – mit Victoria als einziger junger Frau in der Runde.

Carl wandte sich ab und schlenderte ein wenig umher. Nach all der Geselligkeit des Tages war er froh um ein wenig Ruhe. Früher einmal war das hier alles eine weitläufige Wildnis gewesen, davon zeugten nur noch die Reste undurchdringlicher Wälder, uralte Baumbestände, die früher einmal eine Barriere gegen Überfälle der slawischen Nachbarn gewesen waren. Hier gab es Fichten, Starkkiefern, Eichen, Brüche und dunkle Waldseen. Die Rominte durchfloss den Wald, und an ihrem Ufer lagen verschwiegene Wiesen, auf denen das Rominter Rotwild aste. Vor drei Jahren hatte der Kaiser in der Heide das Rominter Jagdschloss erbaut, in dessen Nähe die Jagdgesellschaft sich nun versammelt hatte.

Einen Monat vor Magdalenas Hochzeit hatte Adela einen Sohn geboren, und Carl musste nicht lange rechnen, um zu wissen, dass es bezüglich der Vaterschaft für Adela Ungewissheit gegeben hätte, hätten sie sich seinerzeit hinreißen lassen. Immerhin war ihr das erspart geblieben. Und offenbar hatte Leonhard sich seine Warnung zu Herzen genommen und betrog sie seither nicht mehr.

»Gratuliere zu deinem Sohn«, sagte Hermann von Agarus, der auf einem Trakehner-Gut in der Nähe von Insterburg lebte, ein Freund von Carls Vater. »Hervorragender Schütze.«

»Ja, das ist er wohl.«

»Ich habe gehört, der junge Deluweit hat Interesse an deiner Tochter.«

»Das ist richtig, aber ich nicht an ihm.«

Hermann von Agarus nickte langsam. »Ich habe gehört, sie trifft sich mit ihm.«

Nun taxierte Carl ihn aus leicht verengten Augen. »Sagt wer?«

»Anneli Carell sagte, sie habe sie gesehen.«

Die alte Klatschbase. »Ich werde mit Victoria sprechen und sie fragen.«

»Wird sie es zugeben?«

»Sie hat mich bisher nie angelogen.«

»In der Liebe werden die Kinder findig.«

Carls Blick suchte Victoria und fand sie immer noch bei Constantin stehen. Kam ihr Gustav Deluweit näher als die anderen? Gerade neigte er den Kopf, um ihr zuzuhören, ein kleines Lächeln auf den Lippen. »Was Kerle mit seinem Leumund wollen, hat mit Liebe nicht viel zu tun.«

Was für einen immensen Unterschied doch ein Ring am Finger machte, dachte Magdalena, während sie mit ihrer jüngsten Tochter durch die Straßen Johannisburgs spazierte. Ihre Zwillinge, Jan und Daniel, waren sechs Jahre alt, das Mädchen, Clara, war gerade drei geworden. Zu ihrem Erstaunen hatte es über ein Jahr gedauert, ehe sie von Łukasz empfing. Wenn man bedachte, dass es bei Anna nur ein Mal gebraucht hatte... Weil die Schwangerschaft mit den Zwillingen so schwierig gewesen war, hatten sie zunächst aufgepasst, aber auch nachdem sie ein weiteres Kind gewollt hatten, hatte es erneut über ein Jahr gebraucht, ehe sie schwanger geworden war. Vermutlich lag das an ihrem Alter, denn bei der letzten Schwangerschaft war sie bereits Ende dreißig gewesen.

Ihre neue Freundin Gudrun, eine junge Frau aus der Nachbarschaft, hatte da ihre eigene Theorie. »Liegt vermutlich eher an ihm als an dir«, mutmaßte sie.

Magdalena war es gleich, an wem es lag. Sie hatte drei gesunde Kinder von ihm, damit war sie glücklich, und weitere Kinder wollte sie ohnehin nicht. Für Anna war es anfangs schwer gewesen, und nun zahlte es sich aus, dass Magdalena eine so enge Bindung zu dem Kind hatte, denn diese führte dazu, dass Anna nie infrage stellte, dass sie geliebt wurde, wenngleich sie anfangs, als plötzlich zwei andere Kinder im Mittelpunkt standen, Eifersucht nicht verhehlen konnte. Das hatte sich längst gelegt. Mit Łukasz sprachen alle Kinder, auch Anna, ausschließlich Polnisch, was Annas Bindung an die Geschwister und ihren Stiefvater festigte, da sie über die Sprache verbunden waren und die Kultur, die er ihnen nahebrachte.

Wenn es den Zustand des wunschlosen Glücklichseins gab, dann befand Magdalena sich darin. Der einzige dunkle Punkt in ihrem Leben war ihre Mutter, aber diese hatte sie rigoros daraus verbannt. Das Entsetzen, als sie geglaubt hatte, ihr Kind sei tot, verursachte ihr heute noch Albträume. Und Anna log sie nicht an, das wusste sie. In ihr hatte der Vorfall Angst vor Höhen ausgelöst, und das Kind, das so gerne in Bäumen gesessen hatte, traute sich seither auf keine Mauer, die höher als hüfthoch war.

Im kommenden Monat würde Anna ihren zwanzigsten Geburtstag feiern. Ab dem nächsten Schuljahr würde sie in einer Volksschule Kinder unterrichten. Obwohl sie den Makel der unehelichen Geburt trug, gab es einige annehmbare Bewerber um sie, aber sie wollte noch nicht heiraten und lehnte jeden Antrag ab. Justus' ältere Töchter, die schon verlobt waren, zogen sie gelegentlich damit auf, dass sie vor lauter Gelehrsamkeit am Ende überhaupt niemanden mehr abbekommen würde, aber darüber lachte Anna nur.

Dass sie sich überhaupt mit den beiden Mädchen anfreundete, hatte Magdalena erstaunt, auch wenn Alma nach wie vor ihre beste Freundin blieb. Aber je älter die Mädchen geworden waren, umso unwichtiger schienen jene Dinge zu sein, um die sie sich als Kinder so heftig gestritten hatten.

Der schlimmste Streitpunkt – Justus' vermeintliche Vaterschaft – hatte sich als nichtig herausgestellt, und Anna hatte nun einen Stiefvater. Es war so, als sehe man endlich den Menschen in ihr, der sie wirklich war.

Was Magdalena ein wenig bedauerte, war, dass Carl nicht mehr so oft kam. Früher war er mindestens einmal im Jahr mit den Kindern hier gewesen. Sie hatten dann auf dem Gut gewohnt, und Anna verbrachte dort viel Zeit mit Constantin und Victoria. Sie wünschte, Carl fände auch endlich wieder eine Frau, aber er schien gar nicht auf der Suche zu sein. Magdalena konnte sich das vorstellen. Mal hier eine Liebschaft, mal da eine, die Sinne befriedigen, ohne das Herz zu verwirren. Carl schien einer jener Menschen zu sein, die nur ein Mal liebten, aber dann ganz und gar.

»Otto Belack«, hatte er bei seinem letzten Besuch im Frühjahr nach Claras Geburt gesagt, als sie auf der Veranda des Guts gesessen und den jungen Leuten beim Federball im Garten zugesehen hatten.

Magdalena war bei seinen Worten wie erstarrt gewesen, hatte den Blick auf ihr Eis gesenkt, das langsam in der Schale schmolz.

»Natürlich. Die Augen, die Gesichtszüge. Man sieht es nicht sofort, aber ich habe mich schon bei meinen letzten Besuchen gefragt, an wen sie mich erinnert.«

Magdalena hatte ihn angesehen. »Und was fängst du mit diesem Wissen nun an?«

»Er hat schon vor Jahren aufgehört für uns zu arbeiten und ist nach Danzig gegangen. Sein Vater ist gestorben, wusstest du das?«

Nein, woher auch. Seit jenem Gespräch, als sie ihm ihre

Schwangerschaft gebeichtet hatte, hatte sie ihn nicht wiedergesehen.

Sie hatte Carl taxiert, auf eine Reaktion gewartet. Aber ihm schien es zu reichen, das Geheimnis gelüftet zu haben, und so hatte er sich auf ein – ziemlich selbstgefälliges – Lächeln beschränkt.

»Ein Reitbursche«, sagte er schließlich nach einer längeren Pause. »Ich hatte geahnt, dass er gesellschaftlich völlig untragbar sein würde, aber ein *Reitbursche*?«

Magdalena hatte nichts dazu gesagt, und da die Kinder – sie würden wohl immer *die Kinder* bleiben – zum Haus zurückkehrten, hatten sie das Thema gewechselt.

Während sie nun mit ihrer Jüngsten spazieren ging, fand Magdalena, dass ihr Leben schon fast bürgerlich-spießig geworden war. Die Ehefrau des Arztes, die ihm die Bücher führte und das Haus in Ordnung hielt. Seit seine Assistentin Frau Schompeter vor einem Jahr in den Ruhestand getreten war, hatte Magdalena ihre Aufgaben übernommen. Sie konnte Clara mit in die Praxis nehmen, aber in der Regel langweilte sie sich dort, so dass Magdalena neben ihren Aufgaben auch noch das Kind beschäftigen musste.

Nun hatte es sich glücklicherweise ergeben, dass eine von Łukasz' Patientinnen sich erboten hatte, auf Clara aufzupassen. Sie hatte keine Enkelkinder, da ihre Söhne kinderlos verstorben waren, und fühlte sich recht einsam. Im Gegenzug dafür, dass sie sich um Clara kümmerte, versorgte Łukasz sie medizinisch, ohne sich dafür bezahlen zu lassen. Clara ging gerne zu ihr und sprach sie bereits mit »Großchen« an, das Kosewort für Großmutter. Da Magdalena mit ihrer Mutter gebrochen hatte, war sie froh darüber, dass es »Großchen Erna« gab.

Meta Lamberg, Justus' Frau, kam ihnen entgegen, und Magdalena öffnete bereits den Mund für einen höflichen Gruß, als diese vor Clara ausspuckte und »Polackenbalg« zischte. Magdalena blieb stehen, suchte nach einer passenden Entgegnung, während Clara die Frau nur mit großen Augen ansah. Als befürchte sie, nun zur Rechenschaft gezogen zu werden, beschleunigte Meta Lamberg ihren Schritt und war an ihnen vorbei, ehe Magdalena, die nur selten sprachlos war, wusste, was sie sagen sollte.

»Was hat die Frau gesagt?«, fragte Clara.

»Nichts. Sie hat einfach keine Erziehung genossen«, antwortete Magdalena laut in der Hoffnung, Justus' Frau würde sie hören. Die zeigte keine Reaktion. Einen Moment lang sah Magdalena ihr nach, kämpfte gegen den Impuls, ihr hinterherzulaufen und die Hände in ihr sorgsam aufgestecktes Haar zu krallen.

»Komm, Mäuschen«, sagte sie und nahm die Hand des Kindes. Mit wild klopfendem Herzen gingen sie die letzten Schritte bis zum Haus von Erna Baran. Dass Justus' Frau und sein Vater ihr nicht viel Freundlichkeit, ja, nicht einmal ein Mindestmaß an Höflichkeit entgegenbrachten, war sie gewöhnt. Sein Vater, ein Mann, der stets einen grimmigen Ernst ausstrahlte, beachtete sie nicht einmal, wenn er ihr auf der Straße begegnete, und auch seine Frau erwiderte einen Gruß, wenn überhaupt, nur kaum hörbar. Aber das war wirklich der Gipfel. Warum dieser Groll? Dachte Meta Lamberg immer noch, sie würde mit Justus schlafen? Oder habe es getan?

Als ihr Atem wieder ruhiger ging, betätigte sie den Türgong und bemerkte, dass ihr die Hand zitterte. Aber sei's drum, sie musste Clara abgeben und in die Praxis. Dann erst würde sie überlegen, ob sie Łukasz oder gar Justus davon erzählte.

»Warum nennt man es eigentlich Altweibersommer?«, fragte Elisabeth, während sie auf dem Rücken im Gras lag und das schräge Licht der Sonne goldene Strahlen auf ihr tanzen ließ.

Maximilian lag neben ihr, auf einen Ellbogen gestützt, und kitzelte sie mit einem Grashalm unter der Nase. »Der milde Wind weht die Fäden kleiner Spinnen durch die Gegend. Wenn dann der Tau darauf glänzt, sehen die Fäden aus wie das feine, silbergraue Haar von alten Frauen.« Er neigte den Kopf und küsste sie. »Manche sagen«, er küsste sie erneut, zurückhaltend und spielerisch, »dass der Name daher kommt, weil die Spinnen weiben, so nannte man früher einmal das Weben von Netzen. Ein alter Volksglaube sagt, dass es eine baldige Hochzeit voraussagt, wenn sich die Spinnenfäden in den Haaren junger Mädchen verfangen.«

Elisabeth schlang ihm die Arme um den Hals und zog ihn zu sich, um den nächsten Kuss länger auszukosten. Er schob sein Knie zwischen ihre Beine, und sie schlang die Schenkel darum, während ihre Küsse immer atemloser wurden. Es kostete Maximilian große Willenskraft, von ihr abzulassen, nicht mehr zu tun, als die obersten Knöpfe ihres Kleides zu öffnen, die Hand hineingleiten zu lassen. Mit geschlossenen Augen wand sich Elisabeth unter seinen Liebkosungen.

»Tust du es eigentlich mit anderen Frauen?«, fragte sie später, als sie an seine Brust geschmiegt lag, die Finger spielerisch durch die Öffnungen zwischen seinen Hemdknöpfen geschoben.

»Nein, natürlich nicht, das habe ich dir doch versprochen.«

»Ich habe gehört, ihr jungen Offiziere stoßt euch bei den leichten Frauen in Königsberg und Berlin die Hörner ab.«

Das taten sie, und nicht nur die Offiziere. Maximilian hätte mehr als ein Mal die Gelegenheit gehabt, und es fiel ihm schwer, aber er hatte Elisabeth versprochen, dass es nur sie geben würde, und sie wartete auf ihn wie er auf sie. Er würde gerne mit ihr schlafen, doch dafür war ihm die Sache zu ernst. Wenn er sie schwängerte, würde es aussehen, als sei er gezwungen worden, sie an den Altar zu führen, und sie würde den Weg in Schande niedergedrückt gehen, anstatt mit stolz erhobenem Haupt. Und so beließen sie es bei Küssen und zurückhaltenden Zärtlichkeiten.

»Beatrix sagt, Constantin habe bei ihr seine Unschuld verloren.«

»Kann sein, über so etwas sprechen wir nicht.« Der stille, ernsthafte Constantin, der auf Frauen gerade wegen dieser Distanziertheit eine so ungeheure Anziehungskraft ausübte. Maximilian zweifelte nicht daran, dass er seine Erfahrungen gemacht hatte, und derer wohl nicht gerade wenig. Er selbst redete zwar nicht darüber, aber dafür die übrigen Offiziere und gemeinsame Freunde. Dass Beatrix die Erste für ihn gewesen war, war durchaus vorstellbar, sie war hübsch und leicht zu haben, und Constantin war nach allem, was man erzählte, kein Kostverächter.

Elisabeth setzte sich auf und zupfte Grashalme und Gänseblümchen aus, die sie wie einen kleinen Strauß zusammenlegte. »Musst du heute Abend wieder fort?«

»Ja, leider.«

Sie band den Strauß mit einem langen Grashalm zusammen und steckte ihn in das Knopfloch von Maximilians Gehrock. »Ich liebe dich so«, sagte sie und küsste ihn erneut.

»Ich dich auch.« Er zog sie so eng an sich, dass er vermeinte, ihren raschen Herzschlag zu spüren, der im Gleichtakt mit dem seinen erklang.

Als er sie losließ, erhob sie sich. »Ich muss los, Mutter kontrolliert in letzter Zeit genau, wann ich heimkomme.«

»Denkst du, sie weiß, dass du bei mir bist?«

»Wer ahnt schon, was sie so alles weiß. Unsere ganze Kindheit über hat sie sich kaum für uns interessiert, und auf einmal wacht sie über mich und meine Heimkehr. Ich glaube einfach, sie hat Angst, ich könnte so geraten wie Beatrix.«

»Die Gefahr besteht gewiss nicht.«

Sie schenkte ihm ein Lächeln, dann drehte sie sich um und lief davon. So waren ihre Abschiede stets, da Elisabeth es nicht mochte, sich zu verabschieden. Sie drehte sich abrupt um und war fort. Wie eine Waldelfe. Maximilian ging lächelnd zu seinem Pferd zurück und saß auf.

Im Hof erwartete ihn sein Vater. Als Maximilian absaß, zuckte Leonhard von Schletters Blick kurz zu dem kleinen Gänseblumenstrauß an Maximilians Gehrock. »Du triffst dich immer noch mit der Moors-Tochter.«

Maximilian fiel es nicht ein, das Offensichtliche zu bestätigen, und so schwieg er.

»Ich spiele nur ungern den Haustyrannen.«

»Dann tu es einfach nicht.«

»Ist sie deine Geliebte?«

»Nein.« Maximilian ahnte, dass seinem Vater ein Ja lieber gewesen wäre. Eine Geliebte, das war nichts Ernstes. Gefährlich wurden die Frauen, die man traf, um nicht mit ihnen zu schlafen.

»Du weißt, was ich von Emil Moors und seiner Familie halte.«

Maximilian nickte nur knapp.

»Man munkelt, Beatrix habe sich die französische Krankheit eingefangen.«

»Tatsächlich? Na, das dürfte ja ein böses Erwachen für Constantin geben.«

Sein Vater runzelte die Stirn. »Constantin und Beatrix?«

»Der Beginn der amourösen Laufbahn meines Vetters. Vermutlich hat er aber noch einmal Glück gehabt, man sagt ja, er habe früh angefangen.«

»Wie dem auch sei, du hältst dich fern von diesen Leuten.«

Erneut nickte Maximilian nur unbestimmt. Sollte sein Vater hineindeuten, was er wollte. Dann führte er seinen Wallach über den Hof zum Stall.

»Und er hat wirklich gesagt, ich gefalle ihm?« Victoria hatte Gerhard von Sabrowski auf der Jagd gesehen, und er hatte durchaus Eindruck auf sie gemacht.

»Nicht nur seinem Onkel gegenüber«, sagte ihre Tante

Karolina, mit der sie durch Königsberg spazierte, »sondern auch vor Maximilian.«

»Das ist so aufregend.« Victoria wusste, dass ihre Großmutter es nicht gerne sah, wenn sie mit ihrer Tante ausging, aber da ihr Vater stets seine schützende Hand über sie hielt, wurde ihr nahezu jede Freiheit gewährt, nach der es sie verlangte – und nach dieser hungerte Victoria geradezu. Sie wollte ihr Leben in vollen Zügen auskosten und fand in ihrer Tante Karolina eine Gleichgesinnte.

Durch ihre Tante lernte sie interessante Männer kennen, was viel spannender war als das Beisammensein bei Veranstaltungen, wo man sich ständig den Blicken aller Umstehenden ausgesetzt wusste. Außerdem unternahmen sie oft Ausflüge nach Königsberg, und diese liebte Victoria. Sie wollte in die Stadt, wollte feiern, am liebsten wäre sie nach Berlin gegangen oder nach München, jene West-Metropolen, wo das moderne Leben pulsierte. Vielleicht würde Gerhard mit ihr solche Reisen unternehmen, und bei dem Gedanken daran begann ihr Herz heftig zu pochen.

»Ich dachte, du triffst den jungen Deluweit«, sagte Karolina.

»Schon längst nicht mehr, er ist ein eitler Geck.«

Victoria schlenderte mit ihrer Tante am Pregelhafen entlang, von wo aus sich ein wunderbarer Blick auf den Münchenhof bot. Es war immer viel los an Hafen und Anlegestellen. Stauer verrichteten ihre Arbeit, Schiffe wurden be- und entladen, Fracht wurde angekarrt, Waren umgeschlagen. Auch auf dem Pregel herrschte ein lebhafter Verkehr durch Fracht- und Dampfschiffe. Wenn hohe Seeschiffe und hochmastige Segler passierten, mussten die

Brücken hochgezogen werden, was den Straßenverkehr zum Innehalten zwang. Schon als Kind hatte Victoria Häfen faszinierend gefunden und davon geträumt, wohin all die Schiffe wohl reisten. Es hatte das Flair der weiten Welt gehabt, und ihr Vater hatte sie einmal sogar mit an den Pillauer Hafen genommen. Größere Schiffe konnten von der Ostsee über Pillau nach Königsberg gelangen. Victoria war mit ihrem Vater oft am Pregel entlangspaziert, hatte sich die Turmspeicher am Hafenbecken angesehen, die Fachwerkspeicher auf der Lastardie, wo die Königsberger Kaufleute das Getreide lagerten, die alten Speicher und den Fischmarkt, von dem aus man den Schlossturm sehen konnte.

Karolinas Abstecher zum Hafen waren allerdings immer nur von kurzer Dauer, sie war nicht gerne dort, mochte den Geruch nach Teer und Fisch nicht. Sie spazierte lieber über den Kaiser-Wilhelm-Platz, wo sich die von Efeu umrankte Altstädtische Kirche befand. Ab und zu nahm sie Victoria mit in das »Blutgericht«, ein Lokal im mächtigen Kellergewölbe des Schlosses, das ausgestattet war mit Prunkfässern. Hübsch war auch der Markttag auf dem Altstädtischen Marktplatz, wo neben allerlei Obst und Gemüse prachtvolle Blumen verkauft wurden, doch auch daran fand Karolina nur wenig Gefallen, es war ihr zu voll. Sie ging lieber in eines der Cafés, wo es jenes Marzipan gab, für das Königsberg berühmt war.

Victoria hatte Helene und Maximilian oftmals darum beneidet, dass sie Adela als Mutter hatten, daher fand sie es wunderbar, dass Karolina ihr inzwischen so nahe war. Vor einigen Jahren hatte sie Gerüchte darüber gehört, dass Karolina und ihr Vater schuld am Tod ihrer Mutter gewesen seien, aber Karolina hatte ihr gesagt, sie solle nicht alles glauben, was man sich erzählte. Sie wäre mit Carl von Reichenbach seinerzeit wegen eines Missverständnisses aneinandergeraten, und hernach hätte er sich mit Elisa gestritten, daraufhin sei diese fortgeritten und gestürzt. Ihr Vater hatte ihr dies bestätigt und hinzugefügt, dass sie niemandem zuhören solle, der das Andenken an ihre Mutter schmähe.

Sie nahmen in einem Café Platz und bestellten Kaffee und Konfekt. Das Konfekt war mit Fondant gefüllt und gratiniert, so dass das Innere weich, die Oberfläche aber gelblich braun geröstet war, typisch für Königsberger Marzipan. Victoria nahm ein rundes Stück, das in der Mitte mit kandierten Früchten belegt war, und biss hinein. Genießerisch schloss sie die Augen. Das war einfach himmlisch.

»Was für eine erfreuliche Überraschung«, hörte sie eine Männerstimme sagen und öffnete die Augen. Vor ihr stand Gerhard von Sabrowski, unglaublich gutaussehend mit seinem dunklen Haar und den grünen Augen. Victoria wollte antworten, hatte aber noch den Mund voll und kaute schneller. Gerhard wirkte belustigt, was ihr das Blut ins Gesicht trieb.

»Es freut mich ebenfalls«, sagte sie schließlich und hoffte, ihr klebten keine kandierten Früchte an den Zähnen. Als er sich an Karolina wandte, um sie zu begrüßen, fuhr Victoria rasch mit der Zunge über die Schneidezähne, um Gerhard ein strahlendes Lächeln zu schenken, als er sich wieder ihr zuwandte.

»Setzen Sie sich doch«, sagte Karolina und deutete auf einen der beiden freien Stühle an ihrem Tischchen.

»Wenn ich die Damen nicht störe?«

»Aber keinesfalls«, entgegnete Karolina, und so nahm er zwischen ihnen Platz, und kurz berührten sich ihre Knie, was in Victorias Bauch einen wilden Hummeltanz auslöste.

Sie teilte ihr Konfekt mit ihm, und er bestellte sich eine Tasse Kaffee dazu, während er von seinem Studium in Berlin erzählte.

»Kennen Sie meinen Vetter daher?« Maximilian fuhr ab und zu nach Berlin, um dann für einige Tage in das trubelige Leben dort einzutauchen.

»Ja, er ist mit einem Kommilitonen von mir befreundet, und darüber haben wir uns kennengelernt.«

»Sind Sie dort aufgewachsen?«

»Ursprünglich in Masuren, dann ist mein Vater gestorben, und meine Mutter ist mit mir nach Berlin zu ihrer Familie gegangen. Na ja, und jetzt hat Onkel Paul mich auf sein Gut beordert, weil ich sein Haupterbe bin.«

Karolina bestellte eine weitere Kanne Kaffee, und Gerhard plauderte charmant über Berlin, über den kaiserlichen Hof – womit er Victoria tief beeindruckte – und über das Leben als Student, erzählte Anekdoten, bei denen sogar Karolina herzhaft lachen musste. Als er sich schließlich nach einem Blick auf die Uhr wieder erhob und sagte, er habe noch eine Verabredung, Victoria dabei in die Augen sah und der Hoffnung Ausdruck verlieh, sie würden sich bald wiedersehen, schlug ihr das Herz so schnell, dass sie es im Hals pochen spürte.

»Du bist verliebt«, stellte Karolina fest, als er gegangen war. »Er wird eine Frau aus dem Hochadel heiraten müssen, das solltest du wissen.«

Aber Victorias Höhenflug setzte das keine Grenze. Sie

sah ihm nach, wie er am Fenster vorbeiging, wo er noch einmal kurz innehielt und ihr zuwinkte. Er wäre nicht der Erste, der sich einer solche Forderung widersetzte. Und als Haupterbe konnte er ja gewiss frei wählen, wem zugunsten sollte man ihn denn enterben? Mochte Karolina sagen, was sie wollte, Victoria war sich gewiss, dass er sich in sie verliebt hatte wie sie sich in ihn.

Dezember 1904

Der Stall ist eine Männerdomäne!«

Leonhard war es leid, diese Angelegenheit wieder und wieder zu diskutieren, aber sein Vater wollte nicht einsehen, dass Helene lieber im Stall zwischen Pferden war als in Salons. Sie konnte stundenlang allein ausreiten und vermisste nichts. Darüber hinaus – und das schien außer Leonhard niemand zu bemerken – hatte sie ein überragendes Gespür für Pferde. »Wenn ich ihr nicht verbiete, sich im Pferdestall aufzuhalten, dann wirst auch du das nicht tun.«

»Sieh dir Victoria an! Die wird sich keine Gedanken machen müssen um einen passenden Bewerber.«

Dieser ständigen Vergleiche war Leonhard ebenso überdrüssig. Er wusste, dass Helene als Mauerblümchen galt, als unscheinbar. Aber das konnte nur sagen, wer sie nicht kannte, denn hinter ihrer Stille verbargen sich ein starker Wille und ein kluger Kopf, das hatte sie in der Schule bewiesen, und sie bewies es auch ihrer Familie täglich aufs Neue. Wenn sie Ideen äußerte, waren diese ausgereift und durchdacht. »Warum freust du dich nicht, dass sie, ebenso wie du, die Pferdezucht zum Laufen bringen möchte?«

»Weil das deine Aufgabe wäre, nicht ihre.«

»Ich setze weiterhin auf die Viehzucht, sie ist derzeit das, was uns Ertrag bringt. Wir haben nicht ausreichend Mittel, um auf die Pferdezucht zu setzen.«

»Du könntest deinen Schwiegervater …«

»Nein, könnte ich nicht, ich stehe nicht als Bittsteller vor diesem Mann. Du würdest doch auch deinen Schwiegersohn nicht um Geld bitten.«

»Carl ist nicht mehr mein Schwiegersohn.«

»Solange er keine andere Frau heiratet, ist er es schon noch.«

Wilhelm von Schletter winkte ab. »Niemals. Eher lasse ich das ganze Gut zugrunde gehen.«

Nun, das würde nicht mehr lange dauern. Ein Wunder, dass ihnen das Schloss noch nicht über dem Kopf zusammengebrochen war, wobei es mehr und mehr darauf hinzuarbeiten schien. Seit letztem Frühjahr war das Dach im wenig genutzten Westflügel undicht, und es regnete durch. Dort befanden sich die Gästezimmer – oder, besser gesagt, das, was davon übrig war. Das Wasser war zu spät bemerkt worden, und so waren die Teppiche und mit ihnen die darunter liegenden Holzdielen still und heimlich vor sich hin gerottet.

Leonhard wusste, wie verärgert sein Vater darüber war, dass es ihn nicht in die Politik zog. Wofür auch, im Grunde genommen bedeutete das nur, dass er ab und zu nach Königsberg musste, um über irgendwelche Beschlüsse zu diskutieren, die dann doch andere trafen. Es brachte ein gewisses Ansehen mit sich, allerdings sah Leonhard nicht ein, warum er seine Zeit, die hier dringender benötigt wurde, der Politik opfern sollte. Aber sein Vater hatte sich vorgestellt, dass Leonhard später noch näher an politischen Größen agierte. Wie sollte das denn gehen, wenn er gleichzeitig das Gut irgendwie retten wollte?

Er hätte gerne auf den Getreideanbau gesetzt. Seit gut fünf Jahren wurden auch in Ostpreußen moderne Agrartechniken angewandt, und es gab ein durchdachtes Drainagesystem mit Pumpen und Kanälen, um der Moorlandschaft das Wasser zu entziehen und somit weite Flächen als Agrarland nutzen zu können. Mittlerweile wurde Ostpreußen als Kornkammer des Deutschen Reiches bezeichnet. Das versprach Gewinn. Leonhard war oft an der neuen Börse gewesen, die den Mittelpunkt des Königsberger Getreide- und Produkthandels darstellte und wo sich täglich viele Kaufleute trafen. Aber für seinen Vater war allein der Börsensaal interessant, wo die Maskenbälle stattfanden und sich die Königsberger trafen, die Rang und Namen hatten.

Königsberg war eine Handelsmetropole geworden, und wenn es nach Leonhard ginge, hätten sie die Pferde verkauft und nur wenige behalten, die sie für den Eigenbedarf nutzten. Vielleicht zwei Stuten mit guten Anlagen, von denen sie Fohlen ziehen konnten, aber mehr brauchte es nach Leonhards Dafürhalten nicht. Er würde gänzlich auf Vieh und Getreide setzen. Es fehlten einfach die Möglichkeiten, sowohl die Rinder- als auch die Pferdezucht gleichermaßen auf hohem Niveau zu betreiben, und so war es in der Tat das Beste, wenn sie sich auf eines von beidem konzentrierten. Darüber wollte Leonhard sprechen, darüber Dispute führen. Stattdessen stand er hier und diskutierte mit seinem Vater darüber, ob Helene sich im Stall aufhalten durfte oder nicht.

Ob Wilhelm von Schletter mit sich haderte, weil jene Maßnahme Bismarcks, die Russen auszuweisen, indirekt ein Erstarken der Sozialdemokraten gefördert hatte? Königsberg war der erste Welthandelsplatz für Hülsenfrüchte, der größte Handelsplatz des deutschen Reiches für Holz und der größte deutsche Getreidehafen. Allerdings hatte der Handel erst wieder zugenommen, als 1894 ein Handelsvertrag zwischen Deutschland und Russland zustande kam, der den Russen am Königsberger Hafen die gleichen tariflichen Bedingungen bot wie Petersburg. Damit sollte der Schaden gutgemacht werden, den die Ausweisung der russischen Staatsbürger angerichtet hatte. Dabei hatte diese in erster Linie den Polen russischer Abstammung gegolten und war somit eine weitere Restriktion der polnischen Bevölkerung Ostpreußens gewesen.

Der Getreidehandel hatte in den Händen russischer Kommissionäre gelegen wie auch dem zu Russland gehörenden Zentralpolen. Der Handel mit Russland ging daraufhin stark zurück, was die Stadt schwer traf. Der Provinzialverband des Bundes der Landwirte hingegen sah sich nun ohne Konkurrenz aus Russland und konnte die Preise anheben. Dadurch trat das ein, was die Konservativen um jeden Preis hatten vermeiden wollen – die Sozialdemokraten nutzten das Thema für den Wahlkampf und gewannen an Stimmen. Und diese Entwicklung ließ sich offensichtlich nicht rückgängig machen.

Leonhards Erziehung war vom Konservativismus geprägt, aber natürlich konnte er die Augen nicht davor verschließen, dass die Welt sich im Wandel befand. Und vermutlich sah das auch sein Vater, und daher war sein Ärger über Helenes wenig standesgemäßes Verhalten dem Umstand geschuldet, dass er zusehen musste, wie die vertrauten Gefüge langsam bröckelten.

Karolina mochte die neue Mode, die Frauen nicht mehr in Korsetts zwang und bei der die Röcke weniger ausladend waren. Glücklicherweise hatte es vor einigen Jahren Reformer gegeben, die diesem Kleidungsstück den Kampf angesagt und ihn als »gesundheitsbedrohenden Frauenpanzer, der Brust und Leib umschnürt und Lunge, Leber und Herz in Mitleidenschaft zieht« bezeichnet hatten. Das Korsett ersetzte ein Schnürmieder, das zwar die Taille betonte, aber nicht stetig das Atmen erschwerte. Allein das Reiten war nun viel angenehmer, denn in einem Reitkostüm, das mehr Bewegungsfreiheit bot, saß man sicherer auf dem Pferd und konnte lange Ritte machen, ohne außer Atem zu geraten.

Seit Paul von Sabrowskis Frau gestorben war, traf er sich wieder mit Karolina, ab und zu schliefen sie auch miteinander. Pauls Frau hatte aus erster Ehe zwei Kinder gehabt, eine Witwe, die reich geerbt und einen großen Namen getragen hatte – sowohl von ihrer Familie als auch von ihrem Ehemann her. In all den Jahren mit Paul war sie allerdings nicht schwanger geworden, hatte ihm nicht den gewünschten Erben für den Titel geschenkt. Und da sie bereits Kinder hatte – die nun bei den Großeltern lebten –, war klar, dass das Versagen nicht ihr anzulasten war. Paul hatte keinen Bastard, was einem glücklichen Umstand geschuldet sein mochte oder aber dem Umstand zugrunde lag, der sich in seiner Ehe zu beweisen schien. Wenn er mit Karolina schlief, passte er nicht immer auf, und auch Karolina empfing nicht von ihm. Inzwischen war ihr das nur recht, auf keinen Fall wollte sie in ihrem Alter ein Kind, und eine Abtreibung war auch keine Erfahrung, die man zwei Mal machen wollte.

Nun hatte er seinen Neffen Gerhard aus Berlin geholt und setzte ihn als Erben ein. Da Gerhard nur Schwestern hatte und der einzige Erbe seines Namens war, wurde viel Wert auf die Wahl seiner Braut gelegt, und Paul machte kein Geheimnis daraus, dass er ausschließlich unter den großen Adelshäusern wählen durfte. Das hielt ihn jedoch offenkundig nicht davon ab, mit Victoria anzubändeln, und diese ging darauf ein. Nun, Karolina hatte ihre Pflicht erfüllt und ihr gesagt, dass Gerhard sie sicher nicht würde heiraten dürfen, und wenn sie sich nun doch mit ihm einließ, war das ihre Sache. Ebenso, wenn sie als seine Geliebte ins Gerede kam. Carl würde vermutlich außer sich sein, und Karolina war schon gespannt darauf zu sehen, wie ihm das schmeckte, wenn seine Tochter jede Möglichkeit auf eine Ehe verlor, so, wie er Karolinas seinerzeit zunichtegemacht hatte.

Sie trat in ihr Zimmer vor den Spiegel und musterte sich kritisch. Einundvierzig Jahre war sie nun alt, fand jedoch, sie wirkte jünger. In ihrem dunklen Haar waren vereinzelt graue Fäden zu sehen, noch waren es so wenige, dass sie sie auszupfen konnte. Das war ein Erbe ihrer Mutter. Während ihr Vater früh grau geworden war – was bei seinem blonden Haar jedoch kaum auffiel –, war ihre Mutter nur langsam und spät ergraut. Bei Leonhard war es ähnlich wie bei Karolina, wenngleich sich bei ihm schon mehr zeigte. Carl sah man seine achtundvierzig Jahre da schon eher an, wenngleich er immer noch gut aussah, da kam er nach seinem Vater, mit seiner Mutter ging die Zeit weniger gnädig um. Blieb für Magdalena nur zu hoffen, dass sie dieses Erbe nicht trug.

Nachdem sie sich umgezogen hatte, verließ sie das Zimmer und trat hinaus in die frostige Wintersonne. Leonhard stand mit einigen Inspektoren vor den Viehställen und unterhielt sich mit ihnen. Von Friedrich hatte sie schon länger nichts mehr gehört. Im Oktober hatte er ihr geschrieben, hatte die Epistel aber sehr allgemein gehalten und nur dann und wann mit einigen Anekdoten gewürzt. Seit ihr Vater es sich zum Ziel gesetzt hatte, ihn zu verheiraten, machte er sich rar. Karolina beneidete ihn um sein ungebundenes Leben und die Freiheit, einfach Nein sagen zu können.

Nach langem Ringen mit sich selbst hatte Magdalena Justus von dem Verhalten seiner Frau erzählt. Wäre es nur um sie gegangen, hätte sie vermutlich geschwiegen, aber es ging um ihre Tochter. Erwartungsgemäß war Justus außer sich geraten, und nach allem, was ihr später von Anna, die es von seinen Töchtern gehört hatte, zugetragen wurde, war es zu einem heftigen Streit gekommen.

Es war derzeit ohnehin nicht einfach für die Polen, da musste man es nicht noch schlimmer machen, indem man dazu überging, Kinder auf offener Straße zu schmähen. Clara hatte überhaupt nicht verstanden, warum die fremde Frau so böse auf sie gewesen war. Glücklicherweise war es zu keinem ähnlich gearteten Vorfall mehr gekommen.

Magdalena saß in der gemütlichen Küche ihres Gutshauses, denn für die Tage um Weihnachten hatten sie sich hierher zurückgezogen. Der gekachelte Ofen bollerte gemütlich vor sich hin und verströmte eine anheimelnde Wärme, und der Raum war erfüllt von Geplauder und Gelächter der Kinder. Auch Anna hatte sich eingefunden, denn das jährliche Backen war eine Tradition, die sie unbedingt beibehalten wollte. Hanne stand am Tisch und vermengte Mehl mit Zucker, Butterschmalz, Honig und Eiern, fügte Nelken hinzu, Piment, Zimt und Kardamom, ein wenig Zitronensaft und eine Prise Salz. Währenddessen schälten Jan und Daniel Mandeln. Mit rundlichen Fingern drückte Carla Backformen in den weichen Honigkuchenteig, und Magdalena half ihr, die ausgedrückten Figuren auf dem Backblech anzuordnen.

Irgendwann stimmte Anna mit ihrer schönen Singstimme Weihnachtslieder an, und kurz darauf fielen sie alle mit ein. Das hier hatten sie gemein, die Gutshäuser, die Schlösser, die einfachen Bauernhäuser – in den Küchen wurde gebacken, Kinder standen um große Tische herum, halfen beim Ausstechen, während in der Luft der herrliche Duft von frischem Gebäck lag.

Hier in Masuren gab es Traditionen, die Magdalena von zu Hause nicht gekannt hatte, und eine ihrer liebsten war die Jutrznia, der Morgenstern, eine polnischsprachige Tradition, die in der Nacht von Heiligabend bis zum ersten Weihnachtstag begangen wurde. Noch ließ diese sich nicht vom germanischen Vormarsch ausmerzen und eindeutschen. Magdalenas drei Jüngste kannten sie von Geburt an, und für sie läutete dies die Vorfreude auf Weihnachten ein.

Die Schulkinder erschienen weiß gekleidet in der Schule, hatten je ein buntes Band um die Taille. Die Jungen trugen hohe Kronen, die Mädchen Blumenkränze, und sie sagten während der Feier in der Kirche jene Verse auf, die der Lehrer mit ihnen geübt hatte. Mehrere Stunden dauerte die Aufführung und endete mit einem alten masurischen Weihnachtslied. Jan und Daniel freuten sich darauf, seit sie zur Schule gingen, und sprachen schon Wochen vorher von nichts anderem.

»Was für ein herrlicher Duft«, bemerkte Łukasz, der in just diesem Moment die Küche betrat.

»Papa!«, schrie Clara und rannte auf ihn zu. Er fing sie auf und wirbelte sie herum. »Na, du Wildfang«, begrüßte er sie auf Polnisch. »Robicie wystarczająco dużo ciasta?«

»Mama mówi że nic nie dostaniesz, bo wszystko byś zjadł.«

»Tatsächlich? Sagt sie das?« Łukasz sah Magdalena an.

Die stand auf und gab ihm einen Kuss. »Die Mama weiß eben, dass du deine Finger bei Verlockungen nicht bei dir behalten kannst.«

Die Kinder kicherten, und Jan schob die Schüssel mit den fertigen Plätzchen demonstrativ hinter sich. In Łukasz' Blick flackerte jedoch ein gänzlich anders geartetes Begehren auf, eines, das auch nach Jahren der Ehe nicht weniger geworden war.

Hanne, die draußen gewesen war, um mehr Holz für den Ofen zu holen, kam mit vor Kälte gerötetem Gesicht wieder in die Küche. »Ah, der gnädige Herr ist zurück.«

»Ach, Hannchen«, entgegnete er seufzend. »Wie oft denn noch.«

»Für mich bleiben Sie der gnädige Herr oder der Herr

Doktor. Ich bin so erzogen, dass ich weiß, was sich gehört«, antwortete Hanne störrisch, und in dem mittlerweile gängigen Ritual zwischen ihnen verdrehte Łukasz daraufhin die Augen.

»Gut, dann sei doch so lieb und koch mir eine Tasse Tee«, sagte er.

Magdalena drehte sich um und drückte ihm eine Rührschüssel in die Hand. »Während du wartest, kannst du schon einmal den Teig für das Buttergebäck vorbereiten.«

»Warum nicht für die Nussplätzchen?«

»Weil dann vom Teig nicht genug übrig bleibt, um ihn zu verbacken.«

Die Kinder kicherten, und Łukasz setzte sich mit einem übertrieben tiefen Seufzer an den Tisch. Einen Moment lang hielt Magdalena inne, betrachtete die Szene. Hanne stand am Herd und brühte Wasser auf, Anna schob ein Backblech in den Ofen, Jan und Daniel schälten Mandeln, wobei sie sich verstohlen immer mal eine in den Mund schoben, und Clara war auf Łukasz' Schoß geklettert, um ihm beim Teig zu helfen. Und dann dachte sie an ihre Mutter, die auf einem Gestüt lebte, obwohl sie keine Pferde mochte, und deren Glück ganz und gar davon abhing, dass ihre Kinder und Enkelkinder die Person heirateten, die ihr genehm war. Arme Frau, dachte Magdalena.

»Warum versucht ihr nicht wenigstens, euch zu vertragen?«, fragte Carl, nachdem Constantin wieder eine Woche Strafdienst hatte ableisten müssen und mehrere Nächte zur

Wache eingeteilt worden war. Dieser hatte gehofft, zumindest zu Hause von dem Thema verschont zu bleiben, aber weit gefehlt.

»Er hat vor allen meine Kaisertreue in Frage gestellt. Sollte ich das auf mir sitzen lassen?«

»Sich zu prügeln ist keine adäquate Antwort.«

»Anders hat er ja nicht mit sich reden lassen.« Constantin ging zum Kamin. Ihm war immer noch lausig kalt, als stecke ihm der Winter bereits tief in den Knochen. Die ganze Reise über war ihm nicht warm geworden.

»Ich möchte, dass sich das ändert, euer gesamter Umgang miteinander.«

»Erzähl das ihm.«

Glücklicherweise wurde er einer weiteren Diskussion enthoben, da sein Vater in den Stall gerufen wurde und Victoria den Salon betrat.

»Du bist ja schon da!« Sie flog ihm um den Hals. Dann schob sie ihn auf Armeslänge von sich und betrachtete ihn prüfend. »Ich habe gehört, du hast mal wieder ein Herz gebrochen.«

»Und ich habe den Eindruck, du bist verliebt«, sagte er, und daran, dass sie rot wurde, erkannte er, dass er recht hatte. »Los, sag schon, wer ist der Halunke?«

»Lenk nicht vom Thema ab. Was hast du mit der armen Fanny Allenstein gemacht?«

»Sie leider nicht so lieben können, wie sie es sich gewünscht hat.«

»Und sonst nichts?«

»Ich würde mich hüten.« Er zupfte spielerisch an einer ihrer Locken. »Und nun erzähl. Wer ist es?«

»Ihr werdet es schon noch erfahren«, antwortete sie.

»Hält er dich zu Heimlichkeiten an?«

»Natürlich nicht!«

»Dann kannst du es doch auch erzählen.«

»Es ist … hm … kompliziert.«

Das war alarmierend, denn Männer, die junge Frauen damit zum Schweigen anhielten, weil es kompliziert war, waren meist nur auf eines aus, und das war in der Regel nichts Gutes. »Warum ist es das?«

»Weil er eigentlich in seinen Eheplänen von der Familie festgelegt wurde.«

Er hatte es geahnt. »In dem Fall wäre es wohl besser, dich von ihm fernzuhalten.«

Ihre Stirn krauste sich kaum merklich, und Constantin wusste, dass jedes mahnende Wort vergeblich wäre. Wenn man verliebt war, war man keiner Vernunft zugänglich. »Triffst du dich allein mit ihm?«

»Nein, immer nur mit Tante Karolina.«

Er entspannte sich. »Versprich mir aber, dass du ihn in die Schranken weist, wenn er versucht, Spielchen mit dir zu treiben.«

»Du kennst mich doch. Darauf würde ich mich nie einlassen. Außerdem kenne ich die Männer.«

Das bezweifelte Constantin, aber er widersprach ihr nicht.

»Wir sind heute übrigens bei Großvater Wilhelm zum Kaffee eingeladen.«

Constantin seufzte tief. »Ach, bitte …« Sah er seinen lästigen Vetter nicht während der übrigen Zeit oft genug? Musste er ihm nun auch noch die freien Tage verderben?

»Papa sagt, du sollst dich benehmen, wenn wir dort sind.«

»Ich springe gewiss nicht über den Tisch und prügle mich.«

Sie wirkte, als sei sie sich dessen noch nicht gewiss, nickte aber, während sie ihn mit einem mütterlich-nachsichtigen Blick betrachtete, als sei sie die Ältere von ihnen.

Dass Frau Rebuschat – Schatchen – sein Lieblingsessen gekocht hatte, versöhnte ihn ein wenig mit dem Umstand, den Nachmittag auf Schloss Lilienau verbringen zu müssen, wo es zu dieser Jahreszeit immer elend kalt war. Aber es führte kein Weg daran vorbei, und so ritt er nach dem Essen zusammen mit seiner Schwester los.

»Du sitzt noch nicht am Kaffeetisch, Floh?«

Helene schnitt Constantin, der gerade sein Pferd in den Stall führte, eine Grimasse. Hinter ihm betrat Victoria mit ihrer Apfelschimmelstute die Stallgasse. Sie trug eine dunkelgraue Fellkappe, die mit ihrem Mantel und dem Schal harmonierte. Ihre Wangen waren gerötet von der Kälte.

»Ist die Box frei?«, fragte Constantin.

»Ja, und Victoria, du kannst Kantara drei Boxen weiter einstellen.« Helene hielt sich die Hände an den Mund und blies hinein. Als sie das Haus verlassen hatte, hatte sie Handschuhe getragen, aber nun wusste sie nicht mehr, wo sie diese abgelegt hatte. Sie schob sich die Hände in die Manteltaschen und wartete darauf, dass ihre Cousine und ihr Cousin die Pferde untergebracht hatten, dann gingen sie gemeinsam ins Haus.

»Ich muss dich vorwarnen«, sagte sie. »Papa hat bereits herausgefunden, wer Max das blaue Auge verpasst hat.«

»Da offiziell Meldung gemacht worden ist, war das wohl zu erwarten.«

»Max hat nichts dazu gesagt.«

»Nun, ich hatte auch nicht erwartet, dass er gleich zu eurem Vater rennt.«

Die Eingangshalle war kalt, da man den großen Kamin dort nicht heizte. Frierend übergaben die drei ihre Mäntel, Mützen und Schals dem Hausdiener Markus. Victoria schien gar einen Moment lang zögern zu wollen, legte dann aber doch alles ab und streifte sich die Lederhandschuhe von den Händen. Rasch eilten sie in das Speisezimmer, wo eine Kaffeetafel aufgebaut war.

»Mama und ich haben gebacken«, erklärte Helene. »Die Honigkuchenmännchen sind von mir.«

Sie waren die Ersten im Raum, und Constantin ging zum Kamin, stellte sich davor, Victoria tat es ihm gleich, und nun folgte auch Helene. Langsam kehrte Gefühl in ihre Finger zurück, und die Wärme kribbelte schmerzhaft darin. Kurz darauf traten ihre Eltern ein, gefolgt von ihrem Großvater und Max, der beim Anblick seines Vetters nur mäßig begeistert wirkte.

»Guten Tag, Victoria«, sagte er und nickte Constantin lediglich knapp zu.

Die Begrüßung durch Helenes Eltern und ihren Großvater war da wesentlich herzlicher, und auch Kaspar, der nun in das Speisezimmer trat, freute sich, die beiden zu sehen. Aus Gründen, die niemandem so ganz klar waren, hatte er gerade an Constantin einen Narren gefressen, vermutlich, weil dieser ihn meist ignorierte und Kaspar dies als jüngstes Familienmitglied nicht gewöhnt war.

Die Familie ging zu Tisch. Helene zog ihren Stuhl zurück und setzte sich darauf. Als das Stubenmädchen erschien, um ihnen Kaffee einzuschenken, fuhr Helene mit einem Mal vom Stuhl hoch und stieß dabei den Arm der jungen Frau an, so dass der Kaffee auf das weiße Tischtuch verschüttet wurde.

»Igitt«, sagte Helene und fühlte nach ihrem Rock, der am Gesäß durchnässt war.

»Helene hat sich eingenässt«, krähte Kaspar, und Helene spürte, wie sie rot anlief.

Sie hob ein nasses Tuch auf und hielt es hoch. »Hast du das auf meinen Platz gelegt?«

»Ja, aber da war es noch trocken«, antwortete Kaspar prustend.

Maximilian, der neben ihm saß, verpasste ihm einen Klaps gegen den Hinterkopf. »Lass den Unsinn!«

Helenes Wangen brannten.

»Kaspar!«, sagte ihr Vater nun. »Geh auf dein Zimmer.«

»Aber der Honigkuchen.«

»Sofort!«

Murrend erhob das Kind sich. »Hier versteht niemand Spaß.«

»Möchtest du dich umkleiden, Helene?«, fragte ihre Mutter, nachdem sie Kaspar einen weiteren strafenden Blick zugeworfen hatte. Das kam eben davon, wenn man ein Kind über die Maßen verwöhnte, aber ihr war dies gewiss nicht anzulasten, das wusste Helene.

»Nein, so schlimm ist es nicht.« Dabei war es durchaus unangenehm. Es hatte einen Moment gedauert, bis die Nässe durch Kleid, Unterkleid und Unterröcke gedrungen war, nun jedoch klebte ihr der Stoff an den Beinen, was sie nicht ausstehen konnte. Aber keinesfalls würde sie vor der ganzen Tischgesellschaft mit einem feuchten Fleck auf dem Gesäß den Raum verlassen.

Sie ließ sich Kaffee einschenken, rührte Sahne hinein und nahm sich einen Honigkuchentaler. Mit halbem Ohr lauschte sie dem Tischgespräch, das sich um Maximilians Wunsch, Ingenieur zu werden, drehte.

»Und wer soll dann das Gut weiterführen?«, fragte ihr Großvater.

»Kaspar«, antwortete Maximilian. »Außerdem kann ich ja auch hier als Ingenieur tätig sein.«

»So ein Mumpitz!«, schimpfte Wilhelm von Schletter.

»Warum denn nicht?«, sprang Constantin seinem Cousin überraschend bei. »Vielleicht kann er hier ein Heizsystem einbauen, dann schafft man es womöglich ohne Frostbeulen von der Halle bis in den Salon.«

»Ist es dir hier nicht gut genug, oder was?«, fragte Maximilian nun.

»Das ist deine Auslegung.«

»Hört auf zu streiten«, mahnte Leonhard von Schletter.

Beide schwiegen verstimmt. Um das Thema zu wechseln, fragte er nach ihrem Wehrdienst. Erst ging das gut, aber dann kam Maximilian beiläufig auf Constantins mangelnde Vasallentreue zu sprechen, und dieser fuhr prompt auf.

»Reicht dir ein blaues Auge nicht?«

»Constantin!«, donnerte Wilhelm von Schletter.

»Na, offenbar nicht«, ätzte Maximilian. »Versuch's doch. Nächstes Mal bin ich nicht so zurückhaltend.«

»Zurückhaltend.« Erstaunlich, wie viel Verachtung man

in ein Wort legen konnte, dachte Helene. »Wer sich bei jeder sich bietenden Gelegenheit hinter seiner Kaisertreue versteckt, braucht einfach keine Schlagkraft.«

»Nennst du mich einen Feigling?«

»Aber nein«, antwortete Constantin seidenweich.

Maximilian sprang auf. »Wir können es gleich zu Ende bringen.«

»Schluss jetzt!«, brüllte Wilhelm von Schletter gleichzeitig mit Helenes Vater.

»Max, setz dich hin!«, befahl Leonhard.

Widerwillig ließ Maximilian sich auf seinem Stuhl nieder. Dafür stand Constantin nun auf.

»Das gilt auch für dich«, sagte ihr Großvater.

»Ich bin kein Kind mehr, das sich nicht unerlaubt vom Tisch entfernen darf.«

»Solange es dir gefällt, dich wie eines zu benehmen, werde ich dich auch wie eines behandeln. Und nun setz dich hin, ehe ich dir wegen deiner Respektlosigkeit eine Backpfeife verpasse«, drohte Wilhelm von Schletter.

Immerhin sprach es für Constantin, sich zu setzen und nicht spöttisch zu lächeln, denn jeder hier wusste wohl, dass dies eine leere Drohung war.

»So, und nun reicht euch die Hand und vertragt euch«, sagte Leonhard von Schletter.

Beide saßen da und verschränkten demonstrativ die Arme vor der Brust.

»Soll das der Großmut eines Erben des Titels Freiherr von Schletter sein?«, fragte Helenes Vater.

Zähneknirschend streckte Maximilian die Hand aus. Leonhard von Schletter sah Constantin an.

»Ich brauche keinen Großmut, mir vererbt niemand den Titel eines Freiherrn.«

Das reichte nun auch Helenes Vater, und es war zu bemerken, wie mühsam er an sich hielt. »Hat dein Vater dich zu einer solchen Respektlosigkeit erzogen?«

Auf seinen Vater wiederum, das wusste Helene, ließ Constantin nichts kommen, und so streckte er die Hand aus, und beide versöhnten sich mit stoischer Miene.

»Vielleicht könnte das hier jetzt zugehen, wie es sich bei einer vorweihnachtlichen Kaffeetafel gehört«, sagte Adela von Schletter nun. »Maximilian, Constantin, ihr habt nun ausreichend die Muskeln spielen lassen. Ich denke, ab jetzt solltet ihr schweigen und uns Frauen das Wort überlassen. Max, über dein Ingenieursstudium reden wir ein andermal.« Sie wandte sich an Victoria. »Meine Liebe, wie ist es dir in den letzten Tagen ergangen?«

Die Tür wurde geöffnet, und Tante Karolina trat ein. »Ich bin zu spät, entschuldigt.« Sie sah in die Tischrunde, und ihr mussten die versteinerten Mienen von Maximilian und Constantin auffallen. Karolina liebte Dispute, und so zogen sich ihre Mundwinkel ein wenig herab, als ihr klar werden musste, dass ihre Verspätung, die ganz offensichtlich nur den Sinn gehabt hatte, ihren Vater zu verärgern, sie um das Vergnügen gebracht hatte. »Wie ich sehe«, bestätigte sie dies nun auch schon, »habe ich das Beste mal wieder verpasst.«

April 1905

Da Karolina mit Paul von Sabrowski befreundet war, gab es für Victoria und Gerhard immer wieder die Möglichkeit, sich zu treffen, was Victoria – ohnehin schon rettungslos verliebt – in einen Zustand beständigen Schwärmens und der Vorfreude versetzte. Dass er eine Frau aus dem Hochadel heiraten sollte, mochte der Wille seines Onkels sein, seiner jedoch ganz offenbar nicht. Karolina sagte zwar, dass das eine allgemein bekannte Tatsache sei, denn die Sabrowskis heirateten ausschließlich in den Adel, aber Gerhard war sichtlich nicht gewillt, dieser Tradition Folge zu leisten.

An diesem Nachmittag waren sie in das Schloss des Grafen Sabrowski eingeladen, das Victoria zwar von einigen Feiern und Einladungen her kannte, aber bisher hatte sie nur Eingangsbereich und Festsaal gesehen. Und das Schloss hatte, nach allem, was so erzählt wurde, noch eine ganze Menge mehr zu bieten. Die Grafen Sabrowski hatten schon vor über hundert Jahren die Welt bereist und wunderbare Kunstwerke aus aller Herren Länder gesammelt. Victoria brannte geradezu darauf, alles zu sehen, und so setzte sich

Karolina mit Paul von Sabrowski auf die Veranda, während Gerhard sich erbot, sie herumzuführen. Er führte sie in die Bibliothek, die noch größer und schöner war als die auf Gut Reichenbach, zeigte ihr einen atriumartigen Innenhof und nahm sie hernach mit die Treppe hinauf, die in sanftem Bogen von der Eingangshalle bis zu einer Galerie verlief.

Der Raum, in den Gerhard sie nun führte, war von jener romantischen Altertümlichkeit, für die sich Constantin stets so begeisterte. Den Boden aus poliertem Holz bedeckten Teppiche, an den Wänden hingen Gemälde von fernen Landschaften und dunklen Wäldern. Es gab einen Tisch, auf dem eine alte Weltkarte ausgebreitet lag, daneben standen ein Globus und ein Sextant. In Regalen standen ledergebundene Bücher und Schiffsmodelle. Die hohen Fenster waren zu schmal, um den Raum gänzlich auszuleuchten, so dass er auch tagsüber in einem dämmrigen Licht lag, das etwas Heimeliges hatte. Man fühlte sich ein wenig aus der Zeit gefallen.

»Gefällt es dir?«, fragte Gerhard.

Sie drehte sich zu ihm um, lächelte. »Es ist faszinierend.«

»Einige unserer Vorfahren gingen zur See, handelten und strebten danach, große Entdeckungen zu machen.«

»Und? Haben sie es?«

»Entdeckungen?« Er gab dem Globus einen kleinen Stoß, so dass er sich drehte. »Nein, ich glaube nicht.«

Victoria ging langsam durch den Raum, sah sich die Bücher an, spürte, wie er zu ihr trat. In seiner Nähe schlug ihr das Herz bis zum Hals, und ein warmes, kribbeliges Gefühl durchfuhr sie. Hoffentlich rief Tante Karolina sie nicht gar zu bald wieder zurück.

Gerhard schien ähnlich zu empfinden, denn er strich ihr behutsam mit einem Finger über den Hals, dann ließ er seine Lippen folgen, und ein Schauer durchfuhr sie. Sie wandte den Kopf, so dass sein Mund den ihren finden konnte. Der Kuss war erst behutsam vortastend, dann drängender, und sie öffnete die Lippen. Der Herzschlag dröhnte ihr in den Ohren, als sie die Arme um Gerhards Nacken schlang und seinen Kuss auskostete.

Langsam tastete sich seine Hand über ihren Bauch hoch zu ihrer Brust, und sie schob sie wieder hinunter. Kurz darauf lag seine Hand jedoch wieder dort und ließ sich nicht so ohne Weiteres fortschieben, streichelte und liebkoste durch die Seide ihres Kleides hindurch. Mit einem Anflug von Unbehagen ließ Victoria ihn gewähren, indes sie Gefühle durchliefen, die ihr unbekannt waren, sie verwirrten und zugleich entzückten. Dann jedoch, als er sich daranmachte, die Knöpfe zu öffnen, löste sie sich von ihm.

»Nein, das nicht«, sagte sie atemlos.

Er hob die Brauen. »Was du nicht sagst?« Seine Hand lag immer noch um ihre Taille, die andere an den Knöpfen, blieb auch dort, gleich, wie beharrlich sie versuchte, ihn davon abzuhalten, ihr Kleid zu öffnen. »Weißt du nicht, dass deine Tante mit meinem Onkel dort unten wohl derzeit genau das tut? Dafür ist sie nämlich bekannt.« Er nutzte den Moment ihrer Irritation, um die Knöpfe weiter zu öffnen.

»Hör auf!«, sagte sie, nun deutlich bestimmter.

»Und wenn ich nicht möchte, was dann?«

Sie wollte zurückweichen, aber er ließ sie nicht los. »Nimm deine Hände weg!«

»Wenn es mir aber doch gerade so gefällt, wo sie sind, hm?«

Victoria rang mit ihm, um freizukommen, während ihr Ärger langsam einer diffusen Angst wich. Aber das war doch Gerhard, der charmante, freundliche Gerhard. Sie versuchte sich an einem Lächeln. »Nun komm, hör auf mit dem Unfug«, sagte sie und hoffte, dass er wieder normal würde.

»Warum kommst du mit mir hierher, wenn du dich dann so zierst? Warum all das Kokettieren, obwohl du wissen musst, dass ich dich nicht heiraten werde, weil ich in den Hochadel heiraten muss? Warum gehst du mit mir allein in einen Raum, lässt dich küssen und anfassen?«

»Weil ich dachte… Ich… Es war ein Fehler. Und nun lass mich gehen!« Der feste Tonfall zerbrach an ihrer Angst.

Gerhard presste sie an sich und küsste sie erneut, dieses Mal härter und fordernder, während seine Hand an ihren Knöpfen zerrte. Victoria wehrte sich gegen ihn, versuchte, ihn wegzustemmen, hörte, wie Stoff riss. Er stieß sie zu Boden, und als sie sich gerade umdrehen und wieder aufrappeln wollte, war er über ihr. Mit seinem Gewicht hielt er sie am Boden, während er mit beiden Händen ihr Kleid gänzlich aufriss, das Mieder wegzerrte und ihre Brüste entblößte. Victoria versuchte, sich mit den Armen zu bedecken, aber er umfasste ihre Handgelenke, bog ihre Arme hoch und hielt sie über ihrem Kopf fest, während seine andere Hand auf einmal überall auf ihrem Körper zu sein schien.

»Nein!« Victoria wand sich unter ihm. »Hör auf!« Ihre Stimme kippte in schrille Schreie. »Hör endlich auf!«

Er erstickte ihre Worte, als er seinen Mund auf ihren presste, dann zerrte er an ihren Röcken, an ihrer Wäsche, und sie spürte das kühle Holz an ihren bloßen Beinen. Jeder Protestschrei erstarb unter seinem Mund, dann ließ er ihre Handgelenke los, richtete sich auf und presste ihr rasch die Hand auf den Mund, ehe er an seiner Kleidung nestelte. Einen Moment lang dachte Victoria, sie könne sich befreien, aber dann war er wieder über ihr, drückte sie mit seinem ganzen Gewicht zu Boden.

Er drängte sich an sie, presste sich gegen ihren Unterleib, und im nächsten Moment durchfuhr sie ein sengender Schmerz. Victoria schrie in seine Hand, kämpfte gegen ihn, schlug auf ihn ein, aber er zog sich nur kurz zurück, um dann erneut in sie zu stoßen, wieder und wieder, jeder Stoß schmerzhafter als der davor, indes seine freie Hand ihre Brust drückte und quetschte. Sein Gesicht hatte sich verzerrt, und er stieß kurze, keuchende Laute aus, ehe er erschauerte, in ebenjenem Moment, als Victoria glaubte, es keinen Moment länger ertragen zu können.

Er tat einen tiefen Seufzer, lachte und ächzte gleichzeitig, als sein Gesicht wieder zu jener glatten Maske wurde, die sie seinerzeit so attraktiv gefunden hatte. Langsam richtete er sich auf, nahm die Hand von ihrem Mund und wischte sie an ihrem Kleid ab, dann erhob er sich, während Victoria schluchzend das Mieder über die Brust zog, den Rock von ihren Hüften hinunterschob und langsam auf die Knie kam. Der Schmerz nahm ihr den Atem, und etwas Warmes rann ihr die Beine hinab.

»Hier, wisch dich ab, ehe du den Boden noch mehr besudelst.« Gerhard warf ihr ein Taschentuch zu, und obwohl sie an der Scham fast erstickte, presste sie es zwischen ihre Beine. Als sie es wieder hervorzog, sah sie, dass sich in die Nässe Schlieren von Blut zogen. Setzte genau jetzt und in diesem Moment auch noch ihr Monat ein?

»Du warst ja tatsächlich noch Jungfrau«, sagte er mit Blick auf das Tuch, und sie knüllte es rasch zusammen. »Nimm es nicht so schwer, bei deiner Hochzeitsnacht wirst du dafür mehr Spaß haben, glaub mir. Beim ersten Mal ist es immer etwas unangenehm.« Er knöpfte seine Hose zu und richtete die Kleidung, wirkte tadellos, während sie am Boden saß und es mit ihren zitternden Händen nicht einmal schaffte, das Kleid zu schließen.

Er ging zu ihr, umfasste ihren Arm und zog sie hoch. »Lass mich das machen. Wir sollten vorzeigbar sein, falls sie uns gleich rufen.«

Sie wollte seine Hand wegschlagen, als er sich an den Knöpfen ihres Kleides zu schaffen machte, aber er ignorierte sie.

»Keine Sorge, so verlockend der Anblick auch sein mag, ich konnte jetzt gerade nicht noch einmal, selbst wenn ich wollte. In einer halben Stunde mag das anders aussehen.«

Bei zwei Knöpfen war das Kleid eingerissen, aber wenn sie in der Kutsche ihren Schal umlegte, bemerkte man es möglicherweise nicht.

»Wisch dir das Gesicht ab und richte dir das Haar. So verheult, verrotzt und zerzaust kannst du deiner Tante wohl nicht gegenübertreten. Die ist immer elegant, gleich, aus wie viel Betten sie steigt.«

Es war vielmehr sein Onkel, dem sie so nicht gegenübertreten wollte, und so wischte Victoria sich das Gesicht mit einem Taschentuch ab, löste die Haarnadeln und steckte das Haar neu auf. Wenn es doch nur aufhören würde, so entsetzlich wehzutun. Wie sollte sie gehen? Wie sitzen? Wieder schluchzte sie auf und wischte sich die Tränen mit dem Handrücken weg.

»Warum hast du das getan?«, fragte sie. »Ich habe dich doch gemocht.«

Nun blitzte das erste Mal so etwas wie Unsicherheit in seinen Augen auf, aber dann lächelte er. »Ich mag dich auch. Und wir hatten unseren Spaß, nicht wahr?«

Die ersten Schritte zur Tür hin waren tatsächlich sehr schmerzhaft, als reibe sich ihr Inneres mit Sand wund. Victoria ging vorsichtig mit zittrigen Knien durch den Korridor zur Treppe. Einen Moment lang war die Verzweiflung so groß, dass sie mit dem Gedanken spielte, sich einfach fallen zu lassen, um niemandem mit dieser Schande unter die Augen zu treten. Sie hielt das Geländer, schwankte, dann umfasste eine Hand ihren Oberarm mit festem Griff.

»Denk nicht einmal daran!«, sagte Gerhard. »Glaub mir, das ist es nicht wert.«

Sie hatten Tee auf der Veranda getrunken und in den Garten geblickt, der in mildem Frühlingserwachen dalag. Etwas hatte sich an ihrer Beziehung zueinander geändert, es schien Paul nicht mehr darum zu gehen, mit ihr zu schlafen. Karolina gelang es jedoch nicht so recht zu benennen, welcher Natur diese Änderung war. Vielleicht war es so etwas wie Freundschaft, möglicherweise konnte man es sogar als Vertrautheit bezeichnen.

»Wir sollten gleich mal sehen, was die beiden machen«,

sagte er nun. »Gerhard kann zuweilen etwas ungestüm sein, was junge Damen angeht, und deine Nichte scheint ihm zu gefallen.«

Karolina lächelte und spielte mit der Brosche, die am Brustteil ihres Kleides steckte. »Vielleicht ist es ihm ja ernst mit ihr.«

»Du weißt, wie die Dinge liegen. Er wird sie nicht heiraten.«

»Und wenn er das möchte?«

»Er ist vernünftig genug, um dergleichen nicht zu fordern.«

Dann blieb zu hoffen, dass Victoria sich nicht gar zu sehr in ihn verliebte. Als sie Schritte im Salon hörte, blickte sie auf. »Wenn man von ihnen spricht«, sagte sie, und Paul drehte den Kopf, als sich die Schritte näherten.

Karolina bemerkte, dass sein Lächeln etwas Angestrengtes bekam und hernach zerfiel. Rasch drehte sie sich ebenfalls um, und sie spürte, wie das Erschrecken sich mit kalter Hand um ihren Magen ballte. Victoria ging mit seltsam eckigen Bewegungen, aber das allein war es nicht, was Karolina alarmierte. Sie wirkte verheult, das Haar war in einer anderen Frisur aufgesteckt, hastig und nicht mit jener Sorgfalt, die Victoria stets darauf verwendete. Karolina ließ den Blick rasch über das Kleid gleiten und bemerkte den eingerissenen Stoff an zwei Knöpfen. All das hatte sie in wenigen Sekunden erfasst, und nun sah sie Gerhard an, der mit süffisantem Lächeln hinter Victoria hinausgetreten war.

Paul öffnete den Mund, schien etwas sagen zu wollen, aber Victoria kam ihm zuvor. »Können wir heimfahren?«

Ihre Stimme war klein, und jedes Wort schien ihr nur mit äußerster Anstrengung über die Lippen zu kommen. »Mir ist nicht gut.«

Karolina sah Paul an, der fast erleichtert wirkte, dabei konnte er Victorias vorgeschobenes Unwohlsein doch nicht einen Moment lang glauben. Aber dies war nicht der Moment, darüber einen Disput zu führen. »Natürlich, mein Liebes«, sagte sie und erhob sich. »Komm, gehen wir.«

»Auf bald«, sagte Gerhard, während Paul aufstand, um sie zur Tür zu begleiten. Er zischte seinem Neffen etwas zu, das Karolina nicht verstehen konnte.

Jeder Schritt schien Victoria Schmerzen zu bereiten, und beim Einsteigen in die Kutsche musste der Kutscher ihr helfen. Karolina verabschiedete sich von Paul, stieg ebenfalls ein und setzte sich Victoria gegenüber, um sie ansehen zu können. Ihre Nichte hatte ihren Seidenschal vom Sitz genommen und ihn sich um die Schultern geschlungen. Ihre Finger ballten sich darum, als hielten sie einen Schutzschild, und die Knöchel traten weiß hervor. Elisas Tochter. Karolina wollte es das Herz brechen. Stets war sie nur Carls Kind für sie gewesen, aber nun erkannte sie in dieser stummen Verletzlichkeit ihre Schwester. Grundgütiger, dachte sie.

»Was hat er getan?« Die Frage kam ihr leise über die Lippen, aber Victoria musste sie gehört haben, denn ihre Haltung versteifte sich, und sie presste die Lippen zusammen. Den Kopf abgewandt starrte sie aus dem Fenster, während sich eine Träne aus ihrem Augenwinkel löste und die Wange hinabrann. Jene Porzellanwangen, um die die anderen Mädchen sie stets so beneideten.

»Hat er«, sie suchte nach den richtigen Worten, »hat er dir wehgetan?«

Ein kaum merkliches Nicken.

»Hat er sich dir aufgezwungen?«

Die Finger krallten sich fester in das Tuch, und eine weitere Träne quoll aus dem Augenwinkel. Karolina lehnte sich zurück und schloss die Augen. Großer Gott, dachte sie, bitte nicht. Als sie die Lider wieder hob, bemerkte sie, dass Victoria sie ansah.

»Ich wollte nicht, aber er …«, sagte sie, und die Stimme zersplitterte. »Er hat …« Sie schniefte. »Mein Vater wird ihn zur Rechenschaft dafür ziehen.«

Nun starrte Karolina sie entsetzt an. Carl davon erzählen? Das ging nicht, auf gar keinen Fall. Wenn ihre Familie erfuhr, dass sie auf der Veranda Tee getrunken hatte, während ihre Nichte, für die sie die Verantwortung übernommen hatte, über ihr vergewaltigt wurde … Nein, sie durfte nicht einmal daran denken. »Du kannst es ihm nicht erzählen«, sagte sie. »Er darf nicht davon erfahren. Denk doch mal, was sie mit jungen Frauen tun, die ihre Unschuld vor der Ehe verloren haben. Dein Vater wird dich mit Gerhard verheiraten, er wird ihn dazu zwingen, eine Ehe einzugehen. Und dann kann Gerhard das, was er heute getan hat, wieder und wieder tun. Jetzt hat er es nur zu seinem Vergnügen getan, aber denk doch nur, was er tut, wenn er auch noch zornig ist, weil ihm eine Ehe mit einer Frau aus dem Hochadel verwehrt ist.« Victoria starrte sie so entgeistert an, dass Karolina wusste, ihre Worte trugen Früchte. »Erzähle es niemandem. Wir fahren jetzt zu Schloss Lilienau, dort wäschst du dich und bekommst dann ein Kleid von mir.

Niemand wird davon erfahren, Victoria. Das Kleid, das du jetzt trägst, stecken wir in den Ofen.«

Victoria schwieg. Schließlich, als Karolina schon dachte, sie hätte die letzten Worte gar nicht gehört, antwortete sie fast tonlos: »Ja, so machen wir es.«

»Ich habe dir so oft gesagt, du sollst mich nicht erschrecken, wenn ich reite oder ein Pferd an der Hand führe«, schimpfte Helene auf ihren Bruder Kaspar, der sich hinter dem Scheunentor versteckt hatte und unvermittelt herausgesprungen war. Ihre Rappstute Olympia war glücklicherweise ein nervenstarkes Tier.

Sie kam gerade von einem ausgiebigen morgendlichen Ausritt zurück und hatte vermutlich wieder einmal das Frühstück verpasst. Ihre Mutter war in dieser Hinsicht großzügig, ihr Großvater jedoch pochte mit zunehmendem Alter immer stärker auf die Einhaltung von Tradition und guten Sitten. Als drohten diese zu zerfallen, wenn man das Frühstück allein einnahm.

Ehe sie ins Haus ging, kümmerte sie sich um ihr Pferd, denn dieses stellte Helene stets vor ihre eigenen Bedürfnisse. Erst wurde Olympia versorgt und auf die Weide gebracht, dann wollte Helene Mistral begrüßen, mit dem sie ab und zu gemütliche Ausritte unternahm, der aber ansonsten seinen Altersruhestand genießen durfte, und erst danach ging es zum Frühstück.

»Großvater sagt, zu seiner Zeit gab es dann einfach kein Frühstück mehr«, erklärte Kaspar.

»Ja, ich weiß, das sagte er mir jedes Mal.«

Helene nahm Olympia am Führstrick und brachte sie hinaus. Die Stute war ein Geschenk von Großvater Oskar gewesen, nachdem Helene im vorletzten Sommer mit ihrem Vater einen Urlaub auf dem Gestüt in Trakehnen gemacht und sich in die Stute verliebt hatte. Es war eine herrliche Zeit gewesen, die sie auf dem Gestüt verbracht hatten. Erich, der alte Stallmeister, hatte ihr und Maximilian in ihrer Kindheit immer aufregende Geschichten aus seiner Zeit im Ermland erzählt, von dem Hof, wo er aufgewachsen war, von seinem ersten Kontakt mit den Pferden und schließlich von Trakehnen, wo er viele Monate verbracht hatte.

Mit der Reise dorthin hatte Leonhard von Schletter seiner Tochter einen lang gehegten Traum erfüllt. Es war wundervoll gewesen, die herrliche Landschaft mit ihren alten Alleen und, so weit man blicken konnte, Weiden mit edlen Pferden. Hier hatte sie sich in Olympia verliebt, die leider außerhalb dessen lag, was ihr Vater sich leisten konnte. Helene rechnete es ihm hoch an, dass er seinen Stolz hinuntergeschluckt und ihren Großvater gebeten hatte, ihr die Stute zu kaufen, was dieser – bestrebt in dem Gedanken, seinen Enkelkindern stets großzügigere Geschenke zu machen, als ihre Eltern es vermochten – umgehend tat.

Unter der Anleitung ihres Vaters hatte Helene die Stute selbst zugeritten, und sie war nach wie vor die Einzige, die sie reiten durfte, darüber wachte Helene – ansonsten eher freigiebig – stets eifersüchtig. Als sie nun langsam zum Stall zurückschlenderte, den Führstrick über der Schulter, genoss sie die Stille, die über diesem noch jungen Tag lag. Der Morgen war die einzige Zeit des Tages, die ihr allein gehörte, und wenn ihr Großvater sie dafür auch regelmäßig tadelte, weil sie das Frühstück versäumte, so würde sie um nichts in der Welt auf diesen Moment verzichten wollen, wenn die Vögel erwachten, die ersten Hummeln brummend über die Wiesen summten, dann und wann ein Reh, das scheu verharrte, ein Fuchs, der sich im Gesträuch verbarg, ein Hase, der über den Weg hoppelte und im Dickicht verschwand. An den Wegesrändern blühten Sumpfdotterblumen und Wiesenschaumkraut, und in das Gras tupften Gänseblümchen und Butterblumen gelbe und weiße Flecken. Es waren Augenblicke, in denen Helene eine tiefe Dankbarkeit erfüllte, Dankbarkeit dafür, dass dieser wundervolle Ort ihre Heimat war.

»Mal wieder als Erste auf den Beinen?«, riss eine Männerstimme sie aus ihren Gedanken, und sie blickte auf, sah sich um. Andreas Bächtold, der Sohn des obersten Stallmeisters, stand an einen Baum gelehnt, die Arme vor der Brust verschränkt, während in seinen irritierend blauen Augen ein Lachen tanzte. So, wie er dastand, bemerkte man nicht, dass sein rechtes Bein deutlich kürzer war als das linke, die Folge eines Unfalls in seiner Kleinkinderzeit.

Helene überkam in seiner Anwesenheit stets ein seltsames Gefühl. Es kribbelte in ihrem Bauch, als habe jemand dort einen Schwarm Schmetterlinge entlassen, die in ihre Brust stoben und ihr Herz schneller schlagen ließen. Dabei kannte sie ihn schon ihr ganzes Leben, hatte dann und wann ein Wort mit ihm gewechselt, ihn aber ansonsten wenig beachtet. Und eines Tages hatte sie ihn angesehen und festgestellt, dass ein Mann aus ihm geworden war, ein verwirrender Moment, als sähe sie ihn zum ersten Mal.

Und da hatte es begonnen, jenes fremdartige Empfinden für ihn.

»Nun«, sagte sie, da ihr bewusst wurde, dass sie ihm immer noch eine Antwort schuldig war, »nicht früher als du, wie es aussieht, nicht wahr?«

»Heute werden die jungen Rinder gebrandmarkt«, sagte er. »Da ging es heute schon in aller Frühe los.«

Ach, das hatte sie vollkommen vergessen. »Habt ihr schon angefangen?«

»Nein, nur schon einmal die Tiere vorbereitet und die übrigen auf die Weide getrieben.« Er richtete sich auf und ging mit ihr die letzten Schritte zum Hof. »Reiten war vermutlich erbaulicher.«

»Dann begleite mich doch einfach das nächste Mal.« Ach, was sagte sie denn da? War sie toll?

»Zu gerne. Sag mir wann, und ich warte morgens auf dich.«

»Morgen?«, fragte sie mit wild klopfendem Herzen.

Er tippte sich an den nicht vorhandenen Hut. »Es ist mir ein Vergnügen, Husarin.« Er lächelte auf eine Art, die Helenes Atem schneller gehen ließ, dann wandte er sich ab und ging zum Viehstall.

»Wie lange sollen wir diese Leichenbittermiene noch ertragen?«, fragte Gesa von Reichenbach, und Victoria, die nur lustlos im Essen herumgestochert hatte, blickte auf.

»Verzeihung«, antwortete sie angestrengt.

»Hast du Liebeskummer, Kind?«, wollte ihre Großmutter nun wissen.

Victoria erhob sich hastig und verließ den Raum. Sie

schaffte es bis in ihr Zimmer, wo sie die Tür zuschlug und den Tränen freien Lauf ließ. Immerzu musste sie weinen. Nachts träumte sie von Gerhards verzerrtem Gesicht, hörte seine keuchenden Laute, und dann wachte sie auf, die Hände in das Kopfkissen gekrallt, während sich ein dumpfer Schrei in ihrer Kehle ballte. Sie wollte nicht mehr davon träumen, wollte vergessen, so, wie ihr Körper mit nahezu verräterisch anmutender Schnelligkeit den Schmerz vergaß. Es tat nicht mehr weh, wenn sie ging oder sich hinsetzte, auch sonst waren keine Spuren mehr auf ihrer Haut zu sehen, wo Gerhard sie zu fest gepresst und gequetscht hatte. Wenn es doch nur innerlich auch so heilen könnte.

Als sie am Tag, an dem es geschehen war, heimgekehrt war, hatte sie sich in die Badewanne gesetzt und ihre Haut geschrubbt, bis sie krebsrot war. Aber das Gefühl, besudelt zu sein, war geblieben und bis heute nicht gewichen, gleich, wie oft sie sich wusch. Sie fühlte sich befleckt, beschmutzt, geschändet. Gelegentlich blickte sie in den Spiegel, als habe sich über Nacht ihr Gesicht verändert und trüge nun all das, was in ihr war, wie ein Schandmal für alle sichtbar.

Es strengte sie unglaublich an, jeden Tag so zu tun, als sei alles wie immer, sich mit Sorgfalt zu frisieren und zu kleiden, zu frühstücken, Mittag zu essen, abends mit einem Lächeln bei Tisch zu sitzen, Besuche zu machen und zu empfangen … Sie wusste nicht, wie lange sie es noch aushielt.

Als sie sich beruhigt hatte, stand sie auf und verließ ihr Zimmer, ging hinaus in den Stall, wo nun, zum Abend hin, die trächtigen Stuten hineingetrieben wurden. Ihre Lieblingsstute Alba war ebenfalls darunter, in drei Monaten würde sie abfohlen. Victoria ging zu ihr, und Alba streckte den dunkelbraunen, glänzenden Kopf über die Boxentür, deren obere Hälfte geöffnet war. Victoria legte das Gesicht an Albas Stirn, spürte das warme Fell, roch den vertrauten Geruch nach Pferd, den sie tief einsog.

Schritte näherten sich, und erst dachte sie, es wäre jemand vom Stallpersonal, aber es war ihr Vater, der sich langsam näherte. »Was ist mit dir?«, fragte er, und die Sorge, die in seiner sanften Stimme mitschwang, trieb ihr prompt die Tränen in die Augen. Wieder einmal.

Victoria wandte sich ab und legte ihre Stirn an Albas. Für ihn war alles normal, wie immer. Für alle war alles normal. So, wie noch vor zehn Tagen auch für Victoria alles normal gewesen war. Als sie noch nichts über diese Schwärze gewusst hatte, in die Gerhard sie gestoßen hatte. Sie wollte diese Normalität zurück, wollte, dass auch sie wieder ein Teil des alltäglichen Lebens war.

»Victoria.« Carl von Reichenbach legte ihr behutsam die Hand auf die Schulter. »Liebes, wenn es dir nicht gut geht, sag es mir bitte.«

Sie brauchte drei Versuche, ehe sie antworten konnte. »Es geht mir gut, Papa.«

Er widersprach nicht, seufzte aber tief. »Warum vertraust du mir nicht mehr?«

»Das tue ich doch. Mir fehlt nichts, ganz gewiss.« Immer noch war sie unfähig, ihn anzusehen, hielt den Blick auf Alba gerichtet, deren Mähne sie mit konzentrierter Miene kraulte.

»Wenn du mit mir reden möchtest, dann jederzeit, Victoria. Und lieber früher als später.« Er zog seine Hand zurück, und Victoria war, als fröstele sie auf einmal.

»Ja, Papa, natürlich«, antwortete sie kaum hörbar. Kurz darauf verließ er sie wieder, und sie presste die Faust an den Mund, um den Schluchzer, der sich in ihre Kehle drängte, zu ersticken.

»Ein wenig ungestüm nennst du das?« Karolina machte nicht einmal den Versuch, ihren Zorn zu verbergen.

Paul hob beschwichtigend die Hände. »Ich weiß, er ist ein Draufgänger – nein, bitte, lass mich aussprechen –, aber deine Nichte ist wohl auch nicht ganz unschuldig daran, dass die Sache etwas zu weit gegangen ist, und er würde sich auch gerne in aller Form bei Victoria von Reichenbach entschuldigen.«

»Ich denke nicht, dass sie ihn sehen will.« Karolina fragte sich, ob Gerhard wohl alles gestanden hatte. Oder hatte er einfach nur erzählt, er sei übergriffig geworden, hätte sie angefasst, wo er sie nicht hätte anfassen dürfen? Oder gar etwas zu stürmisch geküsst. Allerdings gab es Gerüchte über ihn, das hatte Karolina durch vorsichtiges Befragen von Maximilian herausgefunden. Beiläufig hatte sie ihn, als er am Wochenende für zwei Tage heimgekommen war, gefragt, und er hatte durchklingen lassen, dass Gerhard zwar ein guter Freund sei, aber Helene sähe er nicht gerne an seiner Seite.

Karolina hatte Victoria seit dem Vorfall nicht wiedergesehen. Das war nicht ungewöhnlich, es konnte durchaus Zeit vergehen, ehe sie sich trafen oder Karolina sie mit in die Stadt oder zu Freunden nahm. Aber Karolina wusste auch nicht, wie sie mit ihr umgehen sollte. So, als sei alles normal?

»Es wäre das Beste«, sagte Paul nun, »wenn wir die Sache

auf sich beruhen ließen. Wenn Fräulein Victoria keine Entschuldigung möchte, sei ihr das unbenommen, aber dann kann es auch nicht gar zu schlimm gewesen sein.«

Karolina nahm ein Plätzchen von dem Teller, der zwischen ihnen auf einem kleinen Tisch stand. Wieder saßen sie auf der Veranda und blickten in den Garten, aber dieses Mal war Gerhard glücklicherweise nicht zu Hause. »Sie ist furchtbar verletzt. Ich werde ihr aber die Bitte um Verzeihung ausrichten.«

Paul nickte. »Vielen Dank. Ich hoffe, damit ist es ausgestanden.«

»Sicher«, antwortete Karolina mechanisch. Sie zerkrümelte das Plätzchen zwischen den Fingern und ließ den Blick durch den Garten schweifen. Es war ein schönes Anwesen, weitläufig und gepflegt, und sie hatte so manches Mal davon geträumt, hier daheim sein zu können. Zusammen mit Paul, für den sie Gefühle entwickelt hatte, die tiefer gingen als das, was sie seinerzeit für Carl empfunden hatte. Wie hatte sie das je für Liebe halten können? Und was hatte sie alles dadurch verloren, sich mit ihm eingelassen zu haben. Wie furchtbar dumm sie gewesen war. Und anstatt Elisas Andenken in ihrem Kind zu ehren, hatte sie … Sie tat einen bebenden Atemzug. »Es ist wohl besser, wenn ich jetzt gehe.«

»Ich weiß, du bist mir böse, aber keiner von uns war dabei, und so, wie du deine Nichte schützt, schütze ich meinen Neffen. Ich habe nur noch ihn.«

Karolina nickte. »Das verstehe ich, aber bitte versteh auch, dass ich das, was er getan hat, eben nicht als ein wenig draufgängerisch ansehen kann.«

»Sie hat ihn vielleicht zu weit gehen lassen und es später bereut, daher ihr desolater Zustand.«

Mit einer fahrigen Bewegung strich Karolina ihr Kleid glatt, fegte einige Krümel zu Boden. »Sah sie so aus? Wie eine Frau, die die Liebe genossen hat und diese im Nachhinein bereut? Hat dein Neffe den Eindruck eines Mannes gemacht, der ein wenig zu ungestüm war? Hätte er sich in dem Fall nicht darum bemüht, dass sie ihm nicht grollt? Hätte er nicht besorgt gewirkt?«

»Wie gesagt, ich war nicht dabei. Und du ebenso wenig.«

Es war sinnlos. Karolina erhob sich und griff nach ihrem kleinen Täschchen. »Ich fahre jetzt, wir sehen uns, ja?«

»Wann immer du möchtest.«

Sie lächelte ihn an, erlaubte ihm, sie zur Tür zu bringen und zum Abschied zu küssen. Ein Stallbursche kam mit ihrem Pferd über den Hof und half ihr beim Aufsitzen.

Juli 1905

Schon, als ihr Monat zum ersten Mal ausgeblieben war, hatte Victoria Böses geahnt, dies jedoch verdrängt, weil nicht sein konnte, was nicht sein durfte. Aber nun, als sie das dritte Mal vergeblich wartete und spürte, dass ihre Kleider an der Brust arg spannten, wusste sie, dass sie den Umstand nicht länger vor sich selbst verbergen konnte, so, wie er auch für andere nicht mehr lange verborgen sein konnte. Ihr Körper hatte also doch nicht so rasch vergessen, wie sie geglaubt hatte. Verraten hatte er sie dennoch, hatte den Keim, den Gerhard so brutal in sie gepflanzt hatte, in sich geborgen, ihn genährt, so dass er in ihr wachsen konnte.

Obschon sie keine morgendliche Übelkeit begleitet hatte, löste das Wissen um dieses Unausweichliche einen so heftigen Brechreiz aus, dass sie es gerade noch in ihr Bad schaffte, wo sie sich übergab. Hernach blieb sie an die Wand gelehnt sitzen und presste einen Handballen an die Stirn. Was sollte sie tun? Was, um alles in der Welt, sollte sie jetzt tun? Sie dachte an ihre Tante Magdalena, die man seinerzeit fortgeschickt hatte, aber Victoria konnte sich nicht vorstellen, irgendwo, weit fort, allein mit Gerhards Kind zu leben. Wieder stieg Übelkeit in ihr auf, aber sie konnte nur noch Galle erbrechen.

Da war es nun also, das gefürchtete Schandmal. Es befand sich nicht in ihrem Gesicht, sondern in ihrem Bauch und würde schon bald für jeden sichtbar sein. Victoria würgte an Tränen, aber sie war schon seit Wochen vollkommen leergeweint, was beinahe noch schlimmer war, denn nun schnürte ihr die Verzweiflung die Kehle zu, ohne dass erlösende Tränen kamen. Sie putzte sich die Nase und erhob sich langsam, stellte sicher, dass alles wieder sauber war und ihr Kleid keine verräterischen Spuren aufwies. Dann wusch sie sich das Gesicht, strich sich ordnend übers Haar und wartete, bis der Atem wieder ruhig ging.

»Wohin möchtest du?«, fragte ihr Vater, als sie die Halle durchquerte.

»Nur ein wenig ausreiten«, antwortete sie und bemühte sich um ein Lächeln.

Dass sie wieder ritt, schien für ihn ein Schritt in die Normalität zu sein, und ein Anflug von Erleichterung erschien in seinem Gesicht. »Das ist schön. Ich würde dich begleiten, aber ich habe zu tun.«

»Das ist nicht schlimm, ich werde wohl Tante Karolina besuchen.«

»Tu das. Falls es spät wird, soll dich aber jemand zurückbegleiten.«

»Du weißt doch, etwas anderes würden Großvater und Onkel Leonhard nie erlauben.«

Jetzt lachte er. »Das stimmt wohl.«

Victoria verließ das Haus und überquerte den Hof. Sie hatte Angst, sie hatte so furchtbare und unbändige Angst, dass sie befürchtete, die Knie würden jeden Moment unter ihr nachgeben. Dann würde sie hinfallen, ihr Vater würde einen Arzt holen, und das ganze entsetzliche Geheimnis käme ans Licht. Sie schaffte es in den Stall, wo sie Sattel und Zaumzeug bereitlegte und einen Reitburschen hinausschickte, um ihre Stute Artemis von der Weide zu holen. Während sie wartete, setzte sie sich auf einen Strohballen und starrte eine Weile vor sich hin, müde und erschöpft.

»Soll ich sie satteln und aufzäumen, gnädiges Fräulein?«, fragte der Bursche.

»Nein, danke, das mache ich schon«, antwortete sie lächelnd und griff nach einem Striegel. Ein Pferd zu putzen hatte immer schon eine beruhigende Wirkung auf sie gehabt. Während sie die Hufe auskratzte, wünschte sie einen Moment lang, Artemis sei nicht so lieb und folgsam, sondern würde ihr einen kräftigen Tritt in den Bauch versetzen. Sie richtete sich auf und begegnete dem Blick aus den dunklen Augen der Stute.

»Ach, du Liebe«, murmelte Victoria, »wenn du mich doch nur verstehen könntest.«

Sie sattelte die Stute, legte ihr das Zaumzeug um und führte sie in den Hof, wo sie mithilfe eines Holzbocks aufstieg. Der Ritt durch die blühenden Alleen tat gut, und einen Moment lang konnte Victoria sich sogar der Illusion hingeben, alles würde wieder gut. Vögel zwitscherten, die Luft roch nach sommerwarmem Gras, dicke Hummeln brummten zwischen Blüten, im Gesträuch raschelte es leise, und ein lauer Wind strich durch das Grün.

Victoria trieb die Stute in einen leichten Galopp, während sie sich daran erinnerte, dass eine Freundin ihr gesagt hatte, schwangere Frauen dürften nicht reiten, da die Gefahr, das Ungeborene durch einen Sturz zu verlieren, zu groß war. Und wenn sie sich einfach fallen ließ? Victoria spielte den Gedanken durch, aber sie brachte es nicht über sich.

Im Hof von Schloss Lilienau begegnete ihr zuerst ihr Großvater, der sich beschwerte, dass sie sich so rar machte in letzter Zeit. Der Nächste, der ihr begegnete, war ihr Onkel, der einen Moment stehen blieb, um zu fragen, wie es ihr ging.

»Wir bekommen dich seit Frühjahr ja kaum noch zu Gesicht«, sagte er.

Sie zwang ein Lächeln auf ihre Lippen und entschuldigte sich für das Versäumnis. »Ist Tante Karolina da?«

»Im Salon.«

»Danke.«

»Bleibst du zum Kaffee?«

Victoria wollte ablehnen, konnte das aber nicht gut tun, ohne unhöflich zu sein. Die Alternative wäre ohnehin Kaffee daheim, und so war es eigentlich gleich, vor wem sie sich verstellte. »Sehr gerne.«

Als Victoria den Salon betrat, sah Karolina mit einem erstaunten Lächeln von ihrem Buch auf. »Na, so was. Wie schön, dass du uns besuchst.« Der fröhliche Tonfall erstarb jedoch, als Victoria die Maske entspannter Höflichkeit fallen ließ.

»Ich wusste einfach nicht, mit wem ich reden soll«, sagte sie, und ihre Stimme überschlug sich fast.

Alarmiert sah Karolina zur Tür, dann erhob sie sich, um diese zu schließen. »Was ist passiert?«

»Ich …« Victoria brach die Stimme. »Ich bin seit drei Monaten überfällig.«

Nun war Karolina wahrhaft entsetzt. »Grundgütiger. Warum kommst du denn erst jetzt zu mir?«

»Ich hatte gehofft, dass ich mich irre …«

»Dass das nicht sein kann, hätte dir doch schon nach dem ersten Ausbleiben klar sein müssen. Ich hatte so sehr gehofft, dass dir das erspart bleibt, und da du bis jetzt geschwiegen hast, dachte ich …« Sie verstummte, als sei ihr klar geworden, dass Vorwürfe keinen Wert hatten. »Natürlich müssen wir eine Lösung finden.«

»Wie soll ich das meinem Vater erklären?«

»Du wirst es ihm natürlich nicht erzählen, bist du toll?«

»Aber man wird es doch ohnehin bald sehen.«

»Wenn du es ihm erzählst, wird er dich sofort mit Gerhard verheiraten, das ist dir doch wohl klar.«

Victoria presste eine Hand gegen den Bauch, als könne sie die unerwünschte Frucht einfach hinausdrücken. »Aber was soll ich denn tun?«

Mit einem tiefen Seufzer strich sich Karolina über die Stirn. »Du darfst dieses Kind nicht bekommen.«

»Du meinst, ich soll …«

»Ja, genau das. Es muss weg.«

»Aber … ich kann doch kein Kind töten. Ich würde mich versündigen.«

»Möchtest du Gerhard heiraten?«

Victoria schüttelte den Kopf, unfähig, etwas zu sagen.

»Ich kenne eine Frau, die sehr diskret ist. Sie hat mir auch schon einmal geholfen, da war ich aber nicht so weit wie du jetzt.«

»Du hast das auch schon getan?«

Karolina nickte nur, schien nicht weiter darauf eingehen zu wollen. »Ich fahre morgen nach Königsberg und kümmere mich um alles.« Sie kam zu Victoria, lächelte und strich ihr in einer beruhigenden Geste über die Wange. »Mach dir keine Sorgen, es wird alles gut. In ein paar Tagen hast du es überstanden, und dann erinnert nichts mehr an diese unglückselige Angelegenheit.«

Karolina holte ihre Nichte mit der Kutsche ab. Der Familie sagte man, sie würden in der Stadt zu Mittag essen. Wenn alles gut ging, konnten sie das womöglich tatsächlich hernach noch tun. Die Schmerzen konnte man mit ein wenig Morphium betäuben, und der Blutfluss war kaum stärker als eine Monatsblutung. Vielleicht wäre das sogar genau das Richtige, um Victoria auf andere Gedanken zu bringen. Die wirkte nämlich sehr elend, als sie das Gut verließ und mit ihr zur Kutsche kam.

»Gib gut auf sie acht«, sagte Carl zu Karolina, als er sie mit Victoria über den Hof zur Kutsche begleitete.

»Natürlich«, versprach Karolina, und zum ersten Mal seit Langem lag so etwas wie Einverständnis zwischen ihnen.

Carl lächelte und wandte sich an seine Tochter. »Na, dann lass dich von deiner Tante auf erfreulichere Gedanken bringen als jene, die du hier seit Wochen wälzt.« Er gab ihr einen Kuss auf die Stirn, dann half er ihr in die Kutsche.

»Und wenn ich es ihm doch sage?«, fragte Victoria, als

die Kutsche anfuhr. »Ich fühle mich so schlecht, ihn zu belügen.«

»Wir hatten doch darüber gesprochen.« Karolina mochte sich nicht einmal vorstellen, was ihr blühte, wenn die Sache ans Licht kam. Man würde ihr alles anlasten, was Victoria widerfahren war. Als sei das ihre Schuld.

Während der gesamten Fahrt war Victoria still und zerknüllte ein Taschentuch zwischen den Fingern. Da Karolina sich vorstellen konnte, was in ihr vorging, zwang sie ihr kein Gespräch auf, sondern überließ sie ihren Gedanken. Irgendwann wandte Victoria ihr das blasse Gesicht zu.

»Ist es schmerzhaft?«

»Ja, ein wenig, aber man hält es gut aus. Wehen sind vermutlich schlimmer.«

Victoria nickte nur und sah wieder aus dem Fenster.

Eine Stunde später standen sie vor einem roten Ziegelsteinhaus, vor dessen Fenster Gardinen hingen und das mit seinem blühenden Vorgarten einen heimeligen Eindruck machte. Womit die Bewohnerin das Gehalt ihres Ehemanns aufstockte, wusste offiziell niemand, und sie achtete sehr darauf, dass es auch so blieb. Die Besucherinnen schwiegen schon aus eigenem Interesse, so dass kein Wort über sie laut wurde. Hermann und Gertrud Wilmers stand auf dem Türschild.

Mit einem freundlichen Lächeln bat sie Karolina und Victoria ins Haus, eine Dame mittleren Alters, die auf Anhieb vertrauenserweckend wirkte. Allerdings hielt sie sich nicht lange mit Höflichkeiten auf.

»Die Hälfte des Geldes vorab«, sagte sie, sobald sie die Tür geschlossen hatte, »die andere Hälfte nach dem Eingriff.«

Victoria nickte und zählte einige Münzen aus ihrem Täschchen. Vermutlich war sie heimlich an der Geldkassette ihres Vaters gewesen, was die Gewissensbisse wohl noch erschwerte. Gertrud Wilmers zählte nach und nickte.

»Gut, dann bitte hier entlang.« Sie wies den Korridor entlang. »Das Behandlungszimmer liegt oben.«

Behandlungszimmer war etwas hochtrabend für einen Raum, in dem ein langer Esstisch stand und ein Teewagen, auf dem sie ihre Geräte anordnete. Der Tisch war mit einem weißen Laken bedeckt, auf das die Sonne gelbe Flecken malte. Ein so herrlicher Tag, dachte Karolina. Vielleicht half Victoria ja die Vorstellung, dass ihr Leben in Kürze in einem wunderbaren Sommertag weitergehen würde.

»Ziehen Sie sich aus«, wies Gertrud Wilmers sie an. »Und dann ziehen Sie dieses Hemd über.« Sie deutete auf ein Herrenhemd, das auf der Liege lag.

Mit roten Wangen kam Victoria der Aufforderung nach, und Karolina half ihr aus dem Kleid, nahm Unterkleid, Mieder und Wäsche von ihr entgegen, betrachtete den schlanken Leib, den Bauch, der immer noch flach und glatt war.

»Hinlegen!« Gertrud Wilmers trat neben den Tisch, und als Victoria darauf lag, untersuchte sie den Bauch. »Wenn es ginge, würde ich Sie mit Hochprozentigem betäuben, aber vermutlich kann man Sie Ihrer Familie nicht mit einer Alkoholfahne und vollkommen betrunken zurückschicken, nicht wahr?«

»Nein«, antwortete Karolina, »auf gar keinen Fall.«

»Gut, dann gebe ich Ihnen gleich schon ein wenig Morphin, aber nicht zu viel, sonst sind Sie völlig benommen.« Gertrud Wilmers träufelte die Medizin auf einen Löffel, schob diesen zwischen Victorias Lippen und nahm danach ein großes weißes Taschentuch. »Mund auf.« Sie steckte Victoria das Tuch so weit in den Mund, wie es eben ging, wenn sie die junge Frau nicht ersticken wollte. Dann ging sie ans Werk, und Karolina schob einen Stuhl neben ihre Nichte, umfasste ihre Hand, ließ zu, dass sich deren Fingernägel hineingruben, lauschte auf die erstickten Schreie, die doch so laut waren, dass sie sich fragte, ob sie auf der Straße wohl zu hören waren. Victoria schrie, heulte, schrie weiter, und Karolina, die nicht hinsah, wie Gertrud Wilmers das Kind mit langen Nadeln austrieb, fragte irgendwann, wie lange es denn noch dauerte. Bei ihr war es nicht so schlimm gewesen.

»Sie ist schon sehr weit«, sagte die Frau, als habe sie die Gedanken erraten. »Das geht nicht so schnell.«

Irgendwann war es dann jedoch überstanden, und sie band Victoria dicke Tücher zwischen die Beine. »Das ist jetzt ein guter Blutfluss, der wird in einigen Tagen versiegen. Nun bitte das Geld.«

Da Victoria es kaum schaffte, sich ohne Hilfe aufzurichten, half Karolina ihr. Ihre Nichte war schweißgebadet und zitterte am ganzen Leib. Als sie ihr das Tuch aus dem Mund zog, war ein japsendes Schluchzen zu hören. »Alles ist jetzt gut«, sagte Karolina sanft, während sie selbst den Tränen nahe war.

Gertrud Wilmers nahm ein braunes Fläschchen aus dem Regal und träufelte eine durchsichtige Flüssigkeit auf einen Löffel, den sie Victoria erneut zwischen die Lippen schob. »Das wird gleich wirken, mehr sollten Sie davon aber nicht nehmen. Und jetzt das Geld.«

»Ja, schon gut.« Karolina entnahm Victorias Tasche die restlichen Münzen und reichte sie der Frau.

»Gut, dann soll sie sich jetzt anziehen und rasch gehen. Ich erwarte eine Nachbarin zu Besuch, bis dahin muss sie und die ganze Sauerei hier weg sein.«

Da Victoria so heftig zitterte, dass sie sich nicht allein anziehen konnte, half Karolina ihr. Sie stützte sie, als sie die Treppe hinuntergingen.

»Wenn Sie das Haus verlassen, darf sie nicht so elend aussehen«, sagte Gertrud Wilmers. »Ich will kein Gerede.«

Victoria zwang ein Lächeln auf ihre Lippen, bis sie in der Kutsche saß, dann schluchzte sie auf und presste sich die Hand auf den Bauch. »Es tut so weh. Es tut so furchtbar weh.«

»Es wird gleich besser.«

Victoria schüttelte den Kopf. »Ich will nach Hause.«

»Wir müssen warten, bis es dir etwas besser geht.«

Aber Victoria war keinem vernünftigen Argument zugänglich. »Ich will heim, ich will in mein Bett.« Sie presste mit schmerzverzerrter Miene die Lider zusammen, und dicke Tränen quollen dazwischen hervor.

Ihr Gesicht glänzte vor Schweiß und hatte eine wächserne Blässe angenommen. Kurz erwog Karolina, ob sie nicht besser mit ihr zu einem Arzt fuhr, aber was sollte sie dem erzählen? Die ganze Geschichte würde ans Licht kommen.

»Bitte, Tante Karolina. Ich erzähle meinem Vater, ich hätte mir den Magen verdorben. Aber bring mich endlich heim.«

Karolina gab nach. »Zum Reichenbach-Gut«, wies sie den Kutscher an.

Noch ehe es Zeit für den Nachmittagskaffee war, sah Carl die Kutsche in den Hof rollen. Das war ja ein kurzer Ausflug gewesen. Sonst konnte Victoria doch von Königsberg gar nicht genug bekommen und würde am liebsten gleich dort bleiben. Er verließ das Haus und ging der Kutsche entgegen.

»So schnell wieder zurück?«, fragte er, als der Kutscher den Schlag öffnete und Victoria hinaushalf. Beim Anblick seiner Tochter erstarb ihm jedes weitere Grußwort auf den Lippen. »Grundgütiger! Ist etwas passiert?«

»Ein schlimm verdorbener Magen«, sagte Karolina, die ihr gefolgt war. »Es ging schon auf dem Weg los.«

»Ich lasse einen Arzt holen.«

»Nein«, antwortete Victoria gepresst. »Es ist schon viel besser, Papa. Ich möchte einfach nur ins Bett.« Sie ging leicht vornübergebeugt, das Gesicht von einer fast schon grau anmutenden Blässe.

Carl war unsicher, ob er nicht doch besser nach Dr. Ziedorn schicken lassen sollte.

»Ich sehe morgen mal nach ihr«, verabschiedete sich Karolina, aber er hatte nur ein zerstreutes Nicken für sie übrig und folgte Victoria über den Hof.

»Bist du sicher, dass du keinen Arzt brauchst?«

Ein etwas bemüht wirkendes Lächeln sollte seine Angst offenbar zerstreuen. »Aber ja, Papa. Der ganze Weg, nur für einen verdorbenen Magen? Ich brauche Ruhe, mehr nicht.«

Carl sah ihr besorgt nach, dann folgte er ihr ins Haus und rief eines der Stubenmädchen zu sich. »Beata, ich möchte, dass du jede Stunde nach meiner Tochter siehst. Es geht ihr nicht gut. Nein, besser jede halbe Stunde. Wenn es ihr besser geht, können wir die Abstände verlängern.«

»Ja, gnädiger Herr.«

»Und nun geh in die Küche und lass Frau Rebuschat einen Kräuteraufguss für den Magen machen, den bringst du Fräulein Victoria. Sie sagte, sie habe sich den Magen verdorben, vielleicht hilft es ja.«

»Sehr wohl, gnädiger Herr.«

Carl ging in sein Arbeitszimmer und konnte sich zunächst nicht auf die Arbeit konzentrieren, weil seine Gedanken beständig um Victoria kreisten. Nach einer Stunde kam Beata in das Arbeitszimmer, sagte, Victoria sei eingeschlafen, wirke jedoch unruhig.

»Danke, sieh bitte weiterhin regelmäßig nach ihr«, antwortete er und widmete sich wieder seinen Unterlagen. Durch das geöffnete Fenster wehte der Duft von Heu und den üppigen Rosensträuchern vor dem Haus in den Raum. Vögel zwitscherten, und ein Junge rannte lachend über den Hof, begleitet vom Gekläffe einiger Welpen.

Als Carl gerade an der Aufstellung von Kosten für den laufenden Monat saß, wurde die Tür ohne jede Vorankündigung aufgestoßen, und Beata stand auf der Schwelle, bleich, die Augen weit aufgerissen.

»Gnädiger Herr, Sie müssen sofort kommen. Fräulein Victoria verblutet. Sie ...«

Weiter kam sie nicht, denn Carl war bereits aufgesprungen und rannte an ihr vorbei. Er nahm immer zwei Stufen auf einmal, eilte durch den Korridor zu dem Zimmer seiner Tochter. Die Luft war getränkt vom metallischen Geruch von Blut, und sein Blick flog angstvoll zum Bett. Die Decke war zur Seite geschlagen worden, und Victorias Nachthemd klebte blutig an ihren Beinen und am Bauch. Blut hatte sich in die Laken gesogen.

»Victoria.« Carl erkannte seine eigene Stimme nicht, als er zum Bett stürzte und die Hand auf die verschwitzte Stirn seiner Tochter legte. Sie glühte. Wenn der Körper fieberte, konnte der Tod doch noch nicht eingetreten sein, oder? »Victoria!«

Sie schlug die Augen auf, der Blick matt und verhangen. »Papa«, kam es kaum hörbar über ihre Lippen.

Carl richtete sich auf, stürzte in den Korridor. »Wir brauchen einen Arzt!«

Beata, die ihm gefolgt war, sah ihn an, wartete darauf, etwas tun zu können.

»Geh in den Stall, sag Heinrich, er soll nach Königsberg reiten und Dr. Ziedorn holen. Sag ihm, er soll das schnellste Pferd nehmen und keine Zeit verlieren, Fräulein Victorias Leben hängt davon ab.« Heinrich war derjenige von seinen Stallbediensteten, der am besten reiten konnte und regelmäßig an Jagden und Meisterschaften teilnahm. Wenn jemand schnell in Königsberg war, dann er. Nachdem Beata fort war, rannte Carl die Treppe hinunter, suchte seine Mutter und fand sie im Salon. »Mutter, schnell.«

Gesa von Reichenbach mochte ihre Fehler haben, aber der, überflüssige Fragen zu stellen, gehörte nicht dazu. Sie legte ihr Buch hin, erhob sich und begleitete ihn mit raschen Schritten zu Victorias Zimmer.

»Sie verblutet, Mutter, und ich weiß nicht …«

»Beruhige dich«, antwortete sie. »Ich sehe mir das jetzt an. Du hast nach Dr. Ziedorn geschickt?«

»Natürlich.«

Sie betrat das Zimmer. »Grundgütiger!«, schrie sie und lief zum Bett, legte Victoria die Hand auf die Stirn. »Kind, sieh mich an!«

Aber Victoria öffnete die Augen nicht. Carl fuhr sich mit der Hand übers Gesicht. Er würde sie verlieren. Wie er ihre Mutter verloren hatte. Warum hatte er nicht sofort einen Arzt gerufen? Warum gewartet?

Seine Mutter schob Victorias Nachthemd hoch, und Carl wandte sich ab.

»Carl?« Als er sich umdrehte, hatte seine Mutter die Decke wieder über Victoria gezogen. »Es sieht nach einer Fehlgeburt aus, dafür spricht das viele Blut. Aber was ich nicht verstehe, ist, warum sie so glüht. Ich habe selbst Kinder verloren, etwas stimmt da nicht.«

Fehlgeburt? Victoria war schwanger? Carl dachte an die letzten Wochen, daran, wie verändert sie gewirkt hatte, diese stumme Verzweiflung. Hatte sie da schon gewusst, dass sie schwanger war? Oder hatte ein Schuft sie verführt und verlassen? Aber all das war jetzt gleich, wenn sie nur überlebte. »Lass sie nicht sterben!«, betete Carl im Stillen.

»Geh und hol Frau Rebuschat. Und dann warte draußen.«

Wie betäubt gehorchte Carl. Er sagte in der Küche Bescheid, wo die Köchin sofort alles stehen und liegen ließ. Ernst, der Lakai, brachte ihm einen heißen Tee, als Carl sich am Dienstbotentisch niederließ, unfähig, oben nun allein zu sein. Das Verhältnis zu den Dienstboten war von jeher eines, das von Nähe und Herzlichkeit geprägt war, wie in so vielen Haushalten der Ostprovinzen. Carl war froh, als diese ihr Geplauder wieder aufnahmen und ihm das Gefühl gaben, dass alles normal war und wieder werden würde.

»Gnädiger Herr?« Beata war in den Raum getreten.

»Heinrich ist gerade mit Dr. Ziedorn zurückgekehrt, der Herr Doktor ist jetzt bei dem gnädigen Fräulein.«

»Danke, Beata.« Carl starrte auf den Tisch, betrachtete die Maserung, indes er das Ticken der Uhr hörte. Eine neue Tasse wurde ihm zwischen die kalten Hände gestellt, und er hielt sie so lange umfasst, bis er die Hitze nicht mehr ertrug. Wäre Victoria tot, hätte der Arzt ihm das vermutlich sofort gesagt. Sicher wäre seine Mutter zu ihm gekommen, wenn seine Tochter unter ihrer Obhut den letzten Atemzug getan hätte. Carl presste die Lider zusammen. Allein die Vorstellung war ihm unerträglich, wurde zu einem heißen Knoten in seinem Bauch, fraß sich hoch bis in seine Kehle, hinterließ eine brennende Spur und schmeckte sauer auf der Zunge.

»Gnädiger Herr?«

Carl blickte auf, wusste nicht mehr, wie lange er hier nun schon saß, da er den Blick auf die Uhr gefürchtet hatte, wo ihm das Bewegen der Sekunden gleichbedeutend gewesen war mit Victorias ablaufender Lebenszeit. Beata stand vor ihm.

»Sie können jetzt zu Fräulein Victoria.«

Ruckartig erhob Carl sich, schob den Stuhl mit einem Schaben über den Steinboden und verließ den Raum. Er lief die Treppen hoch, sah seine Mutter vor Victorias Zimmer stehen und ihm zunicken. Erleichterung durchfuhr ihn, und einen Moment lang erfasste ihn ein heftiger Schwindel.

Das Zimmer roch immer noch nach Blut, aber die Laken waren nun weiß, die Decke, unter der Victoria lag und schlief, ebenfalls. Die Vorhänge waren halb zugezogen, und die schräg einfallenden Strahlen verrieten Carl, dass der Tag weiter fortgeschritten war, als er gedacht hatte.

»Ich weiß nicht, welcher Pfuscher da am Werk war«, sagte der Arzt, »aber die Abtreibung wurde sehr stümperhaft durchgeführt. Vielleicht, weil die Schwangerschaft schon so fortgeschritten war.«

»Abtreibung?«

»Zu meinem Bedauern, ja. Es hätte Ihre Tochter das Leben kosten können, daher danken Sie dem Herrn, dass Sie es rechtzeitig bemerkt haben. Ich habe eine Naht gesetzt, und der Blutfluss ist nun nur noch wie nach einer Fehlgeburt und wird bald weniger werden. Aber Ihre Tochter ist noch sehr schwach, daher ersuche ich Sie um ihrer Gesundheit willen, sich Vorwürfe bis zu ihrer Genesung aufzusparen.«

Carl nickte nur. »Vielen Dank«, sagte er.

Seine Mutter betrat das Zimmer. »Ich bringe Sie zur Tür«, sagte sie. »Carl, ich vermute, du möchtest einen Moment allein mit ihr sein?«

Wieder nickte Carl und trat an das Bett seiner Tochter. Eine Abtreibung. Karolina, dachte er, Karolina musste es gewusst haben. Er setzte sich hin, und Victoria wandte den Kopf, sah ihn an.

»Papa«, flüsterte sie.

»Du solltest schlafen.« Seine Stimme klang ungewollt schroff. Schwanger. Warum hatte sie ihm nichts gesagt? Und warum um alles in der Welt ließ sie das Kind in irgendeinem Hinterhof wegmachen?

Ihr Blick suchte nach seinem, hielt ihn fest. Carl konnte sehen, wie sich ihre Augen mit Tränen füllten und überliefen, wie kleine Rinnsale über ihre Schläfen rannen und in ihrem Haar versickerten. »Wer war der Mann?« Keine Vorwürfe, hatte der Arzt gesagt, und Carl wollte ihr keine machen. Wollte nur wissen, wer der Mann war.

Sie schloss die Augen, atmete tief ein, öffnete sie wieder, während sie die Luft langsam ausstieß. »Gerhard von Sabrowski.«

»Und er wollte nicht zu dir und dem Kind stehen?«

»Er wusste nicht, dass ich schwanger war.«

»Warum hast du es ihm nicht gesagt?«

Ihre Lippen zitterten, und es brauchte einen Moment, ehe sie eine Antwort artikulieren konnte. »Weil ich Angst hatte.«

»Angst?«

Ihr Atem ging hastiger. »Ich habe es nicht gewollt, das musst du mir glauben. Ich dachte, er liebt mich, aber er hat … Ich habe ja versucht, ihn davon abzuhalten, wirklich, aber er hatte einfach viel mehr Kraft als ich.« Jetzt schluchzte sie auf, und die Tränen rannen ohne Unterlass, während Carl spürte, wie Kälte in ihm aufstieg. Was erzählte sie ihm da? »Es hat so wehgetan«, fuhr sie mit brechender Stimme fort. »Aber er hat mir den Mund zugehalten, damit Tante Karolina mich nicht schreien hört.«

»Karolina war dabei?« Er wollte es nicht glauben.

»Sie saß mit Paul von Sabrowski auf der Veranda.«

Carl war wie erstarrt, sah seine Tochter an. »Warum hast du mir nicht erzählt, was er getan hat?«, fragte er leise, ging neben dem Bett auf die Knie, damit sein Gesicht auf Höhe von ihrem war, wie er es immer getan hatte, als sie noch ein Kind gewesen war.

»Tante Karolina hat gesagt, du würdest mich dann zwingen, ihn zu heiraten.«

Zorn wallte in ihm auf, und er nahm ihn an, dankbar, endlich eine vertraute Regung zu spüren, eine, mit der er eher umgehen konnte als mit diesem lähmenden Entsetzen, das so gänzlich anders geartet war als jenes, das er bei Elisas Tod verspürt hatte. »Das hat sie gesagt, ja? Und die Schwangerschaft, was war damit? Davon hat sie doch auch gewusst, nicht wahr? Sie hat dich mit nach Königsberg genommen.«

»Sie sagte, sie kenne eine Frau, die mir helfen kann.«

Helfen. Carl wollte aufspringen, Karolina die Hände um den Hals legen und zudrücken. »Du hättest es mir erzählen können, ich hätte dich nie an diesen Kerl verheiratet, an einen Mann, der sich dir aufgezwungen hat. Eher hätte ich ihn eigenhändig umgebracht.«

»Es tut mir so leid, Papa.«

»Nein, das muss es nicht. Mir tut es leid. So unendlich leid.« Er umfasste ihr Gesicht, sah sie an. Was hatte dieser Kerl mit seiner Tochter getan? Seiner Tochter, die alle mit ihrem Charme und ihrer Schönheit bezaubert hatte und die seit Wochen wirkte, als habe jemand ein Licht in ihr erstickt, als sei jenes Strahlen, das sie stets umgab, mit einem Mal erloschen. Dieser Kerl hatte sie angefasst, hatte sich in ihren Körper gedrängt, als habe er ein Recht dazu, als sei sie etwas, das man benutzte und hernach fortwarf. Carl wollte ihn umbringen. Wollte ihm in die Augen sehen, während er starb. Er erhob sich, schwer atmend.

»Ruh dich aus«, sagte er. »Und denke niemals, dass ich dir wegen dieser Sache böse bin oder dir Vorwürfe mache. Oder gar, dass du daran die Schuld trägst.«

»Wo gehst du hin?«

»Ich muss mit jemandem reden.«

Leonhard saß mit Adela, Helene, Karolina und seinem Vater bei Tisch, als ein spätes Abendessen aufgetragen wurde, das aus Brot und verschiedenen Kaltspeisen bestand, die nicht schwer im Magen liegen würden. Morgens hatte er Kaspar zu einem Freund gebracht, wo er über Nacht bleiben würde, und danach den Tag mit Adela und Helene im Garten verbracht, wo sie Sträucher stutzten. Später hatten sie einen Spaziergang gemacht und den Tag harmonisch auf der Veranda ausklingen lassen. Tage wie diesen, dachte Leonhard, sollte es öfter geben.

»Ich finde den Weg selbst!« Die Tür flog auf, und Carl stand im Raum.

Ehe Leonhard sich von der Überraschung erholt hatte, sprang Karolina auf, wich zurück, die Augen geweitet.

Carl kam auf sie zu, und sie stolperte über ihren Stuhl, in dem Versuch, so viel Abstand wie möglich zwischen sie zu bringen, aber er war schneller und ohrfeigte sie, dass sie fast das Gleichgewicht verlor. Adela und Helene schrien auf, während Leonhard gleichzeitig mit seinem Vater aufsprang. Carl holte bereits zum nächsten Schlag aus, als Leonhard bei Karolina war und sich schützend vor sie stellte.

»Hast du den Verstand verloren?«

»Sie wäre fast gestorben heute.« Carl sah Karolina an. »Die Tochter deiner Schwester. Ist dir eigentlich nichts heilig?«

»Wovon sprichst du?« Leonhard sah ihn an und drehte sich zu seiner Schwester um. »Was ist hier los?«

»Erzähl es ihm, los doch! Erzähl deinem Bruder, wie du mit Paul von Sabrowski in aller Seelenruhe auf der Veranda gesessen hast, während sein Neffe sich über euren Köpfen an meiner Tochter vergangen hat. Erzähl ihnen, wie du ihr eingeredet hast, mir nichts zu erzählen, weil ich sie mit diesem Sittenstrolch verheiraten würde, während du in Wahrheit nur Angst um dich selbst hattest. Und dann erzähl ihnen, wie du sie heute zu einer Pfuscherin geschleppt hast, damit die das Kind, das dieser Kerl ihr angehängt hat, herauskratzt.«

Leonhard hörte ein Aufkeuchen vom Tisch. Er sah seine Schwester an, wollte, dass diese beteuerte, das alles stimme nicht, obschon er wusste, dass dem so war. Victoria war verändert gewesen, das hatte nicht nur er gemerkt.

»Na los«, fuhr Carl fort. »Frag mich, woher ich es weiß.«

Karolina schwieg.

»Sie wäre fast gestorben.« Seine Stimme wurde mit jedem Wort lauter. »Lag da im Bett in ihrem Blut, glühend vor Fieber.« Und dann, mit einem Mal, schien alle Wut von ihm abzufallen, seine Schultern sanken hinab, und es blieb nur noch der Ausdruck namenloser Angst, den jeder kannte, der Kinder hatte und damit die Angst, diese zu verlieren. »Ich habe gefragt, ob ich einen Arzt holen soll. Als ihr angekommen seid, habe ich gefragt. Aber du hast nichts gesagt, hast geschwiegen.«

Nun traten Karolina Tränen in die Augen. »Ich hatte doch Angst, der Arzt könne etwas merken und dass dann die ganze Geschichte ans Licht käme. Woher hätte ich denn wissen sollen, dass es so schlimm ist?«

Carl sah sie an. »Warum sie? Sie hat doch … Sie war …« Und dann brach seine Stimme, und er presste sich die Hand vor die Augen, während ein rauer Schluchzer in ihm aufstieg. Leonhard ging zu ihm, legte ihm eine Hand auf die Schulter und rang nach Worten.

Adela erhob sich. »Komm, Helene.« Sie nickte ihrer Tochter zu, und die stand auf, um mit ihrer Mutter den Raum zu verlassen.

Wilhelm von Schletter, der die ganze Zeit nur stumm zugehört hatte, kam nun zu ihnen, schien etwas sagen zu wollen, und dann hob er unvermittelt die Hand und schlug zu, dieses Mal fest genug, damit Karolina zu Boden ging. Sie schluchzte auf, kauerte sich zusammen.

»Vater, nicht!« Leonhard ging zu seiner Schwester. Himmel, was denn noch alles? Warum konnte es nicht endlich einmal vorbei sein?

»Nicht genug, dass du Schande über uns bringst. Nicht genug, dass du deine Schwester in den Tod getrieben hast«, schrie sein Vater. »Du lässt zu, dass deine Nichte – Elisas Tochter! – geschändet wird, und machst eine Kindsmörderin aus ihr!«

Leonhard zog Karolina auf die Füße.

»Es tut mir so leid«, beteuerte sie wieder und wieder. »Ich wollte doch nicht, dass es so weit kommt.«

Nein, natürlich hatte sie das nicht gewollt, sie war ja nicht vollkommen irre. Sie hatte falsche Entscheidungen getroffen, und die Sache war aus dem Ruder gelaufen. »Geh«, sagte er und schob sie sanft in Richtung Tür.

Sie zögerte, schien noch etwas sagen zu wollen, aber was auch immer es war, es prallte ab an Carls kalter Verachtung.

Dann drehte sie sich um und floh. Schweigen füllte den Raum, lastete schwer auf ihnen, ließ die Atemzüge übermäßig laut erscheinen.

»Ich bedaure das alles so sehr«, sagte Leonhard schließlich und meinte damit nicht nur Victoria.

Eine Weile schien es, als wolle Carl nicht darauf antworten. »Ja«, antwortete er dann mit kaum hörbarer Stimme. »Ich weiß.«

Oktober 1905

Die Kälte erschien Victoria in diesem Jahr noch unerträglicher als in all den Jahren zuvor. Ihr war immer kalt, als zehre der Frost bereits an ihrem Innern, ließ sie immer kühler und teilnahmsloser werden. Konnte man innerlich erfrieren? War es möglich, dass das Herz einfror und einfach stehen blieb? Was für eine erlösende Vorstellung das war.

Victoria stand am Fenster der Bibliothek, in deren Kamin ein Feuer leise knisterte und bizarre Schatten in den Raum malte. Einmal knackte es laut, einmal barst ein winziger Funkenregen, als Scheite zusammenfielen. Victoria ging zum Feuer, ganz nahe, als könne die Hitze ihr Inneres wärmen, indem es durch ihre Haut drang.

»Noch ein halber Schritt, und dein Kleid fängt Feuer.«

Sie drehte sich um. »Constantin? Wann bist du gekommen?«

»Vor einer halben Stunde.« Er kam zu ihr, sah sie prüfend an, als wolle er etwas in ihr ausloten.

»Er hat es dir erzählt?«, fragte sie tonlos.

Constantin nickte nur.

Mit einem Mal schlug Victorias Herz wieder schneller, und eine Träne rann aus ihrem Augenwinkel, als taue ihr Inneres in der Tat. Victoria atmete zitternd ein und wieder aus. »Dann weißt du es also, ja? Dass ich nicht nur Schande über mich gebracht habe, sondern auch eine Kindsmörderin bin.«

»Schande hat der Kerl höchstens über sich selbst gebracht.«

Sie schüttelte den Kopf. »Nein, Constantin, du verstehst das nicht. Ich habe ihn ermutigt, habe ihm das Gefühl gegeben, er dürfe das.«

»Hast du dich nicht gegen ihn gewehrt? Ihm nicht gesagt, er solle dich nicht anfassen?«

»Doch, aber …«

»Also ist er schuld, und niemand sonst.« Zorn flammte in seinen braunen Augen auf, das Einzige, was er von seinem Vater hatte. »Ein erbärmlicher Feigling, der sich an einer Frau vergreift, weil er weiß, dass er mehr Kraft hat. Ein Kerl, der sich mit Gewalt nehmen muss, was andere sich schenken lassen.«

Victoria schwieg, hatte sich unwillkürlich die Hände auf den Bauch gelegt. Wieder trat ihr eine Träne aus dem Augenwinkel.

»Bereust du es?« Constantin war die Geste nicht entgangen. »Sein Kind nicht bekommen zu haben?«

»Ich sollte es bereuen, nicht wahr?«

»Nein.«

»Aber ich bin eine Mörderin, Constantin.«

»Das bist du nicht.«

Und warum fühlte es sich dann so an?

»Schwangerschaften bergen Gefahren für die Mütter, es gibt nicht wenige, die im Wochenbett sterben. Und das für ein Kind, das er dir aufgezwungen hat?«

»Aber dafür konnte doch das Kind nichts.«

»Du aber auch nicht. Und wenn ich wählen kann zwischen dir und einem Ungeborenen, fällt mir die Wahl wahrhaftig nicht schwer. Aber wie auch immer es sein mag, es ist geschehen, und du musst aufhören, dir Vorwürfe zu machen. Tante Karolina hat für dich entschieden. Wenn, dann sollte sie sich Vorwürfe machen.«

Ach ja, Karolina. In den letzten Wochen hatte Victoria kaum mehr an sie gedacht, hatte sich eingesponnen in einen Kokon aus Traurigkeit und Verzweiflung, während die Kälte in ihr immer mehr Raum ergriff.

»Vater hat nicht mit Paul von Sabrowski gesprochen, hat er mir erzählt.«

»Nein, ich wollte nicht, dass die Sache dann doch noch die Runde macht.«

»Gut.« Constantin legte ihr den Arm um die Schulter und zog sie an sich. »Um Gerhard kümmere ich mich.«

Es hätte alles gut werden können, dachte Karolina. Die Art, wie Carl sie angesehen hatte, als sie Victoria abgeholt hatte, die Freundlichkeit … Sie war die Tante seiner Kinder, und er vertraute sie ihr ohne Vorbehalte an, ja, schien sogar keinen Groll mehr zu hegen. Warum hatte sie Victoria nicht zum Arzt gebracht?

Aber das war jetzt ohnehin müßig, sie konnte noch so oft darüber nachdenken, es machte die Sache nicht ungeschehen. Carl hatte ihr jeglichen Kontakt zu Victoria und Constantin verboten, wobei ihr Letzterer ohnehin nie wirklich nahe gewesen war. Nur bedeutete das in letzter Konsequenz, dass Victoria Schloss Lilienau nicht mehr besuchen durfte, denn man konnte Karolina schlecht ausquartieren. Nun musste ihr Vater, wenn er seine Enkelin sehen wollte, zum Gut Reichenbach fahren, was ihm angesichts seines Verhältnisses zu Johannes und Carl nicht gerade ein Vergnügen war.

Für Karolina war es seither höchst ungemütlich, da ihr Vater ihr nicht nur anlastete, Victorias Leben ruiniert zu haben, sondern auch, dass seine Enkel ihn nicht mehr besuchen durften. Im Grunde genommen war das wirklich hart gewesen von Carl. Ihr Vater war alt, musste man ihm diese Freude noch nehmen? Reichte sein Wort nicht, wenn er sagte, sie halte sich bei den Besuchen fern von ihnen? Und was befürchtete Carl überhaupt? Dass Karolina sich bemühte, Victoria wieder auf Abwege zu führen?

Elisa. Immer wieder führten ihre Gedanken sie zu ihrer Schwester. Sie hätte das Andenken an Elisa in ihrer Tochter ehren sollen, aber das hatte sie nicht getan. Und nun war es zu spät. Arme Elisa. Arme Victoria. »Arme Karolina«, murmelte sie, und die Kälte ließ ihr den Atem in kleinen Wölkchen vor dem Mund stehen.

»Was hast du gesagt?«, fragte Paul von Sabrowski, als er mit zwei dampfenden Tassen hinaus auf die Veranda trat.

»Ach, nichts Wichtiges.«

»Warum willst du bei der Kälte überhaupt draußen sein?«

»Weil der Garten selbst dann noch herrlich ist.«

Paul lächelte. »Ich liebe ihn auch, seit meiner Kindheit schon. Ich hatte mir immer gewünscht, dass hier einmal kleine Kinder spielen, aber das hat nicht sein sollen.«

Karolina nippte an ihrem heißen Punsch, verbrannte sich die Oberlippe und sog sie leicht zwischen die Zähne.

»Wie geht es deiner Nichte?«, fragte Paul unvermittelt, und Karolina befürchtete einen Moment lang, er könne etwas erfahren haben, aber in seinem Blick lag nur mildes Interesse.

»Gut, denke ich.«

»Du denkst?«

»Wir sehen uns nicht mehr. Und bitte, frag nicht weiter.«

Er schwieg, und Karolina senkte den Blick auf ihre Tasse.

»Karolina, ich …« Paul zögerte, was sich bei ihm sehr seltsam ausnahm. »Ich vermute, es ist nicht der richtige Augenblick, aber der kommt angesichts des leidigen Vorfalls vielleicht auch nie.« Er räusperte sich. »Du weißt, dass ich mich von dem Wunsch nach eigenen Kindern verabschiedet habe und dadurch frei sein kann in der Wahl meiner Frau.«

Da sie ahnte und gleichzeitig befürchtete, was nun kam, begann Karolinas Herz wie wild zu schlagen.

»Kannst du dir trotz allem ein Leben an meiner Seite vorstellen?«

Karolina schnappte nach Luft, indes ihr der Blick verschwamm. Ja, dachte sie, immer wieder Ja. »Ich …« Sie schluckte, »ich kann dich nicht heiraten, Paul.«

Mit dieser Antwort hatte er trotz allem nicht gerechnet, das sah sie ihm an, und es schmerzte sie, wie verletzt er wirkte.

»Ich kann nicht unter einem Dach mit Gerhard leben.«

»Karolina …«

»Nein, bitte, lass mich erst weiterreden. Du ahnst nicht, was das alles ausgelöst hat, und ich kann es dir nicht erzählen, ohne das Vertrauen meiner Familie zu missbrauchen. Aber ich … Alles ist kaputt, verstehst du? Und ich kann nicht mit dem Mann zusammen unter einem Dach leben, der das zu verantworten hat. Warum hat er sie nicht in Ruhe gelassen? Warum musste er sich an ihr vergehen? Warum, verdammt noch mal?« Sie weinte jetzt und wischte sich die Tränen mit dem Handrücken fort.

»Karolina, du heiratest mich, nicht ihn.«

»Aber er wird jeden Tag hier sein, an unserem Tisch sitzen, jeder Feier als dein Erbe an unserer Seite beiwohnen. Das kann ich nicht, verstehst du?«

Er wandte sich ab, rang sichtlich mit sich, um sich nicht ansehen zu lassen, wie enttäuscht er war. Karolina stellte die Tasse ab und erhob sich. »Ich gehe nun wohl besser.«

Er nickte nur, ohne sie anzusehen, und Karolina wandte sich abrupt ab, lief ins Haus, durchquerte die Halle, nahm den Hausdiener, der sich in der Eingangshalle mit einem Stubenmädchen unterhielt, nur im Vorbeigehen wahr und trat hinaus in den Hof.

Auf dem Weg zum Schloss von Paul Sabrowski kam Constantin seine Tante entgegen. Sie zügelte ihr Pferd, als sie ihn bemerkte.

»Wann bist du angekommen?«, fragte sie.

»Vor drei Stunden.« Er musterte sie aufmerksam. Sie wirkte, als habe sie geweint. »Wie geht es dir?«

Sie nickte nur vage, als sei das Antwort genug.

»Warst du bei Paul von Sabrowski?«

Ein kurzes Zögern ging ihrer Antwort voraus. »Ja. Warum?«

»Weißt du, ob Gerhard daheim ist?«

Sie schüttelte leicht den Kopf. »Vorhin war er es nicht.«

»Also gut, dann werde ich mal sehen, ob er mittlerweile heimgekehrt ist, ansonsten muss ich meinen Besuch wohl verschieben.«

»Was hast du vor?«

»Was denkst du?« Er schnalzte leise und trieb sein Pferd wieder voran. Als er noch eine gute halbe Meile vom Schloss entfernt war, bemerkte er zwei Reiter, die gemächlich nebeneinander herritten und sich offenbar unterhielten. Constantin ritt auf sie zu, erkannte seinen Cousin Maximilian und Gerhard von Sabrowski. Erstaunlich, wie sich das Leben manchmal fügt, dachte er.

Die beiden sahen ihn fragend an, als er bei ihnen angelangt war und ihnen den Weg versperrte. Dann sprang er vom Pferd, ging zu Gerhard, ergriff dessen Pferd am Gebissstück und sah auf.

»Absitzen!«

»Was soll das, Constantin?« Maximilian klang eher erstaunt als verärgert.

»Ich bin mir sicher, Gerhard weiß nur zu gut, was das soll, nicht wahr?«

Gerhard blieb auf seinem Pferd sitzen und neigte sich leicht vor, eine Hand auf das Knie gestützt. »Nein, ehrlich gesagt weiß ich das nicht.«

»So? Dann denk mal gut nach. Was ist im April passiert, das in mir den Wunsch erwecken könnte, dich erst zu entmannen, ehe ich dich umbringe?«

Nun flackerte es in Gerhards Blick. »Ich weiß nicht, wovon du sprichst.«

»Steigst du nun ab, oder bleibst du wie der Feigling, der du ja nun einmal bist, auf dem Pferd und lässt dich würdelos von mir herunterziehen?«

»Wen nennst du hier einen Feigling?« Gerhard schwang sein Bein über die Kruppe und saß ab. Im nächsten Moment verpasste Constantin ihm einen kräftigen Hieb mit der Faust, der ihn zu Boden gehen ließ.

»Verdammt noch mal!«, rief Maximilian und stieg nun ebenfalls ab, wollte seinem Vetter in den Arm fallen, aber der wich geschickt aus. Im nächsten Moment hatte Constantin ein Messer in der Hand, stieß Gerhard, der sich aufrappeln wollte, mit dem Fuß wieder zu Boden und kniete auf seinem rechten Arm, drückte den anderen mit der Hand zu Boden und hielt ihm die Messerspitze an den Hals. Gerhard blieb liegen wie erstarrt, und auch Maximilian hielt in seiner Bewegung inne.

»Na los«, sagte Constantin mit seidenweicher Stimme. »Dann erzähl meinem Vetter mal, was du getan hast.«

»Das wagst du nicht«, presste Gerhard hervor. »Du würdest am Galgen enden und deiner Familie damit Schlimmeres antun, als ich getan habe. Was war das denn schon? Ein kleines Vergnügen, sie ist doch nicht die Erste, der so etwas widerfährt.«

Maximilian runzelte die Stirn, machte nun keine Anstalten mehr, seinen Cousin zurückhalten zu wollen.

»Du hast recht«, sagte Constantin. »Vermutlich würde dein Tod mir mehr Ungemach bereiten, als du wert bist.« Er nahm die Messerklinge von Gerhards Hals und drückte sie ihm im nächsten Moment in den Schritt. »Aber ich könnte dafür sorgen, dass den Frauen einiges erspart bleibt.«

Gerhard stieß ein Keuchen aus, wollte zurückweichen, aber Constantin erhöhte den Druck. »Na, was ist?«, fragte er und schenkte ihm ein wölfisches Lächeln. »Magst du nun vor meinem ahnungslosen Cousin darüber reden, was passiert ist?«

»Ich …« Schweißperlen traten Gerhard auf die Stirn. »Ich habe mit Victoria geschlafen.« Der Druck des Messers wurde etwas fester, und Gerhard stieß einen Laut aus, der etwas zwischen Schrei und Quieken war. »Gegen ihren Willen«, keuchte er. »Ich habe es gegen ihren Willen getan.«

»Vergewaltigt war das Wort, das du gesucht hast. Sag es. Sag, dass du sie vergewaltigt hast.«

»Ich habe… ich habe sie vergewaltigt.« Gerhard versuchte, von dem Messer wegzurobben, aber Constantin drückte ihn zu Boden.

»Ich werde dafür sorgen, dass der Welt weitere Männer deines Schlages erspart bleiben.« Constantin erhöhte den Druck des Messers, aber nun kniete Maximilian neben ihm und hielt seinen Arm fest.

»Hör auf. Kannst du dir vorstellen, was passiert, wenn du das tust? Es wird Kreise ziehen, alle werden davon erfahren.«

»Ich kann ihn nicht davonkommen lassen.«

»Das musst du auch nicht.« Maximilian stieß Gerhard mit der Stiefelspitze an. »Steh auf.«

Taumelnd kam Gerhard auf die Beine. »Danke«, sagte er an Maximilian gewandt.

»Dank mir nicht.« Ehe Gerhard reagieren konnte, hatte er dessen Arme gepackt und auf den Rücken gedreht.

»Was soll das? Du bist doch mein Freund.«

»Tut mir leid, mein Freund, aber Blut ist nun einmal dicker als Wasser.«

»Zwei gegen einen? Und mich nennst du einen Feigling?«, sagte Gerhard an Constantin gewandt.

»Wir versuchen nur, das Kräfteverhältnis anzugleichen, so dass es dir gegenüber meiner Schwester entspricht. Auf diese Weise magst du es doch, oder?« Constantin gab ihm keine Gelegenheit zu antworten, sondern verpasste ihm mit dem Knie einen kräftigen Stoß zwischen die Beine, ehe er ausholte und ihm mit einem Fausthieb die Nase brach.

Der Atem stand ihnen vor dem Mund, und die Hufe trommelten auf den frostharten Boden, als Helene und Andreas einigermaßen außer Atem auf das Schloss zuritten. Sie waren aufgebrochen, als das erste Frühlicht sich zögernd hervorgetastet und die von Raureif bedeckte Landschaft mit rosé-goldenen Strahlen langsam zum Leben erweckt hatte.

»Gewonnen!«, rief Helene und zügelte Olympia.

»Kunststück, du reitest das bessere Pferd.«

Helene beugte sich vor und streichelte den Hals der Stute, die Andreas ritt. »Pandora ist auch schnell. Ich reite einfach besser.« Sie zwinkerte ihm zu.

»Du meinst, ich würde auf Olympia auch verlieren?«

»Das würden wir nur herausfinden, wenn ich sie dir überließe, und das erlaubt mein Reiterherz nicht.«

Das Lächeln, das er ihr schenkte, hatte eine verwirrende Wirkung auf ihren Herzschlag. »Na, dann lassen wir das mal so stehen.« Er stieg ab und führte das Pferd über den Hof. Da er hinkte, war er für die Wehrpflicht ausgemustert worden, was ihm, wie er ihr anvertraut hatte, nur recht gewesen war. »Meinem Vater darf ich das natürlich nicht erzählen, vor ihm muss ich so tun, als erfülle es mich mit Gram, dem Vaterland diesen Dienst verweigern zu müssen.«

An jenen Tagen, an denen Andreas sie begleitete, kam sie noch später heim, einfach, weil es so schön war, mit ihm auszureiten. Es war, als schlugen ihre Herzen im Gleichklang für die Welt um sie herum, und es bedurfte nicht vieler Worte, damit sie einander verstanden. Oft kam es vor, dass sie gleichzeitig etwas entdeckten, oft nur eine Kleinigkeit, ein von Raureif überzogenes Spinnennetz oder einen vergessenen Apfel im Geäst, dann sahen sie sich kurz an, und Helene ahnte, sie dachten das Gleiche.

Allerdings waren die Ausritte selten. Entweder hatte Andreas weniger Interesse daran als sie, oder aber er befürchtete Gerede. Helene konnte natürlich auch nicht insistieren, und so freute sie sich einfach, wenn er sich morgens anschloss. Sie brachten die Pferde in den Stall, versorgten sie und verabschiedeten sich hernach voneinander, auch dies ohne große Gesten, meist nur mit einem knappen Nicken.

Als Helene ins Haus kam, stand das Frühstück noch auf dem Tisch. Ihre Mutter sorgte dafür, dass dem stets so war. Rasch lief sie in ihr Zimmer, um sich zu waschen und umzukleiden. In letzter Zeit stand sie öfter vor dem Spiegel als bislang. Sie hatte immer sehr wenig Wert auf Gefälligkeit gelegt, aber sie war doch froh, dass ihr aschblondes Haar mit zunehmendem Alter einen Goldschimmer angenommen hatte – von der Sonne geküsst, nannte ihre Mutter es, aber laut ihr war Helene ohnehin das schönste Mädchen der Welt. Von dem Wunsch, einen richtigen Busen zu bekommen, hatte sie sich allerdings langsam verabschieden müssen. Wenn der bis jetzt nicht zu einer gewissen Größe gewachsen war, würde das wohl nichts mehr werden, und das war das Einzige, wovon sie gerne ein wenig von Victoria abbekommen hätte. Ihre eigene Brust war kaum mehr als zwei kleine Halbkugeln, die sie in Kleidern mit Taschentüchern ausstopfte, da ihre Schneiderin die Kleider stets auf etwas mehr Masse hin schneiderte. Entweder hegte sie die stumme Hoffnung, da könnte sich doch noch was tun, oder aber sie wollte Helene dazu ermuntern, der Natur ein wenig nachzuhelfen und hinzumogeln, was nicht da war.

Unvermittelt wanderten ihre Gedanken zu Victoria, und sie schämte sich für den Anflug von Neid, der gerade wieder kurz in ihr aufgeflackert war. Seit Carl bei ihnen gewesen und es zu diesem abscheulichen Streit gekommen war, hatte sie niemanden von Gut Reichenbach bisher wiedergesehen. Sie hatte mit dem Gedanken gespielt, Victoria zu besuchen, aber das tat sie sonst ja auch nie, sie standen sich nicht nahe. Sollte sie nun hingehen und ihr ihre Anwesenheit aufdrängen, obwohl Victoria vielleicht lieber allein sein wollte?

Helenes Mutter hatte nach dem Streit heftig geweint, was ein ungewohnter Anblick war, denn Adela von Schletter weinte eigentlich nie. Helene hatte sich gänzlich hilflos gefühlt, hin- und hergerissen zwischen ihrem Entsetzen, was Victoria anging, und der ungewohnten Schwäche ihrer Mutter. Später hatten sie darüber gesprochen, über das, was Victoria widerfahren war, und Adela von Schletter hatte ihrer Tochter das Versprechen abgenommen, sich ihr stets anzuvertrauen, wenn ein Mann sich ihr gegenüber Freiheiten herausnahm. Auf keinen Fall wollte sie, dass ihrer Tochter dasselbe widerfuhr.

Maximilian war wohl auch eingeweiht worden, denn vor einigen Tagen hatte er sie auf die Seite genommen und ihr sehr anschaulich geschildert, wohin man Männer das Knie rammen musste, damit man sie wirkungsvoll außer Gefecht setzte. »Und nur keine falsche Zurückhaltung«, hatte er hinzugefügt.

Helene steckte ihr Haar zu einem einfachen Knoten auf und verließ ihr Zimmer. Sie trug einen dunkelgrünen Rock, der an der Taille einen breiten Bund hatte und somit die Mitte betonte. Darüber bauschte sich eine cremeweiße Bluse, die an den Ärmelaufschlägen in der Farbe des Rockes bestickt war. Durch den Schnitt der Bluse brauchte hier nun keine Masse vorgetäuscht zu werden, wo keine war.

Im Speisezimmer setzte Helene sich an den Tisch und befreite die Kaffeekanne von ihrer wärmenden Hülle. Der Kaffee war dennoch nur lauwarm, und sie bat das Stubenmädchen, neuen aufzubrühen. Während sie wartete, nahm sie kross gebackenes Brot und bestrich es mit Butter und Kompott, das aus Beeren gemacht worden war, die sie im Sommer gesammelt hatten. Ihr Blick glitt aus dem Fenster, und sie sah, wie die Rinder aus dem Stall getrieben wurden. Andreas stand in ein Gespräch mit seinem Vater vertieft, wobei der Ältere die ganze Zeit redete, während der Jüngere nur ab und zu eine Antwort gab. Helene hielt den Blick unverwandt nach draußen gerichtet, als könne sie Andreas dazu bringen, sich umzudrehen und sie anzusehen. Vergebens. Gewiss wusste er, dass sie um diese Zeit beim Frühstück saß und es die Möglichkeit gab, sie zu sehen. Aber entweder, es war ihm entfallen, oder es interessierte ihn nicht.

Als Carl zu Ohren kam, dass Gerhard von Sabrowski übel zugerichtet heimgekehrt war, hatte er seinen Sohn gefragt, ob dieser etwas darüber wisse, aber Constantin hatte ihn nur schweigend angesehen. Und da Gerhard die Sache nicht thematisierte und nicht sagte, wer ihn so verprügelt hatte, verfolgte er das Thema nicht weiter. Auch Paul von Sabrowski hüllte sich in Schweigen. Ihm musste klar sein, was vorgefallen war, aber vermutlich würde er sich hüten, etwas über den Grund der Angelegenheit laut werden zu lassen.

Was ihm nach wie vor Sorge machte, war Victorias Befinden. Er hatte darauf vertraut, dass die Zeit dem Abhilfe verschaffen würde, dass es ihr besser ginge, je länger die Sache her war. Aber sie war weiterhin still und in sich gekehrt, blieb Feierlichkeiten fern und wirkte bei Besuchen, die ihre Freundinnen ihr machten, stets abwesend. Es wurden bereits die Befürchtungen laut, sie könne krank sein, gar etwas Ernstes, und Carl wurde immer öfter gefragt, was seiner Tochter fehle.

»Ist sie unglücklich verliebt?«, fragte eine Nachbarin.

»Nein, gewiss nicht«, antwortete er.

»Ach, ihr Männer merkt doch so etwas nicht«, sagte die Frau.

Das war möglicherweise die Lösung, dachte Carl. Sie brauchte eine Frau, der sie sich anvertrauen und öffnen konnte, der sie Dinge erzählte, die sie ihrem Vater nicht sagen konnte oder wollte. Elisa hätte Zugang zu ihr gefunden, das wusste er. Die feinfühlige Elisa. Aber dieser Gedanke war müßig, denn diese brachte nun einmal nichts zurück. Es musste eine andere Lösung her.

»Johannisburg?«, fragte Victoria, eher resigniert als erstaunt, wobei sie wirkte, als trete ein, was sie befürchtet hatte. Sie saß mit einem Buch in der Hand nahe dem Kamin im Salon, aber es hatte nicht den Anschein gemacht, als habe sie gelesen. »Ich wusste, du würdest mich fortschicken, auch wenn ich gehofft hatte …« Ihre Stimme erstarb.

»Ich schicke dich nicht fort.«

»Es ist wie bei Tante Magdalena, nicht wahr?«, fuhr Victoria unbeirrt fort, als habe er nichts gesagt.

»Nein, das ist es ganz und gar nicht.«

»Fort, damit das Ansehen der Familie nicht befleckt wird.«

»Verdammt noch mal, nein!« Carl war, ohne es zu wollen, laut geworden, was er umgehend bereute, da Victoria ihn aus geweiteten Augen erschrocken ansah. Tränenlose Augen. Hätte sie geweint, damit hätte er umgehen können, aber diese Stille, die sie umgab, die verstand er nicht.

»Hör zu«, sagte er, ruhiger nun. »Du brauchst nicht mich oder Constantin, sondern eine Frau, die dich auf eine Weise versteht, wie ich es womöglich nicht kann. Und ich zwinge dich auch nicht zu gehen. Du kannst bleiben, wenn du möchtest. Und wenn du gehst, kannst du jederzeit wieder zurück hierher. Ich schiebe dich nicht ab. Im Gegenteil, es fällt mir unglaublich schwer, dich gehen zu lassen.«

Sie klappte das Buch zu, ohne ein Lesezeichen zwischen die Seiten zu legen. »Constantin hat Gerhard verprügelt«, sagte sie übergangslos.

»Das habe ich mir schon gedacht.« Er wartete darauf, dass sie noch etwas hinzufügte, aber sie schwieg. »Du warst doch immer gerne bei deiner Tante Magdalena«, nahm er nun den Faden wieder auf. »Du könntest Zeit mit Anna verbringen.«

»Sie ist Lehrerin.« Ein Lächeln flog über Victorias Lippen, ganz kurz nur, wie ein Aufflackern. »Kaum vorstellbar, nicht wahr? Sie war immer so wild.«

»Ich habe es auch nicht für möglich gehalten.«

»Wir waren lange nicht dort. Die Zwillinge waren noch klein, die Kleinste gerade erst geboren.«

»Ich denke schon länger, es wird höchste Zeit.«

Victoria nickte langsam. »Kann ich wirklich zurück, wenn ich nicht mehr bleiben möchte? Wenn es mir zu eng wird?«

»Jederzeit.«

»Du wirst mir so fehlen. Du, Constantin, die Pferde, Großvater, ja, womöglich gar Großmutter.«

»Wir werden dich auch furchtbar vermissen.«

»Dann freut ihr euch gewiss umso mehr, wenn ich wieder hier bin.«

Aber Carl ahnte, dass sie so bald nicht zurückkehren würde, und in dem Moment, als ihm das klar wurde, hätte er sie am liebsten festgehalten und ihr gesagt, sie solle nicht gehen.

II

»Die Kurische Nehrung ist so merkwürdig, dass man sie eigentlich ebenso gut als Spanien und Italien gesehen haben muss, wenn einem nicht ein wunderbares Bild in der Seele fehlen soll.«

Wilhelm von Humboldt

April 1907

Maximilian sah vermutlich ebenso erstaunt drein wie Emil Moors, der gerade dabei war, mit einer Hacke den Boden zu bearbeiten, als Maximilian aus dem Fenster seiner Tochter kletterte. Dann wurde Emil Moors' Erstaunen zu Zorn und Maximilians zu Angst, denn Elisabeths Vater hielt nach wie vor die Hacke und wirkte, als scheue er sich nicht, sie ihrem Zweck entfremdet einzusetzen.

»Ich kann das erklären«, setzte Maximilian an.

»Na«, Emil Moors ließ den Stiel der Hacke von einer Hand in die andere klatschen, »da bin ich ja mal gespannt.«

»Papa!« Elisabeth beugte sich aus dem Fenster, das Gesicht umrahmt von ihrem zerzausten schwarzen Haar. »Lass ihn in Ruhe!«

Nun tauchten auch Elisabeths Brüder auf. Himmel, waren in dieser Familie denn alle beim ersten Hahnenschrei wach? Angeblich arbeitete hier doch keiner.

»Ich warte auf die Erklärung.«

»Ähm, wir wollen heiraten.«

Elisabeths Brüder starrten ihn an, als habe sich ein wundersames Tier auf ihren Grund und Boden verirrt und nun stünde die Frage im Raum, ob man es als Kuriosität aufbewahrte oder lieber erschlug. Emil Moors allerdings ließ ein weiteres Mal den Stock in seine Hand klatschen.

»Also da, wo ich herkomme, hält man um die Hand der Tochter an, ehe man die Nacht mit ihr verbringt.«

»Das würde ich ja tun, aber mein Vater verbietet es.«

»Ah ja, und da dachtest du, du pflückst die verbotene Frucht einfach still und heimlich, ja?«

»Dazu, dass fast jeder Mann bei Beatrix ein- und ausgeht, sagen Sie auch nichts.«

»Du redest dich gerade um Kopf und Kragen, Bengel.«

»Papa!« Elisabeth hatte sich rasch etwas übergezogen und kam ums Haus gelaufen. »Lass ihn!« Sie stellte sich schützend vor ihn, aber das wiederum gefiel Maximilian ebenfalls nicht.

»Ich verstecke mich nicht hinter einer Frau!«

»Sehr unklug«, sagte Elisabeths ältester Bruder. »Denn *sie* würden wir nicht umbringen.«

»Ihn auch nicht«, fauchte Elisabeth. »Und überhaupt, was bringt das denn? Vielleicht bin ich ja schwanger, dann stehe ich hier ohne Kindsvater.«

Alle drei schnappten nach Luft, und Maximilian starrte sie an. So stellte sie sich die Entschärfung der Situation vor?

»Ich würde dich gerne grün und blau prügeln, Herr Freiherr von Schletter. Aber ich glaube, mir fällt etwas Besseres ein.« Er deutete mit der Hacke auf den Weg. »Los.«

Maximilian traute der Sache nicht, und erst recht wollte er dem Mann nicht den Rücken kehren.

»Jetzt geh schon. Erklären wir die Sache deinem Vater.

Wenn du es wagst, mir davonzulaufen, spalte ich dir den Schädel und sage, du wärest gestürzt.«

Maximilian bezweifelte, dass er mit dieser Erklärung jemanden überzeugte, aber er war auch nicht gerade bestrebt, den Wahrheitsgehalt der Drohung herauszufinden.

»Papa, bitte«, verlegte sich Elisabeth nun aufs Bitten, als Emil Moors Maximilian mit dem Stiel der Hacke anstieß.

»Ist gut, ich gehe ja schon.« Maximilian drehte sich um, während es in seinem Nacken kribbelte, weil er die ganze Zeit befürchtete, jemand würde ihm von hinten eins überziehen.

»Du bleibst hier«, blaffte Emil Moors seine Tochter an. »In dem Aufzug gehst du mir nirgendwohin. Und für ihn machst du es nur noch schlimmer.«

Maximilian hatte geahnt, dass es keine gute Idee war, die Nacht bei Elisabeth zu verbringen, hatte sich aber nur halbherzig gegen ihren Wunsch gesträubt. Nachdem sein Vater seinem Wunsch, Elisabeth zu heiraten, wieder und wieder seinen Widerstand entgegensetzte, hatten er und Elisabeth im Sommer schließlich ohne den ehelichen Bund miteinander geschlafen, nicht willens, noch länger zu warten. Es war so wunderbar gewesen, dass es wieder und wieder geschah, bis es zu kalt war, um im Gras unter den Bäumen zu liegen. Im Winter war es also naturgemäß zu keinem weiteren Treffen dieser Art gekommen, und schließlich hatte Elisabeth ihn darum gebeten, sie nachts zu besuchen. Natürlich hätten sie noch einen Monat warten können, bis es endlich wieder warm genug war, aber die Zeit erschien ihnen einfach zu lang, und beide sehnten sich danach, und so war Maximilian nachts am Baum hinter dem

Haus zu ihr hochgeklettert, ganz der romantische Held aus alten Balladen. Nun jedoch, da er vom Vater der Geliebten mit einer Gartenhacke vor sich hergetrieben wurde, fühlte Maximilian sich nicht mehr ganz so heldenhaft. Davon, dass die Sache vermutlich ein irreparables Ausmaß an Peinlichkeit annahm, ganz zu schweigen.

Leonhard verließ gerade das Haus, um seinen morgendlichen Rundgang durch den Stall zu machen, als er wie angewurzelt stehen blieb. Emil Moors trieb seinen Sohn vor sich her, stieß ihn gar einmal mit dem Stiel einer Hacke ins Kreuz, damit dieser sich beeilte.

»Was um alles in der Welt…« Leonhard lief Maximilian entgegen. »Was wird das, Moors?«

Gelassen stemmte Emil Moors die Hacke auf den Boden und lehnte sich mit einem Arm auf den Stiel. »Wenn einer meiner Söhne morgens vor Ihren Augen aus dem Fenster Ihrer Tochter klettert, wie würden Sie dann wohl reagieren, hm?«

Leonhards Blick zuckte zu Maximilian, der diesen mit nahezu trotziger Miene erwiderte, dann sah er Emil Moors an. »Ich entschuldige mich in aller Form für das Benehmen meines Sohnes.«

»Das brauchst du nicht«, sagte Maximilian. »Ich werde Elisabeth heiraten.«

Das konnte Leonhard in Gegenwart des Vaters, der ihn gerade praktisch aus dem Bett seiner Tochter hatte steigen sehen, natürlich nicht vehement verneinen. Emil Moors sah ihn an, die Brauen leicht angehoben. »Darüber reden wir später in Ruhe«, sagte Leonhard zu seinem Sohn.

»Was auch sonst.« Emil Moors nickte Maximilian zu. »Wenn ich dich noch einmal im Bett meiner Tochter erwische, sorge ich dafür, dass es zumindest von deiner Linie keine weiteren Abkommen mehr geben wird. War das deutlich?«

Maximilian antwortete nicht, sondern hob das Kinn, taxierte Elisabeths Vater.

»Ja, er hat verstanden«, antwortete Leonhard an seiner Stelle. »Und natürlich hat die Sache für ihn ein Nachspiel.«

Maximilian zuckte lediglich mit den Schultern, als ändere das nun auch nichts mehr. Nachdem Emil Moors gegangen war, drehte Leonhard sich zu seinem Sohn um.

»Ich habe dir gesagt, du hältst dich fern von ihr.«

»Ja, hast du. Und ich sagte, ich werde sie heiraten.«

»Du verschwägerst uns ganz sicher nicht mit dieser Sippschaft.«

»Ich soll in der Wahl meiner Ehefrau Rücksicht auf deine Standesdünkel nehmen?«

»Nenn es, wie du willst.«

»Constantin dürfte gewiss eine Bauerntochter heiraten, so ihm danach wäre.«

»Die Tochter eines ehrlich arbeitenden Mannes würde auch ich dir nicht verwehren. Es geht mir nicht darum, dass Emil Moors ein Habenichts ist, die ganze Familie ist verkommen, und wir haben einen Namen und Ansehen, und das will ich nicht in Verbindung mit seinem Namen genannt hören.«

»Wie gesagt, es interessiert mich nicht. Ich heirate sie oder keine.«

»Wenn du das tust, enterbe ich dich.« Leonhard hielt

inne. Er klang wie sein Vater, als er sich hatte weigern wollen, Adela zu heiraten. Aber da lagen die Dinge gänzlich anders, das war nicht dasselbe wie das, worum Maximilian ersuchte.

Der widersprach nicht, neigte nur den Kopf und wandte sich ab, um zum Haus zu gehen.

»Du wirst sehen, es wird ein Riesenspaß«, sagte Henriette Lamberg, von allen nur Jette genannt. Victoria saß mit ihr im Salon der Lamberg'schen Villa und hörte ihren Planungen für das Gartenfest im Mai zu. Und obwohl ihr lange Zeit nicht nach Feiern zumute gewesen war, merkte sie, dass sie sich nun doch darauf freute.

War sie ursprünglich in der Absicht aufgebrochen, so bald wie möglich auf das väterliche Gut zurückzukehren, so hatte Victoria bereits auf der Reise nach Masuren gemerkt, wie ihr eine Last von der Brust genommen wurde. Sie hatte mit ihrem Vater im Zug gesessen und aus dem Fenster die Landschaft wie ein Kaleidoskop vorbeirauschen sehen. Weil sie Weihnachten noch zu Hause hatte feiern wollen, waren sie im Frühling aufgebrochen, und die Welt lag in stillem Erwachen aus dem Winter da, erstes Grün knospte an Bäumen, Pferde galoppierten über sattgrüne Weiden. Gutshäuser wurden sichtbar, Höfe mit groß angelegten Ställen, Parks und alte Alleen.

Während Victoria den Urlaub in Johannisburg zwar stets genossen hatte, aber auch immer wieder froh gewesen war, nach Hause zu fahren, wo es sie in das lebendigere Königsberg zog, war sie nun dankbar für die Stille hier, und sie dachte nicht mehr die ganze Zeit nur an das, was ihr widerfahren war. Die Landschaft um das auf der masurischen Seenplatte liegende Johannisburg war herrlich. Mit Magdalena hatte sie lange Spaziergänge durch die Johannisburger Heide gemacht, jene dunklen Nadelwälder, die nahe der masurischen Seen gelegen waren, und sie waren am von Wäldern gesäumten Niedersee gewesen, wo Victoria stundenlang sitzen und aufs Wasser blicken konnte, während sie sich ungewohnt leicht und frei fühlte. Sie hatte gar nicht mehr das Bedürfnis heimzukehren.

Richard betrat den Salon, als habe er geahnt, dass sie hier war. Nun, vielleicht hatte ihm seine Schwester in der Tat einen kleinen Wink gegeben, denn Victoria ahnte, dass er sich auf eine Weise zu ihr hingezogen fühlte, die nichts mehr mit der Freundschaft aus Kindertagen gemein hatte. Sie mochte ihn, sehr sogar. Aber so gern sie auch wollte, mehr durfte daraus nicht werden. Dass er ihr dasselbe antun würde wie Gerhard, befürchtete sie nicht, er war grundanständig, und in seinem Gehabe lag aufrichtige Zuneigung, nicht jene ständigen Anzüglichkeiten, mit denen Gerhard sie bedacht hatte. Jetzt, im Nachhinein und im Vergleich mit Richards Aufmerksamkeiten, wurde ihr das erst so richtig bewusst.

Dennoch ermutigte sie ihn nicht, war darum bestrebt, ihm nicht den Eindruck zu vermitteln, zwischen ihnen könne je etwas anderes sein als Freundschaft. Sie war beschädigt, sie war wie eine Frucht, die von außen vollkommen wirkte, aber wenn man sie aufbrach, wimmelte es von Maden, die sich durch das verdorbene Fleisch fraßen.

Gleich, wie sie es drehte und wendete, es lief immer darauf hinaus, dass es ihre Schuld war. Sie hatte Gerhard – auf welche Weise auch immer – zu verstehen gegeben, er dürfe so weit gehen. Daher hatte es dieses Kind gegeben, zu dessen Mörderin sie geworden war.

»Victoria?«

Irritiert sah Victoria Jette an.

»Ich habe jetzt schon dreimal gefragt, was du von dem Blütenschmuck für den Salon hältst.«

Victoria sah sich die feinen papiernen Blüten an und nickte nur zerstreut. »Ja, sehr hübsch.«

Meta Lamberg trat in den Salon. »Habt ihr noch Tee?«

»Ja, Mama«, antwortete Jette, ohne aufzublicken, während Victoria sie freundlich anlächelte.

Aus den Schilderungen Magdalenas und Annas hatte Victoria sich stets eine hasserfüllte Megäre vorgestellt, aber tatsächlich schien Meta Lamberg sie zu mögen und war überaus reizend zu ihr. Sie wirkte ein wenig verbittert, was ihrem Aussehen etwas Herbes verlieh, aber sie war eine gute Mutter, ging liebevoll mit ihren Kindern um. Ihre Ehe war unglücklich, das entging sicher niemandem, und Victoria wusste, dass Meta Lamberg aus Gründen, die wohl nur ihr selbst bekannt waren, Magdalena dafür verantwortlich machte.

Als sie den Blick zum Fenster schweifen ließ, begegnete sie dem Richards, und einen Moment lang hielt sie inne, sah in seine dunkelblauen Augen. Doch dann schob sich Gerhards Gesicht darüber, so, wie es ihr nach wie vor in ihren Träumen erschien, verzerrt zu einer Fratze, während er wieder und wieder in sie stieß. Sie hörte seine keuchenden

Laute, spürte seinen heißen Atem. Inzwischen hatte sich zu ihrer Scham und den Schuldgefühlen eine verzehrende Wut gesellt, und sie stellte sich vor, wie sie ihm ihre Fingernägel ins Gesicht schlug, wieder und wieder, bis nichts mehr davon übrig war.

»Onkel Friedrich!«, rief Helene und winkte ihm von Olympias Rücken aus zu, als sie in den Hof ritt und er gerade aus der Kutsche stieg.

Er winkte zurück und rief ihr ein fröhliches »Na, du Amazone!« zu.

Als sie bei ihm angelangt war, saß sie ab, und ausnahmsweise übergab sie die Stute einem Reitburschen, um ihren Onkel, den sie so selten sah, ins Haus zu begleiten.

»Wir hatten dich erst nachmittags erwartet.«

»Ich habe einen früheren Zug genommen.« Er reichte ihr galant den Arm. »Wie geht es Victoria? Seit sie in Johannisburg ist, höre ich nur wenig von ihr.«

»Wie wir alle. Aber nach dem, was Onkel Carl so erzählt, geht es ihr gut.«

Friedrich von Schletter kannte die Geschichte, Helenes Vater hatte sie ihm bei seinem letzten Besuch erzählt, und er war darüber so außer sich geraten, dass Gerhard froh sein konnte, dass ihm kein weiteres Mal die Nase gebrochen worden war.

Große Freude über sein frühes Kommen empfing Friedrich, und als dieser bei einer Tasse Kaffee damit herausrückte, dass er heiratete und die Frau darüber hinaus reich und ihre Mitgift äußerst großzügig war, konnte Wilhelm von Schletter vor Begeisterung kaum an sich halten. Das hielt so lange an, bis Friedrich erzählte, wofür er das Geld auszugeben gedachte.

»Eine Schule im Kongo?«, brüllte sein Vater. »Bist du des Wahnsinns fette Beute?«

Ungerührt trank Friedrich seinen Kaffee. »Ich habe mich den Werten der Nächstenliebe verschrieben, wie du weißt. Auf deinen Wunsch hin, wenn ich dich daran erinnern darf.«

»Für was brauchen die Wilden eine Schule?«

»Vermutlich für denselben Zweck, wie wir sie hier benötigen, möchte ich meinen.«

»Wir hier brauchen das Geld dringender. Der gesamte Westflügel muss instand gesetzt werden.«

»Liegen dort eure Schlafzimmer?«

»Nein, aber …«

»Na also.«

Helene lehnte sich in ihrem Sessel zurück und beobachtete die Szene interessiert. Sie mochte ihren Onkel, mochte, wie er stets unabhängig von allen agierte und doch ganz und gar Familienmensch war. Und sie wusste, was ihrem Großvater offenbar noch nicht klar war – Friedrich von Schletter machte keine Schnellschüsse, sondern handelte stets wohlüberlegt, und nichts konnte ihn davon abhalten, das Geld dort auszugeben, wo er es für richtig hielt.

»Ich werde dich enterben!«, spielte Wilhelm von Schletter seinen letzten Trumpf aus.

»Ja, enterb mich ruhig. Es mag deiner Aufmerksamkeit entgangen sein, aber meine Frau ist vermögend. Den Kasten hier erbt ohnehin Leonhard, und somit fiele ihm auch die Mitgift zu, die meine Frau in die Ehe bringt und mit der du diese Bruchbude wieder bewohnbar machen möchtest. Was möchtest du mir denn noch vererben?«

Wilhelm von Schletters Gesicht nahm ein ungesundes purpurnes Rot an, und Helenes Vater machte seinem Bruder gegenüber eine Geste, sich zurückzunehmen.

»Vielleicht können wir uns jetzt einfach alle für Friedrich freuen und darauf hoffen, dass die Ehe glücklich wird.«

»Mein Maß an Freude hat sich für heute erschöpft«, schrie Wilhelm von Schletter und erhob sich. Schnaufend verließ er den Raum, gefolgt von den sorgenvollen Blicken Leonhard von Schletters.

»Hättest du es ihm nicht etwas schonender sagen können?«

»Wie kann man denn ›Du bekommst meine Mitgift nicht‹ schonend umschreiben?«

Leonhard von Schletter seufzte tief. »Wann lernen wir deine Zukünftige kennen?«

»Schon bald. Ich wollte nur vorab die Wogen glätten, da ich geahnt habe, worauf das hier hinausläuft.«

Helene erhob sich und überließ die beiden ihrem Gespräch über Heirat und künftige Pläne. Friedrich wollte in die Kolonien, wollte Gutes vor Ort tun und hatte in seiner Verlobten eine Gleichgesinnte gefunden. Es wäre so schön, dachte Helene, wenn man immer diese Klarheit über seine Gefühle hätte. Ihre Verwirrung gegenüber Andreas war einer beständig in ihrem Innern lauernden Verzweiflung gewichen, einer Verzweiflung darüber, dass sie selbst inzwischen so genau wusste, was sie fühlte, dass sie gar jedes Gefühl bis ins Kleinste ausloten und zu deuten wusste, aber keinerlei Klarheit darüber hatte, was er empfand. Manchmal ritt er nach wie vor mit ihr aus, dann wieder schenkte er ihr tagelang kaum mehr als ein Lächeln und einen flüchtigen Gruß.

Energisch schüttelte Helene den Gedanken an ihn ab und ging in die Sattelkammer, wo sie sich an einem Holztisch eine Art Bureau eingerichtet hatte. Hier lag ein Verzeichnis mit den Stammblättern ihrer Pferde. Sechs Stuten hatten sie, die für die Zucht geeignet waren, rechnete man Olympia mit, deren Potential Helene nicht allein fürs Reiten nutzen wollte. Allerdings würde sie nicht mehr als ein oder höchstens zwei Fohlen bekommen, denn sie sollte nicht gänzlich als Zuchtstute eingesetzt werden. Auf Gut Reichenbach standen die Beschäler in einem separaten Stall in großen Boxen, die je einen kleinen Auslauf hatten. Hier wurden ihnen die Stuten zugeführt. Einen eigenen Hengst, der für die Zucht zugelassen war, hatten die von Schletters nicht, die Jährlinge waren verkauft worden, weil Helenes Großvater Geld brauchte. So konnte das nichts werden mit der Zucht, die er selbst ja durchaus anstrebte. Aber ihm fehlte der lange Atem. Dann war das Geld eben an anderer Stelle knapp, sie verhungerten ja schließlich nicht, ebenso wenig die Tiere.

Seufzend überlegte Helene, welche Möglichkeiten sich ihr boten. Über die Finanzen wusste sie nur wenig, da ihr da kein Einblick gewährt wurde. Ihr Vater hatte nichts dagegen, wenn sie sich die Bilanzbücher ansah, aber ihren Großvater brachte das regelmäßig auf die Barrikaden, so dass sie im Interesse des familiären Friedens darauf verzichtete, denn sie wollte nicht schuld daran sein, wenn er einen Herzschlag erlitt. Sie lehnte sich zurück und rieb sich die Augen. Vielleicht sollte sie mit Carl von Reichenbach sprechen, fragen, welche Kosten ihr ins Haus standen mit den Möglichkeiten, die sie derzeit hatte. Er war immerhin ihr angeheirateter Onkel, und ihren Eltern war es immer wichtig gewesen, dass die Kinder bei all den Zerwürfnissen außen vor blieben. Dennoch würde sie erst einmal nichts davon erzählen, dass sie sich hilfesuchend an Carl von Reichenbach wandte.

Das Gefährt brummte, spuckte stinkende Wolken aus und kam mit einem hustenden Geräusch zum Stehen, ehe es verstummte. Carl von Reichenbach stand vor dem Eingang des Guts und wusste nicht, was er von der neuesten Errungenschaft seines Sohnes halten sollte.

»Ein Vierzylinder Blockmotor, Vater!«, rief Constantin, als müsse Carl nun ein Licht aufgehen.

Johannes von Reichenbach trat aus dem Stall, gesellte sich zu seinen Angestellten, die sich nach und nach im Hof einfanden und das Gefährt bestaunten. »Wenn man einen Pflug daran befestigt, taugt er vielleicht für die Bestellung der Äcker«, schlug er vor.

Constantin starrte ihn an, als erwarte er, dass sein Großvater jeden Moment lachte und dies als Scherz abtat, aber der erwiderte den Blick todernst.

»Ein Opel Darracq!«, war eine Frauenstimme hinter Carl zu hören, und der drehte sich um, sah seine Mutter an, als sei sie ihm fremd.

»Na«, rief Constantin, »wenigstens eine Person, die ihn zu schätzen weiß.«

Gesa von Reichenbach trat in den Hof und umrundete

den Wagen, dessen glänzend poliertes Schwarz von einer Staubschicht bedeckt war, die auch Constantin zierte. Dennoch war zu sehen, dass der Wagen teuer gewesen sein musste und ganz offensichtlich für die obere Mittelklasse gedacht war. Die Lampen waren aus Messing, ebenso die vordere Umrandung der Motorhaube, in die die Lampen eingelassen waren, während die Sitze aus braunem Leder edel und elegant wirkten. Ja, als Kutsche würde das Gefährt durchaus was hermachen, dachte Carl.

»Was hat der Spaß gekostet?«, stellte er nun die Frage, auf die es im Grunde genommen ankam.

»Ich habe den Wagen von meinen Ersparnissen gekauft.« Constantin wandte sich an seine Großmutter. »Na, was ist, machen wir eine gemeinsame Fahrt?«

Bei aller Begeisterung war Gesa von Reichenbach dazu nun doch nicht zu bewegen.

»Was ist mit dir, Floh?« Constantin hatte Helene, die ihre Stute in den Hof führte, als Erster bemerkt.

»Hm, nein, ich denke, ich muss nicht jeden Spaß einmal mitgemacht haben.«

»Solange du bei denen, bei denen es drauf ankommt, nicht Nein sagst«, kam als augenzwinkernde Replik.

»Constantin!« Carl hoffte, dass Helene die Zweideutigkeit der Anspielung entgangen war. War das denn zu fassen?

Constantin hob begütigend die Hände, dann sah er eines der jungen Stubenmädchen an. »Na komm, Minna. Wer nicht wagt, der nicht gewinnt, oder wie man so schön sagt.«

Das Mädchen kicherte und machte tatsächlich Anstalten, in den Wagen zu steigen, dessen Tür Constantin ihr aufhielt. Carl beobachtete die Szenerie stirnrunzelnd. Sein

Sohn brachte den Wagen zum Laufen und stieg nun ebenfalls ein. Eine Staubwolke aufwirbelnd setzte sich das Automobil in Bewegung. Kopfschüttelnd sah Carl ihm nach, dann ging er über den Hof zu Helene.

»Wolltest du zu Constantin?«

»Nein, zu dir, wenn du einen Moment Zeit hast.«

»Natürlich.« Carl klopfte ihrer Stute den Hals. Wunderschönes Tier. »Bring sie doch in den Stall, und dann komm in den Salon, ich lasse uns Tee bringen.«

»Sehr gerne, vielen Dank.«

Er ging ins Haus und wies Beata an, Tee zu bereiten. Zehn Minuten später kam Helene in den Salon und setzte sich ihm gegenüber. »Onkel Friedrich ist heute angekommen, er würde sich sicher freuen, Constantin zu sehen.«

»Ich schicke ihn morgen zu euch. Eurem Onkel sind dergleichen Gefährte vermutlich nicht ganz so fremd wie uns hier.«

Helene lächelte. »Ich glaube, er besitzt sogar eins.«

Nach Carls Dafürhalten durften diese modernen Fortbewegungsmittel ruhig in der Großstadt bleiben. Ein adäquater Ersatz für ein Pferd waren sie gewiss nicht. »Was kann ich denn für dich tun?«, fragte er.

»Ich möchte Pferde züchten«, erklärte sie. »Und daheim ist niemand, der mir dabei helfen könnte. Vater reitet zwar für sein Leben gern, aber er hat an der Pferdezucht nicht viel Interesse, und Großvater möchte zwar, aber, na ja, ihm fehlen einfach das Wissen und das Gespür für Pferde. Außerdem habe ich keinen eigenen Beschäler, nur Stuten. Ich möchte fürs Erste wissen, welche Kosten auf mich zukommen.«

»Weiß dein Vater, dass du hier bist und das mit mir durchsprichst?«

»Nein.«

»Mir wäre es lieber, mit offenen Karten zu spielen. Der Heimlichkeiten gab es genug in den letzten Jahren, ich möchte kein Öl ins Feuer gießen, indem ich den Eindruck erwecke, ich würde seiner Tochter helfen, ihn zu hintergehen.«

»Das tue ich doch gar nicht, aber ehe ich daraus eine große Sache mache, möchte ich mir erst einmal selbst über einige Dinge Klarheit verschaffen.«

Er zögerte. »Also gut, wenn du mir einen Überblick über euren Stutenbestand gibst und mir sagst, wo du in Zukunft hinwillst, kann ich dir gerne eine Aufstellung der möglichen Kosten machen, die auf dich zukommen.«

Erleichtert nickte Helene. »Das ist großartig, vielen Dank!«

Adelas Tochter, die auf den ersten Blick so wenig mit ihr gemein hatte und in der man, wenn man mit ihr sprach und sie sich für etwas begeisterte, doch die Mutter erahnte. Er würde ihr helfen, natürlich würde er das. Und hier schloss sich wohl der Kreis.

Juni 1907

Hottentottenwahlen hatte man die Reichstagswahlen im Januar dieses Jahres genannt, da der Wahlkampf bestimmt wurde durch den Herero-Krieg in der Kolonie Deutsch-Südwestafrika, vor allem durch den Aufstand der Nama – verächtlich Hottentotten genannt. Es waren weitere Gelder gefordert worden, indem ein Nachtragshaushalt von nahezu dreißig Millionen Mark beantragt wurde, wogegen sich die SPD als Kritiker der rücksichtslosen Kriegsführung klar aussprach, während die Konservativen der Zentrumspartei sich entschieden für eine Weiterführung der Kolonialkriege einsetzten, unterstützt von den Nationalliberalen. Eine Abstimmung entschied knapp gegen den Nachtragshaushalt, woraufhin der Reichstag auf Verordnung des Kaisers aufgelöst worden war. Der Wahlkampf wurde sehr aggressiv geführt und die Sozialdemokraten als Feind der Monarchie dargestellt. Aber auch die Zentrumspartei galt als national unzuverlässig, da sie die Interessen der Konservativen nicht ausreichend hatte durchsetzen können.

Magdalena hatte dies alles mit Sorge verfolgt, denn in

der Ehe mit Łukasz war auch sie zu einer Unterstützerin der Sozialdemokraten geworden, mit denen ihr Bruder Carl immer schon geliebäugelt hatte. Der Reichsverbund gegen die Sozialdemokratie unterstützte das Ziel, aus den Kartellparteien und den Linksliberalen einen nationalen, antisozialen Block zu schmieden. Derart aufgeheizt lag die Wahlbeteiligung bei nahezu fünfundachtzig Prozent.

Bei Łukasz löste diese Entwicklung Besorgnis aus, denn auch wenn die SPD nur leichte Verluste hinnehmen musste, so war doch ihr Aufstreben erst einmal gestoppt. In Masuren war jede Opposition im Keim erstickt worden, wozu auch die polnischen Masuren beitrugen, die trotz allem überzeugte Monarchisten waren. Masuren war und blieb eine Hochburg der Konservativen, deren Landräte und Abgeordnete ausschließlich dem preußischen Adel und dem Großbürgertum entstammten. Die Wahlergebnisse für die Konservativen lagen in Masuren weit über dem Durchschnitt der Ostprovinzen, die Sozialdemokraten blieben chancenlos. Chausseen und Bahngleise waren wie verzweigte Adern, durch die die Moderne vom Herzen des Deutschen Reiches aus in alle Teile Masurens gepumpt wurde und mit ihr das Deutschtum. Der Kaiser hatte bereits angekündigt, dass alles, was undeutsch war, mit Stumpf und Stiel beseitigt werden müsse. Ortsnamen waren ja bereits in Masuren eingedeutscht worden, und doch erinnerten vielerorts noch die Namen von Flüssen und kleinen Ortschaften an die alten, nichtgermanischen Wurzeln.

Viele Polen wanderten ins Rheinland aus, und Magdalena überlegte tatsächlich, ob sie diesen Schritt auch gehen sollten. In der Schule war es mittlerweile so, dass jemand, der ein masurisches Wort sagte, einen Knüppel bekam und an diesem Tag der Polack war. Man befürchtete deutschenfeindliche Absonderungsbestrebungen. War das eine Umgebung, in der sie ihre Kinder aufwachsen sehen wollte?

Magdalena packte die Koffer für ihre alljährliche Sommerfrische an der Kurischen Nehrung. Das war stets die Zeit, auf die sie sich am meisten freute, denn die Reise vermittelte den Anschein, weit fort zu sein von allen politischen Bestrebungen. Sie mochte das Frische Haff, das ihre Eltern immer wieder gerne mit ihnen bereist hatten, insbesondere den karg wirkenden nordöstlichen Teil vor dem Hintergrund des samländischen Alkgebirges. Jetzt fuhren sie meist nach Cranz, wie in diesem Jahr, oder Neukuhren, beliebte Badeorte.

»Ach, Mama, so viel Kram, als würden wir auswandern«, beschwerte sich Anna, als sie mit einem Arm voll Kinderkleidung das elterliche Schlafzimmer betrat. Sie suchte nach einem freien Platz, wo sie alles ablegen konnte. »Das werden jedes Jahr mehr Koffer, scheint es.«

»Deine Geschwister wachsen ja auch.«

»Daran wird es liegen.« Anna legte die Kleidung auf einem Stuhl ab und ließ sich auf die Knie vor einem Koffer nieder.

»Wo ist Victoria?«

»Bei Jette, vermute ich. Seit Richard so hinter ihr her ist, findet Jette immer einen Grund, damit sie zu ihnen kommen kann.«

Magdalena lauschte auf einen Missklang in Annas Stimme, vernahm jedoch nichts. Eine Zeit lang hatte sie geglaubt, Anna sei in Richard verliebt, und befürchtet, Victoria könne ihr in gewisser Weise Konkurrenz machen. Aber das schien – glücklicherweise – eine falsche Annahme gewesen zu sein. Derzeit ging Anna hin und wieder mit einem Lehrer vom Jungengymnasium aus, ein angenehmer junger Mann.

»Ich finde, Victoria ist ziemlich garstig zu Richard«, fuhr Anna nun fort.

»Inwiefern?«

»Weil sie ihn zwar nicht direkt zurückweist, aber auch nicht wirklich den Eindruck erweckt, dass sie Interesse hat. Er hängt praktisch in der Luft. Vermutlich spielt sie mit ihm.«

»Das glaube ich nicht.«

Anna zuckte nur mit den Schultern und begann, Kleidung in den Koffer der Zwillinge zu packen. »Vielleicht will sie Meta auch nur nicht als Schwiegermutter, obwohl sie wohl ganz gut mit ihr kann.«

Seit dem Vorfall mit Clara war Magdalena nicht mehr gut auf Justus' Frau zu sprechen.

»Aber dafür«, fuhr Anna fort, »kann Richard nichts. Sie sollte aufhören, ihn im Unklaren zu lassen.«

»Ich glaube schon, dass sie ihn mag, aber sie wurde tief verletzt von jemandem, in den sie verliebt war.«

Anna zuckte erneut mit den Schultern. Befindlichkeiten fand sie meist lästig, und sie konnte ja nicht wissen, was vorgefallen war. Niemand wusste es, außer Magdalena und Łukasz. Sie war entsetzt gewesen, als sie damals Carls Brief erhalten hatte, und sie hatte in der stillen, verschlossenen Frau nicht mehr jene lustige Victoria erkannt, die alle mit ihrem Charme verzaubert hatte. Dass sie sich mit Justus' Töchtern anfreundete und sogar wieder Freude am Feiern hatte, war ein großer Fortschritt. Aber wer konnte ihr verdenken, wenn sie Männern nun mit Vorsicht begegnete?

»Was willst du in Cranz?«, fragte sein Vater, als Constantin ihn über seine kurzfristige Planänderung ins Bild setzte.

»Victoria ist dort, und wir haben uns lange nicht gesehen. Außerdem ist es dort schön um diese Jahreszeit.«

»Jede Menge junger Frauen aus allen Teilen des Reiches, ja?«

Constantin hob in einer knappen Geste die Schultern.

»Also gut, meinetwegen. Wie lange?«

»Drei Wochen.« Weniger lohnte kaum die Fahrt.

»Deine Großmutter möchte im August ein Fest geben, sofern du zu der Zeit zurück bist, soll es mir recht sein.«

Gesa von Reichenbach hatte es sich in den Kopf gesetzt, dass Constantin heiraten sollte, nach Möglichkeit eine gute Partie. Dass Constantin wenig Einwände dagegen erhob, erstaunte nicht nur seinen Vater. Tatsächlich hatte er nichts dagegen, solange ihm die junge Frau gefiel, aber das wiederum konnte seine Großmutter nachvollziehen. Sie würden einen Kompromiss finden. Von jeher kam Constantin gut mit ihr aus, und sein Vater sagte, er habe offenbar einen besänftigenden Einfluss auf sie, denn sie sei nie weicher und nachgiebiger gewesen als in den letzten Jahren.

Belanglose Beziehungen hatte Constantin bis zum Überdruss genossen, ohne sich je in eine der Frauen verliebt zu haben. In dieser Hinsicht beneidete er Maximilian ein wenig, der seit Kindertagen in ein und dasselbe Mädchen verliebt war und dafür auch Peinlichkeiten auf sich nahm, wie morgens vom Vater der Geliebten mit einer Gartenhacke nach Hause getrieben zu werden. Wie ein Lauffeuer hatte das die Runde gemacht, und nicht wenige erstaunte es, dass Emil Moors so streng war, was Elisabeth anging. Beatrix war etwas älter als Constantin und hatte ihn seinerzeit verführt, das erste Mädchen, mit dem er geschlafen hatte. Später hatte sie überall damit geprahlt.

Was die Ehe anging, war Constantin pragmatisch und wusste, dass Liebe auch auf anderen Wegen entstehen konnte. Sein Vater hatte seine Mutter seinerzeit geheiratet, weil sie mit Constantin schwanger gewesen war. Vermutlich war sein Vater in sie verliebt gewesen, warum sonst sollte er mit der Schwester seines damals besten Freundes schlafen? Die Freundschaft, so hatte Constantin gehört, sei darüber zerbrochen. Und dann war da noch diese absurde Geschichte mit Tante Karolina, von der er nicht so recht wusste, ob sie wirklich glaubhaft war. Sein Vater und Karolina – das war unvorstellbar. Mit seiner Tante war Constantin nie gut ausgekommen, aber seit der Sache mit Victoria hatte sie jede Sympathie verloren. Auch jetzt, zwei Jahre später, packte ihn der Zorn, wenn er sich vorstellte, wie Karolina auf der Veranda Tee trank, während sich über ihr Gerhard an seiner Schwester verging. Und nun war Victoria fort. Aus ihren Briefen allerdings schloss Constantin, dass etwas sie beschäftigte, denn sie war in manchen Dingen vage geworden, schilderte alles nur oberflächlich. Daher beschloss er, dass es an der Zeit war für ein Gespräch.

»Hast du Onkel Leonhard gesagt, dass Lenchen dich wegen der Pferdezucht angesprochen hat?«, fragte er seinen Vater, als sie zum Haus gingen.

»Nein, ich denke aber, sie hat das getan.«

Während er und Maximilian sich kühl und distanziert gegenüberstanden, mochte Constantin Helene sehr gerne. Mit seinem Onkel und Adela kam er ebenfalls gut aus, mit seinem Großvater nicht so besonders, aber das lag auch an dessen konservativer Haltung. Constantin wusste, würde er erzählen, dass er ein Wähler der Sozialdemokraten war, würde sein Großvater außer sich geraten. Sein Vater liebäugelte zwar ebenfalls mit der SPD, würde diese aber vermutlich nicht wählen, und sein Großvater Johannes war ebenfalls überzeugter Konservativer, allerdings weniger dogmatisch.

Constantin traf sich in Königsberg oft mit Freunden ähnlicher Gesinnung. Er wusste, dass die Königsberger Sozialdemokraten von Berlin aus als eine Gruppierung Radikalbürgerlicher galten, aber das war wohl die Reaktion darauf, dass die Konservativen seit Anfang der Achtzigerjahre des letzten Jahrhunderts in Königsberg hohe Stimmverluste eingefahren hatten. Mochte die SPD nun, bei der letzten Wahl, keine Prozente hinzugewonnen haben, so blieb sie doch die stärkste Partei in Königsberg. Man musste mit der Zeit gehen, und für Constantin war dies nicht nur in der Politik ein Aspekt, sondern auch in dem väterlichen Betrieb. Er würde sehen, wo sich die Abläufe modernisieren ließen.

Die Sorge der Älteren, das Automobil werde die Pferde verdrängen, teilte er nicht, denn ein Pferd ließ sich nicht durch etwas so Seelenloses wie einen Wagen ersetzen. Aber auf Dauer würde man auf den Straßen keine Kutschen mehr sehen, dessen war sich Constantin sicher. Die Eisenbahn hatte diese ja jetzt bereits bei Überlandstrecken verdrängt. Inzwischen erreichte man auch sämtliche Ostseebäder von Königsberg aus, was es Constantin erleichterte, kurzfristig zu entscheiden, eine Reise dorthin zu unternehmen. All das mit einer Kutsche? Undenkbar inzwischen, dabei war es in seiner Kindheit noch so gewesen.

An diesem Abend würde Constantin sich mit einigen Freunden treffen, Parteigänger der Sozialdemokraten, aber auch andere. Die Nacht würde er in den Armen seiner derzeitigen Geliebten ausklingen lassen, mit der noch alles neu und aufregend war. Mochte er sich auch den Plänen seiner Großmutter fügen und zum treusorgenden Ehemann werden, ehe es so weit war, hieß es, die Freiheit bis zum letzten Tropfen auszukosten.

Für Helene hatte Königsberg vor allem einen kulturellen Reiz. Sie konnte sich nicht für Partys begeistern wie ihre Freundinnen, aber sie ging gerne ins Theater oder auf literarische Veranstaltungen, wenn sie sich denn schon auf den Weg in die Stadt machte und nicht lieber gleich daheim blieb, wo sie ihre Pferde hatte, über die ihr ohnehin nichts ging. An diesem Nachmittag war sie mit zwei Freundinnen von benachbarten Gütern nach Königsberg gefahren, und es war in der Tat sehr nett gewesen. Sie hatten bei Tee und Kuchen die Passanten beobachtet und allerlei Tratsch ausgetauscht, wobei Helene eher Zuhörerin gewesen war, denn Klatschgeschichten bekam sie meist als Letzte mit.

Obwohl inzwischen alle Städte der Ostprovinz durch die

Eisenbahn miteinander verbunden waren, galt Ostpreußen als hinterwäldlerisch. Königsberg jedoch war von jeher eine Ausnahme, war mondän, das Bürgertum liberal und die Kunst avantgardistisch, was Helenes Großvater ein Dorn im Auge war. Helene hingegen fand es herrlich.

Gerade die Kunst löste in Wilhelm von Schletter Abneigung aus, denn es war vor allem die jüdische Bevölkerung, die die kulturelle Avantgarde trug. Mochte Königsberg auch mit der Eingliederung in das Deutsche Reich an Bedeutung verloren haben – was auch dem Standortnachteil geschuldet war –, so war es immer noch die wichtigste Stadt Ostpreußens.

»Wir dachten, wir könnten ein wenig bummeln und später noch bei meiner Schneiderin vorbei«, schlug Dorothea vor.

Helene war wenig begeistert. Sollte sie bei ihren seltenen Ausflügen in die Stadt nun die Zeit mit dem Ansehen von Kleidern und Hüten verbringen?

»Ich würde lieber ins Theater gehen«, entgegnete sie.

Das wiederum stieß bei ihren Freundinnen auf wenig Begeisterung. »Da schleppt mich meine Mutter schon jede zweite Woche hin«, beklagte sich Marlene.

Das Interesse am Theater war mit der Jahrhundertwende gewachsen, und mittlerweile waren Premieren große gesellschaftliche Ereignisse. Leider kam Helene trotz allem zu selten in den Genuss. Ihre Mutter ging zwar gerne ins Theater, aber meist fand sich einfach nicht die Zeit. Vom Geld ganz zu schweigen, denn da gab es wichtigere Ausgaben. Das Leben spielte sich überwiegend auf Schloss Lilienau ab, was Helene im Großen und Ganzen recht war, aber dennoch wollte sie den Ausflug, wenn sie ihn denn schon tätigte, nicht allein mit dem Ansehen von Kleidern verbringen.

»Sollen wir uns aufteilen?«, schlug sie vor.

»Und wenn wir uns verpassen?«

»Wir treffen uns am Schloss bei der Kutsche.«

»Du weißt aber, dass wir nicht zu spät heimkehren dürfen?«

»Ich bin gewiss rechtzeitig wieder hier, macht euch keine Sorgen. Wenn nicht, nächtige ich in der Stadt bei meinen Verwandten.«

Sie einigten sich darauf, dass sie sich pünktlich in zweieinhalb Stunden wieder trafen, und Helene konnte ihr Glück kaum fassen, als sie vor dem Schauspielhaus stand und sie nicht nur pünktlich zur nächsten Aufführung kam, sondern diese sogar früh genug beendet wäre, so dass sie gemütlich zum Treffpunkt zurückspazieren konnte. Sie kaufte ein Billet und trat ein. Der Geruch in einem Theater, die Spannung, wenn der Vorhang noch geschlossen war – all das konnte einen in der Tat die Welt für einen Moment vergessen lassen. Wenn noch dazu das Stück gut war, dann verließ man, wie Helene eineinhalb Stunden später, das Theater in bester Stimmung. Sie sah auf die Uhr, stellte fest, dass sie noch gute zwanzig Minuten Zeit hatte, und machte sich auf den Weg zum Schloss.

Der Begriff der *kalkulatorischen Unsicherheit* war ihr dank Maximilian bereits zu ihrer Schulzeit ein Begriff gewesen. Königsberg lag auf zwei Inseln, geteilt durch den Pregel, über den sieben Brücken führten, was zu jener mathematischen Fragestellung geführt hatte, die berühmt geworden war als Königsberger Brückenproblem. Gesucht wurde eine

Möglichkeit, einen Weg zu finden, bei dem man alle sieben Pregelbrücken genau ein Mal überquerte. Helene hatte das Thema in der Schule behandelt, aber das war es nicht, was den Begriff der *kalkulatorischen Unsicherheit* für sie prägte.

Die Pregelarme bildeten die Kneiphofinsel und vereinigten sich am Hundegatt wieder. Da der Pregel ins Frische Haff mündete, wurde der Fluss sowohl für die Binnen- als auch für die Seeschifffahrt genutzt, daher waren die Kneiphofbrücken als Klappbrücken gebaut worden.

Wenn sie im Winter in Königsberg gewohnt hatten, hatten die Brücken Maximilian immer eine willkommene Ausrede geboten, wenn er zu spät zur Schule gekommen war, denn es ließ sich vorab immer schlecht kalkulieren, wann diese hochgeklappt sein würden. Prügel hatte er allerdings trotzdem bezogen, denn sein Lehrer vertrat die Ansicht, dass man einfach früher losgehen müsse, wenn man um diese *kalkulatorische Unsicherheit* wusste.

Kalkulatorische Unsicherheit. Helene stand vor hochgeklappten Brücken. Nervös blickte sie auf die Uhr. Sie war zu spät. Und es dauerte elend lange. Als die Brücke sich senkte – nervtötend langsam – und sie endlich am vereinbarten Treffpunkt war, bestätigte sich ihre Befürchtung. Ihre beiden Freundinnen waren bereits aufgebrochen. Ach, konnte das denn wahr sein? Da blieb in der Tat nichts anderes übrig, als ihre Verwandten in der Stadt aufzusuchen, was sie gerne vermieden hätte, und dafür musste sie wieder über die Brücke, die glücklicherweise unten blieb. Außerdem musste jemand zu ihrem Vater geschickt werden, damit der sich keine Sorgen machte.

Eine halbe Stunde später stand sie vor dem Haus und

zog bereits zum zweiten Mal am Klingelstrang. Als niemand öffnete, trat sie zurück und sah an der Fassade hoch. Alles war dunkel, die Fenster verriegelt. Konnten sie über den Sommer verreist sein? Und wenn, wo sollte sie dann hin, es gab sonst niemanden, bei dem Helene einfach so über Nacht aufschlagen konnte. Sie sah sich um, ungewohnt hilflos. Wie sollte sie nach Hause kommen? Laufen war schlechterdings nicht möglich, wenngleich ihr vermutlich nichts anderes übrig blieb. Es war bereits dunkel, und ihren Freundinnen war wirklich kein Vorwurf zu machen, dass sie aufgebrochen waren, denn sie war arg verspätet gewesen.

Langsam ging Helene durch die Straßen, auf denen auch um diese Zeit noch Leben war. Wie anders es hier war als auf dem heimischen Gut, wo nun alles zur Ruhe kam. Das war etwas, woran sie sich nicht würde gewöhnen können, dieses beständige Pulsieren von Leben zu jeder Tages- und Nachtzeit. Im Winter war es anders, und als Kind war einem der Tag ohnehin länger vorgekommen, angefüllt von Spielen und Entdecken, so dass sie abends mit jener satten Schläfrigkeit, die nur Kinder empfanden, ins Bett gefallen war. Sie war kein Stadtkind und würde es wohl auch nie werden. Jetzt jedoch galt es, für ihre missliche Lage eine Lösung zu finden.

Gelegentlich war Maximilian in Königsberg, wobei Helene vermutete, dass er bei nächtlicher Abwesenheit derzeit andere Ziele hatte als die Stadt. Allerdings hatte sie keine Ahnung, wo er sein könnte. Sie sah in einige Lokale, wo sie als junge Frau, die allein unterwegs war, einige Aufmerksamkeit auf sich zog. Ihre Kleidung war die einer Frau aus gutem Haus, aber ging eine solche um diese Zeit allein durch die Stadt?

Gut eine Stunde zog sie ziellos herum, und gelegentlich folgte ihr die eine oder andere Anzüglichkeit, aber im Großen und Ganzen blieb es bei neugierigen Blicken. Im Studentenlokal *Borchert und Reichert* ging es recht wild zu um diese Zeit, und nachdem Helene sich rasch davon überzeugt hatte, dass ihr Bruder hier nicht war und auch sonst niemand, den sie kannte, verließ sie die Lokalität wieder. Schließlich stand sie erneut vor dem Schloss, in dessen Gewölbe sich das *Blutgericht* befand. Hier war sie bereits gewesen, aber als sie sich gerade abwenden wollte, entdeckte sie einen schwarzen Wagen, auch in Königsberg noch ein seltener Anblick. Rasch trat sie in das Lokal, bahnte sich suchend einen Weg zwischen den Tischen hindurch und atmete erleichtert auf, als sie Constantin sah, der gerade mit einigen anderen Männern lachte, während eine junge Frau an seinen Lippen hing. Die Frau bemerkte sie zuerst – offenbar gab es eine Art feinerer Sinne, mit der Frauen mögliche Konkurrentinnen erspähten –, und ihre Blicke glitten recht abschätzig an ihr hinab.

»Na, so was.« Constantin war überrascht. »Was machst du denn um diese Zeit noch hier?«

»Ich bin mit zwei Freundinnen gekommen, aber die sind mit der Kutsche losgefahren, ehe ich am Treffpunkt angelangt bin.«

»Reizende Freundinnen hast du.«

»Ich war wegen der Brücken viel zu spät, und sie mussten heim. Weißt du, ob Max hier irgendwo ist?«

»Gesehen habe ich ihn nicht.«

Helene nickte verzagt. »Fährst du heute Abend wieder zurück?«

»Geplant hatte ich es nicht, aber ich kann dich ja mitnichten jetzt zu Fuß gehen lassen, nicht wahr?« Constantin erhob sich, und die Frau warf Helene einen Blick wie ein Dolchstoß zu. Vermutlich sah sie sich um ein recht pikantes Vergnügen gebracht.

»Kommst du wieder?«, fragte sie ihn.

»Nein, vermutlich nicht. Wir sehen uns morgen.« Er hob die Hand und winkte in die Runde, verabschiedete sich und berührte Helenes Arm, damit sie mit ihm kam.

»Es tut mir leid«, beteuerte Helene, als sie an seiner Seite das Lokal verließ. »Ich wäre zu Fuß gegangen, aber dann bin ich so spät zu Hause, dass mein Vater vermutlich einen Suchtrupp losschickt.«

»Zu recht. Zu Fuß allein um diese Zeit bis Schloss Lilienau. Bist du närrisch?« Constantin hielt ihr die Wagentür auf, und Helene, die noch nie mit einem Automobil gefahren war, nahm mit einer Mischung aus Neugierde und Angst darin Platz.

Nachdem er den Anlasser betätigt hatte, drehte er an der Kurbel, bis der Wagen ansprang, dann stieg Constantin ein und setzte zurück, ehe er den Wagen vorsichtig auf die Straßen lenkte. Helene kam es vor, als könne man sie durch die halbe Stadt hören. Allerdings hatte diese Art der Fortbewegung durchaus ihren Reiz, und als sie die Stadt verlassen und auf eine Chaussee eingebogen waren, konnte sie die Fahrt sogar genießen. Unglaublich, wie schnell man war.

»War diese Frau eine, hm, Freundin?«, fragte Helene.

»Ja, so könnte man es vermutlich nennen.«

»So, wie Elisabeth für Maximilian?«

»Nein, ich bin nicht in sie verliebt und will sie gewiss nicht heiraten.«

»Verstehe.« Helene sah aus dem Fenster in die Finsternis. Die Lampen des Autos schnitten Lichtkegel ins Dunkel, und sie fragte sich, was wäre, wenn auf einmal aus dem Gebüsch ein Tier in den Weg springen würde. Könnte man dann überhaupt noch rechtzeitig bremsen, wenn man so schnell war?

»Was hättest du gemacht, wenn du mich nicht getroffen hättest?«

»Das weiß ich, ehrlich gesagt, nicht. Vielleicht wäre ich wirklich gelaufen.«

»Sind deine Verwandten nicht da?«

»Nein, die sind offenbar verreist.«

Es ging schneller als mit der Kutsche, und so brauchten sie nur eine gute Dreiviertelstunde, ehe sie zu Hause waren. Und hier bemerkte Helene mit einigem Unbehagen, dass der Hof des Schlosses hell erleuchtet war und etliche Männer auf Pferden anwesend waren. Eine Laterne wurde hochgehalten, als der Wagen durch das Tor rollte.

»Sieht aus, als hättest du ein Empfangskomitee«, sagte Constantin.

»Ach je, hoffentlich hat Vater nicht schon Leute losgeschickt.«

»Das hoffe ich für dich auch.« Constantin stieg aus und öffnete ihr die Tür, weil sie den Griff innen nicht fand.

»Helene?« Ihr Vater kam auf sie zu. »Wo, um alles in der Welt, warst du?«

»Marlene und Doro sind ohne mich zurückgefahren. Es war wohl ein Missverständnis.«

»Dann triff künftig vernünftige Absprachen. Kannst du dir vorstellen, dass ich mir Sorgen mache, wenn du um diese Zeit noch nicht zu Hause bist?«

»Es tut mir leid.«

Ihr Vater wandte sich an Constantin. »Danke, dass du sie hergebracht hast.«

»Das war doch selbstverständlich.«

»Fährst du jetzt heim?«

»Das war der Plan.«

»Sag deinem Vater Bescheid, er braucht niemanden mehr auf die Suche zu schicken.«

Helene war ganz elend, ein so schlechtes Gewissen plagte sie.

»Na ja, immerhin bist du jetzt wohlbehalten hier, das ist wohl die Hauptsache«, sagte ihr Vater schließlich und klang nicht mehr ganz so verärgert. »Glücklicherweise war es dein Cousin«, fügte er todernst hinzu. »Jeden anderen Mann hättest du nach dieser nächtlichen Fahrt, auf der ihr ganz allein wart, nun heiraten müssen.«

Helene starrte ihn entgeistert an, dann jedoch bemerkte sie, wie es um seine Mundwinkel zuckte.

Das Militär bot eine gute Gelegenheit, die Heimat eine Zeit lang zu verlassen. Später kehrte man als Reservist zurück und wusste, dass man nun an Ansehen gewonnen hatte, da Militär und Soldatentum sich großer Beliebtheit erfreuten. Maximilian war trotz allem froh, als sein Dienst vorbei war, auch wenn er ihn nicht ungern absolviert hatte. Doch hier war Elisabeth, und er war glücklich, diese nun oft zu sehen, wenngleich ihm sein unrühmlicher Abgang vom letzten Mal das deutlich erschwerte. Sein Vater war außer sich geraten, hatte getobt und gedroht, aber Maximilian traf Elisabeth weiterhin, wann immer es ihm möglich war. Und er lag seinem Vater in den Ohren, ein Automobil zu kaufen.

»Nur über meine Leiche«, antwortete dieser. »Mir ist schleierhaft, was die Jugend daran elegant findet, mit einem Höllenlärm, begleitet von stinkenden Qualmwolken und mit halsbrecherischer Geschwindigkeit von zwanzig Stundenkilometern durch die Gegend zu fahren.«

Maximilian verdrehte die Augen, aber sein Vater war noch nicht fertig.

»Wer kann diese Art der Fortbewegung schöner finden als einen eleganten Vierspänner oder leichten Fiaker? Ist nicht Reiten wesentlich anmutiger und schöner anzusehen als diese fragwürdigen Vehikel?«

Aber Maximilian hielt an seinem Wunsch fest, da er der Meinung war, steter Tropfen höhle den Stein. Seine Mutter stand den Automobilen zwar ähnlich skeptisch gegenüber wie sein Vater, aber sie versprach, in dieser Sache ein gutes Wort für ihn einzulegen, und normalerweise war sein Vater den Argumenten seiner Mutter recht zugänglich. Zudem war da immer noch der Wunsch, Ingenieur zu werden, aber dafür war derzeit einfach kein Geld da.

Nun war er jedoch erst einmal glücklich, dass Sommer war und er Elisabeth wieder im Wald treffen konnte. Hier lagen sie im weichen Moos und liebten sich im wärmenden Licht der Sonne, ohne befürchten zu müssen, dass plötzlich ihr Vater oder ihr Bruder vor ihnen stand. Noch immer konnte Maximilian nicht an die letzte Begegnung mit Emil Moors denken, ohne schamrot zu werden. Schmachvoller hatte wohl noch keine Liebesnacht geendet.

»Was wirst du tun, wenn dein Vater sich weiterhin gegen eine Ehe sträubt?«, fragte Elisabeth, nachdem sie wieder zu Atem gekommen war. Sie lag an seiner Brust, ihr dunkles Haar wie ein Fächer über seinen Arm gebreitet.

»Irgendwann wird er einsehen müssen, dass ich niemanden will außer dir.«

»Und wenn wir einfach heiraten?«

»Du weißt, dass er mich dann enterbt.«

»Das kann er doch nicht einfach tun.«

»Das kann er, es gibt ja noch Kaspar. Und wo sollten wir leben, hm? Ohne Geld und ohne Unterkunft? Am Anfang ist das alles sicher noch wunderbar romantisch, aber irgendwann holt uns die Wirklichkeit ein. Stell dir nur vor, was wird, wenn erst ein Kind da ist. Nein, ich sehe nicht ein, auf mein Geburtsrecht zu verzichten, nur, weil mein Vater mich nicht die Frau heiraten lassen will, die ich liebe.«

Sie richtete sich auf, pflückte einen Grashalm und kitzelte ihn unter der Nase. »Sag das noch mal.«

»Ich liebe dich.«

Sie küsste ihn, kitzelte ihn erneut mit dem Grashalm unter der Nase. »Noch einmal.«

»Ich liebe dich.«

Er wiederholte es mehrmals, zunehmend atemlos unter ihren Küssen, und schließlich erstarb ihm jedes Wort auf der Zunge, wurde überschwemmt von einem Verlangen, das keinen Gedanken mehr zuließ als den an Erfüllung.

Als mondänstes Seebad Ostpreußens erfreute sich Cranz europaweiter Beliebtheit, und so fanden sich hier auch viele Gäste aus Russland ein, aber auch Schlesier und Polen reisten gerne hierher. Im Gegensatz zu den samländischen Seebädern, die hohe Steilufer hatten, breitete sich Cranz auf niedrigen Uferhügeln aus, die im Nordosten von einem großen Mischwald bedeckt waren. Eine Uferpromenade, bestehend aus Holzbohlen, die auf eingemauerten Pfählen ruhten, zog sich am Strand entlang. Stufen führten hinunter an den Badestrand. Hier flanierten die Badegäste in heller Kleidung, die Damen mit Sonnenschirmen, die Mädchen in knielangen Kleidchen, die Jungen mit Matrosenanzügen. In östlicher Richtung ging es zum Damenbad, westlich lag das Herrenbad.

Victoria hatte ihre Schuhe ausgezogen und trug sie in der rechten Hand, während sie barfuß durchs Wasser ging. Ihr war es gleich, dass ihr Kleidersaum nass wurde, es fühlte sich herrlich an, wie der Sand zwischen den Zehen aufquoll und das Wasser hernach darüber spülte. Innerhalb des Badegeländes führten Laufbrücken in die Ostsee hinaus. Abends würden sie sich alle auf der Promenade einfinden, Cranzer Räucherflundern essen und gemeinsam den Tag ausklingen lassen. Faszinierend fand Victoria vor allem den Umstand, dass die Promenade elektrisch beleuchtet wurde.

Ein Mann kam auf sie zu, und es dauerte einen Moment, ehe Victoria ihren Bruder erkannte. Sie raffte das Kleid so hoch, dass es gerade noch anständig war, und rannte auf ihn zu, umarmte ihn stürmisch, wobei sie ihm die Schuhe, die sie nach wie vor an den Riemen trug, recht unsanft gegen den Rücken schlug. Constantin drückte sie an sich, dann hielt er sie auf Armeslänge entfernt, sah sie an, von ihrem windzerzausten Haar bis hin zu den nackten Füßen, an denen der Sand klebte.

»Großmutter hat schon befürchtet, du würdest verwildern. Ich kann sie diesbezüglich beruhigen und ihr sagen, sie hätte zum ersten Mal recht.«

Sie verpasste ihm einen kleinen Stoß gegen die Rippen. »Untersteh dich!« Dann lachte sie. »Und nun erzähl, wie du hierherkommst.«

»Mit der Bahn.« Erneut wollte sie ihm einen Knuff versetzen, aber dieses Mal wich er ihr geschickt aus. »Ich dachte mir, wenn du schon nicht zu uns kommst, komme ich eben zu dir.«

»Das war eine wunderbare Idee. Ich habe dich schrecklich vermisst.«

»Ich war ja nicht aus der Welt, nicht wahr?«

Das Lächeln erstarb auf ihren Lippen. »Nein, aber mein früheres Leben ist es, in gewisser Weise.«

Er bot ihr seinen Arm, und sie hakte sich ein, spazierte mit ihm am Wasser entlang. »Aber dir geht es hier gut, ja?«

»Ja, alle sind so reizend.«

»Das freut mich zu hören. Und Johannisburg ist nicht zu ruhig?«

»Es ist genau das, was ich derzeit brauche.«

Langsam schlenderten sie am Strand entlang, vorbei an Strandkörben und im Sand spielenden Kindern. Victoria wünschte, sie könnte ihr Kleid ausziehen und einfach ins

Wasser laufen, spüren, wie es klar und frisch ihren Körper umspülte. Leise seufzte sie, weil ihr dieses Vergnügen verwehrt blieb.

»Ich werde übrigens heiraten.«

Erstaunt hielt sie inne, sah ihn an. »Ach ja? Wen denn?«

»Das weiß ich noch nicht, Großmutter führt mir ein paar Kandidatinnen vor.«

»Du scherzt.«

»Mit meiner Freiheit pflege ich keine Scherze zu treiben.«

»Du lässt dir von ihr einfach eine Ehefrau aussuchen?«

»Nein, sie stellt mir die Damen nur vor, aussuchen werde ich sie mir selbst.«

»Aber …« Victoria wusste nicht, was sie sagen sollte.

»Ich habe bisher keine Frau kennengelernt, in die ich mich verlieben könnte, doch als Erbe des Gutes brauche ich eine Frau. Also kann ich auch eine heiraten, von der ich mir vorstellen könnte, sie irgendwann zu lieben.«

»Na, wenn du meinst. Ohnehin ist es ja nicht deine Freiheit, die dann vorbei ist, sondern ihre.«

»Ich werde kein strenger Ehemann sein.«

Victoria lachte. »Nein, das denke ich auch. Sie trifft es wohl ganz gut.«

Er zwinkerte ihr zu. »Und, wie sieht es bei dir aus? Möchtest du in der Abgeschiedenheit Masurens bleiben, weil du jemanden kennengelernt hast?«

Sie zog sich innerlich zurück, verschloss sich, was ihm nicht entging.

»Also ja, hm?«

Ein tiefer Atemzug ging ihrer Antwort voraus. »Ich werde nicht heiraten.«

»Wer ist er?«

Wieder zögerte sie. »Richard Lamberg.«

»Justus Lambergs Sohn?«

Sie nickte.

»Bist du in ihn verliebt und er nicht in dich oder umgekehrt?«

»Das ist es nicht.«

»Was ist es dann?«

Sie sah zum Wasser, sah, wie es vom Wind in kleinen Wellen an den Strand getrieben wurde, dort auslief und zurückfloss. »Ich kann keinen Mann lieben ... nicht auf die Art, die von mir erwartet würde.«

»Du meinst die körperliche Liebe?«

Sie antwortete nicht, hielt den Blick abgewandt.

»Sie hat nichts mit dem zu tun, was Gerhard dir angetan hat.«

Trotz der Wärme wurde ihr kalt, und eine Gänsehaut kroch ihren Körper hoch, schien tief aus ihrem Innern zu kommen.

»Ist gut«, sagte Constantin. »Wir müssen nicht darüber sprechen.«

Sie nickte nur, sah weiterhin zum Wasser. »Ich ...«, sagte sie dann dennoch. »Es ist nicht so, dass ich ihn nicht mag, vielleicht bin ich sogar verliebt. Aber ich kann ihn nicht heiraten.«

»Die Liebe ist wundervoll, Victoria. Glaub jemandem, der Erfahrung damit hat.«

»Du bist ein Mann, das ist etwas anderes.«

»Es war kein einseitiges Vergnügen, das kann ich dir versichern.«

Ein kurzes Lächeln zuckte auf Victorias Lippen und entglitt ihr sofort wieder. »Das allein ist es aber nicht. Ich bin nicht mehr unschuldig, und ich habe ein Kind in meinem Körper ermordet. Wie kann ich einen anständigen Kerl wie Richard heiraten?«

»Weder bist du schuldig noch hast du jemanden ermordet. Darüber hinaus muss er es nicht erfahren.«

»Mit so einem Geheimnis könnte ich nicht leben. Würdest du wollen, dass deine Frau so etwas vor dir verheimlicht?«

»Wenn ich sie liebte, würde ich wollen, dass sie mir ausreichend vertraut, um es mir zu erzählen. Möchtest du, dass ich mit Richard rede?«

»Nein.« Sie ließ die Schuhe fallen und umfasste seinen Arm mit beiden Händen. »Nein, Constantin, hörst du? Das darfst du niemals tun.«

Er nickte, und Victoria wusste, er würde schweigen. »Erzähl mir von zu Hause«, sagte sie. »Von Papa. Und von den Pferden. Erzähl mir etwas Lustiges.«

Folgsam wechselte er das Thema. »Kennst du schon die Geschichte von Maximilian und der Gartenhacke?«

September 1907

Johannes hatte sich geschworen, dass er so lange im Sattel sitzen würde, bis seine letzte Stunde geschlagen hatte. Als nun sein Pferd, aufgeschreckt durch einen auffliegenden Vogel, mit ihm durchging und sich partout nicht mehr an den Zügel bringen lassen wollte, sondern in wilden Bocksprüngen vorwärts jagte, war er überzeugt davon, dass der Moment nun gekommen war, die Zügel endgültig loszulassen.

Als er den Halt verlor, versuchte er, sich im Fall so abzurollen, dass er sich nicht gefährlich verletzte, schmerzhaft war es dennoch. Im nächsten Moment wurde ihm klar, dass er nicht allein war und sich ein weiteres Pferd im Galopp näherte. Helene von Schletter stieg ab, wollte sich zu ihm hinunterbeugen, aber er hatte sich bereits aufgerichtet.

»Fang sie ein, bitte«, sagte er, und ohne Fragen zu stellen, saß sie wieder auf ihrer Rappstute und trieb diese in einen schnellen Galopp. Unglaublich, dieses Mädchen, dachte er. Eine wahre Amazone. So hatte keines seiner Kinder oder Enkel je im Sattel gesessen, dabei konnten sie alle gut reiten. Er rappelte sich auf wackligen Beinen und mit schmerzendem Rücken auf. Vermutlich hatte er sich Rippen und Schulter geprellt. Vorsichtig bewegte er die Gliedmaßen, gebrochen war offenbar nichts.

Kurz darauf kehrte Helene zurück, die Stute am langen Zügel. Sie ritt langsam, gab dem aufgebrachten Pferd Zeit, sich zu beruhigen. Als sie bei ihm angelangt war, saß sie ab, legte der Stute, die immer noch nervös den Kopf hochwarf, die Hand auf die Nüstern, sprach beruhigend auf sie ein, leise Worte, die Johannes nicht hören konnte. Das Pferd wurde ruhiger, ließ sich streicheln und den Hals klopfen. Während sie mit Johannes' Pferd sprach, hatte Helene die Zügel ihres Rappen nicht losgelassen, behielt ihre Stute im Blick, während sie gleichzeitig auf die andere einsprach und ihr ihre gesamte Aufmerksamkeit zu schenken schien.

Johannes durchfuhr es wie ein Schauer. Das war es, dachte er. Das war das Gespür, das er bei seinen eigenen Kindern und Enkeln so vergeblich gesucht hatte. Vollkommen verschwendet auf dem heruntergekommenen Gut der von Schletters, die von Pferdezucht ohnehin nicht den leisesten Schimmer hatten. Er nahm ihr die Zügel der Stute aus der Hand.

»Ich vermute, Ihnen muss ich nicht sagen, dass man nach einem Sturz direkt wieder aufsitzen muss, nicht wahr?«, sagte Helene.

»Nein, wahrhaftig nicht.« Mit schmerzverzerrtem Gesicht zog er sich in den Sattel und nahm die Zügel auf. Die Stute war nun wieder folgsam.

»Ich wollte ohnehin zum Gestüt«, sagte Helene. »Reiten wir zusammen?«

Vermutlich wollte sie nur aufpassen, dass ihm das Pferd

nicht wieder durchging und davonlief. So eine Unverzeihlichkeit, die Zügel loszulassen. An jedem anderen Tag hätte Johannes diese typische Besorgnis, die junge Menschen älteren gegenüber an den Tag legten, zum Schmunzeln gebracht, nun jedoch überwog der Ärger über sich selbst. Er war alt, das spürte er in diesem Moment wie selten zuvor.

Als sie in den Hof ritten, zügelte er die Stute und versuchte, mit so viel Würde wie möglich abzusitzen. Ein Reitbursche kam ihm entgegen und nahm ihm das Pferd ab. Er wollte auch Helenes Rappen in den Stall führen, aber diese übernahm das lieber selbst. Ein Reitermädchen durch und durch. Obwohl ihn inzwischen jeder Knochen im Leib schmerzte, schaffte er es ins Haus, ohne zu humpeln oder sich gar zu sehr anmerken zu lassen, wie weh ihm jeder Schritt tat. Carl indes merkte es auf Anhieb, kaum, dass er ihn das Arbeitszimmer betreten sah.

»Ehe du fragst«, sagte Johannes, »ich bin gestürzt. Athene ist durchgegangen.«

»Grundgütiger.«

»Keine Sorge, es ist nichts passiert. Und glücklicherweise war Leonhards Mädchen direkt zur Stelle. Sie wird übrigens gleich hier sein, ich vermute, sie will zu dir. Ehe sie kommt – versuch, sie an uns zu binden.«

»Wie bitte?«

»Die Kleine hat ein unglaubliches Gespür für Pferde. Sie den von Schletters zu überlassen ist Perlen vor die Säue schmeißen.«

»Sie ist Leonhards und Adelas Tochter, ich kann sie nicht einfach vereinnahmen. Im Übrigen sind Einmischungen in die familiären Belange der Schletters bisher noch für keine

Frau gut ausgegangen, meine Tochter inbegriffen. Das füge ich keiner weiteren Frau mehr zu.«

»Wilhelm gewinnt zunehmend politischen Einfluss, und nun ist da dieses Mädchen mit ihren Züchterambitionen. Er kann uns das Leben wirklich schwermachen. Und du hilfst Helene auch noch, ihre Wünsche umzusetzen und die Pferdezucht zum Laufen zu bringen. Deine Generation hat wohl noch nichts zu befürchten, aber auf lange Sicht hin ist das nicht gut, Carl. Leonhard hält sich aus der Politik raus, aber bei Maximilian fällt alles, was sein Großvater sagt, auf fruchtbaren Boden. So, wie Constantin jenen Ernst und Verantwortungsbewusstsein an den Tag legt, das du hast vermissen lassen, so scheint auch der Wille zu politischem Einfluss im Hause von Schletter eine Generation zu überspringen.«

Carl schüttelte den Kopf. »Bedaure, aber ich mische mich nicht ein.«

Da wollte man doch die Wände hochgehen. Nun, dachte Johannes, dann musste er es eben auf anderem Weg versuchen.

»Möchtest du zu meinem Vater oder zu mir?«, fragte Constantin, als Helene ihre Stute in den Stall führte.

»Na ja, eigentlich wollte ich nur ausreiten, aber dein Großvater ist gestürzt, und da ich ihn nicht allein heimreiten lassen wollte, habe ich gesagt, ich möchte zu euch, damit er das Gesicht wahren kann.«

»Was sagen deine Eltern zu deinen Plänen?« Constantin beobachtete, wie Helene ein wenig unbehaglich die Schultern hob. Also wussten sie wohl nichts. »Willst du nicht lieber mit offenen Karten spielen?«

»Erst dann, wenn ich alles weiß, was ich wissen möchte.«

»Na, das kann vermutlich noch dauern.«

Helene schloss die Boxentür, und Constantin nahm ihr den Sattel ab. Gemeinsam gingen sie zur Sattelkammer, wo Helene das Gebiss der Trense kurz an der Pumpe abspülte und diese dann aufhängte. »Ich habe gehört, du hast Interesse an Millie Adler.«

Millie – eigentlich Melanie, aber so nannte sie niemand – war eine der jungen Frauen, die Gesa von Reichenbach in die engere Auswahl genommen hatte. Sie lebte in der Nähe von Insterburg, und Constantin war ihr gelegentlich auf einer Feier begegnet, als sie noch jünger gewesen waren. Er hatte auf dem Ball, den seine Großmutter ausgerichtet hatte, anregende Gespräche mit ihr geführt, und da sie zudem recht hübsch war auf eine Art, die einem auch beim dritten Blick noch nicht über war, hatte er beschlossen, dass sie es wert war, näher kennengelernt zu werden. Offenbar sah sie das ebenso, denn sie war nicht nur zum Erntefest mit ihrer Familie hier gewesen, sondern wurde auch an diesem Nachmittag erwartet.

»Das Interesse«, antwortete er, »ist beidseitig. Glücklicherweise.«

»Sie hätte sich doch ohnehin fügen müssen, oder?«

»Höre ich da eine kleine Spitze heraus?«

Helene antwortete nicht.

»Ich heirate keine Frau, der eine Ehe mit mir widerstrebt.«

»Wie anständig.« Nun zuckte es doch in Helenes Mundwinkeln.

»Ich nenne es eigennützig.« Er zwinkerte ihr zu. »Und,

was fängst du jetzt mit deinem unverhofften Besuch bei uns an?«

»Ich könnte mich als Anstandsdame für dich und Millie anbieten.«

»Untersteh dich!«

»Wann kommt sie?«

»In einer Stunde.«

»Da hast du ja noch ausreichend Zeit, mich zu einer Tasse Kaffee einzuladen, nachdem ich deinem Vater einen kurzen Besuch abgestattet habe. Ich habe ohnehin noch ein paar Fragen.«

»Nur zu, bis meine Zukünftige kommt, bin ich ganz der Deine.«

Sie überquerten den Hof und gingen zum Haus. An der Tür kam ihnen sein Großvater entgegen, der Helene freundlich zunickte und sich dann an Constantin wandte. »Hast du einen Moment für mich?«

»Natürlich. Was gibt es?« Constantin bemerkte, dass die Bewegungen seines Großvaters recht bemüht wirkten. »Sollen wir uns in den Salon setzen?«

»Nein, ich werde mich ohnehin gleich ein wenig hinlegen. Den Besuch von Melanie Adler und ihrer Mutter bekommt deine Großmutter wohl auch ohne meine Unterstützung gut hin. Ich möchte mit dir über Maximilian reden.«

»Was ist mit ihm?«

»Es ist mein Wunsch, dass ihr euch vertragt.«

»Na, an mir soll es nicht scheitern.«

»Ich bin mir sicher, er sagt dasselbe.«

»Ich bin nicht derjenige, der ihm beim Militär ständig Schwierigkeiten eingebrockt hat.«

»Du machst es ihm auch nicht ganz leicht mit deiner herablassenden Haltung.«

»Es wäre mir neu, dass du den von Schletters freundschaftlich gegenüberstehst.«

»Ich bin auch nicht mit ihnen verwandt. Mit Helene verstehst du dich doch auch.«

»Helene ist ja auch nicht wie ihr Bruder.«

»Soweit ich weiß, kommst du auch mit deinen beiden Onkeln und Adela von Schletter gut aus. Also, was spricht gegen Maximilian?«

»Einfach alles.«

Sein Großvater stieß ungeduldig die Luft aus. »Ich erwarte ab jetzt, dass du dich um ihn bemühst, ist das klar?«

Constantin schwieg, krauste die Stirn.

»Hast du das verstanden?«, kam es nun etwas nachdrücklicher.

»Ja.« Bei den seltenen Gelegenheiten, die sie sich über den Weg liefen, würde er das schon irgendwie hinbekommen. »Warum ist dir das auf einmal so wichtig?«

»Weil es für eure Zukunft bedeutsam sein kann.«

Constantin nickte nur wenig überzeugt.

Karolina kam es vor, als existiere sie nur noch am Rande. Man schnitt sie nicht, und das Verhältnis zu ihrem Vater und ihren Brüdern war wieder einigermaßen normal, aber es lag eine Spannung darin, die gerade ausreichend vibrierte, damit sie spürbar war, aber nicht zu greifen. Kaspar war der Einzige, der sie gänzlich unvoreingenommen betrachtete. Mit ihm jedoch konnte Karolina am wenigsten anfangen. Seine ständige Späße, die er mit jedem trieb, waren ihr lästig, und er war zudem ziemlich verwöhnt, weil er der Jüngste war.

Paul seinerzeit zurückgewiesen zu haben schmerzte sie immer noch. Sie waren sich seither ein paarmal begegnet, aber es war zu keiner Annäherung mehr gekommen, der Umgang freundschaftlich und ein wenig distanziert. Hätte sie die Sache zwischen Victoria und Gerhard nur unterbunden, dann wäre so vieles anders verlaufen. Aber solche Gedanken waren müßig, und so fand sich Karolina allmählich damit ab, dass sie allein bleiben würde und nun auch noch ihre Familie verloren hatte, denn auch wenn weder Leonhard noch Friedrich etwas sagten, war doch unstrittig, dass sie ihr Gerhards Übergriff auf Victoria zum Vorwurf machten.

Dabei hätte sie es natürlich verhindert, wenn sie es auch nur geahnt hatte. Aber das war ja nicht ihr eigentliches Vergehen, zu der Zeit hätte sie es vielleicht noch gutmachen können. Doch das Verschweigen und schlussendlich die Abtreibung – das war unverzeihlich. Wieder und wieder stand Karolina der Moment vor Augen, als Carl sie angesehen hatte, ehe Victoria zu ihr in die Kutsche gestiegen war, der erste versöhnliche Augenblick seit Elisas Tod.

Es gab keine Männer in Karolinas Leben, die körperliche Liebe ohne Gefühle dahinter erschien ihr schal und reizlos. Sie gab sich keinem Mann mehr hin nur für den Moment der Befriedigung, konnte es nicht, da sie nun wusste, wie es sich anfühlte, wenn man dabei wirklich liebte. Und wenn sie Paul nicht haben konnte, dann wollte sie auch keinen anderen.

»Tante Karolina, du schaust ja schon wieder nicht hin!«

Mühsam riss sich Karolina aus ihrer Lethargie und sah zu Kaspar, der im Galopp an ihr vorbeiritt. Auf dem eingezäunten Reitplatz durfte er allein reiten, aber er neigte dazu, es zu übertreiben. Er hatte sich einige Hindernisse aufgebaut, die er mit Leichtigkeit übersprang.

Wieder schweifte ihre Aufmerksamkeit ab, glitt zu Carl und noch ferner zu Elisa, ohne irgendwo hängen zu bleiben. Wie ein Stück Treibholz, das in einem Fluss schwamm, schweifte Karolina durch ihre Erinnerungen, mal hierhin, mal dahin, ohne Halt zu finden.

»Jetzt sieh doch endlich hin!«

Karolina hob den Blick und bemerkte wohl noch vor Kaspar, dass er das Hindernis zu knapp nahm. Er war so darauf bedacht gewesen, ihre Aufmerksamkeit zu bekommen, dass er nicht aufpasste. Karolina blieb der Schrei in der Kehle stecken, als das Pferd unvermittelt verweigerte und das Kind kopfüber in das Hindernis stürzte.

Vor wenigen Tagen waren sie aus Lyck zurückgekommen, einer hübschen Stadt, in die Magdalena immer wieder gerne reiste. Die Stadt spielte als Garnisonsstandort eine bedeutende Rolle im Grenzhandel. Es gab Gerichte, Krankenhäuser, Schulen, Staatsbauten aus rotem Backstein, zudem waren die Straßen mit Granit gepflastert und beleuchtet. Es wirkte geradezu großstädtisch. Es gab eine funktionierende Kanalisation, und das gesamte Stadtbild war gepflegt. Auch in Hinsicht auf Vereinsgründungen standen die masurischen Städte den größeren Städten in nichts mehr nach. Victoria hatte es in Lyck gefallen, sie hatte wieder lebendiger gewirkt, geradezu unternehmungslustig. Allerdings hielt das nicht lange an, und sie schien am Ende glücklich zu sein, wieder nach Johannisburg zurückkehren zu dürfen.

Magdalena betrachtete die derzeitigen politischen Veränderungen mit großer Sorge. Ostpreußens Kulturlandschaft war einzigartig gewesen, ein Gemisch aus masurischen, polnischen, deutschen und litauischen Traditionen, und all dies war preisgegeben worden, weil man sich derzeit wohl nichts mehr zu wünschen schien als eine ethnisch homogene Bevölkerung. Gleich, ob sie einen im Deutschen Reich wohl einmaligen kulturellen Reichtum dafür aufgeben musste, masurische Kultur und Sprache gingen unaufhaltsam verloren. Polnisch hielt sich derzeit zumindest weiterhin in grenznahen Städten wie Johannisburg und Lyck, auch wenn immer wieder Versuche gemacht wurden, die Sprache zu verbannen. Und das, obwohl die Polen nach wie vor kaisertreu und konservativ waren. Auch hier in Masuren waren die Menschen überwiegend protestantisch, es gab nur wenige Katholiken, und die hatten sich den protestantischen Gebräuchen angepasst.

Glücklicherweise hatte es keine weiteren Vorfälle gegeben, bei denen Magdalenas Kinder auf der Straße angefeindet wurden. Auch Menschen wie Meta mussten sich dem Umstand fügen, dass sie sich mit den Polen in der Stadt zu arrangieren hatten. Da Meta zudem Victoria sehr mochte, hielt sie sich wohl auch ihr zuliebe zurück. Es blieb allerdings fraglich, wie lange die Zuneigung anhalten würde, wenn Victoria Richard das Herz brach, wenngleich völlig ungewollt.

»Er würde gerne um sie werben«, sagte Justus, als er sie eines Nachmittags zu einem Kaffee besuchte. Ihre Kinder waren da, so dass dem Besuch nichts Anrüchiges anhaftete. Magdalena ärgerte es, dass sie bei einem so langjährigen Freund wie Justus darauf achten musste, was die Nachbarn sagten, obwohl keiner von beiden Interesse daran hatte, mehr als Freunde zu sein. Aber Łukasz hatte nun einmal einen Ruf und sein Renommee zu verlieren, wenn seine Frau mit einem anderen Mann ins Gerede kam, und dem fügte sie sich.

»Mal macht sie ihm Mut, dann zieht sie sich wieder zurück«, fuhr Justus fort. »Wüsste ich es nicht besser, würde ich denken, sie spielt mit ihm.«

»Das tut sie nicht, sie wurde nur tief verletzt und hat Angst.«

»Dass etwas vorgefallen ist, dachte ich mir seinerzeit schon, als ihr Vater sie zu dir brachte. Da sie allerdings augenscheinlich nicht schwanger war, dachte ich, es sei nur ihr Ruf, der gelitten hatte. Aber bei meinem letzten Besuch auf Schloss Lilienau war nichts dergleichen zu vernehmen.«

»Es steht mir nicht zu, darüber zu sprechen.«

»Richard ist es ernst mit ihr. Vielleicht kannst du ein gutes Wort für ihn bei ihr einlegen.«

Das konnte Magdalena guten Gewissens versprechen.

»Wovor hast du Angst?«, fragte sie ihre Nichte, als sie abends beisammensaßen. »Er würde dir niemals Gewalt antun.«

»Das weiß ich doch.«

»Magst du ihn?«

Victoria nickte nur.

»Aber du willst nicht, dass er erfährt, was dir geschehen ist, weil du dich schuldig fühlst. Damit, es ihm zu verheimlichen, kannst du jedoch auch nicht in die Ehe gehen.« Magdalena formulierte es als Feststellung.

Von Victoria kam keine Antwort, wie meist, wenn es um diese Sache ging. Aber das konnte doch nicht ewig so weitergehen.

»Möchtest du denn für den Rest deines Lebens allein bleiben?«, fragte Magdalena. »Weil ein Mann dir Schlimmes angetan hat? Während er sein Leben weiterlebt wie vorher auch.«

»Er hat kein Kind getötet.«

»Das hast du auch nicht. Hättest du es denn bekommen wollen?«

Victoria schüttelte stumm den Kopf.

Außer Magdalena wusste nur Łukasz Bescheid, aber der schwieg dazu, hatte nur einmal etwas gesagt, als Carl ihn fragte, ob Victoria durch den Eingriff möglicherweise keine Kinder mehr bekommen könnte. Er hatte sie untersucht und gesagt, dass augenscheinlich nichts dagegen sprach, aber Genaueres könne man erst sagen, wenn sie versuchte, schwanger zu werden. Ihrer Nichte zuliebe hoffte Magdalena, dass sie nicht auch noch unfruchtbar war, denn vermutlich würde sie dann denken, das sei die Strafe für ihr Tun.

»Willst du denn für immer allein bleiben?«, fragte Magdalena erneut, aber Victoria gab keine Antwort, sondern starrte nur stumm aus dem Fenster.

Ein Krüppel. Darauf lief es doch hinaus. Kaspar würde an Krücken gehen, vielleicht sogar für immer. Der Arzt war zwar zuversichtlich gewesen, aber Wilhelm von Schletter wusste, dass Ärzte einem immer alles Mögliche erzählten. Der Arzt hatte ja auch gesagt, Berta könne mit viel Ruhe wieder gesund werden, hatte gar bei ihrer Erkältung gesagt, es sei nichts Ernstes, nichts, was Ruhe nicht wieder richten könne. Und nun war sie tot. Er war also auf der Hut und würde an eine Genesung erst glauben, wenn er sie leibhaftig vor sich sah.

Wilhelm konnte wieder einmal nur vor der ganze Misere stehen und tatenlos mit ansehen, wie alles den Bach hinunterging. Maximilian bandelte mit dem Moors-Mädchen an, und Helene würde womöglich nie heiraten, wenn der Stall weiterhin ihr Lebensmittelpunkt blieb. Ganz zu schweigen von Friedrich, der zwar endlich heiratete, aber dann sein Geld den Wilden schenkte. Währenddessen fügte Constantin sich anstandslos in eine Ehe mit dem Mädchen vom Adler-Gut, und aus Johannisburg kam die Nachricht, dass der Lamberg-Erbe sich um Victoria bemühte. Da konnte man doch aus der Haut fahren.

»Hast du das nicht kommen sehen?«, fragte er Karolina wieder und wieder.

»Wie hätte sie das verhindern sollen?«, verteidigte Leonhard seine Schwester. »Es war ein Unfall, dafür konnte sie nichts.«

Der Schreck saß tief, und ihm war geschuldet, dass sich sowohl auf Leonhards als auch Adelas Gesicht weitere feine Linien eingegraben hatten. Aber, Allmächtiger, wer wäre denn nicht erschrocken gewesen, hätte er das Kind da liegen sehen wie tot. Wie Kaspar da nun so saß und gar grinste, als sei der ganze Schrecken irgendwie lustig, konnte Wilhelm nicht anders, als ihm einen Kopfnuss zu geben.

»Dummkopf«, schimpfte er.

»Wilhelm«, kam es tadelnd von Adela, die Brauen finster zusammengezogen. Ach, wie strahlend hatte die Zukunft ausgesehen, als er sich mit Oskar Lamberg handelseinig geworden war. Dann war kurz darauf der Stammhalter geboren. Und jetzt? Die eine Tochter vernichtet, die andere eine Hure. Der Westflügel drohte beim nächsten Sturm zusammenzufallen, und die beiden Enkelsöhne aus seiner Erblinie waren Nichtsnutze. Bei dem Gedanken daran wollte er Maximilian am liebsten auch gleich eine verpassen.

Er verließ den Salon, während Kaspar auf dem Sofa saß und sich verwöhnen ließ, die verdammten Krücken an den Kaminsims gelehnt. Langsam ging er durch die Halle, warf einen düsteren Blick zu der schön geschwungenen Treppe, die sich auf dem ersten Absatz teilte und linker Hand in den Westflügel führte, dann wandte er sich abrupt ab und verließ das Haus. Auf dem Hof beobachtete er Helene, wie sie gerade ihre Rappstute über den Hof führte, offenbar im Begriff auszureiten. Nun ja, wenigstens ließ sie sich nicht mit dem falschen Mann ein, daher hatte es wohl auch sein Gutes, dass ihre gesamte Zeit den Pferden gehörte. Man musste ja für jede Kleinigkeit dankbar sein.

Es war nicht so, dass er sich nicht für Victoria freute, immerhin hatte sie Schlimmes durchgestanden – wenn er nur daran dachte, wollte er ins Haus stürmen und Karolina kräftig schütteln –, aber konnte sie sich hernach nicht in einen armen Schlucker verlieben? Andererseits war Victoria auch seine Enkelin, nicht nur die von Johannes, das galt es nicht zu vergessen. Und sie war derzeit außerhalb der Reichweite des Hauses von Reichenbach. Magdalena zählte nicht, die hatte sich längst von der Familie losgesagt, spätestens, als sie diesen Polacken geheiratet hatte.

Vielleicht sollte Wilhelm sich mehr um seine Enkelin bemühen, dafür sorgen, dass dies der Schoß der Familie wurde, in den sie stets flüchten konnte. Und Constantin, der Haupterbe? Auch sein Enkel, Elisas Sohn. Seine Elisa. In letzter Zeit hatte er sich wohl wenig willkommen gefühlt, was Maximilian zu verdanken war, der zwar die richtigen politischen Ansichten vertrat, aber ansonsten zu nicht viel taugte. Wilhelm würde mit ihm sprechen und dafür sorgen, dass er sich mit Constantin aussöhnte, so dass Wilhelm langsam seinen Einfluss auf den Jungen vergrößern konnte.

»Versteckst du dich?«

Helene blickte von der Trense auf, die sie gerade mit Lederfett polierte, und sah Andreas an. Nach ihrem Ausritt hatte sie sich in den Stall zurückgezogen. »Nein, mir ist die Stimmung im Haus nur gerade zu niedergeschlagen.«

»Wie geht es deinem Bruder?«

Sie zuckte kurz mit den Schultern. »Der Arzt sagt, das Bein ist zweimal gebrochen, das eine Mal ziemlich weit oben, das macht es kompliziert zu schienen. Hätte er sich einfach fallen lassen und nicht versucht, auf dem Pferd sitzen zu bleiben, wäre es wohl besser ausgegangen.«

»Aber er wird wieder?«

»Das hoffen wir.« Er war zwar ein Rabauke, und mehr als ein Mal hätte Helene ihm gerne eine gelangt, aber er war ihr kleiner Bruder, und natürlich hatte sie nie gewollt, das ihm etwas passierte.

Andreas nahm einen Sattel vom Bock, griff nach einem Tuch und begann, das Leder einzufetten und zu polieren. Eine Weile arbeiteten sie schweigend Seite an Seite, und Helene fragte sich, ob ihm das Herz in ebenso raschen Schlägen ging wie ihr. Einmal berührten sich ihre Hände, als sie gleichzeitig mit ihren Tüchern Fett aus der Dose nahmen.

»Wir sind lange nicht mehr zusammen ausgeritten«, sagte Helene, nur, weil sie überhaupt etwas sagen wollte und es ihr vorkam, als vibriere das Schweigen in der Luft.

»Mein Vater hat mich in letzter Zeit morgens immer zur Arbeit eingespannt, ansonsten hätte mich nichts daran hindern können, deine Gesellschaft zu genießen.« Er zwinkerte ihr zu, und Helene wurde flau im Magen.

Mechanisch rieb sie über die Trense, hielt sie hoch, betrachtete das Ergebnis und war zufrieden. Sie stand auf, hängte sie an den Haken und griff nach der nächsten. Eigentlich war das nicht ihre Aufgabe, aber sie tat es gern, weil es ihr half, ihre Gedanken zu ordnen, und weil sie den Geruch hier so liebte. Andreas hatte in seiner Arbeit innegehalten, als sie sich erhoben hatte, als hinge es von ihr ab, ob er fortfuhr oder nicht, denn seine Aufgabe war dies ebenfalls nicht, was für Helene den Schluss nahelegte, er sei um ihretwillen hier.

Nachdem er ihr in der letzten Zeit so distanziert vorgekommen war, freute sie sich darüber, dass er nun ihre Nähe suchte. Vielleicht hatte sie sich diese Distanz ja auch eingebildet, und es hatte nichts mit ihr zu tun. Eine Freundin aus Berlin hatte sich darüber gewundert, wie selbstverständlich die Kinder hier mit denen der Dienerschaft spielten und dass die Herrschaften ein so nahes Verhältnis zu dem Personal hatten, wenngleich dieses untereinander eine gewisse Form wahrte und Wert auf seinen Stand in der Dienstbotenhierarchie legte. Dass eine Gutsherrentochter mit dem Sohn eines Stallmeisters Zaumzeug und Sättel einfettete, war in den Adelsfamilien im Westen meist unvorstellbar.

Helene verrieb Fett auf dem Leder, damit es geschmeidig blieb, beobachtete, wie die Schlieren zu Glanz wurden. Und wenn Andreas genau das zurückhielt? Wenn er dieselben Gefühle hegte wie sie und Sorge hatte, sie könne ihn zurückweisen, weil er der Sohn des Stallmeisters war? Musste er nicht befürchten, ein solches Ansinnen sei geradezu vermessen? Hatte er gar Angst, sein Vater würde seine Stelle verlieren, wenn er seinen Gefühlen für sie nachgab?

Als Helene aufsah, begegnete sie seinem Blick, vermeinte gar, einen kurzen Moment lang das Abbild ihrer eigenen Gefühle darin zu lesen. Sie ließ die Trense sinken, nahm ihren Mut zusammen, umfasste sein Gesicht und neigte sich zu ihm vor. Ihre Lippen berührten sich, ganz behutsam, dann gab Andreas für einen Moment seine Zurückhaltung auf, schloss die Arme um Helene und küsste sie fordernder, um sie im nächsten Moment unvermittelt loszulassen.

»Verzeih mir«, sagte er. »Das hätte ich nicht tun sollen.«

Dabei war sie es doch gewesen, die den Anfang gemacht hatte. Helene spürte, wie ihr das Blut ins Gesicht stieg, und sie rang nach einer Antwort, ohne die richtige finden zu können. Er zögerte, dann drehte er sich abrupt um und verließ die Kammer. Helene erhob sich, wollte ihm nach und blieb dann doch stehen, unschlüssig, die Fingerspitzen auf den Lippen.

Januar 1908

Gehst du mir aus dem Weg?« Richard wollte gerade sein Elternhaus betreten, als Victoria im Begriff war, dieses nach einem Besuch bei Jette zu verlassen. Jettes Großvater, Oskar Lamberg, der in einer angebauten Wohnung mit im Haus wohnte, war ebenfalls im Salon zugegen gewesen, ein unangenehmer Mensch, dem Victoria nicht gern begegnete. Dass er sie so genau beobachtete und sie auszuloten schien, behagte ihr nicht, denn es kam ihr vor, als könne er jedes Geheimnis in ihr ergründen, allein durch die Art, wie er sie ansah.

»Nein«, beantwortete sie seine Frage. »Ich wusste ja nicht, ob du daheim bist oder nicht.« Tatsächlich war er um diese Zeit meist im Handelshaus seiner Familie, daher hatte er nicht ganz unrecht.

»Magst du ein wenig mit mir spazieren gehen?«, fragte er.

Sie sah ihn an, die dunkelblauen Augen, das markant geschnittene Gesicht, das eher einprägsam als gut aussehend war und doch auf eine Art attraktiv, die einen dazu verleitete, immer wieder hinzusehen. Victoria war dafür nicht unempfänglich, ganz und gar nicht. Aber sie wusste um die

Gefahren, die in dieser Empfänglichkeit lauerten, und mit ihm allein zu sein, würde sie verletzlich machen. Aber sie konnte auch nicht gut ablehnen, ohne ihn vor den Kopf zu stoßen, und so nickte sie nur und begleitete ihn die Straße hinunter. Es war früher Abend und bereits dunkel. Einige Laternen warfen gelbliche Lichtpfützen in den Schnee, der unter ihren Schritten knirschte.

Als Richard allgemeines Geplauder anstimmte, entspannte sie sich ein wenig, atmete ruhiger. Sie war selten mit ihm allein, und seit sie wusste, dass er in sie verliebt war, eigentlich gar nicht mehr, weil sie stets befürchtete, dass er sie zu Antworten nötigte, die sie nicht zu geben bereit war. Auf Feiern tanzte sie mit ihm, erging sich in banalen Gesprächen vor den Augen der anderen, aber mehr erlaubte sie ihm nicht. Nun jedoch, da sie an seiner Seite ging, fühlte sich das einerseits richtig und gut an, als sei sie da, wohin sie gehörte. Andererseits jedoch war da diese Angst, die sich in ihren Bauch grub und von dort hoch in ihre Brust, wo sie in die Kehle stieg und ihr die Luft zu nehmen drohte.

»Ich habe mich die ganze Zeit gefragt«, begann er, während sie langsam weiterspazierten, »warum diese Zurückhaltung, diese Art, mich anzusehen, als würdest du einerseits wollen, dass ich mich dir zuwende, es aber gleichzeitig befürchten.«

Der Atem wurde Victoria nun wieder knapper, und es kostete sie Mühe, Luft zu holen.

»Du warst so anders früher, lebenslustig, und du hast immer gerne gelacht«, fuhr er fort. »Ich gestehe, als du hierhergereist bist und es hieß, du würdest eine Weile bleiben, hatte ich die Vermutung, dich hätte dasselbe Schicksal ereilt wie deine Tante.«

Der Atem entwich Victoria mit einem Keuchen, und ihre Brust schien sich nicht ausreichend weiten zu wollen, um neue Luft hineinströmen zu lassen. Sie wollte stehen bleiben, wollte tief einatmen, aber ihre Beine bewegten sich wie von selbst weiter.

»Aber irgendwann war klar, dass es das nicht gewesen ist. Für mich hätte das keinen Unterschied gemacht, verstehst du. Ich habe mich schon als Halbwüchsiger in dich verliebt, daran hätte auch ein Fehltritt nichts geändert. Aber es passte alles nicht zusammen, die Veränderung, die mit dir vorgegangen ist. Ich hatte nicht die leiseste Ahnung, und niemand konnte mir etwas sagen. Mein Vater hat sogar deine Tante gefragt, aber die wollte nicht mit ihm darüber sprechen.«

Gottlob, dachte Victoria, während ihr die Atemnot das Herz schneller gehen ließ, so dass es fast schon schmerzhaft gegen ihre Rippen trommelte.

»Dann erzählte mir meine Mutter, sie habe so einen Fall in der Familie gehabt, eine junge Frau, der Schlimmes zugefügt wurde durch einen Mann.«

»Hör auf!«, brach es nun aus Victoria heraus, und ein junges Paar, das in einiger Entfernung vor ihnen ging, drehte sich um, schien unschlüssig, was der Aufschrei zu bedeuten hatte.

Der Mann kam schließlich zu ihnen.

»Werden Sie belästigt, junges Fräulein?«

»Nein«, presste Victoria hervor. »Mir ist nur ein wenig schwindlig, das ist alles.«

»Brauchen Sie einen Arzt?«

»Mein Onkel ist Arzt, vielen Dank.«

Der Mann nickte, sah zu Richard, schien seine Schlüsse zu ziehen und lächelte Victoria an, als vermute er in ihr die Hüterin süßer Geheimnisse.

»Sprich nicht weiter«, sagte Victoria, ruhiger nun, nachdem der Mann außer Hörweite war. »Ich … Vergiss es einfach. Vergiss mich.«

»Das kann und werde ich nicht. Es sei denn, du sagst mir, dass du nichts für mich empfindest, dass du das nie getan hast, dann werde ich schweigen und nie wieder damit anfangen.«

Victoria öffnete den Mund, wollte die Worte formen, aber kein Laut drang ihr über die Lippen. Stattdessen verschwamm ihr der Blick, wurde einen Moment lang klarer, als sie blinzelte, verschwamm erneut.

»Meine Mutter sagte«, fuhr Richard leise fort, »die junge Frau leide nicht nur unter dem, was man ihr angetan hatte, sondern auch darunter, dass sie beständig dachte, sie sei selbst schuld, habe sich falsch verhalten, gelächelt, wo sie es nicht hätte tun sollen, zu freundlich, wo sie hätte distanziert sein sollen. Dabei ist doch niemand anders schuld als der, der sich erbärmlich benimmt.«

Tränen lösten sich aus ihren Augenwinkeln, rannen langsam über ihre Wangen und tropften in ihren Kragen. »Ich dachte, er würde mich lieben«, hörte sie sich sagen, und auf einmal, ohne dass sie hätte sagen können, wie das passierte, drang ihr Wort um Wort über die Lippen. »Er sagte mir, ich sei schuld, hätte es nicht anders gewollt. Ich habe ihn gefragt, warum er das getan hatte, ich hatte ihn doch gerngehabt. Aber er sagte nur, er hätte mich auch gerne, und wir hätten unseren Spaß gehabt. Und er war so unfassbar hässlich, ich träume heute noch von seinem Gesicht, davon, wie er …« Sie schnappte nach Luft. »Und doch war ich es, die das Allerschlimmste hernach getan hat.«

Richard schwieg, sah sie an, schien die Hand ausstrecken zu wollen, um sie zu berühren, tat es jedoch nicht.

»Vielleicht werde ich nie wieder ein Kind bekommen, verstehst du? Als Strafe für das eine, das ich getötet habe.« Jetzt war es heraus, und Victoria bemerkte, wie sich Richards Augen weiteten. Er war schockiert, das konnte er nicht gut verbergen. Da sie seine Antwort nicht hören wollte, nicht sehen wollte, wie aus der Sorge und der Zuneigung Abscheu wurde, wandte sie sich rasch ab, raffte ihr Kleid und lief durch den Schnee zum Haus ihrer Tante.

Während Melanie Adlers Eltern mit seinen Großeltern und seinem Vater bei Kaffee und Kuchen saßen, führte Constantin die junge Frau auf dem Gut herum. Er hatte sie und ihre Familie so oft es ging in Insterburg besucht. Sie war nun bereits das achte Mal hier, und jedes Mal begleitete sie ihn mit derselben ungekünstelten Begeisterung in den Pferdestall. Er mochte sie zunehmend mehr, mochte ihre Art zu lachen, übersprudelnd, als warte es beständig darauf, endlich hervorbrechen zu dürfen. Sie hatte rotblondes Haar, Sommersprossen um die Nase – die sich, wann immer sie lachte, hinreißend krauste – und glich vom Typ her Helene. Sie hatte etwas Koboldhaftes an sich, was er ihr jedoch nicht sagte, da sie dies vermutlich nicht als Kompliment betrachten würde, wenngleich es eines war.

Während sie durch die Stallungen gingen, erklärte er ihr, wie er sich das Gut in Zukunft vorstellte. Sie hatten ausreichend Nutzvieh, um sich mit Milch, Fleisch und Eiern zu versorgen, außerdem Fläche, auf der Gemüse angebaut wurde. Was man nicht während der Saison aß, wurde eingemacht und gelagert.

»Von den Vorteilen, die dein Gut mir bietet, haben mir meine Eltern bereits ausreichend erzählt«, sagte sie. »Nach deinem Exkurs bin ich sicher, wir brauchen das nicht weiter zu vertiefen.«

Erstaunt sah er sie an. »Nun gut.«

»Unsere Familien sitzen beisammen, besprechen womöglich schon die Details, da sie fest davon ausgehen werden, dass wir heiraten.«

»Und was ist mit dir? Wovon gehst du aus?«

Sie sog die Unterlippe ein, wirkte, als überlege sie die Antwort sorgsam. »Du hast einen sehr einschlägigen Ruf, was Frauen angeht.«

Auf diese Antwort war er nicht vorbereitet gewesen, und so war er einen Moment lang sprachlos.

»Allerdings kannte ich den schon, ehe ich mich darauf eingelassen habe, dir praktisch als Braut angedient zu werden.« Sie taxierte ihn, die Brauen kaum merklich zusammengezogen, als beobachte sie ihn sehr konzentriert. Das wiederum hatte auf Constantin die Wirkung, dass er kaum zu blinzeln wagte. »Du wirst mir treu sein, nicht wahr?« Sie hob die Hand, als er antworten wollte, als gebiete sie ihm zu schweigen. »Natürlich wirst du Ja sagen, was auch sonst. Aber wenn du mich jemals betrügst, wirst du mich nicht mehr anrühren, es sei denn, du versuchst es gewaltsam.«

Zorn flammte in ihm auf. »Ich habe noch nie eine Frau gewaltsam genommen!«

Jetzt lächelte sie. »Ich weiß. Ganz sicher wirst du es auch in Zukunft nicht tun. Daher heißt es bei unserer Eheschließung, entweder ich oder eine andere, beides wird es für dich nicht geben. Also überleg es dir, noch kannst du zurück.«

»Ehrlich gesagt gefällst du mir ziemlich gut.« Das entsprach der Wahrheit, denn insgeheim hatte Constantin befürchtet, sie könne zu zurückhaltend sein, zu fügsam, wie es Mädchen ihres Standes oftmals anerzogen wurde. Aber eine Frau, die ihm Liebesentzug androhte, noch ehe er sie heiratete, nun, das hatte etwas und versprach einen sehr sinnlichen Genuss.

»Du gefällst mir auch, sonst hätten wir dieses Gespräch gar nicht erst geführt. Und nun, da wir uns diese Tatsache gegenseitig versichert haben, sollten wir uns weiteren wesentlichen Dingen zuwenden.«

»Die da wären?«

»Wir werden heiraten, dabei haben wir uns bisher noch nicht einmal geküsst.«

»Dem kann man abhelfen, nicht wahr?«

Sie legte den Kopf schräg, sah ihn abwartend an, auf eine Art, die ihn davon abhielt, einfach zu ihr zu gehen, sie zu umarmen und zu küssen. Dann blinzelte sie, und der Bann war gebrochen. Constantin ging zu ihr, legte die Arme um sie und küsste sie.

»Es ist kein Irrtum möglich?«

Elisabeth sah ihn nur an, wischte sich mit ihrem dicken Handschuh über die von der Kälte gerötete Nase und schwieg.

»Also gut, es war uns ja klar, dass das passieren konnte.«

»Du hast gesagt, du passt auf.«

»Ja, das habe ich ja auch.« Meistens zumindest. Aber ab und zu war es im Eifer des Gefechts einfach zu schnell gegangen, und bisher war ja auch nichts passiert.

»Und was machen wir jetzt?«

»Heiraten. Mein Vater kann sich nun nicht mehr querstellen.«

»Er hat doch nicht einmal eingewilligt, als mein Vater dich praktisch zu ihm geprügelt hat.« Sie schloss einen Moment lang die Augen, atmete tief ein und wieder aus.

»Das hier ist was anderes.« Elisabeth konnte ihr Kind unmöglich in dem beengten Bauernhaus ihrer Familie bekommen, wo alles heruntergekommen war und es in jedem Raum nach Mist roch, weil die Tierställe praktisch in das Haus hineingebaut und nie modernisiert worden waren. Außerdem war da noch Beatrix, die zwar allem Anschein nach entgegen der Gerüchte nicht an der französischen Krankheit litt, aber hinterhältig und verschlagen war. Kein Umgang, den er sich für sein Kind wünschte.

»Dann sprich mit ihm, und tu es, ehe man es sieht und ich es meinen Eltern erklären muss.«

Mit einem seltsam flauen Gefühl, das einerseits Furcht, andererseits überbordende Freude angesichts ihrer baldigen Hochzeit war, verabschiedete Maximilian sich von ihr und sah ihr nach, wie sie über die verschneite Allee ging, einen

Schal über das dunkle Haar gezogen, die Schultern leicht hochgezogen wegen der Kälte. Sie hatten sich in den letzten schönen Herbsttagen im Gras geliebt, da musste es geschehen sein. Da sie wussten, dass der Winter sie wieder zur Distanz zwang, hatten sie die Möglichkeiten, die sich ihnen boten, vorab ausgiebig ausgenutzt.

Maximilian schob die Hände in die Manteltaschen und stapfte durch den Schnee nach Hause. Es hörte überhaupt nicht mehr auf zu schneien. Als Kind hatte er sich vorgestellt, wie es wäre, wenn es immer weiter schneite, wenn der Schnee stieg und stieg, bis an die Giebel und Dachspitzen des Schlosses. Wie sie morgens die Vorhänge öffneten und alles weiß war. Dann hatte er sich mit einem wohligen Schauer vor dem Kamin zusammengekauert und sich vorgestellt, wie sie Gänge durch den Schnee gruben, Tunnel, durch die sie von Ort zu Ort gingen. Heute wusste er natürlich, dass sie morgens in völliger Dunkelheit erwachen würden und dass nicht alles weiß und prachtvoll wäre, sondern dass sie unter den Schneemassen schlicht und ergreifend ersticken würden. Seine Eltern hatten das damals natürlich auch schon gewusst, trotzdem hatte seine Mutter diese Phantasie immer mit ihm mitgesponnen. Daher war sein erster Impuls, zu ihr zu gehen, sie war ihm stets näher gewesen als sein Vater.

Er fand sie in der Küche, wo sie mit der Köchin die Menüfolge durchsprach. »Warte im Salon auf mich«, sagte sie. »Ich komme gleich.«

Auf dem Weg zum Salon begegnete er Helene, die dick angezogen und offenbar im Begriff war auszureiten. »Ist etwas passiert?«, fragte sie. Helene hatte immer schon ein feines Gespür für Stimmungen besessen.

»Elisabeth ist schwanger«, sagte er, nachdem er sich vorher nach möglichen Lauschern umgesehen hatte.

Helene wirkte nicht erschrocken. »Na ja, das war über kurz oder lang doch abzusehen, oder? Ich habe mich schon gewundert, dass es nicht früher passiert ist. Immerhin seid ihr jetzt ja praktisch gezwungen zu heiraten.«

Trotz allem nistete Unruhe in Maximilians Brust, als sei das alles eben doch nicht ganz so einfach. Aber sein Vater hatte nun keine Wahl mehr, so war es doch, oder? Er ging in den Salon, wohin ihm kurz darauf seine Mutter folgte.

»Was ist passiert?«, kam sie sofort zur Sache.

Es hatte keinen Zweck, darum herum zu reden. »Elisabeth ist schwanger.«

Seine Mutter sah ihn schweigend an, und Maximilian erwiderte zunächst ihren Blick und sah dann zu Boden.

»Das war wohl zu erwarten, nicht wahr?«, sagte sie schließlich. »Ich wünschte nur, du wärest nicht so leichtsinnig gewesen. Weißt du denn nicht, was eine junge Frau zu erwarten hat, die unehelich schwanger geworden ist?«

»Ich werde sie heiraten.«

»Das wird dein Vater nicht erlauben.«

»Er muss!«

»Max, ich insistiere, seit ich weiß, dass du sie liebst. Aber er möchte mit dieser Familie nicht verschwägert werden.«

Maximilian ballte die Fäuste. »Er wird wohl keine andere Wahl haben.«

»Möchtest du, dass ich dabei bin, wenn du es ihm erzählst?«

Er sah seine Mutter an, die nun zu ihm kam, die Hand

hob und seine Wange berührte, wie sie es immer getan hatte, als er noch ein Kind gewesen war.

»Dann wird es wirken, als wolle ich mich hinter dir verstecken. Ich muss das allein tun. Vater mag toben, aber er wird letzten Endes einwilligen müssen.«

Sein Vater tobte nicht, und er willigte auch nicht ein. Vielmehr betrachtete er Maximilian mit einem Blick, der so voller stummem Zorn war, dass er unwillkürlich zurückwich. »War ich undeutlich, als ich sagte, ich möchte dieses Mädchen nicht in der Familie haben?«, fragte er schließlich sehr ruhig.

»Ich liebe sie.«

»Das stand hier nie zur Debatte.«

»Hättest du damals zugelassen, dass Onkel Carl Tante Elisa nicht heiratet?«

»Das waren ja wohl gänzlich andere Umstände. Keiner von uns ist mit der Familie von Emil Moors vergleichbar. Die Freiherren von Schletter verschwägern sich nicht mit Leuten wie ihnen.«

»So elitär«, entgegnete Maximilian, den nun ebenfalls der Zorn packte. »Dabei war es nie ein Problem, mit Kindern anderer Stände zu verkehren.«

»Mit ihnen verkehren ist eine Sache, sie zu heiraten eine andere. Ich habe euch nie vorgeschrieben, wen ihr zu heiraten habt, und ich lege euch in dieser Hinsicht auch künftig keine Zwänge auf. Aber Emil Moors? Nein, ganz sicher nicht!«

»Das Kind ist aber nun einmal unterwegs. Es ist mein Kind, dein Enkel. Soll es in dieser Hütte hausen?«

»Das Kind kann zu uns, du wärest nicht der Erste, der

einen Bastard mit in die Ehe bringt. Aber heiraten wirst du sie nicht.«

Es war das erste Mal seit seiner Kindheit, dass Maximilian vor ohnmächtiger Wut die Tränen in die Augen stiegen. Um dies vor seinem Vater zu verbergen, wandte er sich abrupt ab und ging zum Fenster, sah hinaus. »Ich kann sie doch nicht allein ihrem Vater gegenübertreten lassen«, sagte er, als er seiner Stimme wieder traute.

»Ich werde mit dir zu Emil Moors gehen und mit ihm sprechen. Wir nehmen das Kind zu uns, und wenn er das möchte, schicken wir Elisabeth solange fort, damit niemand die Schwangerschaft bemerkt.«

Maximilian fuhr zu ihm herum. »Denkst du denn, sie wird künftig so tun, als kenne sie das Kind nicht? Sie wird es in die Welt hinausschreien, dass es ihres ist. So ist sie. Keine, die sich versteckt und mit einer Lüge in den Tag lebt.«

»Das mag sie halten, wie sie will.«

Maximilian wollte ihm entgegenschreien, dass er sich enterben ließ, dass er fortlief mit ihr, dass er sie auch ohne den Segen seines Vaters heiratete. Aber er wusste, dass das nicht möglich war. Welches Leben würde er dem Kind bieten können? So wuchs es wenigstens hier auf, umsorgt von der Familie. Und Maximilian würde nicht aufgeben, er würde keine andere Frau heiraten. Irgendwann musste sein Vater dies einsehen und nachgeben.

Victoria hatte ihrer Tante von dem Gespräch mit Richard erzählt, und diese wiederum hatte ihr zwei Tage später gesagt, Justus habe sie darauf angesprochen, denn auch

Richard hatte sich seinen Eltern anvertraut. Nun, dann wusste es jetzt wohl bald jeder. Jeder würde wissen, dass Victoria von Reichenbach geschändet worden war und ein Kind ermordet hatte. Sei's drum.

Seit ihrem Spaziergang mit Richard hatte Victoria das Haus nicht mehr verlassen, weil sie befürchtete, ihn erneut zu treffen und in seinen Augen zu lesen, was sie nicht lesen wollte. Vielleicht sollte sie Johannisburg verlassen, auf das Gut ziehen zu Hanne und ihrem Mann. Es war ja nicht weit fort, und Tante Magdalena hatte auch allein mit ihrem Kind dort gelebt. Möglicherweise konnte sie dort endlich zur Ruhe kommen. Weit weg von anderen Menschen.

Magdalena, ihr Vater und ihr Bruder hatten ihr so oft gesagt, sie trage keine Schuld und sie sei keine Kindsmörderin, aber was brachte es, dies von der Vernunft her einzusehen, wenn das Gefühl einem etwas anderes sagte? Es war ja nicht die Vernunft, die einem nachts mit Ängsten und Schuldgefühlen den Schlaf raubte. Manchmal stellte Victoria sich vor, sie hätte anders gehandelt, hätte zugelassen, dass der Keim, den Gerhard in ihr gesät hatte, wuchs, sich von ihr nährte, in ihr anschwoll und sich schließlich unter unvorstellbaren Schmerzen den Weg aus ihrem Körper bahnte. Sie empfand dabei nichts als Abscheu. Sie war nicht einmal imstande, sich den Säugling als knuddeliges kleines Geschöpf vorzustellen, in ihren Gedanken blieb dieses Wesen stets eine abstrakte Monstrosität. Es gelang ihr nicht, ein Bild heraufzubeschwören, wo sie das Kind im Arm hielt und mit ihrem Schicksal versöhnt war. Sie bereute nicht, dass es dieses Kind nicht gab, sie bereute nur, dass sie es aus ihrem verräterischen Körper hatte holen lassen. Ihr Körper hatte all diesen

Schmerz gefühlt, und doch hatte er diese Frucht nicht abgestoßen, hatte sie umhüllt und geborgen. Aber vielleicht war sie ihm auch nur zuvorgekommen.

Victoria trat näher an das Kaminfeuer. Sie fror schon wieder, fror unentwegt, dabei hatte sie doch geglaubt, damit sei es endlich vorbei. Aber nun war da wieder diese Kälte, die sie von innen heraus erstarren ließ. Die Hitze des Feuers prickelte auf ihrer Haut, ließ zuckende Schatten auf ihrem Körper tanzen.

Sie hörte, wie die Tür geöffnet wurde, sah jedoch nicht auf, um zu sehen, wer eintrat. Es konnte ohnehin nur Magdalena sein oder Anna, die gerade von einem Treffen mit ihrem hinreißenden Gymnasiallehrer zurückkehrte. Glückliche Anna, die so sehr versuchte, Victoria nicht merken zu lassen, dass sie langsam die Geduld mit ihr verlor.

»Victoria?«, hörte sie die Stimme ihrer Tante. »Du hast Besuch.«

Langsam wandte Victoria den Kopf, wollte sagen, dass sie nicht in Stimmung sei, aber da betrat auch schon Richard den Raum. Magdalena zog sich zurück und schloss die Tür.

»Du warst so schnell weg beim letzten Mal«, sagte er und kam langsam näher. »Ich konnte dir nicht mehr sagen, dass es mir leidgetan hat, dir so offenkundigen Schmerz zuzufügen, aber ich dachte …« Er schien nicht die richtigen Worte zu finden.

»Den Schmerz hast ja nicht du mir zugefügt«, antwortete sie und suchte vorsichtig in seinen Augen nach einem Anzeichen dafür, dass sich etwas an seinen Gefühlen verändert hatte. Aber er sah sie an, wie er es seit Monaten, gar Jahren tat.

»Was du mir erzählt hast, soll nie wieder zwischen uns zur Sprache kommen, wenn du das nicht möchtest. Und doch bin ich froh, dass ich es nun weiß und ich dir sagen kann, dass es für mich nichts ändert. Und ich glaube auch nicht daran, dass du auf eine verquere Weise schuld an etwas bist, was dir angetan wurde.«

Sie schwieg.

»Wenn es nicht an mir lag, dann darf ich hoffen?«

Victoria zögerte, dann hob sie die Hand, legte sie behutsam an seine Wange, immer noch schweigend und darauf vertrauend, dass er in ihren Augen die Antwort las.

»Warum machst du dich so rar?«, wollte Helene wissen, als sie Andreas im Viehstall vorfand, wo er gerade die abendliche Fütterung vorbereitete, indem er das Futtergemisch für die Milchkühe herstellte. Dass er ihr nach dem Kuss aus dem Weg gegangen war, tat weh, und sie hatte die ganze Zeit gewartet, dass er sich erklärte.

»Es hat nichts mit dir zu tun.« Andreas sah von seiner Arbeit auf, blickte sich nach möglichen Lauschern um und wandte sich dann wieder zu ihr um. »Das heißt, eigentlich hat es das doch, aber nicht so, wie du denkst.«

»Wenn ich zu forsch war …«

»Nein, das warst du nicht. Ich hätte es nicht so weit kommen lassen dürfen. Offenbar habe ich dich auf irgendeine Weise ermutigt.«

Dass er so ehrenhaft alles auf sich nahm, gab der Sache erst recht einen anrüchigen Anstrich, und Helene spürte, wie ihr Hitze in die Wangen stieg. »Du hättest mich doch nicht zurückgeküsst, wenn du es nicht gewollt hättest, oder?«

»Es ist ja auch nicht so, dass ich es nicht wollte. Aber es hätte dennoch nicht passieren dürfen.«

Helene betrachtete seine Hände, die nun wieder mit dem Futter hantierten. Ob er Erfahrung mit Frauen hatte? Sein Kuss hatte nicht gewirkt, als täte er das zum ersten Mal. Und warum auch nicht? Er war sehr anziehend, und Helene war wohl nicht die Einzige, die das bemerkt hatte.

»Du bist die Freiin von Schletter«, erklärte er, als habe er ihre Gedanken gelesen. »Ich bin der Sohn des Stallmeisters.«

»Das ist mir gleich, sonst hätte ich dich nicht geküsst.« Bei ihr war es nicht wie bei Maximilian, in gewisser Weise war sie freier als er, für sie stand weniger auf dem Spiel. Ihr Vater hatte den Weg zu Emil Moors antreten müssen, und das war wohl kein erfreuliches Gespräch gewesen, nach allem, was Helene erfahren hatte. Maximilian hatte ihr erzählt, Emil Moors sei außer sich geraten angesichts der Arroganz, in der ihm erklärt wurde, eine Ehe käme nicht infrage. Elisabeth hatte geweint, weil man ihr das Kind wegnehmen würde, hatte Maximilian angefleht, das nicht zu tun. Aber sie hatte keine Wahl. So war das eben, wenn man in die falsche Familie geboren wurde.

»Ich gehe fort«, sagte Andreas unvermittelt und sah sie an, als wolle er sichergehen, dass sie verstand, was er sagte.

»Wohin?«

»Nach Trakehnen, auf das Gestüt. Ich möchte lernen, möchte wirtschaften lernen, auf eine Art, die über das Schulwissen hinausgeht. Ich kann nicht immer nur der Sohn des Stallmeisters sein.«

Helene nickte nur. »Kommst du zurück?«

»Sicher, irgendwann.« Er umfasste die Griffe der Futterkarre, machte Anstalten zu gehen. »Aber warte nicht darauf.«

Teil 2

1914–1919

I

»Unsere Kultur ist doch nur Firnis, der nicht einmal sehr stark ist.«

Otto Braun, Tagebucheintrag zum Kriegsausbruch

Juni 1914

Maximilian hielt Elisabeths Hand, während sie langsam über die Allee spazierten. Wiesen und dichte Böschungen erstreckten sich zu beiden Seiten, in der Luft lag der Duft von frisch gemähtem Gras und feuchter Erde. Vor ihnen lief ihr Sohn Ludwig, der im kommenden Monat seinen vierten Geburtstag feierte. Die kleine Schwester Johanna war im März ein Jahr alt geworden. Auch das zweite Kind hatte nicht dazu geführt, dass Maximilians Vater seine unversöhnliche Haltung aufgab, dafür hatte Emil Moors ihm einen Fausthieb verpasst, der ihm fast den Kiefer ausgeschlagen hatte. Maximilian hatte das stoisch hingenommen, denn ihm war lieber, Emil Moors ließ seine Wut an ihm aus als an Elisabeth. Diese rührte er nicht an, denn für ihn war klar, dass Maximilian an allem gänzlich allein schuld war.

Als die Kleine schließlich da gewesen war, hatten sich die Großeltern über sie ebenso gefreut wie zuvor über Ludwig, aber natürlich musste man vorher das Gesicht wahren. Leonhard von Schletter hatte getobt, als Maximilian ihm erzählte, Elisabeth sei wieder schwanger, und ihm gesagt, er werde sich von ihm nicht erpressen lassen. Und so lebte nun auch die kleine Johanna mit einer Amme in Schloss Lilienau.

»Ich vermisse die Kinder«, sagte Elisabeth. Sie hatte sich Johanna mit einem breiten Tuch auf den Rücken gebunden, und die Kleine lag an sie geschmiegt da und schlief. Maximilian zog den Zipfel ihres kleinen Kopftuchs zurecht, das sie ihr als Schutz gegen die Sonne umgebunden hatten, denn ihr Haar war sehr hell und fein, ganz anders als Ludwig, der schon bei seiner Geburt dichtes schwarzes Haar gehabt hatte. Zu Maximilians Erstaunen war Kaspar der Liebling seiner Kinder, der einzige halbwegs Erwachsene, der stets zu Späßen aufgelegt war. In diesem Monat war er siebzehn geworden, aber in seinen Augen blitzte immer noch derselbe Schalk wie in seiner Kindheit.

»Wenn sie dir zu schwer wird, nehme ich sie«, bot er Elisabeth an.

»Nein, das ist schon gut. Ich sehe sie ohnehin so selten, du hast sie ja jeden Tag.«

»Wenn es nach mir ginge, wäre es anders«, sagte Maximilian, der aus ihren Worten einen Anflug von Vorwurf zu hören glaubte.

»Ja, ich weiß.« Ihre Finger drückten die seinen einen Moment lang, als wollte sie das Gesagte bekräftigen.

Eine Kutsche kam ihnen entgegen, und Maximilian rief Ludwig zu, an die Seite zu gehen. Sein Onkel Friedrich hatte vor Kurzem den dritten Sohn bekommen. Sie lebten nach wie vor im Kongo, wo Friedrich in einer Mission tätig war, und seine Frau unterrichtete. Maximilian wünschte, er hätte auch den Mut, einfach zu tun, was er wollte. Andererseits war das wohl einfacher, wenn man eine Frau hatte, die vermögend war.

Was sein Verhältnis zu Elisabeth anging, so schien es, als würden die Leute für ihn ein gewisses Verständnis zeigen, in Bezug auf seine Geliebte jedoch jedes Vorurteil, das man seit ihrer Kindheit gegen sie hegte, bestätigt sehen. *Liederlich* war noch das Freundlichste, was man über sie zu sagen wusste. Dass er die Kinder zu sich nahm, fand viel Anerkennung, denn immerhin kümmerte er sich um seine Bastarde und überließ sie nicht der Familie Moors. Elisabeth nahm dergleichen Gerede mit hoch erhobenem Kopf hin, aber Maximilian ahnte, dass es sie tief traf.

»Vielleicht sollten wir doch einfach weggehen«, sagte er, während seine Blicke dem Kind folgten.

»Rede keinen Unsinn, das hatten wir doch alles schon. Früher wollte ich das auch, aber du hattest recht, es würde nicht gehen.«

»Ich hatte gedacht, mein Vater würde irgendwann nachgeben, aber so, wie es aussieht, tut er es nicht.«

»Dann leben wir eben weiterhin so wie bisher. Ich würde meine Kinder gerne bei mir haben, aber bei dir leben sie wenigstens beschützt, und ihnen fehlt es an nichts. Du weißt, dass wir ihnen dieses Leben möglicherweise nicht bieten können, wenn wir fortlaufen. Wovon sollen wir überhaupt leben? Du kannst dich auf irgendeinem Gut bewerben, aber auch dann ist die Frage, ob man dich überhaupt einstellt. Die Gutsbesitzer kennen sich untereinander, und ein Sohn, der seinem angesehenen adligen Vater Schande macht … Na ja, da wird man sich das wohl zwei Mal überlegen.«

Johanna regte sich, schlug kurz die Augen auf und

schlummerte hernach wieder ein. Maximilian war vollkommen hingerissen von seiner Tochter und fand, man sah jetzt schon, dass sie das schönste Mädchen von Königsberg werden würde. Wie entzückend sie lachte und mit welchem Forscherdrang sie die Welt erkundete. Maximilian war sich sicher, dass es kein intelligenteres Kind im Umkreis gab – außer Ludwig vielleicht, aber auch der war nicht so schnell in allem gewesen wie Johanna. Seine Johanna.

»Die letzten Viehverkäufe liefen sehr gut«, sagte Maximilian. »Möglicherweise ist jetzt Geld da, um den maroden Westflügel zu sanieren.« Nachdem im letzten Winter ein Teil des Daches in das darunterliegende Zimmer gestürzt war, war es tatsächlich höchste Zeit. Sie hatten den Schutt mittlerweile fortgeräumt und alles notdürftig abgedeckt, aber auf Dauer war das natürlich kein Zustand. »Vielleicht könnten wir dort ein Zimmer für dich herrichten.«

»Damit wir dort in wilder Ehe leben?«, fragte Elisabeth belustigt.

»Das tun wir doch jetzt schon.«

»Weiß dein Vater schon von dieser Idee?«

»Nein, mein Großvater auch nicht. Aber meine Mutter findet sie gut. Sie rät mir allerdings dazu zu warten, bis der Flügel so weit instand gesetzt ist, dass dort jemand wohnen kann, um meinen Vater dann praktisch vor vollendete Tatsachen zu stellen.«

»Dann muss nur mein Vater einverstanden sein.«

»Denkst du, er möchte das nicht?«

»Mein Vater möchte immer noch, dass ich wieder ehrbar werde. Ich glaube, er hat Angst, ich könne werden wie Beatrix.«

»Als hätte diese Gefahr je bestanden.«

»Papa, schau mal!«, rief Ludwig und rannte auf ihn zu, einen weißen Kiesel in Form eines Herzens in der Hand.

Elisabeth ging in die Hocke. »Das ist mein Herz, das ich an dich verloren habe. Gib gut darauf acht«, sagte sie.

Ludwig machte große Augen, und Maximilian musste grinsen. Auf einmal erschienen ihm alle Sorgen weit weg und das Leben einfach wunderbar. Die Kinder waren gesund, Elisabeth an seiner Seite, und der Sommer begann gerade erst.

Als Millie ihn von hinten umarmte, spürte Constantin die leichte Wölbung ihres Bauches im Rücken. Er drehte sich um, küsste sie und ließ seine Hand über die nun immer deutlicher werdenden Rundungen gleiten, öffnete gar ein paar Knöpfe ihrer Bluse, um leichteren Zugang zu haben.

»Du weißt schon, dass wir uns hier im Speisezimmer befinden, ja?« Millie machte sich entschieden von ihm los und schloss die Knöpfe wieder.

»Wir können oben weitermachen«, schlug er vor.

»Du bist wirklich unersättlich.« In ihren tadelnden Ton mischte sich jedoch jene Belustigung, die sagte, dass ihr die Unersättlichkeit nicht gänzlich unlieb war.

Es war ihr erstes Kind, mit dem sie nun schwanger war. Natürlich wusste Millie, dass von ihr verlangt wurde, Kinder zu bekommen, vorzugsweise einen Erben, aber sie hatte Constantin recht anschaulich dargestellt, dass es sicher kein schöner Start ins Eheleben war, wenn sie sich unmittelbar nach der Hochzeit jeden Morgen erbrach und rasch immer dicker wurde. Von nächtlichem Beisammensein ganz zu schweigen, da konnte sie nicht dafür garantieren, dass sie daran während der Schwangerschaft Gefallen fand. Constantin war rasch zu überzeugen gewesen und hatte aufgepasst – mit Erfolg. Nun war sie schwanger, und glücklicherweise waren weder Punkt eins noch Punkt drei eingetroffen, und mit dem wachsenden Bauch wuchs auch ihre Brust, was Constantin durchaus beifällig zur Kenntnis nahm.

Seine Großmutter hatte schon geargwöhnt, Millie sei unfruchtbar, und immer wieder mit einer Art, die sie subtil nannte, gefragt, woran der mangelnde Kindersegen denn scheitere. Einmal hatte Constantin sie gefragt, ob sie sich nicht gewundert habe, dass er keine Bastarde hatte, so wie Maximilian. Immerhin hatte er früher angefangen als sein Cousin. Man hatte förmlich sehen können, wie es in ihr arbeitete, und nun, da sie Constantin als möglichen Verursacher – der er ja war, nur anders, als sie glaubte – des fehlenden Nachwuchses glaubte, hörte auch die lästige Fragerei auf. Ihre Erleichterung indes, als Millie nun in Erwartung war, war unübersehbar.

In zwei Wochen würden sie mit Constantins Vater an die Kurische Nehrung fahren, wo Tante Magdalena mit ihrer Familie und vor allem Victoria war. Sie hatte im selben Jahr geheiratet wie Constantin, 1909. Er im Frühjahr, sie im Sommer. Da es auch Adelas Verwandtschaft war, waren die von Schletters ebenfalls eingeladen gewesen, und bei Besuchen, die Victoria und Richard machten, wohnten sie zwar hier, verbrachten aber auch viel Zeit auf Schloss Lilienau.

Constantin besuchte seinen Großvater Wilhelm noch ab und an, aber zunehmend war ihm die Art lästig, in der ständig Vergleiche gezogen wurden, wenngleich diese stets zu seinen Gunsten ausfielen. Aber das tat auch seine Großmutter. Victoria hatte den reichen Lamberg-Erben geheiratet, Helene nicht einmal einen Mann in Aussicht. Constantin war verheiratet mit einer Frau, die unter denen war, die sie ausgewählt hatte, Maximilian bekam Bastarde mit einer Moors-Tochter. Constantin verstand sich nicht mit Maximilian, das würde er wohl nie tun, aber wie man mit ihm und Elisabeth verfuhr, war schändlich.

»Lass ihn heiraten, in Gottes Namen«, hatte er seinem Onkel gesagt, als laut wurde, dass Elisabeth erneut schwanger war.

Und was Helene anging, so war es wohl mitnichten ihre Schuld, wenn von den Kerlen keiner ihre Vorzüge erkannte, die Constantin schon gesehen hatte, als sie noch Kinder gewesen waren. Musste man ihr nun auch noch vorhalten, wofür sie nichts konnte? Das alles war Grund genug, Schloss Lilienau nicht allzu oft zu besuchen. Seiner Großmutter konnte er nicht verbieten, sich weiterhin abfällig über die von Schletters zu äußern, aber er konnte ihr zumindest untersagen, dies in seiner Gegenwart zu tun.

Er frühstückte mit Millie und ging danach in sein Arbeitszimmer, wo er sich bis mittags der Buchhaltung widmete. Am kommenden Tag bekamen die Füllen ihre Brandzeichen, seit zwei Jahren die doppelte Elchschaufel, die seit letztem Jahr auf den Hals und nicht mehr auf die Kruppe gebrannt wurde.

Sie besaßen zehn Hauptbeschäler, davon vier Vollblüter, mit denen die Blutlinie der Stuten veredelt wurde: zwei Araber, ein englisches Vollblut und ein Angloaraber. Nach wie vor wurden Trakehner mit den Grundeigenschaften Härte, Ausdauer und Leistungsbereitschaft als Zuchtgrundlage eingesetzt, und man verfolgte weiterhin das Ziel, jene Pferde zu züchten, für die Ostpreußen berühmt war, Pferde von bestem Ruf, der bis ins Ausland drang. Die Pferde, die sie hier züchteten, waren Reit- und Kutschpferde, und ihr Hauptabnehmer war das Militär. Sie hatten einige Stuten, die fremdblütigen Pferden zugeführt wurden, um eine robustere Linie zu züchten, die für die Feldarbeit geeignet war und an Großgrundbesitzer verkauft wurden. Kaum jemand setzte noch einen reinblütigen Trakehner in der Landwirtschaft ein, das wäre Verschwendung der edlen Tiere gewesen.

Nachdem er die Buchhaltung beendet hatte, ließ sich eine sehr gute Bilanz für das erste halbe Jahr ziehen. Finanziell stand es bestens. Und auch familiär ließ sich momentan alles gut an, denn Millies Schwangerschaft versetzte Constantins Großeltern in eine Euphorie, die er lange nicht gesehen hatte und die sich sehr wohltuend auf die Stimmung im Haus auswirkte. Entspannt lehnte er sich zurück, verschränkte die Hände hinter dem Kopf und sah aus dem Fenster in den strahlenden Sommertag. Das versprach, ein gutes Jahr zu werden.

»Wo ist meine Lieblingsnichte?« Helene nahm Johanna aus dem Tuch und küsste sie.

»Himmel, war das warm«, stöhnte Elisabeth und nahm das Tuch ab. Ihr Kleid war am Rücken durchgeschwitzt.

»Ich habe gesagt, ich kann sie nehmen«, entgegnete Maximilian.

Elisabeth herzte Johanna, die auf Helenes Arm gluckste

und lachte. Diese übergab das Kind wieder seiner Mutter und wandte sich an Maximilian. »Ich habe einen Käufer für Morgenrot.« Eines der Pferde, die sie selbst gezogen hatte.

»Tatsächlich? Wer?«

»Baron von Weilersbach aus Königsberg. Du kennst seinen Sohn.«

»Die kleine Nervensäge, die mit mir damals in dieselbe Klasse ging?«

»Der ist mittlerweile recht stattlich.« Sie zwinkerte ihm zu.

»Höre ich einen Anflug von Interesse?«

Sie musste lachen. »In tausend Jahren nicht.« Ihr Blick flog kurz zum Stall, dann wieder zu Maximilian. »Ach, es fällt mir ja immer so schwer, eines von ihnen herzugeben, aber sie ist ein so wunderbares Reitpferd und gehört ordentlich gefordert. Ich kann sie ja nicht alle selbst reiten, nicht wahr?«

»Nicht, wenn du auch noch etwas anderes tun willst.«

»Und sie kommt in gute Hände, Papa sagt, Baron von Weilersbach sei ein Pferdekenner, und den Eindruck habe ich auch. Zudem bezahlt er den Preis, den ich verlangt habe.«

»Von dem du Carl von Reichenbach einen Teil zahlst.«

»Immerhin musste ich nicht dafür bezahlen, dass ich Morgenrots Mutter einem seiner Hengste zuführen durfte.«

»Dass sein Hengst deine Stute bespringt, hätte ihn wahrhaftig nicht arm gemacht.«

Helene spürte, wie sie rot wurde. »Er hat ja gar kein Geld verlangt, aber ich möchte nichts geschenkt bekommen.«

»Er gehört zur Familie, seine Frau war unsere Tante, seine

Tochter ist mit unserem Cousin verheiratet. Er hätte nicht nachgeben müssen.«

»Dann hätte ich es nicht gemacht. Es ist meine Zucht, und die beginne ich nicht damit, dass man mir etwas schenkt und alle behaupten, ohne dieses Geschenk hätte ich es nicht geschafft. Man nimmt mich ohnehin als Geschäftsfrau nicht ernst, weil alle denken, ich würde das nur tun, weil ich keinen Mann und Kinder habe. So als kleinen Zeitvertreib.«

»Dir ist doch sonst auch gleich, was die Leute reden.«

»Aber nicht in dem Fall.« Helene wusste, dass sie als sitzengebliebenes Mädchen galt, was als erwachsene Frau von neunundzwanzig Jahren geradezu absurd war. Ihre Mutter hatte immer schon als Schönheit gegolten, war auch jetzt, mit dreiundfünfzig Jahren, immer noch eine der schönsten Frauen, die Helene kannte, und ihr war klar, dass die Leute sie und ihre Mutter ansahen und sich fragten, wie um alles in der Welt diese Frau zu einer solchen Tochter kam.

Einige sagten, sie käme nach ihrer Großmutter. Helene hatte mal ein Gemälde Berta von Schletters gesehen, als diese noch sehr jung gewesen war, und da gab es tatsächlich eine gewisse Ähnlichkeit in den Gesichtszügen. Allerdings hatte Berta von Schletter weibliche Formen gehabt, und die besaß Helene nur im Ansatz, ein Umstand, mit dem sie mittlerweile versöhnt war. Es war ja auch müßig, sich ständig um Dinge zu bekümmern, die nun einmal nicht da waren. Einige Frauen wurden fülliger, wenn sie Kinder geboren hatten, aber auch diese Möglichkeit stand Helene nicht in Aussicht. Inzwischen hatte sie sich damit abgefunden. Sie hatte Maximilians Kinder und die Fohlen.

In den kommenden Tagen würde sie zwei weitere Stuten zum Gut Reichenbach bringen, damit Constantin sie den Beschälern zuführen konnte. Sobald klar war, dass sie empfangen hatten, würde sie die Tiere wieder abholen. Der Einzige, gegen den sie tagtäglich zu kämpfen hatte, war ihr Großvater, der ihr am liebsten verbieten würde, sich überhaupt in die Zucht einzumischen. Als hätte er es jemals dabei zu so guten Pferden gebracht wie sie. Auch jetzt stand er wieder da, sah sie an mit jenem Blick, der reine Missbilligung war.

»Gibt es im Haus nichts zu tun?«

Helene ging an ihm vorbei durch das Tor in den Stall. »Ich weiß es nicht, ich könnte mich ja zum Schrubben der Böden anbieten.«

»Wenn man dir ein Tuch um den Kopf bindet und ein einfaches Kleid anziehst, würdest du in der Tat als Küchenmagd keine üble Figur machen.«

»Ich dachte mir, ich ziehe mir Hosen an und versuche es als Stallbursche«, konterte Helene.

Sie wusste, er sagte dergleichen, weil in ihm stetig das Bewusstsein schwelte, bei seinen Kindern versagt zu haben. Maximilian bekam auch seinen Anteil an verächtlichen Worten ab. Da man ihm nun wahrhaftig nicht vorwerfen konnte, unansehnlich zu sein, waren es eben seine geistigen Fähigkeiten, die ihm beständig abgesprochen wurden. Dammelskopf, Taugenichts, Damlack, dwatscher Hans mit mehr Dusel als Verstand. Und das war noch das Freundlichste. Als Elisabeth erneut schwanger geworden war, hatte er ihm gesagt, sein Denken habe sich von Norden nach Süden verschoben, was Helene erst verstanden hatte, nachdem sie Constantin davon erzählt und der sie lachend und kopfschüttelnd aufgeklärt hatte.

Als sie sich umdrehte, bemerkte sie, dass ihr Großvater sie immer noch ansah. Sie versuchte, ihn zu ignorieren, und wandte sich Morgenrot zu. Der Moment des Abschieds näherte sich, und als Helene ihre schöne kastanienbraune Stute ansah, wurde ihr das Herz schwer. Sie blinzelte und legte die Wange an die weichen Nüstern des Pferdes, streichelte es und schloss einen Moment lang die Augen.

»Könntest du sie mit leichter Hand weggeben«, sagte ihr Großvater unvermittelt, »hättest du das Herz am falschen Fleck.«

Überrascht öffnete Helene die Augen, sah zum Tor, aber da waren nur noch die Schatten, die das Sonnenlicht in die Stallgasse malte.

Es lag eine gewisse Ruhe darin, wenn man aus dem Alter war, an das Erwartungen geknüpft wurden. Erwartungen zu heiraten. Erwartungen, Kinder zu bekommen. Erwartungen, einen Stammhalter zu produzieren. Mittlerweile war Karolina aus dem Alter raus, wo sie als spätes Mädchen galt. Oder als gefallenes, wie auch immer man es nennen mochte. Sie war eine Frau in mittleren Jahren, die immer noch gut aussah und mit der man in gewisser Weise seinen Frieden gemacht hatte. Sie hatte zu intensiv geliebt, um als verschroben zu gelten. Und nun, da sie die Männer auf Distanz hielt, umgab sie genau dieses Liebesleben wie ein Geheimnis, etwas, von dem man gehört, das man aber nicht zu kosten bekommen hatte.

Dabei war es nicht so, dass ihr die Liebe zu einem Mann nicht fehlte, das tat sie, in mehr als einer Hinsicht. Aber sie konnte dennoch gut ohne sie leben. Für Maximilians Kinder war sie einfach nur die Großtante, mehr nicht. Sie war zu Victorias Hochzeit gereist – und sie hatte sich wirklich aufrichtig für ihre Nichte gefreut –, aber Victoria hatte ihre Glückwünsche nur mit einem Nicken entgegengenommen und sich von ihr auf die Wange küssen lassen. Dabei wirkte es gar nicht mal so, als sei sie ihr böse, Karolina gehörte lediglich zu jenem Teil ihres Lebens, den sie vergessen wollte. Und wer konnte es ihr verdenken? Traurig machte es Karolina dennoch, denn sie hatte zu spät bemerkt, wie lieb sie Victoria gewonnen hatte. Das Mädchen war ihr in so vielem ähnlich gewesen, und auch, wenn sie Elisa nicht hätte ersetzen können, so hätte sie doch eine Vertraute werden können.

Es war müßig, darüber nachzudenken, und so nahm Karolina den Verlust ihrer Nichte hin, wie sie zuvor alles in ihrem Leben hingenommen hatte. Jetzt war sie einfach nur die Freiin Karolina von Schletter. Und mehr wollte sie derzeit auch gar nicht sein. Selbst wenn sie Paul traf, war dies nicht mehr von dieser verzehrenden Sehnsucht begleitet. Bei den wenigen Malen, die Gerhard ihr begegnete, wich dieser ihrem Blick aus und tat meist so, als habe er sie nicht bemerkt. Die leicht schiefe Nase mit dem Höcker darauf machte ihn nicht gerade hübscher, und er gehörte nicht zu dem Typ Mann, dem dergleichen etwas Verwegenes verlieh. Er sah schlicht und ergreifend aus wie ein Kerl, dem die Nase gebrochen worden war und der damit das Ebenmaß verlor, das sein Gesicht so anziehend gemacht hatte.

Geschadet hatte es ihm jedoch insofern nicht, als dass er trotz allem geheiratet hatte. Eine Frau aus dem Hochadel, die Geld in die Ehe brachte. Die von Schletters und von Reichenbachs waren selbstverständlich – wie alle anderen Nachbarn auch – zur Hochzeit eingeladen gewesen, aber sie waren ohne ein Wort der Erklärung ferngeblieben. Weder Gerhard noch Paul konnten ernsthaft erwartet haben, dass sie kamen. Mittlerweile hatte Gerhard zwei Töchter, und Karolina fragte sich, wie er jetzt wohl zu dem stand, was er getan hatte.

Als Karolina an diesem Abend heimkam, war Elisabeth gerade im Aufbruch begriffen. Karolina lächelte sie an, was die junge Frau erwiderte, ehe sie weiterging. Jeder mochte Elisabeth, vermutlich mochte auch Leonhard sie, es war schwer, sie nicht zu mögen. Aber natürlich musste er das Gesicht wahren. Dieser törichte Stolz. Es konnte einen krank machen vor Ärger über all das, was hätte sein können, wenn einem nicht sein Stolz im Weg stand.

Sie führte ihre Stute in den Stall, versorgte sie und bemerkte Helene, die sich gerade um einen ihrer Jährlinge kümmerte und leise mit diesem sprach. Auch Helene hatte sich in ihr Schicksal der unverheirateten Frau gefügt, wenngleich auf andere Weise als Karolina. Es hatte durchaus den einen oder anderen Bewerber gegeben, Söhne von wohlhabenden Familien, die gerne den Namen anheiraten wollten. Aber für eine solche arrangierte Ehe war Helene nicht zu haben. Alle Freiheiten aufgeben für einen Mann, den man nur flüchtig – wenn überhaupt – kannte? Nur um verheiratet zu sein?

Karolina ging ins Haus, betrat die Halle und hörte

Stimmen, erregte Diskussionen. Der alte Schneidbrenner war hier, und das war er eigentlich nur, wenn es Neuigkeiten gab. Da nicht nur ihr Vater, sondern auch Leonhard an dem Gespräch beteiligt war, schien tatsächlich etwas vorgefallen zu sein, das über allgemeinen Tratsch hinausging. Neugierig näherte sich Karolina dem Salon, wo der alte Schneidbrenner mit der Abendzeitung in der Hand dastand. Alle verstummten, als sie den Raum betrat und zum Servierwagen ging, um sich an der Karaffe zu bedienen.

»Ist etwas passiert?«, fragte sie.

»Ja«, entgegnete der alte Schneidbrenner, der sich wohl nicht nehmen lassen wollte, der Überbringer der Botschaft zu sein. Er hielt die Zeitung hoch wie eine Siegertrophäe. »Das kann man wohl sagen.«

Die ersten beiden Wochen der Sommerfrische hatte Victoria mit der Familie ihrer Tante und Richard in Nidden verbracht, das auf der Haffseite der Kurischen Nehrung lag, zwischen der Ostsee und dem Kurischen Haff. Hier gab es nicht nur Feriengäste, sondern auch eine Künstlerkolonie, die im Gasthof Blode logierte und Schüler und Lehrer der Künstlerakademie Königsberg umfasste. Nachdem sie sonst meist nach Cranz fuhren, hatte sich Victoria dieses Jahr Nidden gewünscht, wo sie als Kind oft gewesen war. Hier, in dieser eindrucksvollen Dünenlandschaft, wo sie barfuß stand, während ihr der Wind durchs Haar wehte, fühlte sie sich das erste Mal seit Jahren wieder gänzlich frei.

Sie und Richard gingen zu einer Flundernräucherei, wo

sie den Fisch mit den Fingern aßen, beobachteten Fischer, die ihre Boote mit vereinten Kräften in die See schoben, sahen sich Dampfer und Kurenkähne an der Haffmole an, spazierten durch den Bruchwald in der Nähe von Cranzbeek, wo sich eine Anlegestelle für die Haff-Schiffe befand. Bauernmädchen mit langen, geflochtenen Zöpfen kamen ihnen auf der Dorfstraße von Pillkoppen entgegengeritten. Victoria kaufte auf einem Hof Milch, die sie noch warm trank, tat alles, was sie als Kind getan hatte. Und wieder und wieder zog es sie an den Strand. An manchen Tagen, wenn das Wasser wild schäumend an Land schwappte, zog sie Schuhe und Strümpfe aus und stellte sich ins Meer, spürte, wie es ihre Beine umspülte, ihren skandalös hochgezogenen Rocksaum durchweichte, spürte den Sog, als es sich wieder zurückzog, um hernach erneut aufzubranden. Abends stand sie da und betrachtete die Kurenkähne in der Abenddämmerung, und der Leuchtturm von Nidden wies in der zunehmenden Dunkelheit den Schiffen auf See den richtigen Weg.

Hinter Holzzäunen lagen reetgedeckte Fischerhäuser mit blühenden Gärten und Bänken unter den Fenstern mit den weißgestrichenen Rahmen. Weidegestrüpp hielt den Sand auf den Dünen. Südlich von Nidden befanden sich die berühmten Wanderdünen. Kam der Wind vom Haff her, zeigten sich die Dünen mit Abbruch zur Seeseite. Auch hier war Victoria schon oft gewesen, im sogenannten Tal des Schweigens.

Die nördlichste Wanderdüne lag zwischen Perwelk und Schwarzort, und genau hier war sie nun mit ihrem Vater. Sie hatte ihn darum gebeten, in diesem Jahr ebenfalls an die

Kurische Nehrung zu kommen, und er hatte eingewilligt. Die Familie war in Nidden geblieben, wo ihr Vater sie abgeholt hatte, ehe sie nach Schwarzort weitergereist waren. Dort hatte ihr Vater ein kleines Haus gemietet, das auf einer Anhöhe lag und einen überwältigenden Blick auf Haff und Dünen bot.

Den ersten Tag unternahmen sie mit einem Fischerkahn einen Ausflug zur Wanderdüne, wobei Victoria sich auf die Fahrt mit dem Kahn besonders gefreut hatte. Sie hätte stundenlang damit auf die See hinausfahren können, einer diffusen Freiheit entgegen, in der kein lästiger Gedanke einen quälte. Schwarzort war herrlich mit seinen Kiefern, die einen geschlossenen grünen Wald gegen den scharfen Wind bildeten. Im Sommer war es hier heiß, und der Sand glühte geradezu, aber im Herbst peitschte der Wind an manchen Tagen Sand durch dichten Nebel in den Wald.

Ein Fischer saß halb aufgerichtet an einer Düne lehnend am Strand, hielt eine Pfeife und machte Pause, während sein Kahn an der Mole befestigt sanft auf den Wellen schaukelte. Er hatte Hemdsärmel und Hosenbeine aufgerollt und ließ sich träge die Sonne auf das Gesicht scheinen. Als er Victoria bemerkte, schenkte er ihr ein Lächeln, freundlich, ein wenig erstaunt, als erinnere sie ihn an jemanden. Victoria erwiderte das Lächeln.

»Bist du glücklich?«, fragte ihr Vater am Nachmittag des dritten Tages, als sie durch den Hochwald spazierten, der als einer der schönsten Wälder der deutschen Ostseeküste galt. Es gab sonnige Lichtungen inmitten des dichten Grüns, wo Bänke standen und Familien picknickten, aber auch Plätze, in denen nichts zu hören war als das sanfte Rauschen der

Blätter im Wind. Victoria atmete den harzigen Duft tief ein, ehe sie antwortete. »Jetzt ja.«

»Sonst nicht?«

Ihrer Antwort ging ein Zögern voraus. »Es liegt nicht an Richard, er gibt sich so viel Mühe. Und ich will ja glücklich sein.« Er war stets aufmerksam, und ihm war es zu verdanken, dass sie überhaupt körperlich lieben konnte, ohne hernach von Gerhards verzerrtem Gesicht zu träumen, während dieser in sie stieß. Richard hatte sie nicht gedrängt, hatte auch nach ihrer Hochzeit gewartet. In der Hochzeitsnacht und in den Nächten darauf hatte er sich darauf beschränkt, sie zu küssen und zu liebkosen, hatte ihr Zeit gegeben, ihren Körper neu kennenzulernen und den seinen ebenfalls. Und dann erst hatte er mit ihr geschlafen. Als sie schwanger geworden war, schien es, als könne sie die Vergangenheit endlich hinter sich lassen. Dann hatte sie das Kind verloren. Und die beiden weiteren hernach ebenfalls. Im Interesse ihrer Gesundheit, so der Arzt, sollten sie mit einer weiteren Schwangerschaft warten. Das war vor nahezu einem Jahr gewesen.

»Was bereitet dir denn Kummer?«, fragte ihr Vater.

»Ich werde bestraft für das, was ich getan habe.«

»Du meinst die Fehlgeburten?«

Sie schwieg.

»Meine Mutter hat so viele Kinder verloren. Glaubst du, das war eine Strafe?«

Schweigen.

»So viele Frauen verlieren Kinder, auch deine Großmutter Berta. Waren das allesamt Strafen? Meine Mutter hat Kinder verloren, die sie geboren und liebgewonnen hat.«

Victoria wollte sich das nicht vorstellen und schüttelte kaum merklich den Kopf. »Aber ich konnte doch schwanger werden, damals …«

»Das kannst du jetzt immer noch. Keiner weiß, warum man Kinder verliert.« Ihm schien ein anderer Gedanke zu kommen. »Macht Richard dir Vorwürfe?«

Sie erschrak. »Grundgütiger, nein!«

»Dann genieß deine Ehe einfach. Richard mag der einzige Sohn sein, aber Justus setzt ihn wohl mitnichten unter Druck, einen Stammhalter zu präsentieren.«

»Aber ich hätte trotzdem gerne ein Kind.«

»Das weiß ich, Liebes, aber traurig zu sein, weil man kein Kind bekommt, ist etwas anderes, als verzweifelt zu sein, weil man denkt, man würde zur Strafe keines bekommen. Du hast dir nichts zuschulden kommen lassen, ja, wenn du überhaupt jemandem Vorwürfe machen möchtest, dann mach sie Gerhard von Sabrowski, der dir Gewalt angetan, und deiner Tante Karolina, die dich zu dieser Pfuscherin geschleppt hat.«

»Sie hat es gewiss gut gemeint.«

»Sie wollte keine Schwierigkeiten. Niemals kann sie geglaubt haben, dass ich dich wahrhaftig mit diesem Kerl verheirate, nach dem, was er dir angetan hat.«

Victoria nickte nur.

»Erinnerst du dich noch daran, wie du dir dein Kleid ausgezogen hast und im Unterkleid diesen Baum hoch bist, weil du Constantin zeigen wolltest, dass du besser klettern kannst?«

»Als könnte ich das vergessen.« Bei der Erinnerung musste Victoria lachen. »Ich kam tatsächlich höher als er.«

»Und hast oben im Baum gesessen, weil du allein nicht mehr heruntergekommen bist.«

»Hoch war im Kleid eben leichter als runter. Aber es war ein sehenswerter Anblick, wie du dich nach oben gekeucht hast, um mir hinunterzuhelfen.« Constantin hatte unten gestanden und Tränen gelacht.

»Jeder hat mir gesagt, für diese Ungezogenheit gehörtet ihr beide bestraft.«

»Stattdessen bist du mit uns Räucherfisch essen gegangen.«

Weil Liebe auf Einsicht setzte, wie Victoria in diesem Moment klar wurde, nicht auf stures Bestrafen. Sie wusste nicht, ob ihr Vater ihr diese Geschichte aus diesem Grund in Erinnerung gerufen hatte, ob er deshalb zu diesem Baum mit ihr spaziert war, aber sie war ihm dankbar dafür. Und auch wenn sie immer noch mit sich haderte, war ihr ein klein wenig leichter ums Herz.

Die Sonne warf lange Schatten, als sie zum Haus zurückkehrten. Im Garten stand eine Schaukel, und Victoria, die kindlichen Vergnügungen nach wie vor nicht abgeneigt war, setzte sich darauf und stieß sich leicht an. Ihr Vater ging hinein, um ein leichtes Abendessen für sie beide zu bereiten, das sie auf der Veranda essen würden. Als er ihr durch ein Winken zu verstehen gab, dass das Essen fertig war, erhob sie sich und ging in das kleine Wohnzimmer, um aus der Vitrine Teller, Gläser und Besteck zu holen, und deckte den Tisch auf der kleinen Veranda. Sie stellte krosses Brot, Käse, geräucherten Fisch, Butter und Honig auf den Tisch, ihr Vater legte die Abendzeitung darauf, die er auf dem Rückweg erstanden hatte.

»Etwas Neues?«, fragte Victoria, als sie bemerkte, wie er die Stirn beim Lesen krauste.

»Erzherzog Franz Ferdinand ist in Serbien ermordet worden.«

August 1914

Der junge Schneidbrenner, der die Zeitung aus Königsberg zu den Gutshöfen brachte, schrie es schon von weitem. »Krieg!« Begeisterung schwang in seiner Stimme mit. »Jetzt zeigen wir es den Russen!«

Carl hatte es geahnt, hatte es bereits während der Julikrise kommen sehen, als Deutschland Österreich den sogenannten Blankoscheck ausgestellt hatte.

»Die Welt hat den Verstand verloren«, sagte Gesa von Reichenbach.

Genauso war es, dachte Carl. Was für ein Irrsinn nahm da seinen Ausgang? Das Auswärtige Amt hatte versucht, die Wogen zu glätten, einen Krieg zu vermeiden, denn man musste politisch nicht besonders bewandert sein, um zu wissen, dass sich in Europa bereits ein erhebliches Konfliktpotential angehäuft hatte. Die europäischen Mächte trieben die weltweite Ausbreitung von Herrschaftsgebieten voran, was zu nicht unerheblichen Rivalitäten zwischen den Imperialmächten führte, denn es hingen nicht nur politische und strategische Ziele daran, sondern auch Prestige. Um Afrika fand ein regelrechter Wettlauf statt, seit der Imperialismus vor über dreißig Jahren eine Wende hingelegt hatte. Es ging nicht mehr allein um Überlegenheit militärischer und wirtschaftlicher Art, sondern Europa nahm gezielt Einfluss auf die Belange Afrikas. Es war ein weltpolitisches Machtstreben vieler europäischer Staaten. In dieses Pulverfass stach man besser nicht.

Das Auswärtige Amt hatte es geahnt, hatte von Vergeltungsmaßnahmen Österreichs gegenüber Serbien abgeraten. Erst als Kaiser Wilhelm II. sagte: »Mit den Serben muss aufgeräumt werden, und zwar bald«, gab das Auswärtige Amt seine ablehnende Haltung auf. Der Kaiser versicherte Österreich-Ungarn, ihm im Einklang mit seinen Bündnisverpflichtungen treu zur Seite zu stehen. Die Österreicher erhielten somit die nötige Rückendeckung für ein absolut unerfüllbares Ultimatum an Serbien. Die Entente aus Russland, Frankreich und dem Vereinigten Königreich stellte sich an Serbiens Seite und bekräftigte, gegen die Mittelmächte standhaft zu bleiben.

Die Antwort der Serben kam kurz darauf. Sie lehnten eine Einmischung österreichischer Beamter in die Strafverfolgung der verdächtigen Personen rundheraus ab. Die Kriegserklärung des Kaisers von Österreich folgte unmittelbar. Daraufhin hatte der Zar eine Teilmobilmachung Russlands gebilligt, auf die Kaiser Wilhelm II. ein Ultimatum stellte, diese rückgängig zu machen. Dieses war am Vortag ausgelaufen und Russland auf die Forderung nicht eingegangen. Carl las den Artikel in der Zeitung und faltete sie hernach zusammen. Bereits am 29. Juni war angekündigt worden, dass Deutschland plane, in Frankreich einzumarschieren. Ein Zweifrontenkrieg.

»Dann werden die Reservisten demnächst einberufen«, sagte Constantin.

»Alle?« Millie sah wenig begeistert aus.

»Vermutlich alle wehrfähigen Männer.«

Die Wehrfähigkeit begann im Alter von zwanzig Jahren und endete mit fünfundvierzig. Die derzeit wichtigste Antikriegspartei war die SPD. »Nieder mit dem Kriege! Hoch die internationale Völkerverbrüderung!« lautete die Parole, ein Aufruf, dem Hunderttausende Anhänger folgten und gegen den Krieg im ganzen Reich auf die Straße gingen. In Berlin waren die Kriegsgegner und die Befürworter am 28. Juli zusammengestoßen. »Heil dir im Siegerkranz« und »Es braust ein Ruf wie Donnerhall«, brüllten die in Patriotismus verbündeten Kriegsbefürworter. »Wohlan, wer Recht und Wahrheit achtet«, schrien die SPD-Anhänger dagegen an. Man war optimistisch gewesen. Wer würde schon Krieg führen, wenn das Volk sich dagegen wehrte? Nun, in dieser Hinsicht sollten die SPD-Anhänger – Carl im Geheimen, Constantin mehr oder weniger offen – enttäuscht werden, denn als es darauf ankam, sagte die SPD der Reichsleitung ihre Unterstützung zu.

Nun war die Sache ernst, und Carl machte sich nichts vor, Constantin würde seinen Einberufungsbefehl bekommen. Derzeit ging man davon aus, dass der Krieg schnell vorbei sein würde. Russland sei nicht kriegsbereit, hieß es. Und mit den Franzosen werde man schon fertig. Die Entente würde auseinandermanövriert. Aber Carl war in dieser Hinsicht nicht so zuversichtlich.

Elisa. Er hatte lange nicht mehr an sie gedacht, und doch war sie immer präsent, war Teil seiner Kinder. Die Liebe zu ihnen war seine Art, ihr Andenken zu ehren. Er hatte sie vor allem beschützen wollen, und doch war es ihm nicht gelungen. Victoria hatte er nicht vor einem Mann wie Gerhard beschützen können. Und Constantin würde er nicht vor dem Krieg bewahren können. Er sah ihn an, wie er dastand, den Kopf über die Zeitung geneigt. So jung, dachte er, so verschwenderisch jung. Und unwillkürlich keimte in ihm die Ahnung, dass er jene letzten Bilder würde bewahren müssen.

»Ihr meldet euch nicht freiwillig an die Front. Habt ihr den Verstand verloren?« Łukasz sah seine Söhne streng an, aber Magdalena bemerkte das Aufbegehren, das in den Augen der beiden aufblitzte. *Soll er nur reden*, hieß das, und es war so deutlich zu lesen, als hätten sie es laut ausgesprochen.

»Ihr wollt doch nicht mit sechzehn Jahren euer Leben wegwerfen«, versuchte er es in versöhnlicherem Ton.

»Es ist unsere patriotische Pflicht, es den Russen mal so richtig zu zeigen«, rief Daniel.

»Werde erst einmal trocken hinter den Ohren«, schimpfte Łukasz auf Polnisch. »Und nein, ich erlaube es euch nicht. Macht die Schule fertig, dann sehen wir weiter.«

»Und währenddessen überrennen uns die Russen!«, schrie Daniel.

»Nicht in diesem Ton«, antwortete sein Vater mit kalter Ruhe. »Diese Diskussion ist beendet. Ihr werdet euch nicht freiwillig melden.«

»Dann lernen wir eben nicht mehr für die Schule und fallen durch. Alle unsere Freunde melden sich freiwillig.«

Łukasz taxierte die beiden, und zumindest Daniel erwiderte den Blick trotzig, während Jan sich abwandte. Da keine Widerrede mehr kam, beendete Łukasz die Diskussion. »Geht zu Bett, morgen ist Schule«, sagte er.

Die beiden Jungen verließen das Wohnzimmer, und kurz darauf war vom Flur her erregtes Reden zu hören, allerdings so leise, dass nicht zu verstehen war, was gesagt wurde. Aber das war auch nicht nötig. Man regte sich über den Vater auf, der gar zu streng war.

Magdalena hatte Angst. Für sie war der Krieg nicht weit weg, sie verspürte keine Siegesgewissheit beim Gedanken daran, wie sich das Deutsche Heer im Westen formierte. Für sie hier, nahe der russischen Grenze, lauerte der Krieg praktisch vor der Haustür. Masuren war ohnehin kriegsgebeutelt. Wie oft schon waren masurische Bauern in ihre zerstörten Häuser zurückgekehrt, hatten alles neu aufbauen müssen … Und jetzt stand wieder ein Krieg bevor.

Richard würde eingezogen werden, diesbezüglich machte sich Magdalena keine Illusionen. Ihr Neffe Constantin ebenfalls sowie Annas Mann. Aber sie würde nicht zulassen, dass man ihr ihre Kinder nahm, solange sie die Macht dazu hatte, dies zu verhindern. Es waren geburtenstarke Jahrgänge, und es standen viele gesunde junge Männer zur Verfügung, die nun in diesen Irrsinn geschickt wurden, um dort ihr Leben zu lassen. Und das sollte sie als Mutter auch noch unterstützen? Gar feiern, wie manch andere das tat, die mit stolzgeschwellter Brust ihren Sohn zum Bahnhof begleitete, auf dass er mit Ruhm und Ehre zurückkehrte?

»Du wirst sie nicht gehen lassen, ja?«, fragte sie.

»Natürlich nicht.« Łukasz sah zur Tür, durch die die Jungen gegangen waren. »Wenn wir Glück haben, ist der ganze Wahnsinn schnell wieder vorbei.«

Helene hörte es, als sie das Haus betrat. Krieg. Erst glaubte sie, es sei die Rede von Österreich, dann jedoch, als sie in den Salon kam und Maximilian und ihren Vater in ernstem Gespräch sah, keimte Unruhe in ihr auf. Bisher war all das relativ weit weg gewesen.

»Was ist passiert?«, fragte sie.

»Deutschland hat Russland den Krieg erklärt.«

Ihr Herzschlag beschleunigte sich, als Angst in ihr aufkeimte. Sie ahnte, was das bedeutete, sah es in Maximilians Miene bestätigt, in dem besorgten Blick ihres Vaters. Dann jedoch lachte Maximilian jede Unsicherheit einfach weg, ließ die Sorge, die ihn womöglich umtrieb, in einem Laut aus der Kehle rollen, der wie ein Triumph klang. »Nun«, sagte er, »dann zeigen wir es ihnen eben. Das wird keine große Sache.«

»Denkst du, ja?«, fragte ihr Vater.

Das tat Maximilian ganz offensichtlich nicht, aber er ließ es mit der ihm eigenen Leichtigkeit nahezu erfolgreich so aussehen. Helene indes nahm ihm das nicht ab, ihr Vater schien zu zögern, schwieg dann jedoch. Was nützte es auch, es änderte ja ohnehin nichts. Jetzt konnte man nur abwarten und hoffen, dass der Kelch an einem vorüberzog.

Helene sah ihren Vater an, wollte Zuversicht in seiner Miene sehen und erkannte nur Besorgnis. Und dann kam ihr ein anderer Gedanke. »Was ist mit den Pferden?«

»Was soll mit ihnen sein?«

»Die Kavallerie wird Pferde brauchen. Können sie sie uns wegnehmen?«

»Sie beziehen ausreichend Pferde von den Gestüten. Allein die von Reichenbachs haben ihnen ein großes Kontingent an militärtauglichen Pferden für dieses Jahr zugesagt. Ich denke, wenn der Krieg tatsächlich so rasch vorübergeht, wie die Politiker uns glauben machen wollen, wird man deine Pferde nicht anrühren.«

Deine Pferde. Wärme durchflutete Helene, als sie den Salon verließ. Für ihren Vater war sie eine Züchterin, kein sitzengebliebenes Mädchen. Sie lächelte, als sie die Halle durchquerte.

»Gute Nachrichten?«, fragte ihre Mutter, die gerade die Treppe hinunterkam, den kleinen Ludwig an der Hand.

»Nein, das nun gar nicht. Aber Papa hat gerade etwas Schönes über meine Pferde gesagt.«

Ihre Mutter lächelte, kam die letzten Stufen hinunter und streichelte ihr über die Wange. »Das freut mich. Ansonsten gibt es ja momentan wenig Grund zur Zuversicht.«

»Papa sagte, es könne sein, dass der Krieg schnell vorbei ist.«

»An diese Hoffnung klammern sich wohl alle.« Adela von Schletter wurde abgelenkt, als Ludwig ungeduldig an ihrer Hand zog.

»Wir wollen Kirschen pflücken, Großmutter«, quengelte er. »Du hast es versprochen.«

»Ja, wir gehen sofort.«

»Du willst doch wohl nicht in den Kirschbaum klettern.« Adela von Schletter sah Helene mit gespieltem Ernst an, zog die Brauen hoch. »Bin ich dafür zu alt?«

»Darf ich dazu schweigen?«

Jetzt lachte ihre Mutter. »Ungezogene Jugend. Aber keine Sorge, ich lasse mir eine Leiter an den Baum stellen. Und jetzt möchte ich keine Widerworte mehr hören. Ich bin noch weit davon entfernt, zu gebrechlich zu sein, um auf eine Leiter zu steigen.«

Helene blieb skeptisch, sagte jedoch nichts mehr, während Ludwig ihre Mutter an der Hand durch die Halle zog. Alle liebten die Kinder, nur die Mutter wollte man hier nicht haben, wobei Adela von Schletter daran keine Schuld traf, sie stand in dieser Sache auf der Seite ihres Sohnes. Und als hätte Helene sie durch ihre bloßen Gedanken herbeigerufen, betrat Elisabeth den Hof in just dem Moment, in dem Helene das Haus verließ.

»Hast du es schon gehört?«, fragte sie und strich sich einige gelöste schwarze Strähnen aus dem Gesicht. »Es gibt Krieg mit Russland. Meine Brüder melden sich freiwillig an die Front, sie wollen den Einberufungsbefehl nicht abwarten.«

Bei Elisabeths Brüdern konnte sich Helene diese Kriegslüsternheit gut vorstellen. Sie waren noch nie einer Prügelei aus dem Weg gegangen, und Gefechte mussten einen enormen Reiz auf sie ausüben.

»Sie wollen zeigen, dass sie eben nicht nur Taugenichtse sind«, fügte Elisabeth hinzu, als ahne sie Helenes Gedanken. Die beiden waren Reservisten, hatten jedoch nicht wie Maximilian und Constantin ein Offizierspatent erworben. Das war nach wie vor dem Adel und dem Großbürgertum vorbehalten. Männer wie Elisabeths Brüder wurden einfache Soldaten.

»Wenn mein Vater recht behält, sind sie gewiss bald wieder zurück.«

Elisabeth nickte, wirkte jedoch wenig überzeugt. »Wenn Maximilian gehen muss«, sagte sie nach kurzem Schweigen, »weiß ich nicht, ob man mich noch zu den Kindern lässt. Versteh mich nicht falsch, ich liebe ihn und möchte ihn nicht verlieren. Aber wenn doch, was wird dann aus den Kindern? Ich habe keine rechtliche Handhabe, kein Richter der Welt wäre auf meiner Seite. Eine ledige Mutter. Man würde mir sagen, dass es besser ist für die Kinder, in eurem Schloss aufzuwachsen.«

»Weder ich noch meine Mutter würden dergleichen zulassen.«

Sie nickte nur halbherzig. »Wo ist Max?«

»Im Salon mit meinem Vater.«

»Und die Kinder?«

»Ludwig pflückt im Garten Kirschen mit meiner Mutter. Du kannst außen herumgehen, dann läufst du meinem Vater und meinem Großvater nicht über den Weg.«

Ein kleines Lächeln zupfte an Elisabeths Mundwinkeln, ehe sie den Weg um das Schloss herum zur äußeren Gartenpforte einschlug.

Constantin musste noch am selben Tag abreisen. Der Plan war, in wenigen Wochen Frankreich zu unterwerfen, während Russland noch mobilmachte. Hernach würde man dann gen Osten marschieren und gegen die Russen kämpfen. Wenn alles schnell ging, dachte Constantin, war er vielleicht zur Geburt des Kindes wieder daheim. Der Einberufungsbefehl war zwar nicht überraschend, aber für

Constantins Begriffe zu rasch erfolgt. Er hatte gehofft, noch ein wenig Zeit zu haben.

In Königsberg hatte er sich – wie viele andere – von seiner Familie verabschiedet und war in den Zug gestiegen, zusammen mit Maximilian. Ihre Pferde waren in einen Waggon für Viehtransporte verladen worden, und Constantin, der seinen Hengst ungern aus der Obhut gab, war froh, als er ihn in Berlin wieder in Empfang nehmen konnte. Granat, der dieselbe Mutterlinie hatte wie der mittlerweile verstorbene Hengst seines Vaters, Grandeur, war sechs Jahre alt und von Constantin selbst zugeritten worden. Ein hübscher Schwarzbrauner, an den Constantin schon bei dessen Geburt sein Herz verloren hatte. Dieses und kein anderes Pferd würde ihn begleiten, denn nur diesem vertraute er voll und ganz.

Das Deutsche Heer unterstand dem Kaiser als oberstem Befehlshaber, die einzelnen Truppenkontingente wiederum unterstanden – abgesehen von jenen der Königreiche Bayern, Württemberg und Sachsen, die ihren Landesherren unterstellt waren – preußischem Kommando. Constantin und Maximilian waren der 6. Division des III. Armee-Korps, Richard der 7. Kavallerie-Division zugeteilt, die gen Lothringen marschierte. Constantin hätte lieber im Kürassier-Regiment »Graf Wrangel« gedient, das in Königsberg stationiert war und nach Osten in Richtung Masuren ausgerückt war.

Nachdem er sich bei der zuständigen Stelle gemeldet und sichergestellt hatte, dass sein Pferd gut untergebracht war, ging Constantin in Berlin spazieren. Ehe es am kommenden Tag losging, wollte er ein wenig für sich sein, keine Gespräche aufgezwungen bekommen. Er mochte Berlin, mochte das pulsierende Leben in dieser Metropole mit ihren Menschenmassen, den Fahrrädern und dem Lärm der Straßenbahnen. Es gab riesige Kaufhäuser, die eine Flut an Waren anboten, mehr, als man in einem Leben kaufen konnte, Kinos, Revuen und große Theater. Nachrichten liefen über Telegraphen, es gab Leuchtreklame und verruchte Bars. Das Deutsche Reich war mit beinahe schwindelerregender Schnelle zur führenden Industrienation aufgestiegen. Constantins Großvater hatte einmal nach einem Besuch in Berlin gesagt, der rasante Aufstieg zur stärksten Großmacht des Kontinents sei zwar an und für sich etwas Gutes, aber er vermisse die Sicherheit, die das festgewobene Netz aus Bekanntem und Traditionen vermittelt hatte.

In gewisser Weise konnte Constantin das nachempfinden, denn so gerne er auch hier war, er war doch immer wieder froh, in die ländliche Abgeschiedenheit des heimatlichen Gutes zurückzukehren. Das Leben auf dem Land folgte nach wie vor dem Rhythmus der alten Zeit, und nach Constantins Dafürhalten durfte das auch ruhig so bleiben. Wo sonst sollte man sich erholen, wenn einem im Großstadtleben die Nerven erschöpften?

Derzeit war jedoch von Erschöpfung nichts zu bemerken, es herrschte eine regelrechte Kriegseuphorie in den Straßen. Freiwillige marschierten durch das Regierungsviertel, begeisterte Jubelrufe auf den Lippen. Wenn in Cafés Musik zur leichten Unterhaltung gespielt wurde, ertönten Pfiffe und Rufe, die erst verstummten, als Hymnen und Militärmusik gespielt wurde, bei denen man lauthals mitsang. Constantin hatte die Züge gesehen, die Berliner Reservisten an die Front brachten. »Auf Wiedersehen auf dem Boulevard« stand darauf und »Auf zum Preisschießen nach Paris«, als wäre das alles ein großer Spaß, ein Männerausflug. Noch vor der Kriegserklärung waren berittene Patrouillen in Frankreich eingedrungen. Am 2. August hatten deutsche Truppen Luxemburg besetzt, und Belgien war aufgefordert worden, sich den durchmarschierenden deutschen Truppen gegenüber neutral zu verhalten, was von belgischer Seite abgelehnt wurde. Die Kriegserklärung an Frankreich wurde einen Tag später ausgesprochen.

Wer hätte bei dem Attentat in Serbien schon damit gerechnet, dass dieses die Kriegshandlung des Deutschen Reiches zur Folge haben würde? Hier setzte sich ein Koloss in Bewegung, und den Ausgang würde niemand vorhersehen können. Constantin zwang sich zur Zuversicht, aber an den Rändern seines Bewusstseins nagte bereits die Angst, sein Kind nie kennenzulernen.

»Fahr zu deinem Vater«, hatte Richard ihr vor seiner Abreise geraten. »Bis Königsberg kommen sie nicht.«

Erst hatte sie nicht gewollt, aber nun, da er fort war, fiel sie wieder in jene Dunkelheit zurück, vor der er sie sonst immer bewahrte. Obwohl sie im Haus seiner Familie lebte, fühlte Victoria sich allein, dabei waren alle reizend zu ihr. Ihre Schwiegereltern behandelten sie wie eine Tochter, umso mehr, da ihre eigenen Töchter mittlerweile verheiratet und aus dem Haus waren. Justus Lambergs Vater Oskar wohnte in einer Wohnung, die an das Haus gegliedert war, daher begegnete sie dem alten Mann nur selten. Von Constantin wusste sie, dass er gegenüber Wilhelm von Schletter gerne die Andeutung fallen ließ, er hätte die Hübschere der beiden Enkelinnen in der Familie. Victoria fand das abstoßend. Was wusste er schon? Er hatte keine Ahnung davon, wie kaputt und zerbrochen Victoria innerlich war. Könnte man das Innere nach außen kehren, würde Helene sie vermutlich überstrahlen.

»Noch gibt es die Möglichkeit, nach Königsberg zu fahren«, sagte Justus Lamberg. »Du solltest es wirklich tun. Wer weiß, wie es hier weitergeht.«

Victoria wollte widersprechen, aber dann dachte sie an die Pferde, an die weite Landschaft, an all das Vertraute, das einen vergessen machen konnte, dass der Krieg gerade begann. Constantin wäre nicht dort, und da Victoria nicht daran glaubte, dass der Krieg schnell vorbei sein würde, war auch nicht zu erwarten, dass er allzu bald zurückkehrte. Aber er würde zurückkehren, etwas anderes wollte sie sich nicht vorstellen. Er und Richard. »Ja«, sagte sie. »Vielleicht sollte ich das wirklich …«

»Ich besorge dir ein Billet. Lass dir beim Packen helfen.«

Victoria nickte nur. Die Uhr im Salon schlug an. Mittagszeit. Dabei war Victoria nicht hungrig, im Gegenteil, beim Gedanken an Essen stieg eine leise Übelkeit in ihr auf. Sie ahnte, warum, ahnte, dass wieder ein neues Leben in ihr wuchs. Inzwischen kannte sie die Vorzeichen, spürte den wachsenden Keim, noch ehe ihr Monat ausblieb. Aber sie würde es niemandem erzählen, wollte sich keinen Fragen aussetzen und gestehen müssen, dass sie es wieder verloren hatte. Wenn sie es behielt – und die Hoffnung war uneingestanden da –, würde sie das Geheimnis eine Weile ganz für sich allein haben wollen. Außerdem würde Richard sich nur Sorgen machen, würde vielleicht unaufmerksam sein und somit verwundbarer.

Richard hatte ihr erklärt, dass man mit einem kurzen Krieg rechnete. Aber womit man rechnete und was letzten Endes eintrat, waren zwei grundverschiedene Dinge. Victoria hatte mit so einigem in ihrem Leben gerechnet, und geschehen waren die Dinge, die sie nicht erwartet hatte. Da sie sich unbeobachtet wusste, legte sie die Hand auf ihren flachen Bauch, als könne sie das Leben darin bereits spüren. Ein kurzer Schmerz durchzuckte sie, ein Ziehen, ähnlich dem, das man bei monatlichem Unwohlsein bekam. Sie würde auch dieses Kind verlieren. Und dann blieb nichts von Richard und ihr übrig.

Von dem patriotischen Überschwang, mit dem sich Maximilian seiner Einberufung gestellt hatte, war schon bei dem Einmarsch in Lüttich nicht mehr viel vorhanden gewesen. Erst hatte er geglaubt, das Schlimmste wäre der Moment gewesen, als sein Nebenmann tot zusammenbrach und von überallher geschossen wurde. Das Schlimmste jedoch war der Moment gewesen, in dem Maximilian selbst hatte töten müssen, einen Soldaten, der kaum älter aussah als Kaspar und im Moment seines Sterbens Todesangst hatte. Am selben Abend hatte Maximilian sich erbrochen, bis ihm saure Galle die Kehle verätzte. Und es ging weiter, Tag um Tag, mit dem sich die deutschen Armeen den Vormarsch erzwangen. Es hatte alles so einfach geklungen. *Wir nehmen Lüttich im Handstreich.* Und in der Tat hatte es zunächst nicht so schwierig ausgesehen. Die Stadt selbst war weitgehend unbefestigt, jedoch wurde sie durch zwölf ringförmig um die Stadt angeordnete moderne Forts geschützt. Und diese Forts hielten sogar den 21-Zentimeter-Haubitzen stand.

Was die Belgier jedoch überrascht hatte, war, dass die Deutschen keineswegs mehr auf die Technik des ausgehenden letzten Jahrhunderts setzten, sondern in der Essener Kanonenschmiede Krupp unter strengster Geheimhaltung ein 42-Zentimeter-Steilfeuer-Geschoss entwickelt worden war – die Dicke Bertha, ein Name, der eine wenig schmeichelhafte Anspielung auf die älteste Krupptochter war. Mit diesem Geschütz ließen sich die Sperrforts von Lüttich zertrümmern. Allerdings waren die Geschütze aufwendig zu transportieren, und es hätte selbst mit ihnen Wochen gedauert, die Forts von Lüttich niederzukämpfen. Da der Plan jedoch vorsah, Frankreich rasch zu besiegen und sich Russland zuzuwenden, war Eile geboten.

Es war ein Fehler gewesen, dachte Maximilian, darauf zu setzen, dass die Belgier die Deutschen ohne Widerstand passieren ließen. Nachdem Lüttich unter großen Verlusten auf beiden Seiten eingenommen worden war, war der Vormarsch durch Belgien weitergegangen, und so langsam machten sich die Anstrengungen bemerkbar, die ihnen die Marschleistung abverlangte. Die Augustsonne brannte, und jeder Infanterist trug über dreißig Kilo Gepäck – und das über nahezu vierzig Kilometer pro Tag. Es gab keine Pausen oder Erholungszeiten, da sie fast fortwährend Feindkontakt hatten.

Maximilian hatte den Rang eines Leutnants der Reserve, ebenso wie Constantin, was bedeutete, er durfte die Strecken hoch zu Pferd zurücklegen. Während Maximilian jedoch zur Infanterie gehörte, war Constantin der 6. Kavallerie-Brigade zugeteilt. Sie hatten sich in Lüttich das letzte Mal gesehen, und Maximilian hatte keine Ahnung, wo er nun war, ob er überhaupt noch lebte. Und während ihm die Kugeln um die Ohren flogen, war ihm dies auch nahezu gleich, da das ganze Leben auf den Augenblick des Überlebens zusammengeschrumpft war.

Weil der Plan, sich in belgischen Dörfern mit Lebensmitteln einzudecken, nicht aufgegangen war – die Belgier hatten ihre Läden einfach geschlossen –, war es zu Handgreiflichkeiten gekommen, als deutsche Soldaten die Geschäfte plünderten. Irgendwann fielen die ersten Schüsse, und es war die Rede von Heckenschützen.

Da die 1. Armee, zu der auch das Regiment gehörte, dem Maximilian diente, in Leuven untergebracht worden war, galt es zunächst, die Belgier an weiterem Widerstand zu hindern, indem man Geiseln nahm, zunächst nur Männer, schließlich auch Frauen. Bei weiteren Angriffen aus dem Hinterhalt, so die deutschen Kommandeure, werde man die Geiseln erschießen.

Maximilian war unwohl in dieser Feindseligkeit, und er wusste, dass es den anderen Soldaten und Offizieren ebenso ging. Der größte Teil der 1. Armee befand sich nun achtzig Kilometer weiter im Westen, die nördliche Flanke jedoch war unzureichend besetzt, und diesen Vorteil nutzte die belgische Armee, um über Antwerpen anzugreifen. Sie erreichten das kurz vor Leuven liegende Tildonk, was die deutschen Truppen dazu zwang, in Leuven zu bleiben. Die gesamte Situation war unübersichtlich, vor allem angesichts dessen, dass nun auch noch die 17. Reserve-Division die Stadt erreichte.

Als Maximilian in einer der schmalen Gassen stand, den Kopf einen Moment zurückgelegt, in den blauen Himmel schauend und von Elisabeth träumend, erklang ein Schuss. Er riss die Augen auf, sah sich um. Maximilian ging in Deckung, während weiterhin aus dem Hinterhalt geschossen wurde.

»Heckenschützen!«, brüllte jemand.

Nachdem die erste Schreckstarre überwunden war, griffen die deutschen Soldaten nach den Waffen. Maximilian erschoss Männer der *Garde Civique*, die in ihrer Uniform mit den dunkelblauen Mänteln und den Zylindern aussahen wie Zivilisten. Und als hätten die deutschen Truppen nun Blut geleckt, gingen sie unbarmherzig gegen die Menschen vor. Maximilian hörte die Schreie von Frauen und Kindern, während die Straßenkämpfe tobten. Ein Streifschuss erwischte ihn, und er fuhr herum und erschoss den Schützen.

Die Belgier wehrten sich, schossen mit Jagdgewehren aus den Fenstern, und Maximilian fiel es zunehmend leichter zu töten. Eine Frau versuchte, ihn mit kochendem Wasser zu begießen, und sie verfehlte sein Gesicht nur, weil er sich zurückwarf. Dafür verbrannte ihm der Schwall die linke Hand, aber auch diesen Schmerz spürte er nicht, während ihm vor Anspannung das Blut in den Ohren rauschte. Er hob das Gewehr und schoss, die Frau brach zusammen.

Weitere deutsche Soldaten drangen vor, brachen Türen auf, gossen Benzin in die Häuser, warfen ein Streichholz hinterher, und kurz darauf waren die Schreie der Menschen zu hören, denen das Feuer die Ausgänge versperrte. Glas klirrte, Flammen schlugen heraus. Über Maximilian warf eine Frau ihr Kind aus dem Fenster und brach sich bei dem Sprung hinterher das Genick. Weitere Häuser wurden durchsucht, und bei wem man Waffen fand, der musste sich ein Grab schaufeln, sich hineinstellen und wurde erschossen. Im Keller der Universitätsbibliothek wurde Feuer gelegt, und kurz darauf brannte das Gebäude lichterloh.

Nachts stand die halbe Stadt in Flammen, man hatte Frauen und Kinder zusammengetrieben, um sie in einem Lager bei Munster zu internieren. Derzeit waren noch nicht alle Toten gezählt, aber es war jetzt schon klar, dass die Opfer unter den Belgiern weit überwogen. Die Nacht war erhellt vom Flammenschein, während Maximilian sich in einem Graben übergab, der stank wie eine Latrine.

Er hatte eine Frau erschossen. Maximilian erbrach sich erneut, und ihm brannte der Hals. Hatte er sie getötet? Oder hatte sie sich einfach zu Boden fallen lassen? Er hatte im Reflex gehandelt. Er hatte nicht gut gezielt, vielleicht hatte er sie verfehlt. Oder nur gestreift.

Langsam krabbelte er auf allen vieren aus dem Graben und ließ sich auf den Rücken fallen, starrte in den Himmel, indes sich seine Brust rasch hob und senkte. Sie hatten eine Stadt geschändet. Verschont hatte man nur das Rathaus, da dies als Unterkunft für die deutschen Offiziere diente. Einen Moment lang war der Wunsch, die Waffe an die Stirn zu heben und sich einfach in beseligendes Vergessen aufzulösen, unwiderstehlich, aber dann dachte Maximilian an Elisabeth und die Kinder. Während er sich gleichzeitig fragte, wie er sie jemals wieder in die Arme schließen und lieben konnte, ohne dabei das Gesicht der anderen zu sehen.

Oktober 1914

Helene hörte von dem Vorrücken der Armeen an beiden Fronten, hörte davon, wie überrascht man gewesen war, als die Russen schneller aufgerüstet hatten als erwartet. Vermutlich war Carl von Reichenbach heilfroh gewesen, Victoria hier zu wissen, als die Russen in Masuren einmarschiert waren. Irgendwie schien alles aus den Fugen zu sein, und ganz offensichtlich nahm der Krieg einen Verlauf, mit dem niemand gerechnet hatte. Momentan befand sich Maximilian an der Aisne, und vermutlich war die hauseigene Kapelle noch nie so oft aufgesucht worden wie in diesen Wochen, da sowohl Herrschaften als auch Bedienstete um ihre Lieben bangten.

Über Freunde aus Königsberg hatte Helene Zugang zu Zeitungen aus dem Ausland bekommen – als Feindpropaganda verschrien –, die sich über die Verbrechen der deutschen Vandalen ausließen. Verwüstung, niedergebrannte Dörfer und Städte, erstochene Frauen und Kinder, geplünderte Häuser, erschossene Geiseln … Die Bibliothek von Leuven – eine der schönsten Europas – war niedergebrannt und mit ihr tausend mittelalterliche Handschriften und an die dreißigtausend Bücher. Und das, so ein Journalist, von einem Volk, das sich gerne als kultiviert bezeichne. Deutsche Intellektuelle versuchten, das Massaker zu rechtfertigen, verfassten das Manifest der 93, in dem sie sämtliche Vorwürfe der Kriegsgegner bestritten und gar von Notwehr sprachen.

Mittlerweile schienen den Menschen überall die Nerven durchzugehen, allerorten witterte man Feinde und Spione. Man munkelte, Russen und Franzosen verseuchten das Trinkwasser der Stadt mit Cholerabakterien, und so wurden Bürgerwehren aufgestellt, die Straßen und Brücken bewachen sollten. Keine Straße sei mehr sicher, hieß es, und Patrouillen, bewaffnet mit Gewehren und Heugabeln, machten sich auf die Jagd. Man behauptete, Agenten gesichtet zu haben, die wahlweise Automobile oder Fahrräder fuhren und in Wahrheit Frauen seien. Teilweise ging der Argwohn so weit, dass Menschen verletzt oder gar erschossen wurden, weil sie in Verdacht geraten waren, ausländische Agenten zu sein. Die Zeitungen riefen zur Mäßigung auf, dazu, nicht auf Männer zu schießen, denn das Vaterland benötige derzeit jeden von ihnen. Den Kindern wurde in der Schule gesagt, es heiße nicht mehr *Adieu*, sondern *Lebewohl*, und anstelle des französisch anmutenden *Mama* und *Papa* sollten sie *Mutter* und *Vater* sagen. Während die Männer fort waren, konnten Familien in der Stadt vielfach keine Miete mehr zahlen, und die Preise stiegen täglich, weil Spekulanten Lebensmittel zurückhielten, um die Gewinne zu erhöhen.

Auf Schloss Lilienau ging das Leben indes nahezu weiter wie zuvor. Sie hatten einen Teil der Viehbestände für die Truppenversorgung verkauft, was bedeutete, dass momentan Geld da war und endlich der Westflügel zumindest in Teilen saniert werden konnte. Helene hatte ein weiteres Jungpferd zu einem guten Preis verkauft und wollte, sobald es ging, in eine weitere Stute investieren. Indem sie sich in die Arbeit stürzte, lenkte sie sich von ihrer Angst um Maximilian ab. Und um Constantin. Von ihrem Entsetzen über das, woran sie möglicherweise beteiligt waren. Sie wollte sich kein Leben vorstellen, in dem es die beiden nicht mehr gab. Serbien, Österreich, das war so weit weg gewesen.

Helene trat aus dem Stall in den Hof, wandte den Kopf, als sie eine Bewegung am Tor wahrnahm, und blieb im nächsten Moment wie angewurzelt stehen.

»Du siehst mich an«, sagte Andreas, »als hättest du einen Geist gesehen.«

Und mit einem Mal fluteten all die vergessen geglaubten Gefühle wieder in ihr hoch, das Flattern im Bauch, das kribbelige Gefühl in der Brust, die Wärme in ihrem Innern, als sie sich geküsst hatten, eine nie gekannte Sinnlichkeit, die sie bis in ihre Träume verfolgt hatte. Sie merkte, dass sie ihn anstarrte, und blinzelte. »Bist du desertiert?«, war das Erste, was ihr zu sagen einfiel.

»Nein, man hat mich aufgrund meiner Behinderung ausgemustert, wie seinerzeit vom Wehrdienst. Für einen Pazifisten wie mich ein wahrer Glücksfall.«

Helene konnte sich lebhaft vorstellen, was ihr Großvater dazu sagen würde.

»Das Gestüt Trakehnen wurde vollkommen geräumt«, erklärte Andreas, »um vor den heranrückenden Russen ins Landesinnere zu fliehen.«

»So schlimm sieht es mittlerweile aus?« Natürlich verfolgte Helene die Nachrichten, aber ihr Augenmerk lag auf der Westfront, wo die waren, die sie liebte.

Andreas nickte nur und kam nun langsam über den Hof. »Ich habe meine Sachen gepackt und gesagt, ich müsse heim, da mein Vater mir geschrieben hat, man brauche mich hier. Fast keine jungen Männer mehr auf dem Gut.«

»Wie überall.«

»Nun, hier bin ich.«

Helene zögerte. »Na dann, herzlich willkommen zurück. Du kennst dich ja noch aus und weißt, wo du hin musst, nicht wahr?«

»Natürlich.«

Sie bemühte sich um ein Lächeln, dann wandte sie sich ab, um zurück zum Haus zu gehen, wobei ihr das Herz so heftig schlug, dass es ihr in der Kehle schmerzte. Sie ging ins Arbeitszimmer ihres Vaters, wo dieser gerade mit Kaspar stritt. Ihr kleiner Bruder, der sie mittlerweile um Haupteslänge überragte, hatte von seinem Sturz seinerzeit ein kaum merkliches Hinken zurückbehalten, aber immerhin brauchte er inzwischen keine Krücke mehr. Allerdings war er für wehruntauglich erklärt worden, was ein herber Schlag für jemanden wie ihn war – ein Patriot durch und durch. Dass Maximilian Ruhm und Ehre einheimste, während er hierbleiben musste, traf ihn schwer. Und nun stand er hier und stritt mit seinem Vater, weil er sich freiwillig zum Dienst an der Front melden wollte.

»Man hat dich nicht ohne Grund vom Wehrdienst ausgemustert«, sagte ihr Vater gerade.

»Ich bin kein Krüppel!«

»Das behauptet auch niemand.«

»Aber jeder behandelt mich, als wäre ich einer!«

Leonhard von Schletter schloss einen kurzen Moment lang die Augen. »Du bist nicht an der Waffe geschult. Es wäre selbstmörderisch, dich jetzt ins Gefecht zu stürzen.«

»Ich bin nicht militärisch geschult, aber ich bin ein guter Schütze.«

Das stimmte allerdings, er hatte sich mehr als ein Mal bei der Jagd bewährt. Keiner von ihnen wuchs auf, ohne schießen zu lernen.

»Alle meine Kommilitonen haben sich freiwillig gemeldet. Nur ich sitze wie ein Feigling daheim.«

Helene verstand zwar nicht, wie es einen in den Krieg ziehen konnte, was sie jedoch verstand, war das Gefühl, sich ausgeschlossen zu fühlen und unter seinen Möglichkeiten zu bleiben.

»Du bist kein Feigling«, sagte ihr Vater, aber das verhallte ungehört. Kaspar war wütend, und er machte keinen Hehl daraus.

»Ich werde einfach gehen!«, rief er.

»Das wirst du deiner Mutter und mir nicht antun.«

Ohne zu antworten lief Kaspar an Helene vorbei aus dem Arbeitszimmer. Die wiederum ging zum Schreibtisch ihres Vaters und ließ sich auf einem der Stühle davor nieder. Ihr war, als laste eine bleischwere Erschöpfung auf ihren Schultern.

»Andreas Bächtold ist wieder da.«

»Ja, sein Vater erwähnte, dass er zurückkommen wird. Er hat viel gelernt, kennt sich jetzt auch in der Buchhaltung aus.«

Helene wollte fragen, was er hier nun tun würde, aber sie wollte nicht zu viel Interesse zeigen. Die Art, wie Andreas ihre Liebe von sich geschoben hatte, schmerzte noch immer. Es war so demütigend gewesen. »Ich möchte eine neue Stute kaufen«, sagte sie stattdessen.

Ihr Vater wirkte erstaunt. »Denkst du, jetzt ist der richtige Zeitpunkt?«

»Es muss ja nicht sofort sein, aber langfristig könnte man die Möglichkeit ins Auge fassen.«

»Natürlich.« Seine Stimme klang abwesend, als seien seine Gedanken schon wieder woanders. Vermutlich war es auch so. Der eine Sohn im Krieg, der andere versessen darauf, in den Krieg zu ziehen. Wer wollte da schon an Pferde denken?

»Geht es dir gut, Liebes?«, fragte Gesa von Reichenbach, als Melanie – Millie – den Salon betrat.

Victoria, die ein aufgeschlagenes Buch auf dem Schoß liegen und blind hineingestarrt hatte, sah nun auf. Ihr war schon beim Mittagessen aufgefallen, dass ihre Schwägerin sehr still war, und nun lag auf deren Gesicht ein Ausdruck, der beinahe panisch war.

»Trink einen Kaffee.« Gesa von Reichenbach erhob sich und nahm die wärmende Hülle von der Kanne. Offenbar hielt sie es mit der Kaffeestunde nicht mehr so genau wie damals, als Victoria noch hier gewohnt hatte.

Millie nahm die Tasse entgegen und setzte sich auf den Sessel nahe bei Victoria, mit der sie sich recht gut verstand. Sie hob die Tasse an die Lippen, nippte daran und setzte sie mit einem leisen Klirren auf der Untertasse ab, was dem

Zittern ihrer Hand geschuldet war. »Großmutter«, setzte sie an – Gesa von Reichenbach hatte darum gebeten, von ihr so genannt zu werden –, »kann es passieren, dass das Kind sich einen Tag lang nicht regt?«

Nun hatte sie auch Victorias ungeteilte Aufmerksamkeit, und diese warf einen raschen Blick zu ihrer Großmutter. Sie kannte die alte Frau und konnte die Besorgnis in ihrer Stimme heraushören, als Gesa von Reichenbach sagte: »Vielleicht schläft es, Liebes. Oder es ist einfach mal etwas ruhiger. Stoß es an, manchmal regen sie sich daraufhin.«

»Das habe ich schon ein paarmal getan.«

Gesa von Reichenbach erhob sich, ging vor Millie auf die Knie, die dabei leise knackten, und umfasste den runden Bauch der jungen Frau mit erfahrenen Griffen. Für Victoria war sie immer eine alte Hexe gewesen, eine Frau, die ihr das Leben schwergemacht hatte. Aber auf einmal wurde sie zur Mutter, zur Frau, die Erfahrung hatte mit Schwangerschaften, zur Frau, deren Bauch sich in freudiger Erwartung so oft gerundet hatte. Sie stützte sich ab und erhob sich ein wenig mühsam. »Wir sollten den Arzt holen«, sagte sie und lächelte Millie an. »Nur um sicherzugehen, Liebes.« Dann ging sie hinaus, und Victoria, die sich Millies angstvollen Blicken nicht stellen wollte, folgte ihr.

»Geht es nicht schneller, wenn wir die Hebamme aus Löwenhagen holen?«, fragte sie.

Ihre Großmutter zögerte. »Da magst du recht haben. Allerdings ist keine Eile mehr geboten, denke ich.« Ihre Stimme erstarb. »Ach, das arme Kind. Da dauert es so lange, und dann verliert sie das Kleine, während ihr Mann an der Front ist.«

Victoria sah zum Salon, aber die Tür war geschlossen, und ihre Großmutter sprach leise. »Ich schicke jemanden nach Löwenhagen«, sagte sie und wollte nicht daran glauben, dass keine Rettung mehr möglich sei. Wie konnte ihre Großmutter das denn wissen? Vielleicht war das Kind in der Tat einfach nur träge an diesem Tag.

Die Hebamme jedoch bestätigte eine Stunde später das, was bisher nur Vermutung gewesen war. Victoria war mit ihrem Vater und ihrem Großvater im Salon, als ihre Großmutter die Diagnose mitteilte.

»Und was passiert nun?«, fragte Carl von Reichenbach.

»Das Kind muss natürlich trotz allem geboren werden«, entgegnete Gesa von Reichenbach. »Frau Haupt wird die Geburt einleiten, indem sie ihr entsprechende Kräuter gibt, die wehentreibend sind.« Sie warf Victoria einen Blick zu. »Entschuldige, dass wir dergleichen unerfreuliche Dinge vor dir erörtern, Liebes. Ich möchte dir keine Angst machen.«

Victoria jedoch schüttelte nur den Kopf, gab ihr zu verstehen, dass die Sorge unnötig sei. Instinktiv hob sie die Hand, wollte sie auf ihren Bauch legen, ließ sie dann jedoch sinken. Die ersten drei Monate, so hatte man Victoria gesagt, waren der kritischste Zeitpunkt, und die hatte sie nun hinter sich. Allerdings hatte sie bisher noch niemandem von der Schwangerschaft erzählt, da sie weiterhin die Angst vor dem Verlust umtrieb.

»Ich gehe zu ihr«, sagte sie.

»Tu das«, entgegnete ihr Vater. »Sie braucht jetzt Beistand.«

Victoria ging hoch in das Zimmer, das ehemals von Constantin allein bewohnt worden war. Jetzt stand dort ein Ehebett, und die gesamte Einrichtung zeigte, dass eine weibliche Hand am Werk gewesen war. Millie lag im Bett, das sonst so lebhafte Gesicht bleich, so dass die Sommersprossen um die Nase wie losgelöst wirkten. Sie weinte nicht, aber ihr war anzusehen, dass nicht mehr viel fehlte. Victoria wollte etwas Freundliches sagen, etwas Tröstliches, doch sie wusste nicht, was. Also setzte sie sich nur an ihr Bett und umfasste ihre Hand, was Millie mit einem leichten Druck der Finger erwiderte.

»Wo ist die Hebamme?«, fragte sie schließlich, weniger, weil es sie interessierte, als vielmehr, um das Schweigen zu brechen, da ihr dies aufs Gemüt schlug.

»Sie wollte den Kräutertrank in der Küche zubereiten.« Nun löste sich eine Träne aus Millies Augenwinkel, dann eine weitere.

Unwillkürlich legte Victoria sich die Hand auf den Bauch, was Millie jedoch nicht sah, da sie den Blick abgewendet hatte und aus dem Fenster starrte. Einen kurzen Moment lang kam Victoria der Gedanke, dass ihr Kind dem ihres Bruders die Lebenskraft entzogen hatte. Es war gut gediehen, bis Victoria kam, dann starb es, und Victorias lebte. Sie verdrängte diesen Gedanken, ehe er sich festsetzen konnte, denn es war vollkommener Unsinn, und sie durfte nicht zulassen, dass sie wieder in solche Fahrwasser geriet. Wenn ihr Kind lebte, wollte sie sich darauf freuen und nicht auf eine absurde Art denken, sie sei schuld daran, dass Millie keines bekam.

»Die Hebamme sagt«, kam es nun von ihrer Schwägerin, »ich werde Wehen haben. All die Schmerzen – und dann nicht einmal ein Kind, das ich im Arm halten kann.«

Victoria wusste, dass man in so einem Fall Mut zusprach, Floskeln sagte wie »Du wirst weitere Kinder haben«, aber sie schwieg. Dergleichen mochte in Friedenszeiten einen gewissen Trost bergen, aber gewiss nicht, wenn der Ehemann an der Front war. Also hielt sie nur stumm ihre Hand. Als die Hebamme zurückkehrte, blieb Victoria sitzen, blieb auch bei ihr, als Millie trank und nach über einer Stunde die Wehen begannen. Sie wollte nicht dabei sein, wollte nicht sehen, wie ein Kind tot geboren wurde, aber sie brachte es auch nicht über sich, einfach zu gehen. Dies war Constantins Frau und sein Kind. Und so war sie ihrer Großmutter dankbar, als diese sie fortschickte und ihr resolut zu verstehen gab, dass sie nun an der Seite der jungen Frau bleiben würde.

Victoria suchte Millies Blick, aber dieser war unstet, und ihr schien es gleich zu sein, wer bei ihr blieb, solange es eine Hand gab, die sie während der Schmerzen drücken konnte. Und vielleicht war ihre Großmutter mit ihrer Erfahrung tatsächlich der bessere Beistand. Die Hebamme lächelte ihr zu, als sie den Raum verließ, und folgte Victoria hinaus.

»Es schadet Ihrem Kind nicht, wenn Sie dabei sind«, sagte sie. »Aber für Sie ist es besser, wenn Sie sich diese Aufregung ersparen.«

Victoria starrte die ältere Frau an, die jene warme Ausstrahlung besaß, die sie sich als Kind von ihrer Großmutter gewünscht hatte. »Ich … Woher wissen Sie es?«

»Die Art, wie Sie sich bewegen und dabei immer unbewusst Ihren Bauch schützen, und daran, wie Sie die Hand auf den Bauch legen. Frauen verändern sich, wenn sie schwanger sind, und ich habe viele schwangere Frauen kennengelernt in meinem Leben.« Die Frau tätschelte ihr die Schulter. »In den nächsten Tagen komme ich gerne und untersuche Sie.«

»Hier weiß es noch niemand«, antwortete Victoria.

»Meine Lippen sind versiegelt.« Die Hebamme lächelte und kehrte zurück ins Zimmer, wo Millie einen langgezogenen Wehlaut ausstieß, der in einem Keuchen gipfelte. Es musste sehr schmerzhaft sein. Victoria ertappte sich dabei, wie sie wieder die Hand auf den Bauch legte, und ließ sie langsam sinken. Sie sah zur Treppe und bemerkte ihren Vater, der gerade die letzte Stufe nahm.

»Wie geht es ihr?«

»Den Umständen entsprechend wohl gut.«

Er musterte sie aufmerksam. »Und wie geht es dir?«

»Ich weiß es nicht«, antwortete sie nach kurzem Zögern.

Ihr Vater hob ihr Kinn, sah ihr in die Augen, schien etwas fragen zu wollen und schwieg dann doch.

Magdalena hatte von der russischen Kriegstaktik der verbrannten Erde bereits gehört. Als Neidenburg brannte, sah man den Feuerschein dreißig Kilometer weit. Niemand hatte mit einem so raschen Einmarsch der Russen gerechnet, und doch waren unmittelbar nach Kriegsausbruch im Westen bereits die ersten russischen Truppen über die Grenze nach Ostpreußen marschiert. Wie alle anderen hatte auch Magdalena Angst, denn Ostpreußen war dadurch, dass sich die deutschen Truppen an der Westfront befanden, weitgehend ungesichert.

Die russische Armee überschritt im westlichen Masuren auf breiter Front die Grenze, traf im Raum Tannenberg auf die hastig gebündelten deutschen Truppen, und es kam zur ersten großen Schlacht in Masuren. Währenddessen zog die russische Armee weiter bis in die Kreise Lycks und Johannisburgs. Magdalena hatte Hanne und ihren Mann gebeten, das Gut zu räumen und zu ihnen zu kommen, aber die beiden wollten bleiben, und so blieb ihr nichts übrig, als angstvoll den Berichten zu lauschen, die von Brandschatzen und Plünderungen auf dem Land erzählten. Wie durch ein Wunder blieben Hanne und ihr Mann unverletzt, wenngleich das Gut schwer in Mitleidenschaft gezogen worden war. Aber wer wollte das unter diesen Umständen beklagen?

Weniger gut ging es Łukasz' Familie im besetzten Lyck, das erst im September besiegt werden konnte, als die deutsche Armee die Region während der Schlacht an den Masurischen Seen von der russischen Besatzung befreite. Man atmete auf, in der Hoffnung, die Sache sei nun überstanden, aber nun, da die deutschen Truppen abgezogen und zurück an die Westfront geschickt worden waren, blieb Ostpreußen erneut schutzlos zurück. Und so kam es, wie es kommen musste – in diesem Monat kehrten die Russen nach Masuren zurück. Bei Lötzen tobte bereits der erste Stellungskrieg, und Magdalena trieb die Angst um, die Russen könnten es bis nach Johannisburg schaffen. Und von dort aus dann womöglich bis nach Königsberg, so dass überhaupt kein Ort mehr blieb, an den man sich zurückziehen konnte.

Annas Mann war bereits im August eingezogen worden, und von Richard hatte Justus seit Wochen nichts mehr gehört. Von Carl wusste Magdalena, dass Constantin derzeit hier im Osten war.

»Der hat es gut«, sagte Daniel. »Darf hautnah mit dabei sein und es den Russen mal so richtig zeigen.«

»Rede keinen Unsinn«, schimpfte sein Vater. »Denkst du, das ist ein Spiel?«

»Nein, im Gegenteil«, antwortete Daniel. »Es ist bitterer Ernst. Und jeder sollte dabei sein und für sein Heimatland kämpfen.«

Glücklicherweise waren er und Jan zu jung, um eingezogen zu werden. Diese Ängste, dachte Magdalena, wären unerträglich. Sie machte sich bereits Sorgen um ihren Neffen und um Annas Ehemann, sie wollte nicht auch noch um ihre Söhne bangen müssen.

Anna hatte eine Tochter und einen kleinen Jungen, der erst vor wenigen Monaten geboren worden war. Außerdem lebte in dem Haushalt ein polnisches Kindermädchen, so dass Anna nicht gänzlich allein mit allem war, aber Magdalena hätte es gerne gehabt, dass ihre Tochter zu ihr zog, denn trotz allem machte sie sich Sorgen um sie. Was, wenn es kleinen russischen Einheiten gelang, sich an der Front vorbei Zugang ins innere Masuren zu verschaffen?

Magdalena verstand nicht viel von Kriegstaktik, aber sie konnte dem Wesentlichen doch folgen. Die Truppen, die an der Westfront abgezogen waren, um in Tannenberg gegen die Russen zu kämpfen, fehlten an der Marne, was wohl dazu beigetragen hatte, dass die Deutschen diese Schlacht verloren – und das überaus verlustreich. So viele Söhne, Ehemänner, Väter, Verlobte … Sie mochte sich das gar nicht vorstellen. Dabei war vorher so groß herumgetönt worden, wie schnell alles vorbei sein werde. Für manch einen war es das in der Tat – ein oftmals allzu kurzes Leben. Für nichts und wieder nichts.

»Das kann unmöglich dein Ernst sein!« Adela geriet selten aus der Fassung, aber nun war es so weit. Sie lag neben Leonhard im Bett, löste sich aus seinen Armen und sah ihn an, hoffte, das Gesagte entpuppte sich als Scherz. Aber er erwiderte ihren Blick ernst, und nun mischte sich Furcht in die anfängliche Fassungslosigkeit.

»Ich kann doch nicht hier herumsitzen, während Maximilian an der Front kämpft. Und auch Kaspar wird über kurz oder lang gehen, das weißt du, wir können ihn nicht ewig festhalten.«

»Und was gewinnen wir dadurch, dass du nun auch noch gehst? Kommen sie dadurch wohlbehalten zurück?«

»Es sind nur die Versorgungstruppen, Adela. Aber ich muss etwas tun, ich kann hier nicht tatenlos herumsitzen.«

Adela schwieg, wandte sich von ihm ab und sah zum Fenster, wo durch einen Vorhangspalt bläuliche Finsternis den Raum spiegelte. Es brannten nur die Lichter auf beiden Seiten des Bettes, die das Zimmer in warmes Licht tauchten, ein Licht, das ihren Körpern weiche Konturen gab und die Illusion schuf, es seien immer noch jene, die in jungen Jahren so oft in atemloser Leidenschaft zusammengefunden hatten. Aber nicht nur ihre Körper hatten sich verändert, auch die Liebe hatte es, war anders geworden, seltener als früher, dafür intensiver. Adela und Leonhard kannten einander und wussten um die Vorlieben des jeweils anderen, und sie nahmen sich Zeit, all das, was ihnen so vertraut war, stets aufs Neue zu erforschen. Und nun bekam die gerade genossene Liebe einen bitteren Beigeschmack, so, als sei es das letzte Mal gewesen.

»Adela, bitte.« Leonhard legte ihr die Hand auf die Schulter, küsste ihren Hals. »Ich komme doch wieder.«

Abrupt drehte sie sich um. »Das weißt du doch gar nicht.« Tränen stiegen ihr in die Augen, und ihr wurde bewusst, dass sie ihn liebte, wirklich liebte, auf eine Art, die gänzlich anders geartet war als jene Liebe zu Carl seinerzeit. »Ich will nicht, dass du gehst. Bleib hier, Leon, bitte.«

Er neigte sich vor, küsste sie. »Ich bin nur bei den Versorgungstruppen.«

»Auch dort kann etwas passieren.«

»Ja, aber das ist unwahrscheinlich.«

Sie war wütend auf ihn, wütend, weil er sich ohne jede Not in Gefahr brachte. Es war doch ohnehin so schwer, beständig Angst um Maximilian haben zu müssen, sollte sie diese Angst nun allein tragen? Und was, wenn die Sorge um Kaspar hinzukam? Was, wenn sie – Gott bewahre! – beide verlor? Wer sollte diesen Schmerz mit ihr tragen, wenn Leonhard nicht da war? Wenn auch er fiel, weil es im Krieg keinen Ort gab, der sicher war, auch wenn er ihr etwas anderes weiszumachen versuchte.

»Ich komme doch wieder«, sagte er und küsste sie. Sie wollte ihn zurückweisen, wollte sich abwenden und ihm damit zu verstehen geben, wie sehr sie seine Entscheidung traf. Dann aber gab sie doch nach, drehte sich zu ihm um und schlang ihm die Arme um den Hals, küsste ihn und erwiderte seine Liebkosungen. Denn mochte er ihr auch sagen, dass er sich nicht in Gefahr begab, so ahnte Adela, dass dies ihre letzte gemeinsame Nacht sein würde. Normalerweise gab sie wenig auf Vorahnungen, aber diese wollte sich nicht verdrängen lassen und setzte sich in beängstigender Beharrlichkeit fest.

Nach dem Scheitern an der Marne war Constantin mit seiner Brigade an die Ostfront geschickt worden. Der Plan, Paris im Handstreich zu nehmen und den Krieg zu beenden, war im September grandios gescheitert. Vielleicht hätte man das voraussehen sollen, aber wie alle anderen war auch Constantin davon ausgegangen, dass die Russen diesem Zeitdruck nicht gewachsen waren und den Koloss von einer Armee nur schwer in Gang setzen konnten. Vermutlich war auch der Wunsch Vater des Gedankens gewesen.

Er hatte einen Brief von Millie bekommen, in dem sie ihm mitgeteilt hatte, dass das Kind gestorben war. Eigentlich hatte man die Frauen dazu angehalten, in der Feldpost nur Erfreuliches zu schreiben, damit die Männer sich keine Sorgen machen mussten, aber Constantin hatte sie von Anfang an darum gebeten, ihm nichts zu verschweigen. Ansonsten, so hatte er erklärt, müsse er sich bei jedem Brief fragen, was er zwischen den Zeilen verbarg, und das würde ihn weitaus mehr beunruhigen, als es die Wahrheit vermochte. Dass das Kind gestorben war, hatte ihn traurig gestimmt, trauriger machte ihn jedoch der Gedanke an Millie, die all die Strapazen auf sich genommen und ein totes Kind hatte gebären müssen.

Während er mit seiner Division an der Weichsel ausharrte, wanderten seine Gedanken immer wieder zu seiner Frau, und er wünschte sich nichts mehr, als ihren warmen Körper an dem seinen zu spüren und wieder in einem richtigen Bett zu schlafen. Er hoffte zutiefst, dass bald die alles entscheidenden Schlachten stattfanden und er hernach nach Hause konnte.

Die Festung Przemysl, weit im russischen Hinterland gelegen, war für die österreich-ungarische Armee ein Desaster gewesen. Die österreichischen Niederlagen eröffneten den Russen den Weg in die Industriereviere Schlesiens, und dann konnte es nicht mehr lange dauern, bis sie nach Berlin kamen. Zudem stellte der russische Aufmarsch in Zentralpolen eine ernst zu nehmende Bedrohung der Provinz Posen dar. Es war also nichts anderes übrig geblieben, als deutsche Truppen von der Westfront abzuziehen und den österreichischen Verbündeten an der Ostfront zur Seite zu stellen.

Man stellte aus Teilen der 8. Armee und den aus den Westen herangeführten Divisionen die 9. Armee auf, die zusammen mit der österreich-ungarischen 1. Armee zu einer Entlastungsoffensive gegen Warschau und Iwangorod auftreten sollte. Ende September hatte der Vorstoß begonnen, und nun waren sie auf die russische Offensivbewegung getroffen.

Die russische Armee war vor zwei Tagen auf das westliche Weichsel-Ufer übergegangen und von dort aus vor Warschau aufmarschiert. Die deutschen Truppen dehnten sich bis zur Bzura aus und befanden sich nun im Raum Lowicz.

Die gesamte Situation war schwierig, da sich die Deutschen hier in der Region nicht auskannten und es Schwierigkeiten mit der Versorgung gab. Zudem hätten sie dringend Verstärkung gebraucht, was aufgrund des unzureichenden Verkehrs- und Kommunikationsnetzes nur unter Zeitverlusten machbar gewesen wäre.

Constantins Sinne schienen sich verschärft zu haben, denn er hörte jedes Knacken, jeden kleinsten Laut, war beständig auf der Hut, während er, auf Granat sitzend, die Feindbewegung beobachtete. Sein Pferd stand still, die Ohren gespitzt, als wolle es Constantins Sinne um die seinen erweitern. Die taktische Überlegenheit mochte den deutschen Truppen in ihren eigenen Gebieten einen Vorteil gebracht haben, hier jedoch unterlagen sie kräftemäßig.

Und als wollten die Russen den Beweis dafür antreten, begannen sie in ebenjenem Moment damit, die deutschen Truppen heftig zu attackieren. Gewehrsalven gingen auf sie nieder, mähten Männer und Pferde neben Constantin um. Man brauchte kein militärischer Taktiker zu sein, um bereits zu Beginn der Angriffe zu bemerken, dass die Deutschen den russischen Reitermassen kaum etwas entgegenzusetzen hatten.

Constantin schoss, während seine Division vorandrang. Er war immer schon ein guter Schütze gewesen, wusste das Ziel selbst im vollen Galopp zu treffen. Er spürte, wie etwas seinen Arm streifte, kümmerte sich jedoch nicht darum und schoss fortwährend, sah Männer zu Boden gehen. Artilleriegeschosse zerbarsten in ohrenbetäubendem Lärm, Splitter flogen, Granaten explodierten und rissen klaffende Löcher in die Truppen. Einmal glitt sein Hengst aus, fing sich jedoch sofort wieder, aber dieser Moment reichte, damit Constantin sein Ziel verfehlte. Im nächsten Moment sackte das Pferd unter ihm weg. Noch ehe er reagieren konnte, fiel er zu Boden und das Pferd auf ihn. Er wollte sich aufrichten, doch da schlug eine Granate ein, und alles um ihn herum wurde dunkel.

Als er die Augen öffnete, brauchte er einen Moment, um sich im Dämmerlicht zu orientieren. Er lag mit bloßem Oberkörper auf einer Pritsche, einen festen Verband um den Arm, einen weiteren um den Kopf.

»Sie sind leider nicht so schlimm verletzt, dass Sie heim dürften«, sagte der Lazarettarzt, der seine Augenlider auseinanderschob und die Laterne hob, um ihm nacheinander in die Augen zu leuchten. Auf den sogenannten Heimatschuss, der einem einen Genesungsaufenthalt daheim garantierte, der, wenn man Glück hatte, andauerte, bis der Krieg vorbei war, hoffte man insgeheim, auch wenn man es nicht zugeben wollte.

Constantin richtete sich auf, was ihm einen heftigen Schmerz durch seinen Kopf jagte. »Was …«

»Einer der Soldaten hat Sie unter dem Gaul hervorgezogen.«

Granat. »Wo ist mein Pferd?«

»Sie sollten froh sein, dass Sie lebend da herausgekommen sind.«

Während es sich anfühlte, als zerspringe ihm der Kopf, rappelte sich Constantin auf, kam auf die Beine, indes sich alles um ihn herum drehte. Mit einem Aufstöhnen sackte er zurück. Sein Blick traf den des Arztes, und dieser schüttelte den Kopf. »Wo wollen Sie denn hin?«

»Mein Pferd.«

»Das, was davon übrig ist, liegt irgendwo da draußen«, sagte einer der Offiziere, der ebenfalls auf einer Pritsche lag.

»Möchtest du wirklich jetzt dein Leben riskieren und danach suchen?«

Sie kannten sich aus der Zeit, als Constantin seinen Wehrdienst geleistet hatte, waren jedoch nie Freunde geworden. Er sah den Mann an, dann legte er sich wieder hin.

»Ja, so ist es recht«, sagte der Arzt und wandte sich dem nächsten Patienten zu.

Constantin legte sich den Arm über die Augen, wollte nichts, als wieder in der Finsternis versinken. *Das, was davon übrig ist, liegt irgendwo da draußen.*

»Ihr von Reichenbachs wart immer schon seltsam«, kam es von dem Offizier. »So viele Verluste in den letzten Monaten, aber erst bei einem toten Pferd fängst du an zu flennen.«

Sie hatten das tot geborene Kind auf dem Friedhof beigesetzt, wo seit jeher die von Reichenbachs und all jene, die hier lebten und arbeiteten, die letzte Ruhe fanden. Es war ein Junge gewesen, dem Millie den Namen ihres Vaters – Peter – gegeben hatte. In den ersten Tagen, nachdem sie das Kind verloren hatte, weinte sie fortwährend. Die Geburt, die Milch in ihren Brüsten, die hernach fortwährend gekühlt werden mussten – all das, um dann am Ende keinen knuddeligen Säugling in die Arme schließen zu können. Und nicht einmal Constantin war hier, um den Verlust mit ihr tragen zu können.

Mittlerweile war Victoria von der Hebamme untersucht worden, und diese teilte ihr mit, dass sie in der Tat schwanger war und bisher alles gut aussehe. Sie gab ihr einige Ratschläge, was die Ernährung anging, und riet zu täglichen

Spaziergängen. Das Reiten jedoch solle sie unterlassen. Victoria wusste all das, war aber dennoch froh darüber, es erneut zu hören, denn es machte die Schwangerschaft greifbarer, stellte die Möglichkeit in den Raum, dass sie dieses Mal in der Tat ein Kind bekommen würde.

Ihr Vater ahnte es womöglich schon, wenn sie seinen Blick richtig deutete, denn ihm konnte nicht entgangen sein, dass die Hebamme nicht nur hier war, um Millie zu untersuchen. Er fragte jedoch nicht. Ebenso wenig wie ihre Großmutter. Vielleicht dachte sie, Victoria halte das Geheimnis zurück, weil es ihr taktlos vorgekommen wäre, es zu erzählen, kurz nachdem Millie ihr Kind verloren hatte.

Sie hatte sich vorgenommen, es ihrem Vater zu sagen, als dieser sie seinerseits aufsuchte, während sie im Salon an einem Sekretär saß und einen Brief an ihre Tante schrieb. Victorias Lächeln erstarb angesichts seiner ernsten Miene.

»Ich muss mit dir sprechen, Liebes«, sagte er.

Furcht kroch in ihr hoch, legte sich wie eine Eisenklammer um ihre Kehle und drückte ihr die Luft ab. »Ja?«

»Deine Tante hat mir telegrafiert.«

Victorias Blick zuckte kurz zu dem Brief, den sie gerade verfasste, oberflächliches Geplauder und Fragen nach dem Befinden, ehe sie zu dem traurigen Thema hatte kommen wollen, dem Verlust des Kindes von Millie und Constantin. Ihr kleiner Neffe. Es war das erste Mal, dass Victoria ihn so bezeichnete und damit einen Verlust schuf, der über jenen ihres Bruders und ihrer Schwägerin hinausging. Es war nicht nur ein Sohn und Enkel gestorben, sondern auch ein Neffe. Es war auch ihr Verlust. Sie sah wieder ihren Vater an, erwartete, dass er nun auch noch schlechte Nachrichten von Magdalena brachte, erwartete, dass er sagte, wider Erwarten seien nun doch die Zwillinge eingezogen worden.

»Das Telegramm vom Kriegsministerium ist nach Johannisburg gegangen«, setzte ihr Vater an, »an euer Zuhause.« Er holte tief Luft, als wolle er sich wappnen. »Justus wollte dir schreiben, aber Magdalena hat ihm gesagt, es sei besser, wenn sie das übernimmt.«

Victoria spürte Kälte in sich aufsteigen. Eisig und verzehrend. »Richard«, formte ihr Mund lautlos.

»Es tut mir so leid, mein Herz.«

Der Federhalter, den sie immer noch zwischen den Fingern hielt, entglitt ihr, fiel auf das Papier und hinterließ einen Tintenklecks, der sich langsam über das Geschriebene ausbreitete, die nun so sinnlos gewordenen Fragen nach dem Befinden schluckte. Victoria versuchte, sich Richards letzte Worte ins Gedächtnis zu rufen. Das war doch etwas, das man in Erinnerung behalten musste, aber sie wusste nicht mehr, was es gewesen war. In der Nacht zuvor hatte sie mit ihm geschlafen, und sie erinnerte sich noch daran, wie er am kommenden Morgen zu spät wach wurde und fluchte, weil ihm ein Schnürsenkel gerissen war. Hernach hatte er sich von ihr verabschiedet, aber was hatte er bloß gesagt?

»Liebes?«, hörte sie ihren Vater sagen und blickte auf.

»Keine Sorge«, sagte sie, »ich breche nicht zusammen.« Aber das tat sie doch, wenngleich man es nicht sah. Alles, was in ihr zerbrochen gewesen war, von Richard behutsam zusammengesetzt und mit der Firnis ehelichen Glücks überzogen, brach erneut auf und ließ den eisigen, vormals sorgsam verschlossenen Kern im Innern frei.

Ihr Vater kam näher, legte ihr die Hand auf die Schulter, und sie sah zu ihm auf. »Er ist an der Aisne gefallen.«

»Dort ist auch Maximilian, ja?«

Ihr Vater nickte nur.

»Ich erwarte ein Kind«, sagte Victoria unvermittelt.

»Ich weiß.«

Sie wollte weinen, wollte es so sehr, aber wie konnte sie um ihn weinen, wenn sie sich nicht einmal an Richards letzte Worte erinnerte? Sie schloss die Augen, und dann sah sie ihn vor sich, sah, wie er aufbrach, sich zu ihr umdrehte, sich vorneigte, sie küsste. *»Geh nach Königsberg und warte dort auf mich.«*

Und jetzt endlich kamen die Tränen.

Februar 1915

Schon als sie morgens entdeckte, dass Daniels Bett unberührt war, ahnte Magdalena Böses. Jans Gesicht, das eine Mischung aus Aufregung und gespielter Unschuld zeigte, bestätigte die angstvollen Befürchtungen, und sie nahm ihn an den Schultern, schüttelte ihn leicht.

»Wo ist dein Bruder?«

Jan schwieg, und sie hielt an sich, ihn nicht zu ohrfeigen, sondern wiederholte ihre Frage.

»Fort«, antwortete Jan schließlich, und in seinen Augen flackerte es. »Ihr habt uns ja nicht gehen lassen, und er wollte kein Feigling sein.«

Grundgütiger! Magdalena schlug sich die Hand vor den Mund, rannte in ihr Zimmer, wo sich Łukasz gerade ankleidete. »Daniel hat sich bei Nacht fortgeschlichen und freiwillig gemeldet«, stieß sie hastig hervor. »Du musst ihn zurückholen, hörst du?« Ihre Stimme schraubte sich hoch zu einem schrillen Kieksen.

Obwohl Łukasz sichtlich erschrocken war, blieb er ruhig. »Ich gehe und sehe zu, dass ich das verhindere. Ohne meine Einwilligung darf er sich nicht an die Front melden.«

Obwohl sie das Schlimmste befürchtete, nickte Magdalena. Wie erstarrt ging sie zurück ins Speisezimmer, wo Jan in seinem Rührei stocherte. Es war ein Morgen wie jeder andere gewesen, als Magdalena aufgestanden war und das Frühstück vorbereitet hatte. Auch wenn sie um Richard trauerte, auch wenn sie Angst hatte vor den heranrückenden Truppen und ihr die derzeit tobende Schlacht in der Johannisburger Heide nagende Sorgen bereitete, so wollte sie den Kindern gegenüber doch den Anschein von Normalität erhalten.

Erschöpft stützte Magdalena sich auf die Anrichte und sah ihren Sohn an. »Hast du es gewusst?«

Er schwieg.

»Ob du es gewusst hast, habe ich gefragt!«

Clara, die gerade dabei gewesen war, das Brot zu schneiden, hielt in der Bewegung inne, sah ihren Bruder an, die Augen kaum merklich geweitet. Ob sie mitbekommen hatte, wie Daniel das Haus verlassen hatte?

»Ja«, antwortete Jan schließlich. »Was hätte er auch tun sollen, wenn ihr uns nicht gehen lasst?«

Du bist geblieben, dachte Magdalena. Warum? Gehorsam? Wohl kaum. Angst? Vermutlich. Hätten sie es ihnen erlaubt, wäre er gegangen, aber vielleicht war er auch nicht böse drum, es nicht tun zu müssen, auch wenn er das niemals zugeben würde.

»Kämpft Daniel gegen die Russen?«, fragte Clara mit angstvoller Miene, in die sich jedoch auch eine gewisse Beruhigung mischte. Sie hatte Angst vor den Russen, hörte allerorten von Gräueltaten und brennenden Häusern. Nun kümmerte sich ihr großer Bruder darum, in gewisser Weise schien sie das zu beruhigen.

»Dein Vater geht gerade los, um ihn zurückzuholen«, antwortete Magdalena und spürte, wie ein Zittern sie ergriff bei der Vorstellung, Łukasz könne bei diesem Vorhaben erfolglos sein. Sie sah auf das Frühstück, das sie auf dem Tisch angerichtet hatte, das Rührei, das langsam kalt wurde, das frische Brot, und spürte, wie sich ihr der Magen hob. Clara setzte sich an den Tisch.

»Kommst du, Mama?«

»Nein, esst ihr nur. Ich habe keinen Hunger.«

Sie waren oft in der Johannisburger Heide gewesen, die Kinder hatten dort glückliche Tage erlebt. Wenn man Daniel dorthin schickte, würden im glücklichsten Fall seine schönen Erinnerungen von Grauen überlagert. Im schlimmsten Fall verlor er dort mehr als seine Kindheitserinnerungen. Bei der Vorstellung, wie sein Körper reglos im Schnee lag, wie sich die Flocken, deren Formen er so gerne betrachtet hatte, auf ihn senkten, ihn langsam bedeckten, stieg ein Schluchzer in ihr auf, den sie nur mühsam hinunterkämpfte. Sie wollte nicht schwach sein vor den Kindern, wollte Stärke zeigen. Jan jedoch hob den Blick und taxierte sie aufmerksam.

»Er wird als Held zurückkommen«, sagte er im Brustton der Überzeugung. »Und ihr werdet stolz auf ihn sein.«

»Wir waren jetzt bereits stolz auf ihn.«

»Ein Kriegsheld zu sein ist bedeutsamer, als gute Noten zu schreiben. Mit guten Noten rettet keiner Familie und Vaterland.«

Großer Gott, dachte Magdalena, wie wenig Ahnung er vom Leben hatte. »Was denkst du denn, was ein Stratege können muss? Ein Soldat wird als Kanonenfutter verheizt, so sieht es doch aus.«

Clara sah sie an, die Augen weit aufgerissen. »Was ist Kanonenfutter, Mama?«

Sie hatte ihr Angst gemacht, hatte unbesonnen geredet. »Nichts, mein Liebes, hör nicht auf mich, ich habe dummes Zeug geredet.«

Das Mädchen kicherte über dieses Geständnis, aber der sorgenvolle Ausdruck in ihrem Gesicht blieb. Ehe ihr Blick mehr preisgab, als er es den Kindern gegenüber sollte, wandte Magdalena sich ab und wischte mit einer fahrigen Bewegung über die Anrichte. Danach ging sie in die Waschküche und begann mit der täglichen Hausarbeit. Sie musste etwas zu tun haben, oder sie würde beim Warten auf Łukasz wahnsinnig.

Während sie die Wäsche vorbereitete, klammerte sie sich an die Hoffnung, dass dieser mit einem bockigen, schimpfenden Daniel heimkam. Magdalena würde ihm keine Vorwürfe machen, würde ihn nur an sich drücken und ein stummes Dankesgebet sprechen. Sie lauschte auf die Tür, während sie die Wäsche sortierte. Ein blaues Hemd fiel ihr in die Hand, schon ganz weich, weil es so sehr geliebt und oft getragen wurde. Mehrmals bereits hatte Magdalena Daniel gesagt, er solle es endlich aussortieren, aber er mochte es so sehr. Sie hob das Hemd an ihr Gesicht, atmete den Geruch ihres Kindes, der daran haftete, und unvermittelt stieg die Vorahnung in ihr auf, dass Daniel dieses Hemd nie wieder tragen würde. Gleichzeitig mit dem ersten harschen Schluchzer fiel die Haustür ins Schloss.

Nach der Niederlage an der Marne hatte im September an der Westfront der Wettlauf zum Meer begonnen, bei dem sich die gegnerischen Armeen parallel in Richtung Nordsee bewegten. Ursprünglich war es darum gegangen, den Krieg zu einem schnellen Abschluss zu bringen, aber an der Aisne waren sie erneut aufeinandergeprallt. Es war Maximilians erster Stellungskrieg, und während der heftigen Gefechte im September hatte er mehrmals geglaubt, dass es unmöglich sei, dergleichen zu überleben.

Die Gefechte ruhten derzeit, und zum Jahresende hin schien der Krieg festgefahren zu sein. Immer wieder kam es zu einzelnen Kampfhandlungen, aber das erschien Maximilian inzwischen nichts im Vergleich zu vorher. Allerdings galt es nach wie vor, vorsichtig zu sein. So war schon der Gang zu den Latrinengräben gefährlich, weil man sich dabei kurz aus der Deckung begab, da es organisatorisch nicht immer möglich war, die Gräben so anzulegen, dass sie nicht vom Feind eingesehen werden konnten. Das war für Maximilian nahezu das Schlimmste, diese Gräben, die zwar mit Kalk desinfiziert wurden, aber nach wie vor erbärmlich stanken. Da Fäkalien dafür sorgen konnten, dass sich Seuchen ausbreiteten, war die Nutzung der Gräben Vorschrift, und so galt es, bei jedem Weg zu hoffen, dass kein Sperrfeuer eröffnet wurde.

Nicht nur der Weg zur Latrine, sondern auch das Holen von Essen oder Kaffee wurde oft von Granatwerferbeschuss begleitet. Maximilian fragte sich, ob es überhaupt keine ethischen Grenzen mehr gab. Er hatte selbst auch schon einen Franzosen gesehen, der sich abseits der Stellungen in recht eindeutiger Pose hingehockt hatte, aber darauf, diesen zu erschießen, wäre er im Traum nicht gekommen.

Was Maximilian jedoch noch mehr zu schaffen machte, war der Umstand, dass er Elisabeth zum ersten Mal betrogen hatte. All das Töten, die Angst – das begleitete ihn bis in den Schlaf. Er wusste, dass viele Soldaten die Angst umtrieb, ihre Frauen und Verlobten könnten sich in der Heimat anderweitig umsehen, könnten sich mit Feiglingen einlassen, die sich vor dem Krieg gedrückt hatten und sich nun die daheimgebliebenen Frauen als Geliebte nahmen, eine Sorge, die manch einen dazu verleitete, unvorsichtig zu sein. Maximilian hatte diese Angst nicht, dafür nun jedoch ein erbärmlich schlechtes Gewissen.

Es gab keine Anweisungen, wie mit der frontnahen Prostitution umzugehen war, da man von einem kurzen Krieg ausgegangen war. Nun waren diese Frauen jedoch da, und das Angebot wurde durchaus genutzt, selbst dann noch, als Gerüchte aufkamen, die Franzosen würden infizierte Frauen einschleusen. Es wurden Strafen angedroht und Schreckensszenarien gemalt, die vor Augen führen sollten, was es für die Frauen in der Heimat bedeutete, wenn ihre Männer Geschlechtskrankheiten mitbrachten. Da allerdings die Alternative zu diesen Tod oder Verstümmelung auf dem Schlachtfeld war, waren die angedrohten Strafen wirkungslos. Und so ging man stattdessen dazu über, die Frauen regelmäßig zu untersuchen und zu versorgen und Soldaten, die sich mit der Syphilis infiziert hatten, mit Salvarsan zu behandeln. Wenn es einen zu hohen Anstieg von Geschlechtskrankheiten gab, mussten sich Soldaten und Unteroffiziere zur sogenannten Schwanzparade einfinden, wo die Genitalien von jedem Einzelnen untersucht wurden, da sich der syphilitische Ausschlag meist dort zuerst zeigte.

Maximilian blieb dergleichen als Offizier glücklicherweise erspart, ebenso, wie die Offiziere ihre eigenen Bordelle hatten, gekennzeichnet durch eine blaue Fahne, während die Soldaten und Unteroffiziere eine rote hatten. Allerdings reizten Maximilian Bordelle ohnehin nicht, und abgesehen von der einen jungen Frau in der Nähe von Villers-Cotterêts hatte es keine andere gegeben. Aber in jenem Moment hatte er diese Art Nähe gebraucht.

Einer der Unteroffiziere gesellte sich zu ihm und reichte ihm einen Becher mit dampfendem Kaffee. »Ruhig heute, Leutnant von Schletter, ja?«

Maximilian mochte den jungen Mann und hatte ihn unter seine Fittiche genommen. Seither folgte er ihm mit der Treue eines Welpen, den man von der Straße aufgelesen hatte. Der Mann war keine sechs Jahre jünger als er, und doch erinnerte er ihn an seinen kleinen Bruder Kaspar, von dem er sich wünschte, jemand nähme sich seiner an, dieses Narren, der sich den Wahnsinn freiwillig antun wollte. Er nippte an dem Kaffee und lehnte sich rücklings an die Holzpfeiler, mit denen die Wälle verstärkt worden waren.

Eine dünne Schneeschicht bedeckte die Wälle und war in den Gräben bereits zu Matsch getreten. Maximilian konnte sich an keine Zeit in seinem Leben erinnern, in der er so erbärmlich gefroren hatte wie in den letzten Monaten. Wenige Tage zuvor hatte er stundenlang im Schneeregen verharren müssen, durchnässt, durchfroren. Es war ein Wunder, dass er sich keine Lungenentzündung geholt hatte. Verständlich also, dass so manch einer vorzog, sich die Syphilis zu holen, dabei hatte man wenigstens einen Moment lang seinen Spaß. Wobei das angesichts der langen Schlangen vor den Mannschaftsbordellen und der raschen Abfertigung in der Kammer wohl nur ein arg kurzes Vergnügen war.

Unwillkürlich dachte Maximilian an die Nacht mit jener jungen Frau, daran, wie ihre Glieder umeinander geschlungen gewesen waren, wie er eins geworden war mit ihrem Körper, ihr Keuchen an seinem Ohr, während er sie beide auf den Gipfelpunkt zutrieb. Er würde gerne sagen, dass er es nicht genossen hatte, dass es nur mit Elisabeth schön war, aber es war unbeschreiblich gewesen, was vermutlich auch dem Moment geschuldet war, dennoch verstärkte dieser Umstand das schlechte Gewissen. Dabei empfand er nichts für die Frau, hatte nicht einmal das Bedürfnis, sie wiederzusehen.

»Haben Sie eine Liebste?«, fragte er den Unteroffizier.

»Nein, Herr Leutnant. Ich hatte eine, aber die hat einen anderen gewählt.« Ein schalkhaftes Lächeln grub sich in die Mundwinkel des jungen Mannes, als sei dies alles nicht weiter schlimm, denn diese Frau hatte ja keine Ahnung, was ihr entging.

»Ich habe eine Frau und zwei Kinder«, erzählte Maximilian, ungeachtet der Tatsache, dass er mit Elisabeth nicht verheiratet war.

»Sie vermissen sie gewiss sehr.«

»Ja, das kann man sagen.« Ob Elisabeth ihm den Fehltritt verzieh? Oder würde sie ihn verlassen? Letzteres vermutlich nicht, allein um der Kinder willen. Aber sie würde ihm zeigen, dass allein dieser Umstand sie bei ihm hielt, würde sich ihm womöglich auch körperlich verweigern, ihm sagen, er könne sich nun an anderen Frauen schadlos halten, das habe er ja vorher auch getan. Dabei wollte er keine andere. Die eine hatte er nur genommen, weil es ihm so schlecht gegangen war nach dem Vorfall in Leuven. Weil er auf eine Frau geschossen hatte, deren einzige Waffe ein Topf heißes Wasser gewesen war.

Eine Gewehrsalve war zu hören, und unwillkürlich duckte Maximilian sich, obwohl sie weit weg war.

»Kleines Scharmützel dahinten«, sagte der Unteroffizier und nickte unbestimmt in die Richtung zu Maximilians Linken.

Der Junge war weitaus nervenstärker als er selbst, und doch schien er in Maximilian eine Art beschützenden großen Bruder zu sehen. Seine Unbeschwertheit hingegen bot Maximilian einen gewissen Halt, wenn jene Dunkelheit, die ihn seit August verfolgte, den Schlund aufriss und ihn zu verschlingen drohte. Der junge Mann prostete ihm mit dem Becher zu.

»Noch einen Kaffee?«

»Für das Geld habe ich gearbeitet!«, schrie Helene.

»Meine Pferde, mein Geld!«, konterte ihr Großvater.

»Papa hat mir freie Hand dabei gelassen.«

»Dein Vater ist nicht da.«

»Aber ich …«

»Ich brauche das Geld momentan dringender für das Haus als für weitere Pferde.«

Da Helene wusste, dass jedes weitere Wort vergeblich wäre, schwieg sie. Die beiden Pferde, die verkauft worden waren, hatte sie gezogen, es steckte ihre Arbeit darin. Sie war gerade im Begriff gewesen, in den Stall zu gehen, als ihr Großvater ihr auf dem Hof entgegengekommen war, offenbar hatte er selbst den Pferden gerade einen Besuch abgestattet.

»Wir können das dunkle Füllen auch verkaufen«, sagte ihr Großvater.

»Apollon? Nein, gewiss nicht! Er ist noch zu jung, er bringt uns später einen besseren Preis. Außerdem hatte ich überlegt, ihn mit seinen Anlagen für die Zucht einzusetzen.«

»Wir brauchen das Geld aber jetzt, und da dein Vater nicht da ist, werde ich mich wieder darum kümmern.«

Ruckartig wandte Helene sich ab und stapfte durch den Schnee zum Stall, blieb vor Apollons Box stehen und sah das Jungpferd an. Er stand in jener Box, in der einst Mistral gestanden hatte. Ihr Mistral, ihr erstes Pferd, das Geschenk von Carl von Reichenbach. Sie hob die Hand, streichelte Apollons Nüstern und dachte nach, überlegte, was sie tun sollte, als sie Männerstimmen hörte und sich umwandte. Ein Mann in Soldatenuniform stand in der Tür, hinter ihm, bewacht von Uniformierten, eine Gruppe von Männern.

»Ja?«, fragte Helene.

»Ich bringe die Arbeiter.«

Ach, das hatte sie vollkommen vergessen. Männer, die zum Zwangsdienst eingesetzt wurden. Helene hatte bereits gehört, dass man sogar den Polen derzeit die Rückkehr in ihre Heimat untersagte, da sie als Arbeitskräfte in der Landwirtschaft unentbehrlich wurden. Man sprach mittlerweile von nahezu drei Millionen deutschen Männern, die sich entweder freiwillig oder als Wehrpflichtige an die Front gemeldet hatten. Man benötigte nun jedoch dringend Arbeitskräfte, damit die Landwirtschaft produktiv blieb und die Versorgung mit Lebensmitteln gewährleistet wurde, und die Haager Landkriegsordnung erlaubte, dass Gefangene zur Arbeit herangezogen wurden. Kriegshandlungen waren dabei ausgenommen, und man durfte nur den Mannschaftsstand einsetzen, nicht jedoch die Offiziere.

»Ich sage meinem Großvater Bescheid.« Sollte er sich darum kümmern, er hatte die Männer ja haben wollen, um den Ausfall der Stallbediensteten auszugleichen.

Helene war so wütend auf ihn, dass sie mit weiten Schritten über den Hof stapfte, und es war ihr gleich, wie wenig damenhaft das wirkte. Dass ihr Vater gegangen war, hatte ihr ohnehin einen herben Schlag versetzt, und nun nahm ihr Großvater ihr auch noch die Zucht.

»Weißt du, wo Großvater ist?«, fragte sie ihre Mutter, die mit einem Brief in der Hand dasaß und sich rasch über die Augen fuhr. Dennoch konnte Helene sehen, dass sie geweint hatte.

»Nein, ich weiß nicht, wo er steckt«, antwortete Adela von Schletter.

Angst schnürte Helene die Kehle zu. Maximilian! »Was ist passiert?«

»Dein Bruder hat geschrieben. Er versucht, es so klingen zu lassen, als sei das alles eine Art Abenteuer, aber das Entsetzen spricht aus jeder Zeile.«

Helene wollte sich das nicht vorstellen, wollte nicht daran denken, dass er in einem Schützengraben lag und um ihn herum Menschen starben. »Schreibst du ihm nachher?«

Ihre Mutter nickte.

»Dann lege ich auch einen Brief dazu.« Sie dachte an die Männer, die draußen standen. »Ich muss nur jetzt schnell mit Großvater sprechen, draußen stehen die Arbeiter.«

Ihre Mutter wirkte einen Moment lang irritiert, dann nickte sie. »Ach ja, die hatte ich ganz vergessen.«

In seinem Arbeitszimmer war er ebenfalls nicht, und Helene, die die Soldaten nicht mit den Männern draußen stehen lassen wollte, trat wieder hinaus in den Hof. »Einen Moment bitte noch.« Sie eilte zu den Räumen des Stallmeisters, und Andreas öffnete ihr die Tür. Prompt fing ihr Herz an, schneller zu schlagen. Ihr armes Herz, das einfach nicht von ihm ablassen konnte. »Ist dein Vater da? Die Arbeiter stehen im Hof, und ich weiß nicht, wie es jetzt weitergeht, mein Großvater ist nicht zu finden.«

Andreas nickte und rief über die Schulter nach seinem Vater, der umgehend erschien und sich der Sache annahm. Als Helene sich abwenden wollte, hielt Andreas sie sacht am Arm.

»Und was ist nun mit uns beiden, hm?«, fragte er. »Wir waren doch Freunde. Willst du mir weiter aus dem Weg gehen?«

»Das tue ich doch gar nicht.«

»Es tut mir leid, dass die Sache damals so unglücklich verlaufen ist.«

Der Kuss, den sie ihm praktisch aufgezwungen hatte. Hitze stieg ihr in die Wangen, und sie wandte den Kopf ab. Rasch, ehe er noch mehr sagen konnte, eilte sie davon und überquerte den Hof, wo sein Vater sich mit den Soldaten unterhielt. Nun kam endlich auch ihr Großvater, den

Gehstock dazu benutzend, herrisch herumfuchtelnd seine Worte zu unterstreichen. Bei seinem Anblick erfasste sie eine erneute Welle des Zorns.

Im Stall ging sie zu Apollon, als könne sein Anblick ihr den rettenden Einfall geben. Sie lehnte den Kopf an die hölzernen Streben, betrachtete das Pferd durch die halb geöffnete Boxentür, und ihr wollte das Herz brechen bei dem Gedanken, dass ihr Großvater es einfach so fortgab. Dieser junge Hengst war ihr ganzer Stolz, er hatte wunderbare Anlagen, das beste Pferd, das sie bisher gezogen hatte.

»Es tut mir leid«, hörte sie Andreas sagen und drehte sich um. Einen Moment lang sah sie ihn an, dann nickte sie und wandte sich wieder ihrem Pferd zu.

»Das habe ich verdient, nicht wahr?«

»Nein«, antwortete sie, ohne sich zu ihm umzudrehen. »Warum denn? Nur, weil du nicht dasselbe gefühlt hast wie ich?«

»Nein, weil ich zugelassen habe, dass es überhaupt erst so weit kommt.« Er kam näher, und Helene spürte, wie er ihr die Hände auf die Schultern legte, spürte seinen Atem an ihrem Nacken und dann seine Lippen. Sie neigte den Kopf, ließ ihn gewähren, während ihr Herz fast schmerzhaft schnell schlug und ihr Atem nicht minder rasch ging.

»Wärest du ohne den Krieg zurückgekommen?«, fragte sie leise.

Er zögerte so lange mit der Antwort, dass sie erst glaubte, er habe sie nicht gehört. »Irgendwann«, antwortete er schließlich.

»Ich freue mich für dich«, hatte Millie gesagt, als Victoria sich zum Jahreswechsel hin endlich getraut hatte, ihre Schwangerschaft dem Rest der Familie zu gestehen. »Das tue ich wirklich. Du hast deinen Mann verloren, und es ist schön, dass etwas von ihm bleibt. Offenbar war unserer Familie bestimmt, dass in diesen Zeiten nur ein Kind hier das Licht der Welt erblickt, und das war nicht meines.« Sie hatte das ohne jede Bitterkeit gesagt. »Meine Bestimmung«, nahm sie das Gespräch an diesem Morgen beim Frühstück wieder auf, »liegt möglicherweise derzeit nicht darin, ein neues Leben zu gebären, sondern andere zu retten.«

»Wovon sprichst du?«, fragte Gesa von Reichenbach.

»Ich werde mich als Kriegskrankenschwester melden.«

Gesa von Reichenbach fiel das Messer aus der Hand und landete klappernd auf dem Tisch, wobei es eine Spur Marmelade auf dem weißen Tischtuch hinterließ. »Du scherzt hoffentlich!«

»Nein, keinesfalls. Mein Kind ist gestorben, es gibt keinen Grund mehr, untätig zu bleiben.«

»Das kann unmöglich dein Ernst sein! Die Trauer trübt deinen Blick. Carl! Jetzt sag du doch einmal etwas!«

»Wann möchtest du gehen?«, fragte er.

»Carl!« Gesa von Reichenbach schlug mit der flachen Hand auf den Tisch, und ihr Ehemann zuckte zusammen. »Du tust ja gerade so, als wärest du froh, wenn das arme Kind weg ist.«

»Sie ist erwachsen«, mischte sich nun auch Johannes von Reichenbach ein, »und sie hat eine Entscheidung getroffen. Eine, die ich nur befürworten kann. Wenn Constantin verwundet ist – wovor Gott ihn bewahren möge –, dann wünsche ich mir, dass er in guten Händen ist. Wie soll das bewerkstelligt werden, wenn es keine Krankenschwestern an der Front gibt?«

»Aber die gibt es doch! Dort können einfache Mädchen und Frauen hin, nicht unsereins.«

»Also wirklich, Großmutter!«, rief Millie nun, die Augen ganz schmal vor Empörung. »Sind die weniger wert? Haben die keine Eltern, die um sie trauern? Denkst du, dass Frauen wie ich nicht fähig sind, etwas Großes zu leisten?«

»Das tust du doch.«

»Ja? Indem ich hier herumsitze und darauf warte, irgendwann erneut geschwängert zu werden?«

Gesa von Reichenbach schnappte nach Luft.

»Meinen Segen hast du«, sagte Victorias Vater. »Wissen es deine Eltern schon?«

»Ja, ich habe ihnen geschrieben, und sie sind zwar nicht begeistert, aber sie sagen, ich solle tun, was mir wichtig ist. Auch meine Brüder sind im Krieg, wie ihr wisst. Es braucht Frauen, die sich dazu berufen fühlen zu helfen.«

»Aber all das Blut, der Dreck«, wandte Gesa von Reichenbach ein.

»Das erträgt Constantin auch.«

»Er ist ein Mann!«

»Eine Stunde Wehen, wie ich sie ertragen habe, und er würde wimmern wie ein Baby!«

»Millie! Grundgütiger! Hier sitzen Männer am Tisch.«

Johannes von Reichenbach wirkte etwas konsterniert, Victorias Vater jedoch lachte. »Es ist nicht so, dass uns dergleichen fremd wäre, Mutter.«

»Und was das Blut angeht, nun ja«, wandte Millie ein.

»Seit meinem zwölften Lebensjahr habe ich davon vermutlich mehr gesehen als so mancher Mann. Und vor Dreck habe ich keine Angst.«

Victoria bewunderte sie. Sie selbst hätte nie den Mut gehabt, eine solche Entscheidung zu treffen, sie fühlte sich auch nicht dazu berufen, eine solche Arbeit zu tun. Sie hatte zu viel Angst vor dem Tod.

Nach dem Mittagessen verließ sie das Haus, um ein wenig spazieren zu gehen. Der Schnee war im Hof geräumt worden, und die neuen Arbeiter waren damit beschäftigt, die Wege freizuschaufeln. Es war klirrend kalt, und Victoria mochte sich nicht vorstellen, wie es an der Front aussah, wie die Männer in den Schützengräben in Schnee und eisverkrustetem Schlamm lagen. Bei dem Gedanken durchlief sie ein Schauer, und unwillkürlich stieg das Bild von Constantin vor ihr auf, ihr Bruder, der reglos dalag, während Schneeflocken auf sein Gesicht fielen und dort nicht schmolzen, indes seine dunklen, geöffneten Augen starr und blind wurden, weil sie langsam gefroren. Victoria keuchte und krümmte sich leicht, schloss die Augen, als könne sie das Bild dadurch vertreiben.

»Ist dir nicht wohl?«

Sie öffnete die Lider, richtete sich auf. »Doch, es geht mir gut.«

Ihre Tante Karolina sah sie skeptisch an, dann nickte sie und lächelte. »Wann ist es so weit?« Ihr Blick fiel auf Victorias Bauch.

»Im April.«

»Ich freue mich sehr für dich.«

Seit Victoria hier war, waren sie einander nur selten begegnet, und auf eine diffuse Weise waren sie sich fremd geworden. »Vielen Dank.«

»Dein Verlust tut mir sehr leid.«

»Ich weiß, ich habe deine Karte bekommen.«

Karolina holte tief Luft, schien etwas sagen zu wollen und fand doch nicht die richtigen Worte. Es schien bedeutsam zu sein, das merkte Victoria an der Art, wie ihre Tante sie ansah, aber dann war der Moment vorbei. »Ich möchte gerne zu deinem Vater. Ist er da?«

Bis heute war ihr Vater nicht gut auf Karolina zu sprechen, daher verwunderte Victoria dieses Ansinnen, aber sie nickte dennoch. »Er ist um diese Zeit immer in seinem Arbeitszimmer.«

»Danke.« Karolina war im Begriff zu gehen, hielt dann aber doch inne. »Hast du mitbekommen, dass Kaspar morgen nach Berlin fährt? Er meldet sich freiwillig an die Front.«

»Das wusste ich nicht, aber es war wohl zu erwarten.«

»Vater jubelt geradezu und bestärkt ihn darin.«

»Auch das war zu erwarten.«

Victoria sah ihr nach, wie sie zum Haus ging, und legte die Hand auf den Bauch. »Ich hoffe, du wirst ein Junge, denn die haben es leichter. Und ich bin glücklich, dass der Krieg vorbei sein wird, ehe du alt genug bist, um an diesem Irrsinn teilzunehmen.«

Auch in Maximilians Abwesenheit besuchte Elisabeth die Kinder, und nun, da Leonhard von Schletter fort war, traute sie sich sogar, sich zu Adela von Schletter in den Salon zu setzen und zu einer Tasse Kaffee einladen zu lassen. Vorher hätte sie das gewiss auch gedurft – niemand hätte Helenes Mutter dies verweigert –, aber Elisabeth war dafür Helenes Vater gegenüber zu befangen.

Im Winter hatte Maximilian sie abends immer nach Hause begleitet, damit sie nicht allein im Dunkeln gehen musste, nun übernahm Kaspar dies, aber damit würde es ab morgen vorbei sein. Ihr eigener Vater konnte sie nicht abholen, denn der arbeitete derzeit unter der Woche in Königsberg, da sein karger Landbesitz kaum mehr etwas zum Leben abwarf, vor allem jetzt, da die Jungen fort waren. Seine Frau versoff einen Gutteil seines Lohns, hörte man munkeln, und seine Tochter besserte die Haushaltskasse auf ihre eigene Art auf.

Helene beobachtete, wie schwer Elisabeth abends die Stunde des Abschieds fiel, wenn sie ihre Kinder küsste und herzte. Und künftig würde sie schon am frühen Nachmittag aufbrechen müssen, um nicht allein im Dunkeln durch die Wälder zu gehen. Wer konnte schon wissen, wer sich dort in diesen Zeiten herumtrieb? Deserteure, geflohene Zwangsarbeiter, fremde Soldaten, die sich weiter vorwagten als offiziell bekannt …

»Bring morgen Kleider mit und was du sonst noch so brauchst«, sagte Helene unvermittelt, als Elisabeth sich von Johanna verabschiedete, die sich nicht trennen wollte, »und zieh in Maximilians Zimmer.«

Ihr Großvater fuhr beinahe von seinem Sessel hoch. »Bist du von Sinnen? Natürlich wird sie nichts dergleichen tun.«

»Das wird sie.« Helene lächelte Elisabeth aufmunternd an. »Nicht wahr?«

»Dein Vater war dagegen«, bellte Wilhelm von Schletter.

Helene hob die Brauen. »Siehst du ihn hier irgendwo?«

Ihr Großvater wurde puterrot im Gesicht. »Hier habe ich das Sagen!«

»Und was willst du tun? Sie an den Haaren hinauszerren und in den Schnee werfen?«

Elisabeth hob begütigend die Hand. »Helene, es ist schon gut.«

»Nein, gar nichts ist gut.« Helene sah ihren Großvater an. »Also, was willst du tun? Sie hinauswerfen?«

»Das hier ist mein Haus!«

»Na, wie du meinst, dann zieht Elisabeth mit den Kindern eben auf das Gut Reichenbach. Ich bin mir sicher, man hat dort noch ein Zimmer für sie, denn Carl von Reichenbach wird wissen, was er dem Cousin seiner Kinder schuldig ist!«

»Auf gar keinen Fall werden Maximilians Kinder im Haus von Johannes leben! Darauf wartet der doch nur!«

Helene schürzte spöttisch die Lippen. »Ach was? Wenn du die Mutter deiner Urenkelkinder hier nicht wohnen lassen möchtest, muss eben eine andere Lösung her. Sie kann nicht vor der Wahl stehen, ihre Kinder entweder kaum noch zu sehen oder im Dunkeln allein durch den Wald zu laufen. Du selbst warnst doch ständig vor lichtscheuem Gesindel.«

Wilhelm von Schletter stieß mit einem Schnauben die Luft aus, das an einen Ochsen erinnerte. Er konnte nicht nachgeben, ohne das Gesicht zu verlieren, obwohl ihm anzusehen war, dass ihn der Disput bereits ermüdete.

»Sie wird bleiben«, ergriff Helenes Mutter das Wort. »Es sind meine Enkelkinder, und ich möchte, dass ihnen ihre

Mutter erhalten bleibt. Oder willst du, dass es ihnen ergeht wie Victoria und Constantin, die mutterlos aufwachsen mussten?«

Wilhelm von Schletters Züge erschlafften gerade ausreichend, um seine tiefe Erschöpfung zu zeigen. Noch immer schmerzte es ihn sichtlich, an seine Tochter zu denken. »Also gut«, lenkte er ein, »um Maximilians willen. Aber ich bin ausdrücklich dagegen! Nur, weil gerade Krieg ist, sonst würde ich das nicht erlauben.«

Helene verbuchte diesen Sieg mit einem Lächeln, während Elisabeth erst sie, dann Wilhelm von Schletter ungläubig anstarrte.

»Ich … Das ist ganz wunderbar. Vielen Dank.«

»Dank nicht mir«, brummte Wilhelm von Schletter. »Ich bin dagegen, wie gesagt. Aber meine Schwiegertochter möchte es gerne, und ich kann ihr um meines Sohnes willen natürlich den Wunsch nicht verweigern.« Er erhob sich mühsam. »Aber wäre das Gästezimmer nicht passender?«

»Du meinst im maroden Westflügel, wo es durchs Dach regnet?«, fragte Helene.

»Wir haben doch auch noch einige freie Räume im Ostflügel.«

»Sie schläft in Maximilians Zimmer, das ist gemütlicher.«

»Aber wird ihm das recht sein?«

»Du meinst, da sie so viel intime Nähe vorher nicht geteilt haben?«

Das Rot im Gesicht ihres Großvaters nahm eine ungesunde purpurne Farbe an, und Adela von Schletters Blick ermahnte ihre Tochter, es nun gut sein zu lassen. »Ruh dich ein wenig aus«, sagte sie zu ihm. »Ich kümmere mich um alles.«

»Du bist ein gutes Mädchen«, antwortete er, als habe sie nicht bereits das fünfzigste Lebensjahr überschritten.

Helene gestattete sich ein weiteres mokantes Lächeln und verließ den Salon.

»Helene!« Elisabeth kam ihr hinterhergeeilt und ergriff ihren Arm, so dass sie sich zu ihr umdrehen musste. »Danke!«

»Das war überfällig. Meine Familie behandelt dich unmöglich, und leider kann ich meinen Vater davon nicht ausnehmen.«

Ein eisiger Wind biss ihr in die Wangen, als Helene über den Hof zu den Stallungen lief, wo Andreas auf sie wartete. Er schloss sie in die Arme, kaum, dass sie eingetreten war, und küsste sie lange. So recht wusste Helene nicht, was das da zwischen ihnen war, aber da es sie so glücklich machte, hinterfragte sie es nicht.

»Ich musste gerade einen Kampf mit meinem Großvater ausfechten.«

»Und so zufrieden, wie du aussiehst, bist du als Siegerin hervorgegangen.«

»Ja.«

Er küsste sie erneut, dann hob er den Kopf gerade weit genug, dass er sie ansehen konnte. »Ich war gerade bei Morgentau. Sie schont die rechte Hinterhand.«

»Die Stallburschen haben nicht aufgepasst heute Morgen, haben sie an Ariadne vorbeigeführt, und die hat ausgekeilt. Jeder weiß, dass man nie hinter Ariadne ein Pferd herführen darf.« Das galt bei Pferden grundsätzlich, aber

Ariadne keilte sofort, doch die polnischen Arbeiter waren im Umgang mit Pferden nicht geschult. Jetzt musste Helene sich auch noch darum kümmern, zu dem ganzen Ärger, den sie ohnehin schon hatte.

»Helene!«

Carl von Reichenbach? Irritiert löste Helene sich von Andreas, trat aus der leeren Box heraus, in die sie sich zum Schutz vor fremden Blicken zurückgezogen hatten. Im nächsten Augenblick stieg Angst in ihr auf. Constantin. »Ist etwas passiert?«

»Nein, keine Sorge.« Er kam näher. »Ich möchte mir Apollon anschauen, wenn du erlaubst. Ich habe gehört, dein Großvater will ihn verkaufen.«

»Woher weißt du das?«

»Ich hatte heute aufschlussreichen Besuch. Offenbar läuft hier einiges aus dem Ruder.«

»Ja, das kann man so sagen.«

Er sah sich im Stall um, und unwillkürlich fragte Helene sich, ob er Vergleiche zu seinen gepflegten und weitläufigen Stallungen zog. »Du kannst jederzeit zu mir kommen, wenn du Hilfe brauchst.«

»Nach dem Tod von Richard und Constantins Baby wollte ich dir nicht auch noch meine Sorgen aufbürden.«

»Du bürdest mir nichts auf.«

Sie führte ihn zu der Box des jungen Hengstes, und Carl von Reichenbachs geschulter Blick glitt über das Tier. Er kannte den Stammbaum, der Vater des Pferdes war einer seiner eigenen Hengste.

»Ich mache deinem Großvater ein großzügiges Angebot für Apollon«, sagte er schließlich. »Er wird nicht ablehnen.«

Helene nickte. »Vielen Dank.«

»Gut, ich spreche mit ihm. Sag deinem Galan, er kann jetzt aus der Box kommen.« Er zwinkerte ihr zu und verließ den Stall.

Juni 1915

Vor wenigen Tagen waren zehn weitere Arbeiter gebracht worden, Kriegsgefangene aus Russland. Da für die Erntezeit dringend Männer gebraucht wurden, setzte man die Gefangenen nun auf diese Weise ein. Helene wies ihnen die Aufgaben zu, und ihr fiel auf, dass einer von ihnen, Alexander, eine hervorragende Hand für Pferde hatte. Er war ein sehr verschlossener Mann, den sie auf Mitte dreißig schätzte. Von Anfang an zeigte er deutlich, dass er hier nicht sein wollte. Es war kein offener Widerspruch, denn die Arbeit auf den Gutshöfen war sicher angenehmer, als in irgendeinem Lager zu hocken, aber er kam vermutlich aus guter Familie, das zeigte seine Art zu sprechen – wenn er sich denn mal dazu herabließ – sowie sein gesamtes Gebaren. Es musste ihn hart ankommen, hier praktisch die Rolle eines preußischen Knechts zu spielen. Aber er konnte hervorragend mit Pferden umgehen, das fiel Helene sofort auf.

Da Helene mit den Arbeitern sehr höflich umging, wurde sie recht schnell die erste Ansprechpartnerin für deren Belange.

»Du solltest nicht zu sehr mit dem Feind fraternisieren«, sagte ihr Großvater, als sie nach einem Gespräch mit einem der russischen Arbeiter ins Haus kam.

»Sie arbeiten für uns, es wäre doch wohl albern, nicht mit ihnen zu sprechen.«

»Du hast gelächelt.«

»Ach, Himmel.« Helene führte den Disput nicht weiter, sondern ging in das Arbeitszimmer ihres Vaters, um sich die Bücher anzusehen. Zu ihrem Erstaunen fand sie ihre Mutter hier vor.

»Ich schreibe Maximilian«, erklärte sie. »Und hier ist das Licht besser als an meinem Sekretär. Ich bin aber gleich fertig.«

»Lass dir Zeit.« Helene ließ sich auf einem der Stühle auf der anderen Seite des Schreibtisches nieder und beobachtete, wie die Hand ihrer Mutter Zeile um Zeile ihrer schönen Schrift auf dem Papier hinterließ. Schließlich legte Adela von Schletter die Schreibfeder hin und sah Helene an. »Möchtest du auch noch etwas schreiben? Sonst lasse ich den Brief jetzt zur Post bringen.«

»Ja, bitte.«

Ihre Mutter lehnte sich im Stuhl zurück. »Ist das mit dir und Andreas etwas Ernstes?«

Irritiert erwiderte Helene den Blick ihrer Mutter. »Woher weißt du das?«, war alles, was ihr zu sagen einfiel.

»Oh, wenn ich das nicht erkennen würde, wäre es um meine Fähigkeiten als Mutter schlecht bestellt.« Sie lächelte, und Helene, die recht starr dasaß, entspannte sich ein wenig.

»Ich weiß nicht, ob es ernst ist«, antwortete sie zögernd.

»Von mir aus ja, aber er ist damals, als ich ihm praktisch gestanden habe, wie es um meine Gefühle steht, nach Trakehnen gegangen.«

»Daher deine Niedergeschlagenheit damals, ich dachte mir schon, dass Liebeskummer dahintersteckt. Hat er dir gesagt, warum er fortgegangen ist?«

»Weil er mehr sein wollte als nur der Sohn des Stallmeisters.«

»Dann glaubte er, deiner nicht würdig zu sein.«

Helene zuckte nur mit den Schultern. »Möglicherweise.«

»Und jetzt?«

»Jetzt sind wir uns wieder nahe, aber ich weiß nicht, worauf das alles hinausläuft.«

»Spricht er von Heirat?«

Helene schüttelte den Kopf.

»Du bist viel zu besonnen, um dich zu einer Dummheit hinreißen zu lassen, nicht wahr?«

»Ja, natürlich.«

Ihre Mutter lächelte erneut. »Dann gebt euch Zeit herauszufinden, was ihr füreinander sein wollt.« Sie erhob sich. »Ich muss mich noch um einiges kümmern. Wie machen sich die neuen Arbeiter?«

»Bisher ganz gut.«

Adela von Schletter deutete auf den Schreibtisch. »Wenn du deinen Brief geschrieben hast, sag Bescheid, dann schicke ich jemanden damit nach Königsberg.«

Nachdem sie gegangen war, setzte Helene sich an den Schreibtisch, nahm einen Bogen Büttenpapier und begann mit dem Brief an ihren Bruder. Als sie damit fertig war, schlug sie das Rechnungsbuch auf und starrte dann doch darüber hinweg ins Leere. Sie wusste in der Tat nicht, woran sie bei Andreas war, einerseits küsste er sie, wann immer sich die Gelegenheit zur Ungestörtheit bot, andererseits blieb er stets ein wenig distanziert. Mehr als Küsse war nicht geschehen, und mehr würde auch nicht geschehen, ehe Helene nicht wusste, welche Absichten er hegte, dafür boten sich in ihrer Familie zu viele warnende Beispiele.

Seufzend wandte sie sich dem Rechnungsbuch zu, das eine ernüchternde Aufstellung der Zahlen gab. Carl von Reichenbach hatte einen hohen Preis für Apollon bezahlt, und mochte Wilhelm von Schletter auch argwöhnen, dass es jenem eher um Helene ging als um das Pferd, so brachte er es doch nicht über sich, das großzügige Angebot auszuschlagen. Das Geld indes hatte er sofort wieder ausgegeben, um das marode Dach im Westflügel so weit instand zu setzen, dass es endlich dicht war – zumindest so lange, bis weitere Teile davon einstürzten. Und dann waren da noch die Böden, die durch Wasser und Schnee gelitten hatten. Helene konnte sich an keine Zeit in ihrem Leben erinnern, in der nicht irgendetwas hier instand gesetzt werden musste.

Jetzt, da ihr Vater fort war, focht Helene mehr Kämpfe mit ihrem Großvater aus als je zuvor, und allmählich ermüdete es sie. Dabei war ihr Vater noch nicht lange fort, und der Krieg dauerte. Zum Jahreswechsel hin hatte es keine großräumigen Operationen gegeben, nur hier und da einzelne Scharmützel. Die kriegsführenden Parteien hatten ihre Ziele nicht erreicht, dafür gab es bereits aufseiten der Russen eineinhalb Millionen Gefallene, Gefangene und Verwundete – von dreieinhalb Millionen, die in den Krieg gezogen waren. Aufseiten Österreichs waren an die hundertneunzigtausend Männer tot, und täglich konnte man auf den Aushängen in den Städten verfolgen, welche deutschen Soldaten und Offiziere gefallen waren. Helene ritt zweimal wöchentlich nach Königsberg, um voller Angst die Listen durchzusehen. Viele bekannte Namen standen darauf, Kindheitsfreunde, entfernte Verwandte, aber abgesehen von Richard hatte es wenigstens aus der nahen Verwandtschaft noch niemanden getroffen. Zweihundertvierzigtausend deutsche Gefallene zum Jahresende hin. Aus den Feiernden zu Kriegsbeginn waren Tote und Verkrüppelte geworden sowie Menschen, die ängstlich Tag für Tag die Listen nach ihren Lieben absuchten. Und Kaspar ging freiwillig in diesen Irrsinn mit all der Leidenschaft, die die daheim gebliebenen jungen Männer hegten.

Constantins Regiment war geteilt und er dem Halb-Regiment zugeordnet worden, das wieder an die Westfront geschickt wurde. Ihm war ein anderes Pferd gegeben worden, eines, das ihm fremd blieb, was auch gut war, denn ein Artilleriepferd lebte im Durchschnitt mittlerweile nur noch zehn Tage, und er wollte sein Herz nicht an ein Tier hängen, das er wieder verlieren würde. Bisher hielt der Wallach sich gut, war nervenstark und zuverlässig.

Seit April befand Constantin sich an der schwer zugänglichen Lorettohöhe, die seit Oktober in deutscher Hand war. Bis in den Raum von Arras und im Norden Richtung La Bassée waren die Truppen aufgestellt, um das eroberte Gebiet gegen die Franzosen zu verteidigen. Es gab durch die Dörfer hindurch ein tief gegliedertes, stacheldrahtbewehrtes, von einem Hochplateau aus überwachtes Stellungssystem, das durch Laufgräben verbunden war. In diesen befanden sich Gewehrauflagen, so dass sie als Schützengräben genutzt werden konnten, während hinter ihnen rasch Reserven herbeigeführt wurden. Es gab Unterstände, Stollen und vernetzte Gräben. Hier, in einem der Schützengräben, traf Constantin auf seinen Vetter Daniel. Seit einem Monat standen sie unter schwerem Artilleriebeschuss, und Daniel, den vermutlich ein Moment heroischen Leichtsinns dazu getrieben hatte, sich trotz seines jungen Alters zur Front zu melden, war mittlerweile von der Wirklichkeit recht unsanft aus seinen romantischen Vorstellungen der Rückkehr als Kriegsheld geweckt worden.

»Ich will nach Hause«, weinte Daniel. »Du bist doch Offizier. Kannst du dafür sorgen, dass ich nach Hause darf?«

»Nein, leider nicht. Und jetzt reiß dich zusammen!« Constantin wollte ihn trösten, wollte ihm gut zureden, aber er wusste, das würde Kummer und Heimweh verschlimmern, und es gab nun einmal nur einen Weg hier hinaus, solange der Krieg anhielt, und der war mit den Füßen voran.

Die Franzosen hatten bereits Gelände gewonnen und einen tiefen Einbruch in die deutschen Stellungen erzielt. Und sie stürmten unbeirrt weiter, lieferten sich tagelange Gefechte, französische Pioniere gruben Stollen in Richtung der deutschen Stellungen und füllten sie mit Sprengstoff.

»Na, wie macht sich der Kleine?«, fragte Leutnant von Walderberg, als er sich neben Constantin hockte und eine Zigarette ansteckte. Er hustete, wischte sich mit dem Ärmel eine gelbe Schleimspur vom Mund und nahm einen weiteren Zug.

»Er hat Angst.« Constantin warf einen Blick auf Daniel, der außer Hörweite hockte, das Gewehr im Anschlag, während er sich den Anschein von Mut zu geben suchte.

»Ist von zu Hause weggelaufen, habe ich gehört.«

Constantin nickte nur.

»Hat einen polnischen Namen. Warum?«

»Sein Vater ist polnischstämmig aus Lyck.«

Leutnant von Walderberg rauchte auf und drückte den Stummel in die Erde. »Verdammter Mist ist das mit den Franzosen. Ich dachte, ich wäre Weihnachten daheim. Hab meinen Kleinen noch nicht ein Mal gesehen.«

Constantin wusste, dass Millie sich als Lazarettschwester gemeldet hatte, und er war sehr stolz auf sie. Allerdings hoffte er zutiefst, dass sie weit genug von der Front entfernt war. Er lehnte den Kopf zurück, genoss den Moment der Stille, die stets von der Anspannung begleitet war, es könne jeden Moment wieder einen Einschlag geben.

Dieser kam mittags, als die Franzosen einen weiteren Angriff wagten, obwohl die letzten überaus verlustreich für sie gewesen waren. Daniel robbte zu Constantin, als könne er bei ihm Schutz finden.

»Bleib an deinem Platz!«, zischte Constantin, der den Arm kaum bewegen konnte, weil sein Cousin so eng bei ihm lag.

Daniel kroch langsam wieder zurück. Man konnte sehen, dass er zitterte. Mörser rissen riesige Krater in den Boden, Granaten flogen in beide Richtungen, Haubitzen wurden abgefeuert, und all das mischte sich in das Trommelfeuer der Maschinengewehre. Über Stunden ging das, und als Constantin den Kopf hob, sah er tote Männer im Stacheldraht hängen, Häuser waren ausgebombt, Straßen unter Trümmern begraben. Seit Wochen kämpften sie in der unmittelbaren Präsenz verwesender Toter, da es oftmals nicht möglich war, sie zu bergen. Dies hier, so dachte Constantin ein ums andere Mal, war der wahre Bruch mit der Zivilisation.

Er hörte, wie sich jemand übergab, und wandte den Kopf, es war jedoch nicht Daniel. Der lag immer noch an seinem Platz. Und dann war da auf einmal nichts mehr, als die Erde unter dem ohrenbetäubenden Knall eines Einschlags aufriss. Blut und Gewebefetzen klebten an Constantins Uniform, indes ihm der körnige Staub in den Augen brannte und ihm die Sicht nahm. Heftig blinzelnd robbte er zu der Stelle, wo Daniel gelegen hatte, wohin er, Constantin, ihn zurückgeschickt hatte. Grundgütiger, dachte er, während er die Gestalt seines Cousins am Boden ausmachte, eine Silhouette in einem Nebel aus gelbem Staub.

Daniel lag da, die Augen gen Himmel gerichtet, der Mund leicht geöffnet, um den Atem stoßweise entweichen zu lassen. Seine Hände fanden Constantins, ergriffen sie, drückten sie, angstvoll wie ein Kind, das sich im Dunkel fürchtet. Und so war es wohl auch, dachte Constantin.

»Meine … Beine«, stieß Daniel abgehackt hervor, »tun … weh«, und Constantin ließ den Blick am Körper seines Cousins entlanggleiten, obwohl er es bereits gesehen hatte. Von dem rechten Bein war nur mehr ein kurzer Stumpf übrig, das andere war bis in die Hüfte weggefetzt worden. Hellrotes Blut pulste in den blutigen Matsch, versickerte an einigen Stellen, bildete an anderen Pfützen. Dieses halbe

Kind, dachte Constantin, sollte durch die Heide laufen, Beeren pflücken und mit Mädchen schäkern.

»Es wird gleich nicht mehr wehtun«, antwortete er und erwiderte den Druck der kalten Finger.

»... den Arzt?« Die Worte waren kaum zu verstehen.

»Gewiss. Mach die Augen zu. Wenn du sie wieder öffnest, ist alles gut, und der Schmerz ist weg.« Constantin lächelte, und mit der Gewissheit eines Kindes, das den Erwachsenen vertraut, glaubte auch Daniel seinem älteren Cousin und schloss die Augen. Sonnenstrahlen tasteten sich zwischen den Wolken hervor, wurden wieder geschluckt, in ebenjenem Moment, als Daniels Finger erschlafften. Die Brust hob und senkte sich kaum sichtbar. Constantin wischte sich mit dem Ärmel übers Gesicht und sah auf, bemerkte, dass die Wolken sich lichteten. Es wurde ruhiger, die Kampfhandlungen gingen für diesen Tag zu Ende, und mit ihnen Daniels junges Leben. Er bemerkte, dass sein Cousin die Lippen bewegte, und brachte sein Ohr nahe an dessen Mund.

»Ja«, antwortete er, »du gehst nach Hause.«

Victoria sah auf das kleine Wesen in der Wiege und konnte nicht so recht fassen, dass sie tatsächlich Mutter war. Die Geburt war schmerzhaft gewesen, aber nicht in einem Maße, dass sie es nicht hätte ertragen können. Das Glücksgefühl hernach, als man ihr das winzige Bündel in die Arme legte, war mit nichts vergleichbar, was sie jemals empfunden hatte. Sie hatte ihn nach seinem Vater benannt, und während sie ihren Sohn ansah, bereute sie, dass sie Richard nichts von der Schwangerschaft geschrieben hatte. Er hätte sich so gefreut. Aber Victoria hatte nicht gewollt, dass er sich Sorgen machte, hatte ihn mit der Nachricht überraschen wollen. Nun war es dafür zu spät, und er würde nie erfahren, dass etwas von ihm geblieben war.

Justus und Meta wünschten sich, dass sie nach dem Krieg nach Johannisburg zurückkehrte und mit dem Kleinen bei ihnen lebte. Victoria wusste schon jetzt, dass sie das nicht tun würde. Sie mochte die beiden, aber es war nur an Richards Seite ihr Zuhause gewesen, nun zog sie nichts mehr dorthin. Das hier war ihre Heimat, hier wollte sie ihr Kind großziehen, auf dem Gut ihres Vaters.

Sie hielt die Hand in die Wiege, berührte das kleine Fäustchen, und die winzigen Finger öffneten sich und schlossen sich hernach fest um ihren Zeigefinger. So ein kleiner Mensch, dachte sie. Das Kind öffnete die Augen, gab einen schmatzenden Laut von sich, schloss die Lider wieder und schlief weiter. Victoria gab ihm selbst die Brust, was bedeutete, dass die Nächte meist kurz waren.

Es klopfte, und kurz darauf betrat ihr Vater den Raum. Er trat zur Wiege und sah eine Zeit lang schweigend das Kind an, das immer noch Victorias Finger umklammert hielt.

»Denkst du an die Einladung heute Nachmittag?«

»Ja, ich habe es nicht vergessen.« Ihr Großvater hatte ihnen eine Einladung zum Nachmittagskaffee geschickt, da er seinen Urenkel endlich kennenlernen wollte. Adela von Schletter und Helene waren wenige Tage nach der Geburt hier gewesen und hatten das Kind ausgiebig bewundert. Auch Karolina war wenig später gekommen, aber zwischen ihnen schwelte nach wie vor zu viel Unbehagen, als dass sie den Kleinen unbefangen hätte betrachten können. Aber gefreut hatte sie sich doch für sie, das war unverkennbar gewesen.

»Denkst du, Constantin hätte etwas dagegen, wenn ich sein Automobil fahre?«, fragte Victoria unvermittelt.

Ihr Vater sah sie erstaunt an. »Nein, vermutlich nicht. Aber traust du dir das wirklich zu?«

»Ich habe schon Frauen solche Wagen fahren sehen, warum sollte ich es nicht können?« Die Vorstellung ging ihr schon seit einiger Zeit im Kopf herum. Wie wunderbar unabhängig man wäre. Sie könnte mit dem Kleinen Ausflüge nach Königsberg machen, und sie käme schnell von einem Ort zum anderen.

»Du bräuchtest jemanden, der es dir beibringt.«

»Der findet sich gewiss.«

»Nun, von mir aus soll dem nichts im Wege stehen.«

Der Kleine ließ Victorias Finger los, verzog das Gesicht, reckte die Arme, stieß einen maunzenden Laut aus, entspannte sich dann jedoch wieder und schlief weiter. Victoria lächelte und fuhr mit dem Zeigefinger über sein flaumiges Haar.

»Ich habe übrigens vorhin einen Brief von Millies Eltern bekommen. Sie ist in einem Lazarett nahe der Grenze zu Belgien. Es geht ihr gut, und sie geht in ihrer Arbeit auf. Offenbar war das die richtige Entscheidung.«

»Was hat Constantin dazu gesagt? Hat er dir geschrieben?«

»Bisher noch nicht. Aber er wird sich gewiss mit Millie schreiben, gar zu weit dürften sie ja derzeit nicht voneinander entfernt sein.«

Die Nachricht von Daniels Tod hatte Victoria tief getroffen. Für sie war er immer noch der kleine Bub, und nun, da sie selbst ein Kind hatte, konnte sie den Schmerz, den Magdalena empfand, nachfühlen. Wie furchtbar es für sie sein musste, vor allem, da er ja gar nicht an die Front gemusst hatte.

»Wie kommt Tante Magdalena zurecht?«, fragte sie.

»Das weiß ich nicht, sie antwortet mir nicht auf meine Briefe.«

Und das bedeutete, dass es um ihre Tante wahrhaftig nicht gut stand. Victoria konnte nur hoffen, dass ihr Jan ein Trost war und ihr über den Verlust seines Bruders ein wenig hinweghalf.

»Ich hätte ebenfalls gehen sollen!«, schrie Jan nicht zum ersten Mal. »Ihr seid schuld, dass er allein in den Krieg gezogen ist.«

Magdalena wollte antworten, aber sie konnte nicht. Seit sie von Daniels Tod erfahren hatte, blieb ihr die Stimme weg. Es hatte in dem Moment begonnen, als sie seinen Namen gelesen hatte auf der Liste der Gefallenen. *Daniel Korol, gefallen in der Lorettoschlacht.* Sie war heimgekehrt und nicht fähig gewesen, sich zu artikulieren, hatte den Mund geöffnet, die Worte geformt, ohne dass ein Laut gekommen wäre. Es sei der Schock, hatte Łukasz gesagt, als dieser Zustand auch Tage später noch anhielt. Dabei war sie erstaunlich ruhig, sie weinte nicht, sie brach nicht zusammen, aber sie war auch nicht imstande, viel mehr zu tun, als im Bett zu liegen und an die Wand zu starren. Wenn sie sich mühsam daraus erhob, um ihren Pflichten im Haus nachzugehen, so empfand sie die anfallende Arbeit als unüberwindbar. Sie saß davor, wusste, es musste getan werden, und konnte es doch nicht tun. Clara erledigte die Hausarbeit und kümmerte sich um alles.

»Du«, setzte Jan seine Vorwürfe nun explizit an seine Mutter gerichtet fort, »bist schuld daran, dass ich nicht für ihn da war und er allein gehen musste. Du musstest Papa ja so vehement darin bestärken, uns nicht gehen zu lassen.«

Łukasz holte aus und verpasste ihm eine Ohrfeige, die seinen Kopf zurückwarf. »Wehe dir, Jan! Als Daniel gegangen ist, warum bist du nicht mitgegangen? Aus Gehorsam uns gegenüber? Oder, weil der Krieg dir doch Angst gemacht hat? Und wärest du mitgegangen und mit ihm gestorben, wäre ihm dann geholfen? Wären wir mit zwei toten Söhnen besser dran?«

Jan traten die Tränen in die Augen, und Clara ging zu ihm, griff nach seiner Hand, was er einen Augenblick lang geschehen ließ, ehe er sie ihr rüde entriss. »Ich hätte auf ihn aufpassen können.«

»Bist du unverwundbar?«, fragte sein Vater. »Hättest du die Kugel oder was auch immer ihn das Leben gekostet hat mit deinem Körper aufgehalten?«

Dass Jan darauf keine Antwort zu geben wusste, machte diesen sichtlich noch wütender. »Ich hätte auf ihn aufgepasst«, wiederholte er stur.

Magdalena betrachtete ihn, wie er da stand, hochgewachsen und ihr in so vielem ähnlich, auch im Aussehen, während Daniel nach seinem Vater gekommen war. Eigentlich war Daniel der Ruhigere, Besonnenere gewesen, daher hätte sie eher damit gerechnet, dass Jan sich über das Verbot hinwegsetzte und an die Front meldete. Sie wollte etwas sagen, öffnete den Mund, aber ihre Stimme gehorchte ihr nicht. Clara machte das Angst, sie sah ihre Mutter aus geweiteten Augen an, wünschte sich so offenkundig, dass alles wieder normal wäre. Łukasz legte ihr beruhigend den Arm um die Schultern. Er hatte sich als Lazarettarzt melden wollen, aber durch den Einmarsch der Russen war auch hier genug zu tun gewesen, und zudem wollte er Magdalena nicht allein lassen.

»Vielleicht solltest du mit Clara zu deinem Bruder fahren«, sagte er nun, nachdem Jan Türen knallend das Zimmer verlassen hatte. »Fort von hier mit der Kleinen.«

Magdalena jedoch schüttelte nur den Kopf. Keinesfalls würde sie ihn verlassen, allein der Gedanke trieb ihr die Tränen in die Augen. Das abgehackte Schluchzen war der einzige Laut, den sie hervorzubringen imstande war.

»Schon gut«, beruhigte Łukasz sie. »Du musst nicht. Bleib hier, wenn du das lieber möchtest.« Er umfasste ihre Hand, drückte sie, während Clara sich an seine Seite schmiegte, die Augen schloss und leise summte.

Jetzt, da Helene den Segen ihrer Mutter hatte, fühlte sich die Beziehung zu Andreas leichter an, unbeschwerter. Und eines Nachmittags, als sie zusammen im Garten spazieren gingen, erzählte sie ihm, dass ihre Mutter Bescheid wusste.

»Sie hat es bemerkt an der Art, wie wir miteinander umgehen.«

»Mein Vater argwöhnt ebenfalls etwas, allerdings unterstellt er mir unlautere Absichten und droht bereits, was mit mir passiert, sollte ich dich schwängern.«

Helene stieg das Blut in die Wangen. »Und das wäre?«, versuchte sie sich an einem scherzhaften Ton.

»Er hat mir sehr drastisch geschildert, dass in dem Fall weitere Nachkommen nicht zu erwarten sind.«

»Er würde dich umbringen?«

»Hm, nein, es war etwas pikanter. Nichts, was ich deinen unschuldigen Ohren zumuten möchte.«

Helene hob spöttisch die Brauen. »Er würde dich praktisch zum Wallach machen. Ich bin eine Züchterin, mein Liebster.«

Jetzt stieß er ein kleines Lachen aus, dann drehte er sie zu sich und küsste sie, küsste sie wieder und wieder. »Hat Carl von Reichenbach dich noch einmal auf die Sache angesprochen?«

»Nein, das würde er nie tun.«

Erneut küsste er sie, dieses Mal länger. »Du kennst meine Befürchtungen. Und diese sind nach wie vor da.«

»Der gesellschaftliche Rang ist mir gleich, das habe ich dir schon vor Jahren gesagt.«

»Als ich gegangen bin, dachte ich, sobald ich weit genug fort bin, werde ich nicht mehr an dich denken. Aber es hat nicht funktioniert, gleich, welche Ablenkung ich mir gesucht habe.«

»Andere Frauen?«

Er wich einen Moment lang ihrem Blick aus. »Zu der Zeit war es zwischen uns vorbei, und ich hatte nicht vor, dauerhaft zurückzukehren.«

Helene roch den schweren Duft von Jasmin, der ihr

stets Kopfschmerzen verursachte, doch in diesem Moment wollte sie nicht weitergehen, als könne das, was zwischen ihnen war, zerbrechen, sobald sie sich bewegte. »Ich habe mich furchtbar gedemütigt gefühlt, als du gegangen bist«, gestand sie. »Ich fühlte mich unscheinbar und …«

»Nein«, unterbrach er sie hastig, »das bist du gewiss nicht. Du bist wunderbar, so wunderbar, dass ich lieber weit fort war, als hierzubleiben und daran zu denken, dass ich nicht gut genug für dich bin. Vielleicht wäre dir das irgendwann bewusst geworden, wenn deine anfängliche Verliebtheit abgeklungen wäre. Ich wäre immer ein Fremder in deiner Familie geblieben, jemand, der nicht dazugehört.«

Helene tat einen bebenden Atemzug. »Du redest die ganze Zeit um das herum, was du eigentlich sagen möchtest. Warum fragst du mich nicht einfach?«

Ein Lächeln umschattete Andreas' Lippen, dann setzte er ein Knie auf den Boden. »Freiin Helene von Schletter, würdest du mir die große Ehre erweisen, meine Frau zu werden?«

In ihrem Magen stieg ein wildes Flattern auf, das in ihrer Brust zu bersten schien und ihr Herz wild pochen ließ. Sie öffnete den Mund, um die ersehnte Antwort zu geben.

»Helene!«, donnerte ihr Großvater. »Was, um alles in der Welt …« Die letzten Worte waren unverständlich, da sie in seinem Keuchen untergingen, als er sich hastig von der Veranda her zu ihnen bewegte. »Steh sofort auf, du Taugenichts, und lass ihre Hand los! Du kompromittierst sie ja.«

Andreas erhob sich rasch und wurde rot, aber er ließ ihre Hand nicht los, und auch Helenes Finger schlossen sich fester um die seinen.

»Wir werden heiraten«, sagte sie, noch ehe ihr Großvater bei ihnen war.

»Heiraten? Den Stallburschen? Bist du toll, oder was?«

»Keineswegs. Wir lieben uns.«

»Liebe! Erst beschert uns dein Bruder einen Haufen Moors-Bastarde und will sie zu den rechtmäßigen Erben machen, und nun kommst du mir hier mit dem Stallburschen an?«

»Er ist kein Stallbursche mehr, und wir haben den Segen meiner Mutter.«

»Dein Vater wird dergleichen nicht dulden!«

In dieser Hinsicht hatte Helene jedoch wenig Bedenken, denn all das, was er gegen Emil Moors vorzubringen hatte, traf auf Andreas' Vater, den er sehr schätzte, gewiss nicht zu.

»Eine Freiin heiratet keinen Stallburschen!«

Helene verzichtete darauf, den Fehler ein weiteres Mal zu korrigieren, sondern hielt weiterhin schweigend Andreas' Hand.

»Ich werde tun, was immer nötig ist, um dich von dieser Narretei abzubringen«, sagte ihr Großvater nun, der offenbar ihr Schweigen als Nachgiebigkeit deutete. »Und wenn ich dafür seinen Vater von meinem Hof jagen muss!«

»Dann«, entgegnete Helene ruhig, »werde ich mich von ihm schwängern lassen.«

Ihr Großvater lief dunkelrot an und hob den Stock, schlug gar nach ihr und verfehlte sie nur knapp. »Ich werde euch das Leben zur Hölle machen, das verspreche ich dir.«

»Das tust du doch jetzt schon!«

Offenbar traf ihn das nun doch, denn er sah sie nur mit

einem seltsamen Ausdruck von verletztem Erstaunen an, drehte sich um und ging zurück zum Haus.

Andreas stieß den Atem in einem langen Zug aus. »So viel dazu.«

»Er ist alt und hat, was uns angeht, nichts zu sagen, und das passt ihm nicht. Am liebsten wäre es ihm, Max und ich wären wie Constantin und Victoria, beide respektabel verheiratet und mit vermögenden Familien verbunden. Aber die Zeiten ändern sich, das ist das einzig Gute, das der Krieg mit sich bringt.« Und dessen war Helene sich gewiss, denn man merkte es jetzt schon allerorten, wie die alten Strukturen langsam aufbrachen. Bald würde man vermutlich nicht einmal mehr die Standesunterschiede so stark bewerten. Häuser mussten kriegsbedingt mit weniger Personal auskommen, und es war anzunehmen, dass das so bleiben würde.

»Was du über das Schwängern gesagt hast«, nahm Andreas den Faden wieder auf. »War das ernst gemeint?«

»Durchaus.«

Ein anzügliches kleines Lächeln tanzte auf seinen Lippen, und Helene hob die Brauen. »Und was ist mit der Drohung durch deinen Vater?«

»Oh, wenn ich ihm sage, dass ich dadurch verhindere, dass er auf die Straße gesetzt wird, wird er meine Tat womöglich gar heroisch finden.«

Helene stieß ihn an. »Wie gesagt, es ist das letzte Mittel zum Zweck.« Die Art, wie er sie ansah, ließ indes jene Wärme in ihrem Bauch aufsteigen, die der Gedanke an Intimitäten mit ihm stets begleitete. Dass er sie so offensichtlich wollte, war ein geradezu berauschendes Gefühl.

»Also gut, gedulden wir uns«, sagte er, »und hoffen auf einen baldigen Termin zur Heirat.«

Helene wollte auf jeden Fall, dass ihr Vater dabei war und sie zum Altar führte. Und Maximilian und Kaspar. Und natürlich Constantin. Sie schlenderten langsam durch den Garten um das Schloss herum zum Hof, immer noch Hand in Hand. Sollte es nur jeder sehen.

»Bekommt ihr Besuch?«

Die Kutsche der von Reichenbach fuhr in den Hof ein. »Meine Cousine und mein Onkel.« Ihr Großvater war vermutlich zu dem Zwecke in den Garten gekommen, um ihr zu sagen, dass die Gäste in Kürze eintreffen würden. Er hätte auch jemanden schicken können, aber zur Eile gemahnte er gerne selbst.

Einige Arbeiter hielten inne und betrachteten das prachtvolle Gefährt. Carl von Reichenbach stieg aus, bemerkte Helene, und sein Blick glitt kurz zu Andreas, dann wieder zurück zu ihr. Ein Lächeln, das Neigen des Kopfes. *Meinen Segen hast du.*

Helene bemerkte Alexander, der auf eine Heugabel gestützt dastand, eine Hand in die Seite gestemmt, träge, als ruhe er sich einen Moment lang aus. Aber sein Blick war aufmerksam, taxierte die Ankömmlinge. Und dann, ganz langsam, wie in stummem Erstaunen, weiteten sich seine Augen. Helene wandte den Kopf, wollte wissen, was er sah, und bemerkte Victoria, die in diesem Moment mit dem Säugling im Arm aus der Kutsche stieg.

II

»Im Ersten Weltkrieg spielten die großen Geschwister mit den Dorfkindern Krieg.«

Marion Gräfin Dönhoff, Kindheit in Ostpreußen

Oktober 1917

Helene mochte Russisch, und sie mochte die Lieder, die die Arbeiter sangen, obwohl diese sehr traurig waren. Die Männer vermissten ihre Heimat, und es war nicht absehbar, wann sie in diese zurückkehren konnten. Über zwei Millionen Kriegsgefangene gab es inzwischen, aber während die Gefangenen aus den westlichen Staaten überwiegend in den Industriebetrieben eingesetzt wurden, schickte man die Russen in die Landwirtschaft. Helene hatte ihren Großvater sagen hören, dass sich der Krieg rein wirtschaftlich durchaus gelohnt hatte, denn da die Gefangenen nicht entlohnt werden mussten, verbuchte man deutliche Gewinne.

Da das Anwerben belgischer Arbeiter misslang, wurden sie zwangsrekrutiert, was – wie man unter der Hand gehandelten Zeitungen entnehmen konnte – das Ansehen der Deutschen innerhalb von Europa nicht gerade verbesserte, und dies hatte schon durch die Behandlung der polnischen Arbeiter – überwiegend Juden – stark gelitten. Die polnischen Gefangenen lebten in Lagern, von wo aus sie zur täglichen Arbeit gebracht wurden. Die Russen waren auf dem Gut untergebracht, und ein Soldat war abgestellt worden, sie zu bewachen. Das Kriegsamt in Berlin hatte im Februar dieses Jahres verfügt, dass aus jedem Kriegsgefangenen an Arbeit herausgeholt werden müsse, was er hergeben könne. Zunächst hatte man sie zur Ernte herangezogen, dann aber entschieden, dass sie auch über den Winter bleiben mussten, da sie auch für andere Arbeiten wichtig waren. Inzwischen hatten die Gefangenen sich eingearbeitet, und ihre Hilfe war nicht mehr wegzudenken. Sie waren ein vollständiger Ersatz für die Knechte, Hofarbeiter und auch die Söhne, die zum Dienst an der Front eingezogen worden waren.

Seit ihr Großvater sie erwischt hatte, machte Helene aus ihrer Beziehung zu Andreas kein Geheimnis mehr, und da ihre Mutter dies so offenkundig billigte, gab es auch kein Gerede und viele wohlwollende Blicke. Es veränderte sich in der Tat einiges, und Helene hoffte, dass das auch nach dem Krieg anhielt. Selbst ihr Großvater sagte nichts mehr gegen Andreas, überdies hatten sie in den letzten beiden Jahren wahrhaftig genug andere Sorgen gehabt. Am schlimmsten hatte ihnen der Hungerwinter zum letzten Jahreswechsel zugesetzt, wobei es die Stadtbevölkerung wohl noch schlimmer getroffen hatte. Steckrübenwinter hatte man es nach dem Hauptnahrungsmittel dieser Zeit benannt. Soldaten hatten Vieh und Vorräte beschlagnahmt, so dass von der Ernte gerade ausreichend zum Leben blieb. Sie schlachteten mehr Rinder, als sie sich eigentlich leisten konnten, und von der Zucht ihres Vaters blieben nur traurige Restbestände übrig.

Hinzu kam, dass sie lange nichts mehr von Maximilian gehört hatten. Im Juli hatte es einen Brief von Constantin an seine Schwester gegeben, in dem er erzählt hatte, dass man seine Division abzog und nach Ostgalizien schickte. Dort verlief sich die Spur der beiden, was insbesondere Helenes Mutter arg zu schaffen machte. Helene übte sich in Zuversicht, denn immerhin galten sie nicht als gefallen, und Carl von Reichenbach bekräftigte sie darin. Aber mit der Zeit wurde es immer schwerer, Zuversicht zu wahren. Helene schrieb weiterhin Briefe, von denen sie nicht wusste, ob sie ankamen. Immerhin ging es Kaspar gut, er war in der Champagne. Und auch von ihrem Vater, der bei den Versorgungstruppen an der Westfront war, kam regelmäßig Post.

»Mein Vater ist nach Osnabrück gegangen«, erzählte Elisabeth. »In der Rüstungsindustrie zahlen sie sehr gut derzeit.«

Von ihrer Mutter und ihrer Schwester war wenig zu hören, und Helene wusste nur, dass sie seit dem letzten Winter nicht mehr auf dem Hof lebten. Elisabeth, die zu beiden kein enges Verhältnis hatte, sprach kaum über sie, wusste jedoch über ihre Brüder zu berichten, dass diese mit Truppen in die Kolonien geschickt worden waren.

»Für die beiden ist das alles ein großes Abenteuer«, sagte sie.

Mittlerweile hatte sich auch Wilhelm von Schletter an Elisabeths Anwesenheit gewöhnt, denn momentan brauchten sie jede helfende Hand, und Elisabeth packte überall mit an, wo es notwendig war, ohne große Worte zu machen – das rang Wilhelm von Schletter durchaus Respekt ab. Und da Helenes Mutter seit einiger Zeit gesundheitlich etwas angeschlagen war und eine Erkältung hatte, die nicht so richtig ausheilen wollte, war ihre Hilfe umso wichtiger.

Helene hatte nur noch eine Zuchtstute, die anderen waren verkauft oder beschlagnahmt worden. Ihr Großvater hatte sogar Olympia verkaufen wollen, aber dagegen hatte sie sich vehement gewehrt. Ließ man ihre Liebe zu dem Tier außer Acht, so blieb doch die Tatsache, dass sie auf das Pferd angewiesen waren. Wie sollten die großen Entfernungen denn bewältigt werden, wenn nicht hoch zu Pferd? Ihr tat es um jedes Pferd leid, das in der Kriegsmaschinerie aufgerieben wurde, und sie wusste vom Hörensagen, dass man den Tieren Unglaubliches abverlangte, edle Pferde, die schwere Geschütze ziehen mussten, bis sie zusammenbrachen. Hernach wurden sie einfach gegen andere eingetauscht. Niemand wusste, wie viel Millionen Pferde bereits gestorben waren. Helene hatte gehört, dass man ihnen die Angst vor Explosionen abtrainierte, indem man sie in Bunker stellte und vor diesen Granaten und Kanonen abfeuerte. Allein bei dem Gedanken daran, welche Panik die Pferde durchlebten – *ihre* Pferde, die sie aufgezogen und gehegt hatte –, kamen Helene die Tränen. Anfangs hatte man die Pferde noch gut gehalten, aber mit dem Fortschreiten des Krieges, dem Hunger und den Entbehrungen wurden auch die Tiere zu mehr Leistung getrieben.

Obwohl Helene stetig in der Angst lebte, man könnte ihnen auch die letzten beiden Pferde wegnehmen, entschied sie sich, ihre Stute Ariadne noch einmal decken zu lassen. Irgendwo musste sie ja den Anfang machen, und wenn man entschied, ihr dieses Pferd später auch noch zu nehmen, so hätte sie wenigstens das Fohlen. Vielleicht war der Krieg ja vorbei, bis es geboren wurde, er konnte doch nicht ewig dauern!

Victoria hatte ihn das erste Mal auf dem Gut ihres Großvaters gesehen, hatte einen Moment lang innegehalten, seinen Blick erwidert, ehe sie sich von ihm abgewandt hatte. Hernach war sie ihm bei ihren Besuchen begegnet, wenn er ihr das Pferd abnahm. Hin und wieder berührten sich ihre Hände dabei, und einmal hatte sie einen längeren Blick mit ihm getauscht, ihn danach jedoch zu ignorieren versucht. Dann hatte sie ihn bei einem Ausritt gesehen, ihn dabei beobachtet, wie er einen Weidezaun reparierte. Die Muskeln unter seinem Hemd hatten sich gespannt, als er Pfähle in den Boden schlug, und Victoria war durchaus bewusst gewesen, dass sie weiterreiten sollte, aber sie war stehen geblieben, so lange, bis er sich zu ihr umdrehte. Eigentlich wusste sie nicht so recht, warum sie das tat, warum sie hier stand, und bekam auf einmal Angst vor sich selbst, vor dem, was sie antrieb. Und so hatte sie ihr Pferd gewendet und war davongeritten. Bei ihrer nächsten Begegnung hatte er gerade Pferde auf die Koppel gebracht und war im Begriff gewesen, das Gatter zu schließen.

Victoria hatte ihr Pferd gezügelt, ihm zugesehen, und dieses Mal war sie nicht fortgeritten, als er ihren Blick erwiderte, und sie tat es auch nicht, als er langsam auf sie zukam. Sie war aus dem Sattel gerutscht, und Alexander war ihr nun so nahe gewesen, dass sie ihm buchstäblich in die Arme fiel. Im nächsten Moment hatten sie sich geküsst, wie Victoria in ihrem ganzen Leben nicht geküsst hatte. Sie trank den Atem aus seiner Kehle, küsste, bis ihr schwindlig war. An diesem Tag hatten sie nicht miteinander geschlafen und auch in den kommenden Wochen noch nicht. Victoria hatte der körperlichen Liebe in ihrer Ehe nicht viel abgewinnen können. Sie genoss die Nähe, mochte es, liebkost zu werden, aber jene Lust, wie Richard sie aus ihrem Körper schöpfte, vermochte sie nicht zu empfinden. Daher erschreckte sie diese so jäh entfachte Sinnlichkeit in ihr, jener Hunger, den kein noch so inniger Kuss zu stillen vermochte. Aber Alexander wartete, wartete so quälend lange, bis sie glaubte, es kaum mehr zu ertragen. Dann trug er sie eines Nachmittags in den Schatten einer Weide und liebte sie im sonnengesprenkelten Moos, lachte über ihre Ungeduld, über ihr Erstaunen. Das also war es, von dem alle sprachen, von dem Constantin seinerzeit in Cranz gesprochen hatte. Eine Lust, die trunken machte und tief in einem zersprang, die einem den Atem raubte und die Sinne verwirrte.

Alexander war belesen und gebildet, und er wusste viel Interessantes aus seiner Heimat zu schildern. Er war der erste Mensch, dem sie von Gerhard erzählte, von der Schwangerschaft und der Abtreibung, ohne dass sie das hätte tun müssen, einfach, weil er ihr so zuhörte, als gäbe es nichts und niemanden auf der Welt, der in diesem Moment wichtiger war.

Victoria wusste nicht, was es war, das sie für ihn empfand, wusste nicht, ob sie ihn liebte, wusste nicht, ob sie Richard mit ihm betrogen hätte. Sie wollte auch nicht darüber nachdenken, wollte überhaupt nicht weiter als bis zum nächsten Treffen mit ihm denken. Natürlich bemerkte man, dass sie verändert war, glücklicher, strahlender, und man schob es auf die Mutterschaft. Nahezu eineinhalb Jahre ging das nun schon, unterbrochen von den Wintermonaten, in denen sie sich auf verstohlene Küsse hatten beschränken müssen.

An diesem Nachmittag war er zum Gut Reichenbach geschickt worden, um eine Stute zum Beschälen zu bringen, und Victoria hatte einen Blick mit ihm getauscht, hatte ihm stumm zu verstehen gegeben, dass sie ihm folgen würde. Zwei Kilometer vom Gut entfernt hatte er auf sie gewartet.

»Александр« kratzte er mit einem Ast in den Sand, als sie später am Pregelufer saßen, die bloßen Füße im Wasser, das eisig war trotz des schönen Herbstwetters. Anfangs war es angenehm gewesen, als sie nach dem hastigen Liebesakt erhitzt gewesen waren, aber inzwischen fror Victoria ein wenig.

»Wie spricht man es denn richtig aus?«

»Aleksandr.« Er verrieb die Buchstaben wieder, als müsse er jede Spur tilgen, die bewies, dass sie hier gewesen waren. »Ich muss zurück, sonst kommen sie womöglich noch auf die Idee, dass ich fortgelaufen bin.«

»Würdest du es gerne tun? Fortlaufen?«

Alexander schwieg, dann nickte er kaum merklich.

»Was würden sie mit dir tun, wenn du es versuchst?«

Er zuckte mit den Schultern. »Vielleicht erschießen sie mich, vielleicht stecken sie mich in ein Lager, wer weiß?«

»Du läufst nicht fort, ja?«

Als er schwieg, zog sich Victorias Brust angstvoll zusammen, dann jedoch schmolz der Ernst in seinem Blick zu einem Lächeln. »Nein, sicher nicht.« Er erhob sich. »Begleitest du mich noch ein Stück?«

Sie zog ihre Schuhe an, nahm seine Hand und ließ sich von ihm aufhelfen, ehe sie ihr Pferd losband und sich bei Alexander einhakte, während sie das Tier am Zügel führte. Vermutlich gaben sie ein seltsames Paar ab, sie in ihrem eleganten Kleid der preußischen Oberschicht und er in seiner Arbeitskleidung, die ihn als Kriegsgefangenen auswies. Er hatte ihr erzählt, dass er Dozent an der Universität von Petersburg war, daraufhin hatte sie erstaunt gesagt, er sehe gar nicht aus wie ein Dozent, was ihn zum Lachen gereizt hatte. »Wie sehen Dozenten denn aus?«

Sie hatte an die Professoren denken müssen, die sie kannte, Freunde ihres Vaters. »Nun ja, alt eben.«

Daraufhin hatte er wieder gelacht. Dozent für Medizinstudenten war er. Ob er Arzt sei, hatte sie daraufhin gefragt. Ja, er habe Medizin studiert und sei dann an der Universität geblieben.

Als sie auf die Allee traten, ließ Victoria seinen Arm los, und er half ihr aufs Pferd. »Auf bald«, sagte sie, beugte sich noch einmal zu ihm hinunter und küsste ihn.

Im September des letzten Jahres war Gerhard in Verdun gefallen. Karolina hatte Paul in Königsberg getroffen, kurz nachdem dieser die Nachricht erhalten hatte. Auch wenn sie Gerhard nicht gemocht hatte und sein Schicksal wahrhaftig nicht beweinte, tat Paul ihr leid, denn jener war wie ein Sohn für ihn gewesen.

»Mit ihm stirbt auch unser Name aus«, hatte er gesagt. Hernach war er heimgefahren zu seiner Ehefrau, die er wenige Monate zuvor geheiratet hatte. Karolina wollte keine Bitterkeit deswegen empfinden – mit welchem Recht auch? Er hatte ihr einen Antrag gemacht, hatte darauf gewartet, dass sie es sich anders überlegte, und dann entschieden, dass er nicht allein den Lebensabend verbringen wollte. Wer mochte es ihm verdenken? Gerhards Frau war mit ihren Kindern zu ihren Eltern gezogen, so dass ihm auch von seinen Großnichten nicht viel blieb. Natürlich besuchte er sie hin und wieder, aber das war nicht dasselbe, wie sie im selben Haus aufwachsen zu sehen.

Immerhin sprach Carl mittlerweile wieder mit ihr, was Karolina viel bedeutete. Sie war jetzt vierundfünfzig, und die Konflikte hatten sie ermüdet. Ohnehin trug sie immer noch schwer an dem, was sie Victoria angetan hatte, wenngleich sich die Schuldgefühle ihre scharfen Kanten mit der Zeit abgerieben hatten und nicht mehr schmerzten, sondern nur noch ein leises Unbehagen verursachten. Sie hatte einen Fehler gemacht, das ja, aber die Konsequenzen hatte sie nicht vorhersehen können sowie sie all das gar nicht erst zugelassen hätte, hätte sie das auch nur geahnt. Wegen dieser Sache hatte sie auf ihr eigenes Glück verzichtet, und damit, so dachte Karolina, sollte es doch langsam abgegolten sein.

Wilhelm von Schletter hatte sich letztens wieder darüber geäußert, wie gut Victoria die Mutterschaft stand, wie wunderschön und strahlend das Kind geworden war. Das Kind war eine vierunddreißigjährige Frau, und Karolina war sich sicher, dass hinter den geröteten Wangen und den leuchtenden Augen nicht allein die Mutter – sondern eine gänzlich anders geartete Liebe steckte. Und vermutlich beließ es diese nicht bei gesprochenen Zärtlichkeiten. Wer auch immer Victorias Liebhaber war, sie verbarg es gut, was darauf schließen ließ, dass diese Liebe nicht ganz unproblematisch war. Aber mit welchem Recht wollte Karolina sich einmischen? Victoria war verwitwet, hatte einen Sohn und Erben geboren, und auch wenn sie ihren Mann gewiss geliebt hatte, so war es doch nicht er gewesen, der dieses Strahlen in ihr entzündet hatte.

Als Karolina an diesem Nachmittag in den Garten hinaustrat, sah sie Adela im Gewächshaus stehen und arbeiten. Sie ging zu ihr, öffnete die Tür und trat ein.

»Solltest du nicht das Bett hüten?«

Adela wischte sich mit dem Arm eine Strähne aus der Stirn. Sie trug Handschuhe, an denen Erdbrocken klebten und mit denen sie eine dunkle Spur auf der Haut hinterließ. Ihr Gesicht glänzte wächsern, und sie hatte abgenommen, was ihre einstmals schlanke Gestalt nun mager und knochig wirken ließ. »Du weißt doch, dass ich nicht gut untätig herumliegen kann. Außerdem geht es mir schon viel besser.«

»Das sagst du jedes Mal, und am Ende liegst du dann doch wieder mit einem Rückfall im Bett.«

Adela lächelte matt und wandte sich ihren Orangenbäumchen zu. Nach wie vor ging sie in der Gartenarbeit auf, und vielleicht war das ja tatsächlich die beste Medizin für sie, und der Arzt irrte, wenn er zur völligen Ruhe mahnte, der Adela nur mit innerer Unruhe nachkam.

»Hast du etwas von Max gehört?«

Das Lächeln erstarb, und Adela schüttelte den Kopf. Auch von Constantin keine Zeile. »Wenigstens geht es

Kaspar gut. Ich habe Leonhard geschrieben und hoffe, dass er etwas herausfindet. Als er gegangen ist, war ich wütend auf ihn, aber nun kann ich es so gut verstehen. Ich wäre auch lieber in der Nähe meiner Söhne und würde mich dort nützlich machen. Leider bin ich für den Krankendienst nicht gemacht, als Lazarettschwester wäre ich völlig untauglich.«

»Millie geht darin auf, habe ich gehört. Sie möchte wohl damit weitermachen, wenn der Krieg vorbei ist.«

»Ja, das hat mir Victoria auch erzählt.« Wieder wischte Adela sich die Stirn ab.

»Soll ich dir eine Tasse Tee holen?«, schlug Karolina vor. »Wir haben lange keine gemeinsame Teestunde mehr gemacht.«

Adelas Lächeln wirkte müde. »Das ist sehr lieb, vielen Dank. Ich kann wohl eine Pause gebrauchen.«

Als Karolina das Gewächshaus verließ, erstarb ihr Lächeln. Der nächste Rückfall, das ahnte sie, würde nicht mehr so glimpflich ablaufen. Und wieder einmal war Karolina dazu verurteilt, danebenzustehen und zuzusehen, wie das Unheil seinen Lauf nahm.

Für Magdalena und ihre Familie waren die letzten eineinhalb Jahre nur schwer zu bewältigen gewesen. Der Hungerwinter hatte ihnen stark zugesetzt, und auch danach war es nicht viel besser geworden. Clara schwächelte seither, war ständig krank, während Jan oft auf dem Gut war und auch in der Nachbarschaft half. Er hatte seine Aufgabe gefunden, und Magdalena hoffte inständig, dass der Krieg vorbei war, ehe man ihn ihr wegnehmen konnte.

Constantin hatte ihr geschrieben und erzählt, dass er bei Daniel gewesen war, seine Hand gehalten und ihn getröstet hatte. Fast minutiös hatte er seinen letzten Moment festgehalten, so dass es für Magdalena war, als sei sie dabei gewesen. Beim Lesen hatte sie haltlos geweint, und sie ahnte, dass Constantins Schilderungen von einem verängstigten Daniel, der nach Hause wollte, vor allem Jan gegolten hatten. Sie hatte ihrem Sohn den Brief zu lesen gegeben, und Jan war in hemmungsloses Schluchzen ausgebrochen. Hernach hatte Magdalena einen Brief an ihren Neffen geschrieben und hoffte, dass sie ihn bald anstelle ihres Sohnes in die Arme schließen durfte. Ihre Stimme war erst vor wenigen Monaten wiedergekommen, fühlte sich oftmals noch fremd und brüchig an.

Anna wohnte nach wie vor bei ihnen, was vor allem für Clara gut war, da diese, als ihre Mutter nicht mehr so funktionierte, wie sie sollte, einen Halt und eine Vertraute hatte. Für Anna wiederum war die kleine Schwester eine große Hilfe, da sie ihr die Kinder oft abnahm. Łukasz' Eltern hatten den Winter 1916 auf 1917 nicht überlebt. Es hatte an allem gefehlt, und da Teile ihres Hauses zerstört waren, hatten sie der Kälte wenig entgegenzusetzen gehabt. Obwohl Łukasz sie angefleht hatte, zu ihm zu ziehen, hatten sie ihre Heimatstadt nicht verlassen wollen.

In Ostpreußen hatte sich auch nach Abzug der Russen keinerlei Freudentaumel einstellen wollen. Wer auf seinen Hof zurückkehrte, fand diesen vielfach niedergebrannt vor. Die Last des Krieges war in Masuren seit jeher bekannt, denn als Grenzregion traf es stets die Ärmsten dort zuerst. So auch jetzt, und man sah an Markttagen Bauersfrauen in ihrer masurischen Tracht aus langem Rock, Schürze und einem Tuch, das Kopf und Oberkörper bedeckte, auf den zerstörten Marktplätzen stehen und das Wenige, was sie entbehren konnten, zum Verkauf anbieten.

Die Resignation angesichts des fortdauernden Krieges war hier wohl noch vor jeder anderen Provinz im Deutschen Reich zu spüren. Städte und Dörfer niedergebrannt, Menschen getötet oder in Gefangenschaft, ganze Familien waren mit kleinen Kindern deportiert und nach Sibirien in Arbeitslager gebracht worden. Die Ernte war vernichtet, und was übrig blieb, beschlagnahmten die deutschen Truppen. Ja, es gab die Ostpreußenhilfe, bei der Städte im Westen die Patenschaft für den Aufbau übernahmen, aber das war zunächst nur ein Tropfen auf dem heißen Stein, da der Aufbau langsam voranging und immer wieder stockte, während die Einquartierung deutscher Soldaten die Region schröpfte. Magdalena konnte es kaum mehr ertragen, mochte all das Leid nicht mit ansehen, das auf dem Rücken der Ärmsten angehäuft wurde, die ihre Söhne in diesen von Anfang an verlorenen Krieg hatten schicken müssen.

Der Kaiser spuckte große Töne über das Elend in Masuren, das ihm angeblich so ans Herz ging. Und doch führte er diesen Krieg weiter, ließ zu, dass man ihnen hier jede Lebensgrundlage raubte. Roggen, der lange Zeit als einziges Getreide auf dem kargen Boden gedieh, wurde von der Militärkommission teilweise unter Waffengewalt beschlagnahmt, womit man der Region eine der wichtigsten Lebensgrundlagen entzog. Währenddessen mussten die darbenden Menschen zusehen, wie ihre eigenen Tiere verhungerten.

»Mutter?« Jan trat in das Wohnzimmer, wo Magdalena

gerade Hemden säumte. »Ich bleibe die nächsten Tage auf dem Gut, wir wollen Zäune instand setzen. Ist dir das recht?«

»Ja, natürlich, mein Lieber.«

»Außerdem ist Justus gerade unten bei Vater, ihm ist nicht wohl, sagte er.«

Magdalena merkte auf. »Tatsächlich? Was fehlt ihm denn?«

»Schmerzen in der Brust und im linken Arm.«

Seit Richards Tod hatte er es mit dem Herzen. Während Meta weinte und wehklagte, ertrug Justus alles stumm, es war seine Art, auf den Tod seines einzigen Sohnes zu reagieren. Seit sie beide ihre Söhne verloren hatten, hatte ihre Freundschaft eine neue Intensität bekommen, und sogar Meta war Magdalena gegenüber weicher und freundlicher. Schon seit Victoria Richard geheiratet hatte, hatte es keine bösen Worte mehr von ihr gegeben, aber nun schien das gemeinsame Schicksal sie auf eine gewisse Art zu einen.

»Kommt er später noch hoch?«, fragte sie.

»Ja, sagte er zumindest.« Jan ließ sich auf das Sofa fallen und sah ihr beim Nähen zu. Er war hochgewachsen, sogar noch etwas größer als sein Vater, und wenn man ihn so ansah, erinnerte er an seinen Onkel Carl. Wieder erfasste Magdalena die Angst, ihn zu verlieren. Lass den Krieg zu Ende sein, ehe er zwanzig ist, schickte sie ein stummes Stoßgebet zum Himmel.

Januar 1918

Victoria warf den Kopf zurück, keuchte, während sie sich an Alexander klammerte. Noch nie in ihrem Leben war sie nach einem anderen Menschen so verrückt gewesen, hatte sich zu so viel Leichtsinn hinreißen lassen wie in ebendiesem Moment. Um die verräterischen Laute zu ersticken, presste sie das Gesicht an Alexanders Halsbeuge und glaubte in jenem Moment, als das Verlangen in ihr barst, die Besinnung zu verlieren.

Ich bin verloren, dachte sie, als sie wieder zusammenhängende Gedanken fassen konnte, ich bin ganz und gar und rettungslos verloren. Da sie ihren weichen Knien nicht so recht traute, hielt sie sich noch einen Moment lang an Alexander fest, ehe sie von dem Sattelbock rutschte, auf den er sie gehoben hatte.

Eigentlich hatte sie hierherkommen und nach ihrer Tante Adela sehen wollen, die seit nahezu zwei Wochen erneut das Bett hütete. Dann jedoch, als sie ihr Pferd in den Stall geführt hatte, war sie auf Alexander getroffen, den sie seit November kaum gesehen hatte, und war ihm in die Sattelkammer gefolgt. Darüber, dass man sie gesehen – oder gehört – haben konnte, machte sie sich jetzt erst Gedanken. Und stellte fest, dass es ihr gleich war, dass in diesem Moment nichts wichtiger war, als Alexanders Gesicht zu umfassen und ihn ein weiteres Mal zu küssen, innig und dankbar für etwas, das sie ohne ihn vielleicht nie über sich selbst gelernt hätte. Dankbar dafür, dass er der Erste gewesen war, dem es gelungen war, Gerhards Schatten zu vertreiben, jenen Schatten, der sich über ihre Seele gelegt zu haben schien und dort verhaftet gewesen war wie eingebrannt. Zum ersten Mal nach so vielen Jahren fühlte sie sich wieder lebendig.

Sie richtete ihre Kleidung, steckte das Haar sorgsam fest, während Alexander lautlos den Riegel zurückschob und die Tür öffnete. Er drehte sich zu ihr um, nickte ihr zu, und sie schlüpfte an ihm vorbei in die Stallgasse. Die Kälte ließ sie frösteln, dennoch blieb sie einen Moment lang vor dem Stalltor stehen, hielt das Gesicht in den eisigen Wind, kühlte die heißen Wangen. Dann überquerte sie den Hof und ging zum Haus, zog den Klingelstrang und trat ein, als der Hausdiener Markus öffnete.

In der Eingangshalle war es kaum wärmer als draußen, und so verzichtete Victoria darauf, ihren Mantel abzulegen, sondern ging direkt die Treppe hoch. Hoffentlich waren wenigstens die Schlafräume besser beheizt. Im Korridor stand Helene, die Augen rot geweint, was sich bei ihr so ungewohnt ausnahm, dass Victoria augenblicklich große Sorge und ein nagendes schlechtes Gewissen erfassten. Anstatt sich mit Alexander in der Sattelkammer zu vergnügen, hätte sie sofort kommen sollen. Was, wenn sie nun zu spät war?

»Ist es so schlimm?«, fragte sie atemlos.

Es brauchte einen Moment, ehe Helene antworten konnte. »Mama sagt, es gehe ihr schon besser, aber Dr. Ziedorn ist nicht so zuversichtlich. Sie hat eine schwere Lungenentzündung, hohes Fieber, und die Medikamente schlagen nicht an. Außerdem hat sie Schmerzen, weil durch den starken Husten zwei Rippen gebrochen sind.«

Seit der junge Arzt eingezogen worden war, versorgte Dr. Ziedorn wieder die Patienten, was Victoria in dem Fall begrüßte, denn auch wenn sein junger Kollege sehr fähig war, so war der alte Arzt doch erfahrener. »Aber wenn deine Mutter sagt, es gehe ihr besser, dann stimmt das gewiss.«

»Oder sie sagt es nur, damit es *mir* besser geht.« Helene wischte sich die Augen mit einem Taschentuch ab. »Geh nur zu ihr, ich komme wieder, wenn ich nicht mehr so verheult aussehe. Das fehlte gerade noch, dass sie sich nun auch noch um mich sorgen muss.«

Als Victoria den Raum betrat, fand sie Elisabeth vor, die auf einem Stuhl neben dem Bett saß. Zu Tante Adelas Füßen saß die kleine Johanna, ein Buch auf den Knien, aus dem sie plappernd vorlas – was bedeutete, sie erzählte die Geschichte so, wie sie sie in Erinnerung hatte –, während Ludwig auf dem Boden mit seinen Zinnsoldaten spielte.

»Ist das nicht zu unruhig mit den Kindern?«, fragte Victoria und knöpfte in dem überheizten Raum den Mantel auf. Ein Feuer flackerte im Kamin und fraß sich knisternd durch die Scheite.

»Ich möchte so gerne, dass sie bleiben«, kam es von Adela, wobei die letzten Worte in einem Hustenanfall untergingen. »Sonst komme ich mir vor wie in einem Krankenzimmer.« Sie lachte hustend.

Als Victoria ihre Tante ansah, wusste sie, dass der Arzt recht hatte. Eine unvermittelte Traurigkeit stieg in ihr auf, schob Bilder vergangener Tage aus den Tiefen ihrer Erinnerung hoch, Tage, an denen sie Kinder gewesen und mit Tante Adela in der Küche des Schlosses Plätzchen gebacken hatten. Tante Adela, mit der sie gegärtnert hatten. Die so sanft und mütterlich gewesen war in einer Zeit, da Victoria sich so sehnlichst eine eigene Mutter gewünscht hatte. Wie oft hatte sie nachts im Bett gelegen, neidisch auf Helene, die im selben Moment von einer warmen Stimme begleitet zu Bett gebracht und zugedeckt wurde. Ihr Vater hatte all diese Rituale mit ihr begangen, hatte sie und Constantin zu Bett gebracht, ihnen Geschichten vorgelesen, aber es war doch noch einmal etwas anderes, eine Mutter zu haben.

»Du weinst ja«, sagte Adela. »Dabei sahst du in den letzten Monaten so schön aus, dass ich vermutet habe, ein schmucker Bursche mache dir den Hof.«

Wärme stieg in Victorias Wangen.

»Es würde mich freuen. Ich war glücklich, weil du meinen Neffen geheiratet hast, aber auch nach seinem Tod geht das Leben für dich weiter.«

Victoria warf einen raschen Blick zu Elisabeth, die sich gerade Ludwig zuwandte, dessen Turm aus Bauklötzen krachend eingestürzt war. Konnte dieser Lärm ihrer Tante wirklich guttun? Aber sie wirkte zufrieden, fast heiter.

»Ich kann es kaum erwarten«, sagte Adela in diesem Moment, »endlich wieder aufzustehen. Das viele Liegen …« Erneut hustete sie, und dieses Mal dauerte es lange, ehe der

Anfall vorüber war. Elisabeth war aufgestanden, während Victoria den Oberkörper ihrer Tante anhob. Wie dünn sie geworden war, so knochig und leicht. Sie würde sterben, dessen war Victoria sich gewiss. Unmöglich, das hier lebend zu überstehen. Sie musste mit ihrem Vater sprechen, mit ihrem Großvater. Wer sich verabschieden wollte, musste das jetzt tun. Und gleich, wie viele Unstimmigkeiten es zwischen ihnen gegeben hatte, sie waren es ihr schuldig, vor allem Gesa von Reichenbach, da Adela ihr und Constantin jene mütterliche Wärme gezeigt hatte, zu der die alte Frau nicht fähig war.

Victoria gab ihr einen Kuss auf die Wange. »Ich lasse dich jetzt ein wenig schlafen. Erhol dich, ja? Wer soll sonst mit uns die Orangenbäume pflegen?«

Im Korridor stand Helene, bleich, aber die Augen nicht mehr rot geweint. Obwohl sie sich nie nahegestanden hatten, zog Victoria ihre Cousine an sich, und als habe Helene nur auf einen Halt gewartet, klammerte sie sich an sie, und Victoria brauchte ihre gesamte Beherrschung, nicht in Tränen auszubrechen.

»Ich hole meinen Vater«, sagte sie leise, und Helene nickte nur, ließ sie los und rieb sich über die Augen.

»Ist außer Elisabeth jemand hier?«

»Nur mein Großvater. Karolina ist nach Königsberg geritten, und Andreas ist in einer Familiensache bis nächste Woche fort.« Andreas. Victoria hatte Helene nie gesagt, wie sehr sie sich für sie freute, und jetzt war nicht der richtige Moment dazu. So beließ sie es dabei, ihrer Cousine über die Wange zu streichen, und lächelte sie aufmunternd an, dann lief sie die Treppe hinunter, knöpfte in der Halle ihren

Mantel zu und trat hinaus auf den Hof. Es hatte wieder angefangen zu schneien, aber bisher waren es nur wenige verwehte Flocken.

Mit fahrigen Fingern hantierte Victoria an dem Riegel der Boxentür, fluchte undamenhaft, und im nächsten Moment legte sich eine Hand auf die ihre und half ihr beim Öffnen.

»Du schleichst dich an wie ein Raubtier«, sagte Victoria, die bei seinem unvermittelten Auftauchen zusammengezuckt war.

Er antwortete nicht, aber in seinen dunklen Augen tanzte ein kleines Lächeln. »Wie geht es deiner Tante?«, fragte er dann.

Sie schüttelte nur den Kopf, und das Lächeln in seinen Augen erstarb. Dann hob er die Hand an ihre Wange, strich sanft mit dem Daumen über die zarte Haut unter ihrem Auge. Sie umfasste seine Hand, drehte den Kopf, um die Lippen in die Handfläche zu drücken, dann ließ sie ihn los, vergewisserte sich rasch, dass niemand sie gesehen hatte – was wenig wahrscheinlich war, denn der Pferdestall war sein Refugium –, und führte ihre Stute am Halteseil aus der Box. Alexander half ihr beim Satteln und Aufzäumen. Ehe sie aufsaß, strich sie ihm das schwarze Haar aus der Stirn, sah ihn an, stellte sich auf die Zehenspitzen, um ihm einen zarten Kuss auf die Lippen zu drücken, ließ sich von ihm beim Aufsitzen helfen und ritt los.

»Wenn du kommst«, versuchte Adela sich an einem Scherz, »muss es wohl doch ernster sein als gedacht.«

Carl stand neben dem Bett, bemühte sich um ein

Lächeln, obwohl ihn ihr Anblick zutiefst erschreckt hatte. Warum hatte Helene nicht nach ihm geschickt? Warum musste er erst von Victoria erfahren, wie ernst es um Adela stand? Und auch diese war nur hierhergeritten, um ihr einen normalen Krankenbesuch abzustatten. Vielleicht hatte Helene es nicht wahrhaben wollen, was jedem, der Adela ansah, klar sein musste.

»Was sagt der Arzt?«, fragte Carl und ließ sich auf dem Stuhl neben ihrem Bett nieder. Helene hatte hier kurz zuvor gesessen und das Zimmer nun verlassen.

»Er sagt, ich bräuchte Ruhe, aber machen wir uns nichts vor, Carl.« Adela schloss einen Moment lang die durchscheinend wirkenden Lider. »Ich merke, dass es mir immer schlechter geht. Und wenn Max tot ist, möchte ich eigentlich auch gar nicht mehr auf dieser Erde weilen. Wäre es nicht gnädig, abberufen zu werden, ehe ich vom Tod meines Kindes erfahre?«

»Max ist nicht tot, ebenso wenig wie Constantin.« Eine andere Möglichkeit wollte Carl sich nicht ausmalen.

Ein kaum sichtbares Lächeln umschattete geisterhaft Adelas Lippen. Carl beugte sich vor und nahm ihre Hand. Es war das erste Mal seit jenem Nachmittag am Pregel, als sie beinahe miteinander geschlafen hatten, dass sie sich wieder so nahe waren. Und Carl stellte in diesem Moment fest, dass er sie immer noch liebte. Doch er sprach es nicht aus, wollte sie nicht mit Gewissensnöten belasten. Ihre Finger schlossen sich in leichtem Druck um die seinen.

Später würden seine Eltern kommen und Adela einen kurzen Besuch abstatten. Er hoffte, dass es ihr leichtfiel zu gehen, wenn die Familien in gewisser Weise ihren Frieden miteinander machten. Für Adela war es immer schwer gewesen, der Grund für all die Zerwürfnisse zu sein, für all das Übel, das daraus folgte. Und das nur, weil Carl es Leonhard hatte heimzahlen wollen. Da war es das Mindeste, dafür zu sorgen, dass sie in Frieden gehen konnte. Dazu gehörte auch, das Zimmer zu verlassen, ehe sie ihren letzten Atemzug tat. Denn dass Leonhard an ihren Gefühlen zweifelte, weil ihre letzten Worte Carl gegolten hatten, wollte er nicht. In diesem Bewusstsein sollte sie nicht sterben. Er erhob sich.

»Ich lasse dich jetzt allein. Ruh dich aus. Soll ich Helene zu dir schicken?«

»Ja, bitte.«

Er wandte sich ab und ging zur Tür, als ihn ihre Stimme noch einmal innehalten ließ.

»Weißt du, Carl, es sollte so sein. Maximilian, Helene, Kaspar, Constantin, Victoria – es war ihre Bestimmung zu leben, so wie es die ihrer Kinder ist. Ohne Victoria wäre von Richard nichts mehr geblieben.«

Carl ging zu ihr zurück und gab ihr einen Kuss auf die Stirn. »Ja«, antwortete er. »Es ist gut, wie es ist.«

In einen dicken Mantel gehüllt stand Constantin am Stacheldrahtzaun und sah hinaus. Obwohl die Winter in der Champagne vergleichsweise mild waren – vor allem, wenn man die Temperaturen Ostpreußens gewöhnt war –, fror er erbärmlich. Er hatte fortwährend Hunger und langweilte sich zudem tödlich. Die Gefangenen behielten gemäß der Haager Landkriegsordnung in den Lagern ihren Status, und so waren die Offiziere von den Mannschaftslagern getrennt.

Zur Arbeit wurden sie als Offiziere nicht herangezogen, und während die Soldaten sowie Unteroffiziere Tag um Tag zu Räumungsarbeiten aufbrachen, saßen Constantin und die übrigen Offiziere im Lager und vertrieben sich die Langeweile mit Kartenspielen, Fußball und improvisierten Theaterstücken. Er hatte schauderhafte Geschichten aus den Gefangenenlagern der Franzosen gehört, da ging es ihnen hier vergleichsweise gut.

»Woran denkst du?«, fragte Maximilian, der zu ihm getreten war.

»An nichts weiter.« Doch das stimmte nicht. Die Bilder von Verdun verfolgten ihn bis in den Schlaf, das Schlachten und Metzeln. Constantins Bataillon hatte die Pferde abgeben müssen und war hernach in den Stellungskrieg nach Verdun geschickt worden, wo er auf Maximilian traf. Bis Oktober hatten sie gekämpft, dann war die 6. Division, der sie beide angehörten, abgezogen und an die Somme geschickt worden. Und hier war der Krieg vorläufig für sie zu Ende, wobei das Lager mitnichten die erbaulichere Alternative war. Die Franzosen waren nicht gut auf die Deutschen zu sprechen, und wer mochte es ihnen verübeln?

Wieder und wieder wurden die gefangenen Soldaten auf die Schlachtfelder geschickt, um dort aufzuräumen, und nicht selten verlor einer von ihnen durch einen Blindgänger das Leben. Constantin unterhielt sich ab und zu mit den Soldaten und Unteroffizieren, denn die Lager waren zwar getrennt, der Zaun dazwischen aber eher symbolischer Natur, und so fand ein reger Austausch statt zwischen der Mannschaft und den Offizieren.

Wie alle anderen trugen auch die Offiziere die Kleidung

der Kriegsgefangenen, Drillich, auf dem die Buchstaben P. G. aufgedruckt waren – Prisonnier de Guerre. Sie wurden leidlich gut versorgt, wobei Constantin das Essen schwerfiel, als er erfuhr, dass man ihm Pferdefleisch vorsetzte. Der Hunger trieb es hinunter, doch er musste an sich halten, es nicht hinterher wieder zu erbrechen.

»Für derlei Geziere ist hier wohl nicht der richtige Platz«, sagte ein Major zu ihm.

»Das ist kein Geziere, sondern eine Frage der Ehre«, antwortete Constantin, während er das Fleisch jener Geschöpfe hinunterwürgte, die ihm seit seiner Kindheit die liebsten Gefährten gewesen waren. Aber von Brühe allein wurde man eben nicht satt.

Morgens gab es Kaffee, von Maximilian gerne als Putzwasser betitelt. Außerdem bekamen sie Brot, Butter und zum Waschen ein Stück scharfer Seife. Ab und zu gab es sogar Zigaretten, und so saß Constantin meist abends am Rand des Lagers, hörte den anderen Gefangenen zu, lauschte dem Gesang, den die etwas Begabteren von ihnen anstimmten, und den Liedern aus der Heimat. Ein Witzbold war unter ihnen, der mit seinen Scherzen regelmäßig die ganze Truppe in schallendes Gelächter versetzen konnte.

»Denkst du, sie wissen, dass wir noch leben?«, fragte Maximilian, der nach wie vor neben ihm stand.

»Ich habe darum gebeten, meinem Vater schreiben zu dürfen, aber bisher ist mir diese Bitte nicht erfüllt worden.« Constantin lauschte auf das Fiepen, das einer selbst geschnitzten Flöte entwich. Jemand trommelte auf einem Fass, ein anderer spielte Mundharmonika. Constantin war es leid, er wollte heim, und er wusste, dass die Soldaten befürchteten, dass es dazu erst kommen würde, wenn alle Kriegsschulden abgegolten und bezahlt, die zerstörten Gebiete wiederaufgebaut waren. Gott allein wusste, wann das der Fall sein würde.

Helene saß am Bett ihrer Mutter und hielt ihre Hand. Wieder und wieder quollen die Tränen hervor, gleich, wie oft sie sie fortwischte, gleich, wie sehr sie versuchte, sich zu beherrschen. Die Brust hob und senkte sich kaum merklich, und ihre Mutter hatte ihr gesagt, sie fühle sich wie jemand, der versuchte, unter Wasser zu atmen. Wenn sie wach war, hustete sie fortwährend. Helene hatte ihr kalte Wickel gegen das hohe Fieber angelegt, aber alle Mühen brachten nichts.

Adela von Schletter öffnete die Augen, die matt wirkten und verschleiert. »Sag deinem Vater …« Sie schluckte, fuhr sich mit der Zunge über die Lippen. »Sag … deinem Vater …« Die Augen schlossen sich, einige gequälte Atemzüge lang hob sich die Brust etwas höher. »Sag … deinem …« Ein heftiger Hustenanfall. »Ich … Sag deinem Vater …« Adela von Schletter atmete aus, schloss die Augen wieder, und die Atemzüge wurden flacher.

Es war für Helene nicht erkennbar, ob ihre Mutter schlief oder nur ruhiger atmete. Und wenn doch nicht alles verloren war? Wenn ihr die Ruhe guttat und ihr die Möglichkeit gab zu genesen? Seit Tagen hatte Helene nicht richtig geschlafen, und so lehnte sie den Kopf zurück und erlaubte sich einen Moment lang, die Augen zu schließen.

Wie lange sie geschlafen hatte, wusste sie nicht, aber als sie hochfuhr, dämmerte es bereits. Helene sah ihre Mutter an, hörte nichts, keine rasselnden Atemzüge, kein Keuchen, keinen Husten. Mit zitternden Händen machte sie Licht und drehte die Flamme so weit auf, dass das Bett in Helligkeit getaucht war.

Kein Atemzug hob und senkte die Brust, das Gesicht ihrer Mutter wirkte fahl und eingefallen, die Lider leicht geöffnet, der Blick starr und leer. Während ihr das Herz raste, berührte Helene die Schulter ihrer Mutter, in der keine Wärme mehr war. »Mama?« Die Stimme zerbrach, noch während ihr Mund das Wort sprach. »Mama.« Helene wich zurück, schlug sich beide Hände vor den Mund, keuchte, als die Erkenntnis, dass ihre Mutter fort war und nicht zurückkommen würde, sie wie ein Schlag in den Magen traf. Sie beugte sich vornüber, krümmte sich wie unter Schmerzen, dann rannte sie zur Tür, riss diese auf und stürzte in den Korridor.

»Tante Karolina!«, schrie sie mit überschnappender Stimme.

Ihr Großvater kam aus seinem Schlafzimmer, sah sie an und schien sofort zu begreifen, was los war. »Kind.« Er kam zu ihr, umfasste ihre Schultern, während Helene heftig bebte.

Die Haustür fiel ins Schloss, und sowohl Helene als auch ihr Großvater fuhren herum. Der alte Mann ging zur Treppe, sah hinunter.

»Friedrich!«, entfuhr es ihm, als er seinen Sohn die Treppe, immer zwei Stufen auf einmal nehmend, hochlaufen sah.

Der jedoch beachtete ihn nicht, sondern sah Helene an und nickte dann, als bedürfe es keiner weiteren Worte.

»Onkel Friedrich.« Helene brach in Tränen aus, und er kam zu ihr, nahm sie in die Arme und bot ihr jenen Halt, den sie in diesem Moment so dringend brauchte. Ohne lange Worte zu machen, hielt er sie, strich ihr über den Rücken, murmelte tröstende Worte.

»Seit wann bist du zurück?«, hörte Helene ihren Großvater fragen, als wäre das nicht völlig unwichtig, als wäre nicht allein wichtig, *dass* er nun da war.

»Ich bin mit meiner Frau und den Kindern vor einer Woche aus den Kolonien zurückgekehrt, und da erreichte mich ein Telegramm von Karolina, in dem sie mich bat, sofort zu kommen.«

Helene löste sich von ihm, um ihn anzusehen. »Tante Karolina?«

»Ja, sie hat mir aus Königsberg telegrafiert.«

Daher also war sie fortgegangen, obwohl es Helenes Mutter so schlecht ging an dem Tag. Sie alle hatten sich über so viel Kälte gewundert. Und dann auch wieder nicht, denn dergleichen, so Wilhelm von Schletter, sah Karolina eben ähnlich.

Während ihr Onkel in das Zimmer ihrer Mutter ging, stand Helene nur da, fühlte sich nun, da die so heftig hervorbrechenden Tränen versiegt waren, seltsam betäubt. Die Trauer, das ahnte sie, würde kommen – später, wenn ihr vollumfänglich klar wurde, dass ihre Mutter nicht mehr da war. Wenn sie nicht mehr mit ihr am Tisch saß, nicht mehr in ihrem Gewächshaus gärtnerte, wenn all die sonst so nebensächlichen Kleinigkeiten, die man Tag für Tag hinnahm, nicht mehr da waren. Helene fürchtete sich vor dem Augenblick, fürchtete sich vor der lähmenden Traurigkeit und wusste nicht, wie sie ertragen sollte, dass ihre Mutter nicht mehr da war. Dass sie sie nicht mehr um Rat fragen konnte.

Sag deinem Vater… Was war es denn bloß, das sie ihm hatte sagen sollen?

Der Bote brachte die Nachricht, als Victoria mit ihrem Vater und den Großeltern beim Abendessen saß.

»Gott sei ihrer Seele gnädig«, sagte Johannes von Reichenbach.

»Was für ein unglaublicher Verlust«, fügte Gesa von Reichenbach hinzu.

Du hast sie doch gar nicht gemocht, dachte Victoria aggressiv und wollte am liebsten aufspringen und hinauslaufen. Damals Großchen Berta, jetzt Tante Adela, all die liebenswerten Frauen in der Familie wurden abberufen, während die alte Hexe nach wie vor unter ihnen weilte. Im nächsten Moment bereute Victoria diesen Gedanken. Ihre Großmutter hatte sich geändert, war weniger hart und fordernd geworden. Das hatte zwar das Verhältnis zu Victoria nicht retten können, aber wenigstens war sie dem kleinen Richard eine gute Urgroßmutter.

Victoria erhob sich vom Tisch. »Entschuldigt ihr mich bitte? Ich muss einen Moment für mich sein.«

Dafür hatten alle Verständnis, und so verließ Victoria die Runde und ging ins Kinderzimmer, wo ihr Sohn unter der Obhut seines Kindermädchens spielte. »Mama!«, rief er freudig und kam auf sie zugerannt.

Victoria ließ sich auf die Knie hinunter und fing ihn auf, barg das Gesicht in seinem Haar, atmete seinen Kinderduft. Schon jetzt sah man, dass er ganz nach seinem Vater kam, was seinen Großeltern möglicherweise ein Trost war. Ihrem Kind zuliebe hätte sie gerne ein Grab gehabt, das sie mit ihm besuchen konnte, so wie sie das Grab ihrer Mutter. Und nun würde es bald Adelas Grab geben. Der kleine Richard würde dies besuchen können anstelle dem seines Vaters. Noch wusste er nicht, was der Tod war, dass er unumkehrbar war, was vielleicht der Grund dafür sein mochte, dass Kinder pragmatischer damit umgingen.

Während sie ihrem Sohn dabei zusah, wie er seine Holzlokomotive und die dazugehörigen Waggons belud – Erbstücke seines Onkels –, spürte sie, wie ihr der Blick verschwamm, als ihr bewusst wurde, dass sie ihre Tante Adela nie wiedersah, dass sie fort war, unwiderruflich. Sie würde in Richards Erziehung einige der kleinen Rituale seiner Großtante mit einfließen lassen, damit etwas von ihr auch bei ihm blieb. Vor allem das Backen im Winter. Wie sehr sie es geliebt hatte. Hatte sie Adela je gesagt, dass dies eine ihrer liebsten Kindheitserinnerungen war?

Sie erhob sich, küsste und herzte ihren Sohn noch einmal, dann wechselte sie noch einige Worte mit dem Kindermädchen, ehe sie das Spielzimmer verließ. Ihr Vater kam ihr auf der Treppe entgegen.

»Ich möchte zu Helene«, sagte sie. »Ich denke, in dieser Situation sollte die Familie zusammen sein, und ich bin nicht nur über Mama mit ihnen verwandt, sondern auch über Richard.«

»Es ist zu spät, um allein hinzureiten, ich begleite dich, und wir nehmen den Schlitten.«

»Ich würde gerne über Nacht bleiben.«

»Bleib, so lange du möchtest.«

Victoria überlegte kurz, ob sie Richard mitnehmen sollte, dachte dann jedoch, wie kalt es im Schloss war, und entschied sich dagegen. Sie schickte das Stubenmädchen Beata auf den Speicher, um einen kleinen Koffer zu holen. Eine eigene Kammerzofe hatte sie nicht. Damals hatte sich die ihrer Großmutter um sie gekümmert, und seit sie bei Tante Magdalena gewohnt hatte, war sie es gewöhnt, sich selbst um ihre Kleidung zu kümmern, und so ging sie in ihr Zimmer und packte für zwei Tage.

Eine Stunde später saß sie mit ihrem Vater im Schlitten und fuhr zum Schloss ihres Großvaters. Ihr Vater kutschierte selbst, und sie saß neben ihm auf dem Bock. Der Wind schnitt ihr eisig kalt in die Wangen, während sie durch die abendliche Finsternis fuhren. Beide schwiegen, aber Victoria war schon bei dem Besuch, den ihr Vater Tante Adela gemacht hatte, aufgefallen, dass ihn ihr nahender Tod tief betroffen gemacht hatte. Ein wenig verwunderlich war das schon gewesen, denn Onkel Leonhard stand er ja nun nicht besonders nahe, und es hatte nie den Eindruck gemacht, als sei er an der Familie von Schletter über ein Mindestmaß an Höflichkeit hinaus interessiert. Nun jedoch saß er da, in dumpfes Schweigen versunken, und strahlte eine fast schon lähmende Traurigkeit aus. Unwillkürlich streckte Victoria die Hand aus und hakte sich bei ihm ein, lehnte den Kopf an seine Schulter und hoffte, dass er aus ihrer Anwesenheit ebenso viel Trost schöpfte wie sie aus seiner.

Der Hof lag in tiefer Finsternis, nur hier und da durch diffuses Licht erhellt, das aus den Fenstern hinausdrang. Eine vermummte Gestalt kam auf sie zu, und Victoria wusste schon, ehe er bei ihr war, um wen es sich handelte. Es gab nur einen, der sich hier um die Pferde kümmerte.

Ihr Vater sprang vom Bock, half ihr hinunter und übergab Alexander die Zügel. Victoria drehte sich zu ihm um, und ihre Blicke trafen sich, hielten sich einen Moment länger fest, als es der öffentliche Anstand erlaubte, dann wandte Victoria sich ab und ging mit ihrem Vater zum Haus.

»Schletter!«

Maximilian hatte gelernt, die französische Aussprache seines Namens zu hassen, denn in der Regel folgte darauf etwas Unangenehmes. So auch heute.

»Dans la cellule!« Ab in die Zelle.

Nun, es war klar, dass seine Aufsässigkeit vom Vormittag Konsequenzen haben würde, und sein Offiziersstatus mochte ihn vor einigem schützen, aber auch ihm waren Grenzen gesetzt. Beim ersten Mal hatte Maximilian geglaubt, es handele sich tatsächlich um eine Zelle, aber er war bald eines Besseren belehrt worden.

Je länger sie zusammen in dem Lager hockten, umso mehr ging es ihm gegen den Strich, wie die Männer ausgenutzt wurden. Ja, die Deutschen hatten sich im Krieg wahrhaftig nicht mit Ruhm bekleckert, aber die Soldaten hatten diesen mitnichten angezettelt. Sie waren diejenigen, die am meisten dafür bezahlten. Er hatte sie zum Streik angestiftet, um bessere Arbeitsbedingungen zu erwirken. Das galt in den Augen der Franzosen als Meuterei, und entsprechend wurde dies bestraft.

Constantin lehnte an einer Baracke und beobachtete, wie Maximilian abgeführt wurde. Nun, er würde es überstehen, es gab Schlimmeres als ein paar Tage Einzelhaft. Allerdings war es gerade zu Beginn schwer, diese Zuversicht zu behalten. Das Loch – seine im Keller liegende Gefängniszelle – machte seinem Namen alle Ehre, es war finster und nur schwach erhellt von einem hoch in der Mauer angebrachten Fenster. Außerdem war die Luft eisig und klamm. Maximilian hatte glücklicherweise sowohl seine warme Decke als auch seinen Mantel mitnehmen dürfen, denn trotz allem wollte man nicht riskieren, dass einer der Offiziere im Gewahrsam der Franzosen starb.

Schon als Kind hatte Maximilian sich gut aus Orten fortdenken können, an denen es ihm nicht gefiel. Er blendete alles um sich herum aus und wanderte mit den Gedanken weit fort. Hier jedoch war das nicht ganz so einfach. Trotz der Decke zitterte er in der feuchten Kälte, und es roch wie in einer Kloake, was wohl jenem Eimer in der Ecke zu verdanken war, der offenbar nicht nach jeder Benutzung geleert wurde.

Es quiekte, und augenblicklich dachte Maximilian an Ratten, Fleckfieber und etliches andere, was Geschichten über finstere Gefängnisse zwangsläufig begleitete. Dann jedoch rief er sich zur Ruhe. Dies hier war sicher nicht der behaglichste Ort, an dem er jemals gewesen war, aber ein Kerker war es auch nicht. Es lag kein Stroh auf dem Boden, kein vermodernder Unrat, in dem sich allerlei Getier verstecken konnte, und Ratten gab es auch im Lager, die hatten meist mehr Angst vor den Menschen als diese vor ihnen. Natürlich wusste Maximilian, dass Ratten, gerade wenn sie hungrig waren oder sich in die Ecke gedrängt fühlten, aggressiv werden konnten, aber die Wahrscheinlichkeit, in einen Blindgänger zu treten, war wohl größer, als von einer Ratte ums Leben gebracht zu werden.

Das Bettzeug auf der Pritsche roch modrig, und Maximilian, der dies versuchsweise befühlte, vermutete, dass er nicht der Erste war, der darauf lag. Den ganzen Sommer über mochten hier bereits Gefangene gelegen und geschwitzt haben. Da zog er den Boden vor, setzte sich wieder hin, lehnte mit dem Rücken an die Wand und starrte in seine Decke gehüllt ins Leere. Er vermisste Elisabeth, vermisste ihren an seinen geschmiegten Körper, vermisste die Wärme ihrer Haut. Allein bei dem Gedanken an sie regte sich das Verlangen in ihm. Alles würde einfacher werden, wenn er erst wieder zu Hause war. Wenn Helene ihren Großvater so weit gebracht hatte, dass Elisabeth bei ihnen wohnen durfte, würde sich sein Vater nicht mehr querstellen und sie heiraten lassen.

Sobald er hier wieder heraus war, würde er erneut versuchen, ihr zu schreiben, ihr und seiner Mutter, damit sie endlich erfuhren, dass es ihm gut ging. Vielleicht hatte ja auch Constantin inzwischen erwirkt, dass er sich bei seiner Familie melden durfte. Der stille, zurückhaltende Constantin, der die ganze Zeit dastand und alles aus der Distanz beobachtete. Maximilian wüsste zu gerne, was in ihm vorging.

Da ihm der Rücken langsam wehtat und die Kälte ihm zusetzte, stand Maximilian auf und ging in der kleinen Zelle umher. Vier Schritte von der einen Wand zur anderen, drei vom Fenster bis zur Tür. Vierzehn, wenn man den Raum einmal komplett an den Wänden entlang ablief. Na ja, eigentlich waren es etwas mehr, aber er zählte die Pritsche als zwei Schritte und dafür die nicht, die darum herum führten.

»Max!« Maximilian blickte auf und entdeckte Constantin, der vor dem Fenster kniete. »Hier, fang.«

Maximilian glitt die Decke von der Schulter, als er den Arm hob, um das weiße Viereck zu fangen. Ein Stück in Papier gewickelte Schokolade. Er schob sie in den Mund und schloss einen Moment lang die Augen, als die Schokolade auf der Zunge zerschmolz.

»Hat Walter Regers vorhin im Ort gekauft.«

Sie durften gelegentlich in Begleitung ins Dorf gehen, und das wurde gern in Anspruch genommen. Die Offiziere bekamen Geld und allerlei anderes, was sie benötigten, von ihren Familien zugeschickt – so diese denn wussten, wo sie waren. War das nicht der Fall, waren sie auf die Wohltätigkeit der anderen angewiesen. Dafür blieb ihnen allerdings auch die Schufterei erspart, und sie bekamen das bessere Essen, also wollte Maximilian sich nicht beklagen.

»Weißt du, wie lange du dort bleiben musst?«, fragte Constantin.

»Nein, sie haben nichts gesagt.«

»Du könntest stattdessen Hiebe bekommen.«

»Na, da ziehe ich die Haft doch vor.«

»Wie du meinst.« Constantin machte es sich vor dem Fenster gemütlich. »Die Franzosen sind heute geradezu außer sich geraten, weil die Soldaten so langsam gearbeitet und sich absichtlich dumm angestellt haben. Rechne also nicht damit, dass du allzu früh wieder rauskommst.«

»Ich ziehe die Haft trotzdem den Hieben vor.«

»Sie werden dir schon nicht die Haut vom Rücken peitschen.«

»Trotz allem.«

Constantin rappelte sich auf. »Na, dann lass dir die Zeit nicht lang werden.«

Juni 1918

Die Hände auf dem Rücken verschränkt stand Carl vor Adelas Grab, starrte auf den Stein, wie er es so oft getan hatte, und las die vertraute Inschrift.

Adela von Schletter (geb. Lamberg)
21. April 1861 – 11. Januar 1918
Ruhe in Frieden

Schritte näherten sich, aber er wandte sich nicht um. Meist war es Helene, die das Grab ihrer Mutter aufsuchte, dort stand, weinte. Adelas Tod nahm sie stärker mit, als es zunächst den Anschein gehabt hatte. Sie war ihm traurig erschienen, aber doch in gewisser Weise gefasst. Nach der Beerdigung jedoch war sie regelrecht zusammengebrochen, und Carl war froh darüber, dass Friedrich hier war. Leonhard hätte hier sein müssen, dachte er. Aber der konnte nicht weg von seiner Truppe, trug die Verantwortung für die Versorgung. Dafür war ein Brief an Helene gekommen, dem er eine kurze Epistel für Carl anfügte, einige Zeilen, in denen er sich für den Beistand bedankte.

»Du bist oft hier«, hörte er Karolina sagen und blickte auf, als sie neben ihn trat.

»Ja«, antwortete er nur.

»Du hast sie sehr geliebt, nicht wahr?«

Er erwiderte nichts, sondern starrte nur auf den Grabstein.

»Wir haben beide Fehler gemacht und Menschen geschadet, die wir hätten beschützen sollen. Es ist an der Zeit, unseren Frieden miteinander zu machen, denkst du nicht?«

Nun sah Carl sie an. »Ich grolle dir schon lange nicht mehr«, antwortete er schließlich.

Mit dieser Antwort hatte sie sichtlich nicht gerechnet, und es dauerte einen Moment, ehe sie etwas sagte. »Paul von Sabrowski hat mir einen Antrag gemacht, damals, nachdem … Es war ihm ernst mit mir. Der erste Mann, dem es ernst war und den ich wirklich geliebt habe. Aber ich habe ihn nicht geheiratet, weil ich nicht mit Gerhard im selben Haus leben wollte, weil ich es nicht gekonnt hätte, um Victorias willen.«

»Das hätte ich nie von dir verlangt.«

»Ich weiß. Aber meine Entscheidung konnte trotzdem keine andere sein.«

»Gerhard ist gefallen, habe ich gehört.«

»Ja. Und vorher hat Paul eine andere geheiratet. Das ist wohl einfach mein Schicksal, nicht wahr? Und es ist ja auch nicht schlecht. Ich bin für Maximilians Kinder die Tante, mit der sie allerlei Unfug anstellen können. Und ich bin nun in einem Alter, in dem ich mir ein paar Schrullen erlauben kann.« Sie lächelte. »Adela und ich waren uns nie nahe. Aber das lag eher an mir als an ihr, sie hat sich wirklich bemüht.« Sie zögerte. »Hast du Elisa eigentlich geliebt? Ein wenig zumindest?«

Die Frage traf ihn unvorbereitet, und ihm lag bereits auf der Zunge, dass es Karolina nichts anging. »Ich hatte sie gern«, erwiderte er wahrheitsgemäß. »Wir passten einfach nicht zusammen, das war mir eigentlich immer klar gewesen, aber in meinem Zorn auf Leonhard war mir jedes Mittel recht. Auch das, deine Schwester unglücklich zu machen.«

Karolina verschränkte die Arme vor der Brust, krauste die Stirn kaum merklich. »Ich war noch so jung, weißt du. Ich kannte die Männer nicht, und als du und ich … Wäre ich nicht der Meinung gewesen, du würdest es ernst meinen, wäre ich an diesem Nachmittag nicht gekommen.«

»Ich weiß, und es tut mir leid. Ich wiederum hätte sie nicht gehen lassen dürfen, aber der Streit war mir lästig. Wie oft habe ich mir vorgestellt, die Sache hätte einen anderen Ausgang genommen, wäre ich ihr nachgelaufen.«

Karolina nickte nur. Eine Weile blieb sie schweigend neben ihm stehen, drehte sich schließlich um und verließ den Friedhof. Carl sah ihr nach, dann wandte er sich wieder dem Grabstein zu. Constantin vermisst, Maximilian vermisst. Vielleicht war es für Adela wirklich das Beste, nicht zu erleben, dass ihr Sohn womöglich nicht nach Hause kam. Verwünscht sollte diese Entscheidung sein, einen Krieg anzuzetteln. Den Kaiser nannte man nur noch den Schlächter von Verdun. All dieses sinnlose Verheizen junger Leben in dieser Knochenmühle. Carl hatte viele Berichte gehört, und er befürchtete, dass Constantin und Maximilian dort lagen, die Leiber zerfallen, unkenntlich geworden mit der Zeit. Vielleicht würde er es nie erfahren. Der Friedensvertrag von Brest-Litowsk war im März unterzeichnet worden, und immerhin konnten die Kräfte, die nun nicht mehr an der Ostfront benötigt wurden, die Westfront weiter stärken. Möglicherweise führte das zu einer Wende.

Carl verließ den Friedhof und ging zu Fuß zum Schloss zurück. Seit Adelas Tod waren sie oft in Lilienau, und sein Schwiegervater schien sogar froh darüber zu sein, wenngleich er sich stets recht knurrig gab, sobald sie kamen. In dieses düstere Haus der Trauer brachte Victoria mit Richard für ihn wohl einen kleinen Lichtschein mit, und zusammen mit Maximilians Kindern ging es sehr lebhaft dort zu, denn keine der drei jungen Frauen hielt viel davon, die Kinder auf die Kinderzimmer zu beschränken, und so tobten sie durch das ganze Schloss und im Sommer durch den Garten.

Als Carl am Schloss ankam, war Helene gerade damit beschäftigt, den Arbeitern Anweisungen zu erteilen. In ihrem schwarzen Kleid wirkte ihre ohnehin schon schmale Gestalt geradezu zerbrechlich. Ihr – noch inoffizieller – Verlobter war dabei, einige Schäden im Mauerwerk der Stallungen auszubessern. Später würde er sich um das Dach kümmern müssen, denn dieses hatte auch schon bessere Zeiten erlebt, und die Schneemassen des letzten Winters hatten ihm arg zugesetzt.

»Hast du Victoria gesehen?«, fragte er Helene.

Die sah sich um, als könne seine Tochter irgendwo stehen, wo er sie übersehen hatte. »Nein, schon länger nicht mehr. Richard ist mit Elisabeth und den Kindern im Garten. Vielleicht ist sie spazieren.«

Das war natürlich möglich, aber Carl fragte sich, warum sie dann ihren Sohn nicht mitgenommen hatte.

Das hohe Gras kitzelte sie an der Nase, als Victoria den Kopf wandte, und sie musste niesen. Sie lagen am Pregelufer unter der Trauerweide, verborgen vor neugierigen Blicken. Die Sonne spann feine Fäden in die Zweige, während der Boden angenehm kühl war in der sommerlichen Hitze. Victoria atmete den Geruch von Gras und Erde. Als Kind hatte sie oft im Gras gelegen, bis ihre Großmutter ihr gesagt hatte, für eine Halbwüchsige gehöre sich das nicht mehr. Jetzt genoss sie es, einfach so dazuliegen, und sie streckte die Arme über den Kopf, schloss die Augen halb und beobachtete – nicht ohne einen Anflug von Gefälligkeit –, welche Wirkung dies auf Alexander hatte. Ein Lächeln spielte auf ihren Lippen, und sie kam sich lasziv und verrucht vor.

Tief in ihrem Bauch spürte sie ein leises Unwohlsein. Ihr Monat kündigte sich an und mit ihm die Beruhigung, dass es auch dieses Mal wieder gut gegangen war. In die Erleichterung mischte sich jedoch auch ein Anflug von Wehmut. Sie stellte sich vor, wie es wäre, ein Kind von ihm zu bekommen, stellte sich vor, wie sie gemeinsam picknickten, während ein Säugling neben ihnen mit pummeligen Ärmchen und Beinchen jauchzend im Gras lag.

»Woran denkst du?«, fragte Alexander, während er mit der Fingerspitze kleine Kreise auf ihren Bauch malte.

»An ein Kind von dir«, antwortete sie.

Ein kleiner Anflug von Wachsamkeit schlich sich hinter das Erstaunen in seinem Blick. »War ich nicht vorsichtig genug?«

»Doch, das warst du. Ich bin gewiss nicht schwanger.« Sie drehte sich um, stützte sich auf die Ellbogen, zupfte einige Grashalme und zerrieb sie zwischen den Fingern. Alexanders Finger glitten ihre Wirbelsäule hinauf und wieder hinunter, und sie bog den Rücken durch, hätte vor Wohlbehagen am liebsten geschnurrt. Alexander lächelte, und in Victorias Bauch stieg ein kribbeliges Gefühl auf. Sie hatte ihn bei ihren häufigen Besuchen auf dem Gut ihres Großvaters beobachtet, hatte gesehen, wie distanziert er war, wie verschlossen selbst seinen Mitgefangenen gegenüber. Dass sie es war, der er seine seltenen Lächeln schenkte, die er liebkoste und der er sich während der Liebe so verletzlich zeigte, wirkte geradezu berauschend auf sie. Victoria richtete sich auf, zog seinen Kopf zu sich hinunter und versank in einem langen Kuss. Sie rollte sich auf den Rücken, nahm Alexander mit sich, küsste ihn wieder und wieder.

»Was soll nur aus mir werden, wenn du fort bist«, sagte sie schließlich atemlos und fasste damit zum ersten Mal jene Angst in Worte, die sie seit Monaten umtrieb. Es gab keine Kriegshandlungen mehr zwischen Deutschland und Russland, was natürlich erfreulich war, aber es bedeutete auch, dass Alexander würde gehen müssen. Als man die Landarbeiter in die Rüstungsindustrie abgezogen hatte, hatte Victoria bereits gebangt.

»Ich bin doch nicht aus der Welt«, antwortete er und küsste sie.

»Was würdest du tun, wenn ich eines Tages einfach vor deiner Tür stünde?«

»Dich zum ersten Mal in einem Bett lieben.«

Sie küssten sich erneut, und Victoria schlang die Arme

um ihn, zog ihn auf sich, und während er sich in ihr bewegte, ging ihr der Atem in kurzen Schluchzern. Ich liebe dich, dachte sie, während die Welt um sie herum zerfaserte. Es war der einzige klare Gedanke, den sie noch zu fassen imstande war. Und auch dieser entglitt ihr.

Als das Blut nicht mehr gar so laut in ihren Ohren rauschte und ihr Atem wieder gleichmäßiger ging, vermeinte sie, das Lachen einer Frau zu hören. Auch Alexander erstarrte mit einem Mal. Also hatte er es ebenfalls gehört, und sie bildete es sich nicht ein. Regungslos lagen sie da, lauschten, hörten Stimmen, die sich unterhielten, mindestens zwei Frauen und ein Mann.

Grundgütiger! Victoria richtete sich auf, zog ihr Unterkleid wieder über die Schultern, schloss die Häkchen und Schlaufen, zog sich mit fliegenden Händen ihr Kleid an, und Alexander, der rascher angekleidet war als sie, kam ihr zu Hilfe, schloss ihr Kleid im Rücken, während sie ihr Haar löste und hastig neu aufsteckte.

Die Spaziergänger mussten die Weide entdeckt haben, denn sie schienen geradewegs darauf zuzusteuern. Victoria spähte durch die Zweige. Sie waren zu nahe, als dass Alexander unbemerkt hätte verschwinden können. Vorsichtig drehte sich Victoria zu ihm um, bedeutete ihm, sich hinter dem breiten Stamm zu verbergen. Sie selbst schob die Äste beiseite, woraufhin eine der beiden Frauen – Victoria erkannte Gerhards Ehefrau – einen überraschten Aufschrei ausstieß.

»Fräulein Vic… Frau Lamberg«, korrigierte sich Paul von Sabrowski rasch. »Wie geht es Ihnen?«

»Sehr gut. Ich war gerade ein wenig an meinem Lieblingsplatz, als ich gehört habe, dass ich nicht mehr allein bin.« Victoria schenkte den beiden jungen Frauen ein Lächeln. »Seit mein Mann gefallen ist, ziehe ich mich gerne ein wenig zurück.« Stumm tat sie Abbitte, weil ausgerechnet er dafür herhalten musste, dass ihr Geliebter nicht entdeckt wurde.

Sofort zeichnete sich Mitgefühl in die Mienen der beiden Frauen, und Gerhards Ehefrau umfasste spontan ihre Hand. »Oh, wie ich das nachvollziehen kann. Sie haben ja sicher gehört, dass auch mein Mann gefallen ist.«

Ja, das hatte sie. Möge er in der Hölle schmoren. Victorias Blick traf den von Gerhards Onkel. Der nickte kaum merklich, als ahne er ihre Gedanken. »Wir wollen Sie nicht länger stören, meine Liebe. Grüßen Sie Ihren Herrn Vater.«

»Das werde ich tun, vielen Dank.«

Seine Frau, die bisher schweigend danebengestanden hatte, nickte ihr freundlich zu, und die drei gingen weiter. Als sie endlich außer Sichtweite waren, schlüpfte Victoria zwischen den Zweigen hindurch zu Alexander. »Das war knapp.«

»Was hättest du getan, wenn sie uns entdeckt hätten?«

»Paul von Sabrowski gesagt, dass du der Mann bist, der mich von seinem Neffen geheilt hat.«

Alexander sah zu den Zweigen, als könne er ihn dort hindurch noch sehen. Dann zog er Victoria an sich und küsste sie.

»Wir sollten gehen«, sagte er schließlich. »Fordern wir das Schicksal heute besser kein weiteres Mal heraus.«

Nach Adelas Tod übernahm Elisabeth deren Pflichten im Haus, während sich Helene weiterhin um die Stallungen kümmerte und Andreas die Buchhaltung machte, was sonst Aufgabe ihres Vaters oder Maximilians gewesen wäre. Ihr Großvater fügte sich erstaunlich widerspruchslos in die neuen Umstände. Ja, er schien geradezu froh darüber zu sein, dass Andreas so selbstverständlich mit anfasste. Da Friedrich seine Familie bei den Schwiegereltern gut aufgehoben wusste, machte er zwar kurze Abstecher nach Berlin, kam aber immer wieder für längere Aufenthalte auf das Gut. Karolina kümmerte sich oft um die Kinder, ging mit ihnen spazieren oder in den Garten. Dass die Kleinen sie so mochten, schien ihr gutzutun, denn sie war so aufgeräumt, wie Helene sie bisher nicht gekannt hatte, wirkte entspannt und im Reinen mit sich selbst.

Helenes Stute hatte empfangen, gleich beim ersten Mal, was Helene als gutes Omen empfand. Vielleicht würde mit diesem Fohlen endlich das Ende des Krieges kommen.

»Ich sagte doch, du musst mir nichts bezahlen.« Carl von Reichenbach stand mit ihr im Stall und betrachtete die tragende Stute.

Helene wollte ablehnen, aber ihr war ihre prekäre finanzielle Lage durchaus bewusst. Dieses Jahr hatten drei Rinder verkalbt, und sowohl bei den Milchkühen als auch bei den Schlachtrindern hatten sie massive Einbußen erzielt. Geflügel war kaum noch vorhanden, und von der letzten Ernte war ein Großteil beschlagnahmt worden. Helene hatte die polnischen Arbeiter für die Feld- und die russischen für die Stallarbeit eingeteilt. Das hatte in den letzten Jahren gut funktioniert, und sie arbeiteten mit den deutschen Angestellten, die schon älter und daher nicht eingezogen worden waren, Hand in Hand zusammen.

Schritte waren auf dem steinernen Boden zu hören, und Alexander tauchte in der Stallgasse auf. Ab und zu machte er Spaziergänge in der Umgebung, Helene war in dieser Hinsicht großzügig. Keiner von ihnen hatte bisher den Versuch gemacht zu fliehen. Vermutlich war ihnen das Risiko zu groß, aufgegriffen und in eines der Lager oder in die Rüstungsindustrie gesteckt zu werden.

»Alexander, bringst du bitte die Stute hinaus zu Olympia?«

Er nickte und nahm den Führstrick vom Haken. Helene öffnete die Boxentür, und er trat ein, sprach leise mit dem Pferd, während er den Strick am Halfter befestigte. Carl beobachtete ihn beifällig. Ein Mann, der mit Pferden umgehen konnte, fand stets seine Anerkennung.

Nun kam auch Victoria, die Wangen leicht gerötet und ein winziges Lächeln in den Mundwinkeln.

»Warst du aus?«, fragte ihr Vater.

»Ja, ein wenig spazieren.« Sie trat zu ihnen, streckte die Hand aus und streichelte die Stirn der Stute.

Und in jenem Moment sah es Helene glasklar, jener Verdacht, der schon seit geraumer Zeit in ihr geschwelt hatte. Die Art, wie sie einander ansahen, wie Alexanders Distanziertheit einen winzigen Moment zerschmolz und wie Victoria die Lippen leicht öffnete und ihr Blick ganz weich wurde. Ein Lidschlag später war die Vertrautheit weg, sie beide waren wieder in ihren Rollen, aber Helene hatte genug gesehen, und sie sah verstohlen zu Carl von Reichenbach, wollte wissen, ob er es ebenfalls wahrgenommen hatte. Seine Augen hatten sich kaum merklich verengt, sein Blick zuckte zu Alexander, dann wieder zu Victoria. Vermutlich entschied er in diesem Moment, dass nicht sein konnte, was nicht sein durfte. Andernfalls wäre er wohl mitnichten so ruhig geblieben.

»Das klappt niemals«, sagte Maximilian, aber Constantin hatte nicht vor, sich den Wind aus den Segeln nehmen zu lassen.

»Wenn du dich weiterhin einsperren lässt, weil du die Franzosen fortwährend reizt, vermutlich nicht.«

»Lass mich doch einfach hier.«

»Dann bringt dein Vater vermutlich an mir zu Ende, was der Krieg nicht vermocht hat.« Constantin sah sich um, zeichnete etwas auf den Boden. »Das hier sind die Latrinen.« Er deutete mit dem Zweig auf das gezeichnete Viereck. »Dahinter ist eine Lücke im Zaun.«

»Du weißt schon, dass wir praktisch durch die Latrinen müssten? Um unserer Spur zu folgen, braucht es dann keine Spürhunde mehr.«

»Wir werden die Kleidung wechseln, sobald es geht.«

Maximilian seufzte und nickte. »Gut. Und weiter?«

»Wir gehen über die Grenze nach Belgien.«

»Ja, da mag man uns weitaus lieber als hier«, spottete Maximilian, und Constantin stieß ungeduldig die Luft aus.

»Namur«, fuhr er fort. »Von da aus über Lüttich nach Deutschland.«

»Das sind gute dreihundert Kilometer.«

»Knapp zweihundertsechzig. Vielleicht brauchen wir gar nicht so weit zu gehen. An der Aisne gab es bis vor Kurzem noch Kampfhandlungen, hat einer der Soldaten erzählt. Wir können dort vielleicht zu unseren Leuten aufschließen.«

»Dafür müssen wir durch die feindlichen Truppen.«

»Wir können auch einfach hier herumsitzen und darauf warten, dass sie uns entweder gehen lassen oder in den Zivilistenstand setzen und zur Arbeit heranziehen. Dich werfen sie zwischenzeitlich vermutlich noch weitere zehn Mal ins Loch. Ich für meinen Teil habe es satt, ich will hier raus. Es kommen noch sechs Männer mit, drei Offiziere und drei Soldaten.« Constantin wischte das Bild weg. »Wir müssen nur auf den richtigen Moment warten. Und zusehen, dass wir bis dahin genug Geld haben.«

Nachmittags bekam Constantin endlich Papier und Schreibfeder, so dass er an seinen Vater schreiben konnte. Hoffentlich kam der Brief überhaupt an. Wie die Situation außerhalb der Gefängniszäune aussah, erfuhr er durch gelegentliche Gespräche mit den Wächtern, die ihn gerne darüber aufklärten, dass die Deutschen zunehmend zurückgedrängt wurden. Die Moral schwand, sowohl in der deutschen als auch in der österreichisch-ungarischen Armee. Die Selbstmordrate war hoch, Gefangennahme und Krankheit zehrten an den Reserven. Zudem grassierte eine tückische Grippe in den kriegsführenden Ländern, was allerdings angesichts des tausendfachen Sterbens in den Schützengräben die Lebenserwartung wohl nur unerheblich verkürzte.

Während er schrieb, wurde Constantin bewusst, wie sehr

er alle vermisste, Millie, seinen Vater, Victoria, Helene … Er wollte Millie schreiben, wusste aber nicht, wo sie derzeit war, und hoffte, sein Vater würde ihr die Zeilen, die er für sie verfasste, weiterleiten. Natürlich war er froh, nicht mehr in den Schützengräben zu liegen. Andererseits kam er sich vor wie ein Überläufer, der im Feindesland ruhte und Kraft schöpfte, während die eigenen Leute in Scharen starben. Und er wusste, dass es nicht nur ihm allein so ging.

Nachdem er den Brief beendet hatte, adressierte er ihn und übergab ihn dem Wachmann in der Hoffnung, dass die Epistel nicht im nächsten Ofen landete. Dass die deutschen Gefangenen nicht gut gelitten waren, durfte einen wohl nach Verdun und Belgien nicht wundern. Vor allem der Einsatz von Chlorgas hatte ihnen den Ruf einer barbarischen Kriegsführung eingebracht.

Verdun. Constantin schloss die Augen, und da waren sie wieder, die Explosionen, die Schreie. Granaten, dachte er, waren die schlimmsten aller Waffen. Wo sie aufschlugen, war nur mehr ein Feuerball zu sehen, der alles verschlang und nichts übrig ließ außer Überreste dessen, was einmal ein Mensch gewesen war. Manchmal kam es vor, dass Soldaten durch die Erde, die die Explosion hochschleuderte, verschüttet wurden und elend erstickten. Nein, dachte Constantin, noch schlimmer war das Gas, das jedem die Lunge verätzte, der nicht schnell genug seine Gasmaske aufsetzte. *Allmächtiger, haben wir gewütet.*

Beständig hatten neue Gräben angelegt werden müssen, denn der Artilleriebeschuss war so schlimm gewesen, dass die Schützengräben der Deutschen regelrecht zermahlen und zu Todesfallen wurden. Fliegen summten über Leichen und Kadaverresten. Leiber waren von Granatsplittern aufgerissen worden, Soldaten büßten Arme und Beine ein und starben nicht sofort, sondern verbluteten langsam unter Schmerzensschreien. An manchen Tagen hatten sie stundenlang in den Gräben verharrt, mal gepeinigt vom Regen, mal von der Hitze, aber immerfort von Wanzen, Ratten und Läusen. Das würde er niemals in seinem ganzen Leben vergessen. Es würde ihn in den Schlaf verfolgen, so, wie es derzeit Nacht für Nacht geschah. Ein Tod ohne jeden Sinn und Zweck. Verängstigte französische Soldaten, die in ihren flachen Gräben kauerten, deutsche Soldaten, die als Brennmaterial in den Todesofen Verdun geschickt wurden.

Constantin öffnete die Augen und rieb sich mit der Hand darüber, als könne dies die Bilder vertreiben. Dann lehnte er den Kopf zurück und sah in den milchig blauen Himmel. Schleierwolken schoben sich ineinander, wurden zu Qualm, der den Schlachtfeldern entstieg, gleich Geistern verlorener Seelen.

»Auf welcher Seite steht deine Familie?«, fragte Victoria. »War sie zarentreu?«

»Nein, eigentlich nicht.« Alexander war dabei, Zäune auszubessern, und Victoria hatte einen großen Umweg bei ihrem Ausritt gemacht, um unbemerkt zu ihm zu gelangen. Nun stand sie hier, reichte ihm die Nägel, und er schlug diese in die Pfosten, um die Querbalken zu befestigen.

»Denkst du, es hat sich vieles verändert?«

»Das wird sich zeigen.«

Victoria verstand nicht viel von Politik, wusste aber aus der Zeitung, dass der Zar zur Abdankung gezwungen worden war und die Bolschewiki nach der Oktoberrevolution einen Sieg verzeichnen konnten. Der Bolschewismus war laut beider Großväter – in dieser Hinsicht waren sie sich erstaunlich einig – ein großes Übel, Radikale, die den Sturz des Zaren verschuldet hatten. Für Männer, denen Vasallentreue eine Frage der Ehre war, musste dies unvorstellbar sein.

Mit dem Ärmel wischte Alexander sich den Schweiß von der Stirn, und Victoria ging zu einem Eimer mit Wasser, der im Schatten stand, und schöpfte mit einer Kelle etwas in einen Emaillebecher. Gleich, wie durstig Alexander war, er trank nie hastig, auch jetzt nicht, als ihm in der Hitze der Schweiß in Strömen über den Körper lief. Victoria bot an, die Querstangen zu halten, aber er lehnte ab.

»Nicht dass ich dir versehentlich mit dem Hammer den Finger zerschmettere.«

Bei dieser Vorstellung verzog Victoria das Gesicht und bat kein weiteres Mal darum, helfen zu dürfen. Sie betrachtete ihn, seine Hände, die geschult worden waren, mit chirurgischen Instrumenten feine Arbeiten zu verrichten, Hände, unter denen sie sich atemlos wand, die Hände eines geduldigen Liebhabers. Sie wusste, wie sein Leben in Petersburg ausgesehen hatte, wusste, dass er aus einem wohlhabenden Elternhaus stammte und zwei ältere Schwestern hatte. Vielleicht waren sie sich sogar mal in Cranz über den Weg gelaufen, denn sie hatten festgestellt, dass sie einmal zeitgleich dort gewesen waren. Sie stellte ihn sich in eleganter Kleidung der Oberschicht vor. Er hatte Verwandte im deutschen Grenzgebiet und war seit jeher oft dort zu Besuch gewesen, weshalb er auch gut

Deutsch sprach, wenngleich mit leichtem Akzent, was Victoria jedoch mochte.

Bald machte Alexander eine Pause und setzte sich mit ihr unter die ausladende Krone eines Kastanienbaums. Er legte den Kopf in ihren Schoß und den Arm über die Stirn, schloss einen Moment lang die Augen. Die Arbeit in der sommerlichen Wärme hatte ihn sichtlich erschöpft, und Victoria fühlte unter ihrer Hand seinen raschen Herzschlag.

»Ich kann mir vergnüglichere Momente vorstellen, in denen du so außer Atem bist«, scherzte sie.

Er öffnete ein Auge. »Werden wir anzüglich?«

Sie erwiderte den Blick mit unschuldigem Lidaufschlag und fuhr fort, mit den Fingern sein dichtes Haar auszukämmen. Über ihnen im Geäst zwitscherten Vögel, und es war ein Moment vollendeter sommerlicher Harmonie, in der es Victoria sogar gelang auszublenden, dass Alexander im nächsten Sommer vielleicht nicht mehr bei ihr sein würde.

September 1918

Der Soldat stieß Maximilian an, damit dieser sich seine Ration nahm. Lass ihn doch in Ruhe, dachte Constantin. Die letzte Einzelhaft hatte an der Gesundheit seines Cousins gezehrt. Er hustete, wirkte fiebrig und klagte seit dem letzten Abend über Kopfschmerzen.

»Wenn du einfach mal den Mund halten könntest«, sagte Constantin, tauchte einen Waschlappen in den Eimer und kühlte Maximilian damit die Stirn. »Du ruinierst unsere gesamten Pläne.«

Maximilian schwieg. Er war erschreckend blass, so dass die fiebrigen roten Flecken wie losgelöst auf seinen Wangen wirkten. Gott allein wusste, was er sich in der feuchtkalten Zelle eingefangen hatte. Obwohl er in seine Decke gehüllt war, zitterte er so sehr, dass ihm die Zähne aufeinanderschlugen, und Constantin legte seine Decke ebenfalls über ihn. Sie befanden sich nun allein in dem Raum, die anderen waren draußen und vertrieben sich die Zeit. Die Offiziersschlafräume in dem Lager waren unterteilt wie Pferdeboxen, immer eine Pritsche zwischen zwei Stellwänden. Das gab zwar einen Anschein von Privatheit, aber es führte auch dazu, dass die Luft hier ständig zu stehen schien.

Als Maximilian in einen unruhigen Schlaf gefallen war, verließ Constantin den Raum und suchte einen der Wärter. »Mon cousin a besoin de médicaments. Il est malade.«

»Hmhm. Dois-je lui donner un bol de framboises et de crème?«

»C'est sérieux!«

Der Wachmann nickte nur, rührte sich jedoch nicht, was in Constantin den Wunsch weckte, ihm mit einem ordentlichen Fausthieb die Gleichgültigkeit herauszuprügeln. Er war es leid, das alles, war es seit vier Jahren leid.

»Mon cousin est malade«, wiederholte er.

Ein Grinsen und Schulterzucken war die einzige Antwort, die er bekam, dann lehnte der Mann sich auf sein Gewehr, nahm eine Zigarette, entzündete sie an einem Streichholz und blies Constantin den Rauch ins Gesicht. Der hielt nur mühsam an sich und wandte sich ab.

Die Offiziere saßen in Gruppen zusammen, einige rauchten, andere spielten Karten. Es hing eine träge Lethargie über dem Tag, die Constantin rasend machte. Die Zusammenstellung der Leute hatte sich geändert, zwei Offiziere und fünf Soldaten wollten nun mit ihnen kommen, und sie hatten alles durchgeplant. Vor allem die Soldaten wollten fort.

»Die Franzmänner lassen uns doch nie freiwillig gehen«, sagten sie. »Die sind froh um die billigen Arbeitskräfte.«

»Lieber zurück an die Front, als hier im Feindesland verrotten«, kam es von einigen Offizieren, wenngleich sie einer Flucht eher skeptisch gegenüberstanden. Wer konnte schon wissen, ob es sich die Franzosen nicht einfallen ließen, sie hinterrücks zu erschießen, und wer wollte mit einer Kugel im Rücken sterben wie ein Feigling?

Constantin sah erneut nach Maximilian, der inzwischen heftig fieberte. »Du gehst aber nicht ohne mich, oder?«, fragte dieser.

»Nein, natürlich nicht.« Mit einem Waschlappen – kaltes Wasser wenigstens gab es zur Genüge – kühlte Constantin seinem Vetter erneut das Gesicht.

»Wie viel Geld haben wir?«

»Ausreichend.« Sobald Maximilian wieder auf den Beinen war, galt es, Lebensmittel beiseitezuschaffen. »Wäre gut, wenn du es dann mal eine Zeit lang schaffen könntest, nicht im Loch zu landen.«

»Ich werde mir Mühe geben.« Maximilian schloss die Augen und fiel in einen unruhigen Schlaf.

Auf dem Hof wandte sich Constantin erneut an den Wachmann. »Mon cousin doit être transféré à l'infirmerie.«

Der Mann sah ihn nur kurz an, nickte und blieb stehen.

»Immédiatement!« Constantin war laut geworden.

»Retour aux autres!«

Wieder wollte der Mann sich wegdrehen, und Constantin ergriff seinen Arm, wollte etwas sagen, als er mit dem Gewehrkolben einen heftigen Stoß vor die Brust bekam, der ihm die Luft nahm.

»Enlève tes mains!«

Constantin jedoch sah rot, holte aus und verpasste dem Mann einen kräftigen Hieb gegen das Kinn. Der Wachmann fuhr zurück, dann holte er aus und versuchte, Constantin den Kolben der Waffe vor die Schläfe zu stoßen, was dieser nur verhinderte, indem er sich rasch wegduckte. Er schnellte hoch und traf den Wachmann mit dem Kopf im Gesicht. Der Mann schrie und presste sich die Hand vor den Mund. Die Waffe fiel unbeachtet zu Boden, und zwischen seinen Fingern quoll Blut hervor. Zwei deutsche Offiziere waren zu ihnen gestürzt und hielten Constantin fest, als dieser Anstalten machte, erneut auf den Mann loszugehen.

»Das reicht jetzt, Leutnant«, sagte der Ältere der beiden, Major von Waldau.

Schwer atmend beruhigte Constantin sich.

»Schon gut, Sie können mich loslassen«, sagte er, und nach kurzem Zögern ließen die beiden von ihm ab.

»Das sieht ziemlich übel aus«, meinte ein Soldat von der anderen Seite des Zauns, als der Wächter sich ein Tuch vor den Mund hielt und den Platz verließ. Kurz darauf wurde Constantin abgeführt, und es folgte eine Befragung durch einen der französischen Offiziere.

Letzten Endes war es nur ein abgebrochener Zahn, es hatte schlimmer ausgesehen, als es war, und immerhin führte man zu Constantins Gunsten an, dass der Wachmann sich falsch verhalten hatte. Zudem hatte er nicht versucht, sich die Waffe anzueignen, obwohl es die Gelegenheit dazu gegeben hatte. Das schützte jedoch nicht vor der Strafe, die ihm noch am selben Nachmittag vom Kommandanten verkündet wurde.

»Reichenbach!« Er sprach es Raischenback aus. »Six semaines au prison.«

»Wer kommt uns denn da besuchen?«

Victoria, die mit ihrem Vater beim Frühstück saß und schon seit dem Aufstehen leichte Kopfschmerzen hatte, sah auf und richtete den Blick ebenfalls aus dem Fenster. Eine Kutsche war in den Hof gefahren, und noch ehe der Kutscher den Schlag öffnen konnte, stieg eine junge Frau aus. »Grundgütiger! Das ist ja Millie.« Sie sprang auf und war noch vor ihrem Vater an der Tür.

Millie betrat gerade die Halle, eingelassen von dem erfreut dreinblickenden Hausdiener Ernst, als Victoria auch schon zu ihr lief und ihr um den Hals fiel. »Willkommen daheim!«, rief sie und drückte sie an sich.

»Was für ein Empfang«, lachte Millie, als auch Carl sie umarmte.

»Wie schön, dass du wieder da bist.«

»Ich hatte die Grippe, glücklicherweise in einem sehr leichten Verlauf, aber bei uns ist sie schlimm grassiert, und nachdem ich wieder einigermaßen auf den Beinen war, wurde ich heimgeschickt.« Sie nahm ihren Schal ab und knöpfte den Mantel auf. Erschreckend dünn war sie geworden, aber doch immer noch die strahlende Millie, die überall gute Laune versprühte. »Ich bringe übrigens gute Nachrichten mit. Da ich ohnehin schon in Königsberg war, habe ich im Amt die Post geholt, und es war ein Brief von Constantin darunter. Carl, ich hoffe, du bist mir nicht böse, aber ich habe ihn geöffnet, ich musste einfach wissen, ob er neu ist oder nur lange unterwegs.«

»Constantin?« Victoria riss die Augen auf und ergriff den Arm ihres Vaters. »Siehst du, ich habe doch gesagt, er ist nicht gefallen.«

Millie griff in ihre Tasche und reichte ihm ein geöffnetes Kuvert. »Es war ein Brief an mich dabei, den habe ich entnommen.«

»Nur zu, mein Liebes.« Carl von Reichenbachs Stimme zitterte leicht, als er das Schreiben entfaltete und so hielt, dass Victoria mitlesen konnte.

»Er ist in Gefangenschaft«, kommentierte diese, als wüsste Millie das noch nicht. Victoria umarmte ihn und brach in Tränen aus, während sie ein stummes Dankesgebet sprach.

»Ich war so erleichtert, als ich das gelesen habe. Die ganze Zeit habe ich befürchtet, er sei gefallen.«

»Maximilian ist bei ihm«, fügte Victorias Vater hinzu. »Ich werde gleich zum Schloss Lilienau reiten und ihnen Bescheid geben.«

»Ich begleite dich.«

»Geht ihr nur«, sagte Millie. »Ist noch etwas zu essen da? Ich brauche ein richtiges Frühstück und mein Bett.«

»Steht beides zur Verfügung«, antwortete Carl von Reichenbach. Dann wandte er sich an Victoria. »Du bist so blass. Ist dir nicht gut, Liebes?«

Der Schwindel verging so schnell, wie er gekommen war. »Alles bestens«, antwortete sie. Ob sie schwanger war? Bei Richard hatte sich das anders angefühlt. Vermutlich brütete sie einfach eine Erkältung aus. Ihr Monat war zwei Wochen her, und sie hatte danach nur einmal mit Alexander geschlafen. Sie wusste ja noch aus der Ehe mit Richard, wie schwer sie schwanger wurde, und mit ihm hatte sie fast jede zweite Nacht geschlafen.

»Sind Großvater und Großmutter da?«, fragte Millie.

»Sie sind bestimmt auch begierig zu hören, was mit Constantin ist.«

»Sie sind schon früh nach Königsberg gefahren und kommen erst heute Abend heim«, antwortete Victorias Vater. »Es wird also eine schöne Überraschung für sie.«

Im Stall herrschte reger Betrieb, die russischen Arbeiter, die ihnen zur Verfügung gestellt worden waren, waren hier inzwischen genauso unentbehrlich wie auf Schloss Lilienau. Die leitenden Angestellten waren seinerzeit nicht eingezogen worden, da sie alle das wehrpflichtige Alter überschritten hatten, so dass die Arbeiter gut angeleitet werden konnten. Die von Reichenbachs hatten zwar deutlich weniger Pferde als früher, da auch sie ihren Soll für den Krieg hatten leisten müssen, aber immerhin waren ihnen die beiden besten Beschäler geblieben und gute Zuchtstuten. Auch die Jährlinge und Füllen hatte man ihnen gelassen, mit denen hätte man wenig anzufangen gewusst.

Victoria besaß seit dem Frühjahr eine neue Stute, Gloria, die ihr Vater ihr zugeritten und sie selbst an den Damensattel gewöhnt hatte. Sie liebte den zierlichen Goldfuchs, in dem sich der arabische Anteil etwas stärker durchsetzte, was das Pferd feingliedriger und ausdauernder machte, aber ihm auch ein oftmals etwas zu forsches Temperament gab.

Als sie an der Seite ihres Vaters in einem leichten Galopp die Allee entlangritt, fühlte sie sich wieder besser. Der Wind wirkte an diesem warmen Herbstmorgen belebend, und die Sonne, die das Laub in allen Farben feurig aufleuchten ließ, konnte einem nur die Stimmung heben. Wer wollte bei diesem Wetter mit einer Erkältung im Bett liegen?

Auf Schloss Lilienau geriet man förmlich außer sich, als Victorias Vater von dem Brief erzählte. Helene saß mit Elisabeth, Karolina und ihrem Großvater gerade beim Frühstück, als sie mit der Neuigkeit eintrafen, und Wilhelm von Schletter erhob sich so hastig, in der Hoffnung, den Brief lesen zu dürfen, dass er die Kaffeekanne umwarf und sich der Inhalt über den Tisch ergoss. Niemand scherte sich um das Malheur, während Carl von Reichenbach das Schreiben Constantins laut vorlas.

»Bei den Franzmännern!«, rief Wilhelm von Schletter. »Na, das kann ja was werden. Hoffentlich müssen sie nicht wie die Knechte vor ihnen buckeln.«

Victoria lag es auf der Zunge, dass hier auch der eine oder andere buckelte, obwohl er daheim etwas anderes gewohnt war, aber sie schwieg. Sie wollte den Moment nicht durch einen Disput verderben, denn auch wenn er sich knurrig gab, so war ihr Großvater doch offenkundig glücklich darüber, dass seine beiden Enkel lebten.

»Habt ihr in letzter Zeit etwas von Kaspar gehört?«, fragte Victorias Vater.

»Er ist derzeit in Belgien«, antwortete Helene. »Es geht ihm gut, soweit man das sagen kann.«

Frisch aufgebrühter Kaffee wurde gebracht, zwei Gedecke kamen hinzu, und da Victoria keinen Appetit hatte, beschränkte sie sich darauf, noch eine Tasse Kaffee zu trinken, in der Hoffnung, sie würde sich hernach nicht mehr so abgeschlagen fühlen. Aber auch das brachte nichts, im Gegenteil, das Sitzen ermüdete sie noch mehr, und auch der Kopfschmerz kehrte zurück, pochte hinter ihrer Stirn und ihren Augen.

»Ich würde mir gerne ein wenig die Beine vertreten«, sagte sie und erhob sich.

»Tu das, Liebes«, antwortete ihr Vater.

Bildete Victoria es sich ein, oder sah Helene sie einen Moment länger an als nötig? Sie erwiderte den Blick kurz, dann verließ sie den Raum.

Alexander hatte ihnen die Pferde abgenommen und war im Stall, nachdem er die Tiere im Auslauf untergebracht und versorgt hatte. Nun war er dabei, die Boxen der beiden Stuten zu entmisten, und schichtete mit einer Heugabel das dreckige Stroh in eine Schubkarre.

Victoria lehnte sich an einen Pfosten und sah ihm zu. »Mein Bruder hat geschrieben. Er ist in Kriegsgefangenschaft in Frankreich.«

»Da seid ihr gewiss sehr erleichtert.«

»Ja, natürlich.« Ihr war erneut ein wenig schwindlig, und sie rieb sich die Augen.

Alexander streute frisches Stroh aus und wusch sich die Hände an der Pumpe, dann zog er sein Hemd aus und pumpte sich Wasser über den Kopf. Hernach stieg er die Leiter hoch und kam kurz darauf mit einem frischen Hemd zurück. Die Arbeiter schliefen in den Kammern der Stallburschen, von denen vermutlich keiner mehr zurückkehrte. Die ganze Gesellschaft hatte sich gewandelt, man kam im Haus ohne viel Personal zurecht, und was anfangs ungeheuerlich erschienen war, war längst Alltag geworden. Frauen machten die Arbeit von Männern, Strafgefangene wurden zum Aufbau der zerstörten Städte herangezogen, die gesamte frühere Ordnung hatte sich verschoben.

»Komm mit an die frische Luft«, sagte Alexander und

deutete mit dem Kopf zum hinteren Tor, das zu den Koppeln und Ausläufen führte. »Du siehst aus, als könntest du sie brauchen.«

»Das ist nicht gerade ein Kompliment«, versuchte sich Victoria an einem etwas bemühten Scherz.

Sie spazierten am Koppelzaun entlang, wo Helenes Stuten grasten. Victoria blieb stehen, stützte sich mit den Armen auf das Gatter und sah den Pferden zu. Ihr war wirklich nicht gut, vielleicht sollte sie sich hinlegen. Alexander schien derselben Ansicht zu sein, denn er legte ihr die Hand auf die Stirn und betrachtete sie prüfend. »Du hast Fieber.«

»Wahrscheinlich bekomme ich eine Erkältung.« Die sommerliche Wärme schien mit einem Mal zu schwinden, und Victoria spürte, wie sie in der Kälte leicht zitterte. Aber sie wollte jetzt nicht ins Haus, wollte noch ein wenig bei Alexander bleiben. »Ich lege mich nachher hin«, versprach sie, als sie seinen besorgten Blick bemerkte.

Er nickte nur und wirkte nicht überzeugt.

»So ein herrlicher Herbsttag«, sagte sie, um das Thema zu wechseln. »Man nennt das Altweibersommer.«

»Warum das?«

»Weil …« Die Welt um sie herum wirkte, als würde sie in zerfaserndem Licht flimmern. »Weil …« Sie hob die Hand an die Stirn, blinzelte. Das Licht wurde dunstig, das Grün wie hinter einem seidenen Vorhang. Victoria blinzelte erneut, und im nächsten Moment erlosch das Licht gänzlich.

»Herr von Reichenbach!« Markus stürzte in das Speisezimmer, wo sie immer noch am Frühstückstisch saßen. »Ihre Tochter …«

Er kam nicht dazu, den Satz zu beenden, denn Carl sprang so abrupt auf, dass sein Stuhl mit einem Knall hintenüber schlug. Und dann betrat auch schon Alexander den Raum und trug eine bewusstlose Victoria in den Armen.

»Allmächtiger!«, rief Wilhelm von Schletter. »Leg sie sofort hier auf das Sofa, Bursche!«

»Nein«, kommandierte Helene. »Bring sie hinauf, Alexander. In mein Zimmer.« Sie bedeutete ihm, ihr zu folgen, und ging raschen Schrittes vor ihm her.

Carl lief neben Alexander her, legte die Hand an Victorias Hals, vermutlich, um den Puls zu fühlen.

»Sie hat nur das Bewusstsein verloren«, sagte Alexander. Er brachte Victoria in Helenes Zimmer und legte sie auf dem Bett ab. Dann schob er ihre Lider auseinander und sah in ihre Augen.

»Mit Verlaub«, ging Carl dazwischen. »Ich denke, Sie sollten jetzt die Finger von ihr lassen. Ihre Bemühungen in Ehren, aber sie braucht jetzt einen Arzt, keinen Knecht.«

Alexander fuhr zu ihm herum, die dunklen Augen verhangen vor Zorn. »Ich *bin* Arzt.«

Helene legte ihm in einer besänftigenden Geste die Hand auf den Arm. »Schon gut, Alexander. Das konnte er nicht wissen. Er ist ihr Vater und besorgt.«

Alexander nickte nur. »Sie hat hohes Fieber, und ihr war schwindlig. Vier der polnischen Arbeiter haben dieselben Symptome.«

Kälte ballte sich in Helenes Magen zu einem Klumpen, obwohl sie es geahnt hatte.

»Sie sprechen nicht von der Grippe, oder?«, fragte Carl.

»Ich befürchte, das tue ich.«

»Dr. Ziedorn soll kommen«, befahl Carl. »Und Helene, Liebes, schicke jemanden zu meinem Gut, wir brauchen Millie hier. Ehe ich ihr den Heimweg in einer ruckelnden Kutsche zumute, brauche ich Gewissheit über ihren Zustand.«

»Sie kann so lange bleiben wie nötig, das weißt du doch.« Helene machte sich daran, Victorias Kleid am Hals aufzuknöpfen, als könne ihr dies das Atmen erleichtern.

»Ich wusste nicht, dass du Arzt bist«, sagte sie über Victoria hinweg zu Alexander.

»Es hat ja auch nie jemand danach gefragt, was wir sind.«

Helene biss sich auf die Lippen und nickte. Immerhin erklärte das, warum er bei dem Grippeausbruch unter den polnischen Arbeitern so rasch zur Stelle gewesen war und gehandelt hatte.

Ohne ihr weiter Beachtung zu schenken, wandte sich Alexander wieder Victoria zu, legte den Rücken seiner Finger an ihre Stirn und ihre Wange, was oberflächlich wirkte, als wolle er ihre Temperatur prüfen, aber doch zärtlich und vertraut war. Helene sah rasch zu Carl, aber der schien nichts mehr wahrzunehmen, was über den elenden Zustand seines Kindes hinausging. Helene konnte seine Gedanken so klar erraten, als habe er sie ausgesprochen. Sollte er nun, da er Constantin zurückhatte, Victoria verlieren?

»Es ist besser, wenn ihr niemand zu nahe kommt«, sagte Alexander. »Die Grippe ist hoch ansteckend.«

Carl jedoch wollte das Zimmer nicht verlassen, ebenso wenig wie Helene, und so kamen sie überein, dass sie sich Tücher um Mund und Nase banden und das Zimmer unter Quarantäne stellten.

Millie kam eine Stunde später und machte sich sofort daran, zusammen mit Alexander durch kalte Umschläge das Fieber zu senken. »Niemand darf zu ihr«, betonte Millie.

»Was ist mit den kranken Arbeitern?«

»Die liegen in einem Zimmer, das wir zu einer provisorischen Krankenstation gemacht haben.«

»War ein Arzt da?«

»Ja, aus Königsberg.«

Victoria kam wieder zu Bewusstsein, schien desorientiert und wollte sich aufrichten. »Was …« Der Anblick der anderen mit den Tüchern vor dem Mund schien sie zu befremden und zu beunruhigen.

»Es ist alles bestens«, sagte Millie. »Aber du hast vermutlich die Grippe.«

Victorias Augen weiteten sich erschrocken, und sie wandte den Kopf, fand Alexanders Blick. Auf gewisse Weise schien seine Anwesenheit hier sie noch mehr aufzuwühlen, denn dass er so selbstverständlich an ihrem Bett stehen durfte, schien darauf hinzuweisen, dass es ernst war. Helene hätte sie gerne beruhigt, wusste aber nicht, wie. In so etwas war sie noch nie gut gewesen.

Da Dr. Ziedorn den ganzen Tag im Krankenhaus gebraucht wurde, ebenso wie die anderen Ärzte, kam schließlich ein Arzt aus dem nächstgelegenen Dorf und bestätigte die Diagnose. Carl hätte am liebsten sofort ein Medikament gehabt, das seine Tochter heilte, aber so eines gab es nicht, man konnte lediglich die Symptome lindern. Viel Ruhe, gute Pflege, und dann konnte man nur hoffen.

»Jemand muss zur Apotheke«, sagte Millie. »Mir wurde Antipyrin verabreicht, um das Fieber zu senken.« Darauf setzte auch der Arzt, wie er Millie erklärt hatte. Besser noch auf Aspirin, wenn das zu bekommen war.

»Alternativ kann man auch Pyramidons einsetzen«, entgegnete Alexander. »Oder Phenacetin.« Er sah Victoria an, und sein Blick veränderte sich kaum merklich. »Kodein gegen den Husten.«

Helene verließ das Zimmer, um jemanden vom Stallpersonal loszuschicken. In der Halle traf sie auf Andreas, der gerade aus Richtung Arbeitszimmer kam. »Wie geht es ihr?«

»Nicht gut.« Helene ließ zu, dass er sie einen Moment lang an sich zog, dann hob sie den Kopf und küsste ihn. Es interessierte sie schon längst nicht mehr, ob ihr Großvater sie dabei erwischte oder nicht. Offiziell hatten sie seinen Segen nicht, aber er stellte sich auch nicht mehr quer. Zudem hatten sie derzeit wahrhaftig andere Sorgen. Helene löste sich von ihm. »Jemand muss nach Königsberg in die Apotheke.«

»Das übernehme ich, dann kann ich mich wenigstens nützlich machen.«

»Das tust du doch ohnehin schon.«

»Nicht nur als Angestellter, auch als Mitglied dieser Familie.«

Sie lächelte matt und küsste ihn erneut, reichte ihm den Zettel und kehrte zurück ins Krankenzimmer.

»Das haben wir den Spaniern zu verdanken«, schimpfte Wilhelm von Schletter.

Das Letzte, wonach Carl der Sinn stand, war, sich dieses dumme Geschwätz anzuhören. Millie hatte ihm erzählt, dass es auch an der Front zu Krankheitsausbrüchen gekommen war, über die in der Presse jedoch nicht berichtet werden durfte. Der Krankheitsverlauf war weltweit so massiv, dass vielfach daran gezweifelt wurde, ob es sich überhaupt um eine Influenza handelte. Von Millie wusste Carl, dass man sogar mutmaßte, es handele sich um eine Form der Lungenpest. Die Sterberate war ungewöhnlich hoch, und während eine normale Influenza eher sehr junge und sehr alte Menschen traf, so zeichnete die Spanische Grippe aus, dass es vor allem Menschen zwischen zwanzig und vierzig traf – genau Victorias Altersgruppe. Dass er sie nach all dem nun an die Grippe verlieren sollte, konnte und wollte er nicht akzeptieren.

»Spanische Konserven«, bekräftigte Wilhelm von Schletter. »Darüber haben sie es uns ins Land gebracht.«

»Das ist Unsinn«, mischte sich Helene ein, die bisher schweigend danebengesessen und ihren Kaffee getrunken hatte. »Wenn überhaupt, so lautet der Verdacht, die Deutschen hätten die Konserven vergiftet, um die Krankheit in Umlauf zu bringen. Und wenn wir uns die Kriegsführung ansehen, ist der Verdacht gar nicht so weit hergeholt.«

Wilhelm von Schletter lief rot an. »Das ist Feindpropaganda!«

Carl schlug auf den Tisch, und die beiden fuhren zusammen. »Verdammt noch mal. Meine Tochter liegt dort oben sterbenskrank, und hier wird darüber gestritten, welches Land an der Krankheit schuld ist.«

Helene neigte den Kopf. »Du hast recht, es tut mir leid.«

Carl hatte sich von Millie genau erklären lassen, wie der Verlauf war. Natürlich hatte er seinerzeit von der ersten Welle der Grippe gehört und auch davon, dass im August die zweite Welle ausgebrochen war. Er wusste von Quarantänestationen und vielen Sterbefällen. Aber das war alles so weit weg gewesen, in den Städten. Er trank seinen Kaffee aus, trat ans Fenster und sah in den sonnigen Spätnachmittag hinaus. Die Angst brannte in seinem Magen, fraß sich hoch wie saure Galle. Victoria war vor einigen Tagen in Königsberg gewesen, vielleicht hatte sie es sich dort geholt. Allerdings hatten sie nun ja auch Ausbrüche hier auf dem Gut. Wer konnte schon wissen, wer es eingeschleppt hatte?

»Dieser Kerl«, er drehte sich zu Helene um, »dieser Russe, taugt der was als Arzt?«

»Er hat Medizin studiert, praktiziert aber nicht, sondern unterrichtet an der Universität.«

Na, das war ja wohl besser als nichts. Und immerhin war da ja auch Millie, die hatte mit deutschen Ärzten gearbeitet und Erfahrung mit der Grippe. Außerdem sagte man, man sei immun, wenn man sie einmal gehabt hatte, sie mussten also nicht befürchten, dass sie sich ansteckte. Eine Hand legte sich schwer auf seine Schulter, und Carl musste sich nicht umdrehen, um zu wissen, dass es sein Schwiegervater war, der ihm auf seine Art Trost spenden wollte.

Auf Gut Reichenbach erkrankten mehrere Angestellte und ihre Familien, vier Männer, deren Frauen sowie zwei Kinder, und so wurde auch auf dem Gut ein Raum als Krankenstation eingerichtet. Millie ritt täglich zwischen Schloss Lilienau und Gut Reichenbach hin und her, denn nachdem drei der Polen gestorben waren, waren zwei ältere Angestellte der von Schletters erkrankt. Erst gab es Diskussionen, ob man die polnischen Arbeiter und die deutschen Angestellten im selben Raum unterbrachte, aber der Arzt aus Königsberg schimpfte und sagte, dergleichen Ziereреien seien derzeit fehl am Platz.

Alexander wurde aus dem Stalldienst abgezogen und begleitete Millie bei der Versorgung der Kranken, denn die Ärzte waren in den Städten und Dörfern eingespannt und konnten nicht ständig vor Ort sein, und den Kranken war nicht zuzumuten, in die Krankenhäuser transportiert zu werden. Abgesehen davon hätte das oft nichts mehr gebracht, denn nach allem, was Helene über den Krankheitsverlauf wusste, starben die meisten sehr schnell. Fieber, Schüttelfrost, starker Reizhusten, oftmals gefolgt von einer Lungenentzündung, die in der Regel zum Tod führte. Bei manchen Patienten – zu denen gottlob auch Victoria zu gehören schien – verlief die Krankheit mit milderen Symptomen. Bei anderen führte sie binnen Stunden zum Tod. Die Patienten bluteten aus Mund und Nase und starben an einer von starken Blutungen begleiteten Lungenentzündung. Viele liefen blauschwarz an, aufgrund der Atemnot, die das Sterben begleitete. Es war entsetzlich, das zu beobachten, und doch bot Helene beständig ihre Hilfe an.

Alexander ritt mehrmals mit Millie nach Königsberg, um sedative Medikamente wie Heroin, Morphium oder Kokain zu besorgen, was bei besonders schweren Fällen angewandt wurde. Victoria bekam zwar keine Lungenentzündung, aber der Husten setzte ihr sehr zu, und ihr Kreislauf musste mit Koffein und Kampfer stabilisiert werden. Alexander ließ sie mit Eukalyptusöl inhalieren, was zumindest kurzzeitig eine lindernde Wirkung zeigte.

Obwohl die schlimmsten Symptome bei Victoria nach ein paar Tagen abklangen, blieb sie müde und litt unter Erschöpfungszuständen, so dass sie nach wie vor in Helenes Zimmer blieb, da man keinen Rückfall riskieren wollte, wenn sie sich zu früh überanstrengte. Währenddessen wohnte Helene im Zimmer ihrer Eltern, was ihr schwerfiel, da alles dort an ihre Mutter erinnerte. Obwohl sie schon so lange nicht mehr unter ihnen weilte, hing immer noch der schwache Duft ihres Parfums im Raum, und auch ihre Tiegel und kleinen Flakons standen so, wie sie sie hingestellt hatte.

Johannes von Reichenbach bot Hilfe an und schickte einige seiner Angestellten, damit diese auf dem Gut halfen, da so viele Arbeiter derzeit ausfielen, nachdem auch zwei Russen erkrankt waren. Ehe ihr Großvater dazu kam, aus Stolz abzulehnen, sagte Helene dankend zu. Glücklicherweise musste sie sich dank Elisabeth um keinerlei häusliche Belange kümmern.

Je länger sie die Kranken versorgte, umso mehr bewunderte sie Millie dafür, sich dies zur Aufgabe gemacht zu haben. Für Helene bedeutete es eine notwendige Pflicht, aber eine Berufung konnte sie darin nicht sehen, geschweige denn den Wunsch, sich damit eine Lebensaufgabe zu erfüllen. Sie war froh, wenn sie all das hinter sich brachte, ohne sich anzustecken, bis die Krankheit überstanden war, wenngleich Letzteres derzeit in weiter Ferne zu liegen schien.

Magdalena hatte sich zunächst nichts dabei gedacht, als Clara in der Frühe über Kopfschmerzen klagte. Als jedoch zum Mittag hin hohes Fieber, Schüttelfrost und Gliederschmerzen hinzukamen, war sie augenblicklich alarmiert, denn durch ihre Arbeit in der Praxis kannte sie die Symptome, die der Ausbruch der Epidemie mit sich brachte. Seit einigen Tagen war auch Justus erkrankt, aber bei ihm waren die Symptome so leicht, dass es viel Überredung kostete, ihn dazu zu bringen, im Bett zu bleiben. Das gelang erst, als Łukasz ihm die Konsequenzen in sehr eindringlichen Worten schilderte.

Sobald klar war, dass es auch Clara getroffen hatte, steckte sie ihre Tochter umgehend ins Bett und verbot jedem, das Zimmer zu betreten. Sie wollte ihre Tochter nicht ins Krankenhaus bringen, da sie die überlasteten Krankenstationen kannte und sich nicht vorstellen konnte, dass man ihr dort besser helfen konnte, als Łukasz dies daheim vermochte. Allerdings kamen ihr Zweifel, als sich bei Clara ein besonders schwerer Verlauf einstellte, sie hoch fieberte und kaum noch bei Bewusstsein war.

»Und wenn wir sie doch ins Krankenhaus bringen?«, fragte Anna.

»Es gibt keine medikamentöse Behandlung, die Wirkung zeigt. Ruhe und Betreuung können wir ihr hier besser bieten als in den überfüllten Krankenstationen.«

Łukasz stimmte ihr zu, aber es war offenkundig, wie besorgt er war. Er behandelte das Fieber mit Pyramidons und versuchte, den Husten mit Kodein zu behandeln. Doch bereits nachts verschlechterte sich ihr Zustand rapide, und er injizierte ihr Opium-Extrakt, das eine anästhesierende Wirkung hatte.

Am kommenden Morgen klagte Jan über Gliederschmerzen, und Magdalena wies Anna an, mit den Kindern in ihre eigene Wohnung zu gehen. »Es ist zu gefährlich, die Krankheit liegt hier in der Luft.«

»Das tut sie überall.« Dennoch befolgte Anna den Rat und verließ noch am selben Morgen die mütterliche Wohnung.

Obwohl es Jan sehr schlecht ging, schienen bei ihm alle Symptome gemildert zu sein. Mehr Sorgen bereitete Magdalena Claras Zustand, bei dem alles auf eine beginnende Lungenentzündung hindeutete. Sie hustete unentwegt, und ihr Körper war glühend heiß. Um ihren Kreislauf zu stabilisieren, verabreichte Łukasz ihr Strychnin, doch alle Mittel schienen wirkungslos zu verpuffen. Lediglich die Sedativa wirkten zumindest dahingehend, dass Clara kaum mehr ansprechbar war.

»Sie stirbt«, stellte Magdalena fest, erstaunlich ruhig, angesichts des Sturms, der in ihr tobte.

Łukasz sah sie nur an, bestätigte nichts, widersprach jedoch auch nicht. Ohne ein weiteres Wort kehrte Magdalena zurück in das Zimmer ihrer Tochter und saß stumm am Bett, betrachtete ihr Kind, das sie geboren und großgezogen hatte und das ihr nun, ebenso wie Daniel, wieder genommen wurde. Während die Männer auf den Schlachtfeldern starben, wurden die Daheimgebliebenen durch eine Epidemie dahingerafft. Irgendwie war das wohl gerecht, dass nicht nur die starben, die man dafür vorschickte.

Ein quälender Hustenreiz riss Clara aus ihrem Halbdämmer, und sie versuchte, sich aufzurichten. Sofort war Magdalena an ihrer Seite und stützte sie, hielt ihr ein Tuch hin, in das Clara blutigen Auswurf spuckte. Sie starb, vielleicht jetzt, vielleicht abends, aber spätestens in dieser Nacht. Wenn die Lunge anfing zu bluten, war es meist vorbei. Magdalena bettete Claras Körper wieder in die Kissen, dann erhob sie sich, um das Tuch im Ofen zu verbrennen, und war im Begriff, zu Jan zu gehen, als es an der Tür läutete. Sie hatte sich die Hände gründlich gewaschen und mit einer Essiglösung desinfiziert, dennoch wusch sie sie noch ein weiteres Mal, ehe sie die Tür öffnete. Zu ihrem Erstaunen stand Meta dort.

»Ich habe gehört, zwei deiner Kinder sind krank«, sagte sie.

Magdalena nickte. »Ja, meine Kleine, vor der du ausgespuckt und sie als Polackenbrut bezeichnet hast.« Sie wusste, dass dieser Ausbruch unangebracht war, denn Meta begegnete ihr seit langer Zeit nicht mehr feindselig, aber an jemandem musste sie ihre Wut und ihre Angst auslassen.

Meta reagierte darauf nur mit einem leichten Zucken der Lider. »Ich möchte meine Hilfe anbieten. Du kannst dich gewiss nicht um beide Kinder gleichzeitig kümmern.«

Die Hilfe aus Stolz abzulehnen wäre dumm und egoistisch gewesen, und so trat Magdalena beiseite und ließ sie ein. Vermutlich war es ab dem kommenden Tag ohnehin nicht mehr nötig, sich um zwei kranke Kinder zu kümmern.

»Was soll ich tun?«, fragte Meta, während sie die Treppe hinaufgingen.

»Ich würde mich gerne um Clara kümmern, es geht ihr sehr schlecht.«

»Gut, dann versorge ich Jan.« Mit geübtem Griff band

sich Meta ein Tuch vor Mund und Nase. »Zeigst du mir bitte noch, wo die Küche ist?«

Magdalena nickte und führte sie hin, dann ließ sie sie allein und eilte zurück zu Clara, indes sich die Angst, sie leblos daliegend vorzufinden, tief in ihre Brust wühlte und mit kalten Fingen nach ihrem Herz griff. Magdalena presste die Hand darauf, als könne sie es auf diese Weise daran hindern, in hastigen Holperern gegen ihre Rippen zu hämmern.

Claras Brust hob und senkte sich in rasselnden Atemzügen, und Magdalena stieß in einem langen Seufzer die Luft aus. Sie wollte Zuversicht empfinden, wollte sich nicht mit dem Unausweichlichen abfinden. Sanft ergriff sie die fiebrige Hand ihrer Tochter, hielt sie und beobachtete Clara, die in einem unruhigen Schlummer lag. Das Atmen fiel ihr zunehmend schwerer, und einmal schlug sie die Augen auf.

»Mama, ich kriege keine Luft mehr.«

Magdalena richtete ihren Körper auf, in der Hoffnung, dass dies Erleichterung verschaffte. Hernach bereitete sie in der Küche einen Topf mit heißem Wasser zu, in den sie die Lösung gab, die ihr Łukasz zur Inhalation bereitgestellt hatte. Zurück in Claras Zimmer ließ sie ihre Tochter den Dampf inhalieren und bildete sich ein, dass ihr Atem jetzt etwas freier ging. Clara legte sich zurück in ihr Kissen und schloss die Augen. Kurz darauf hustete sie wieder.

Als Magdalena nichts mehr einfiel, wie sie ihrer Tochter Linderung verschaffen konnte, blieb ihr nichts anderes übrig, als daneben zu sitzen und untätig zuzusehen, wie es ihrem Kind immer schlechter ging. Sie hörte Schritte auf der Treppe. Łukasz.

»Wie geht es ihr?« Er schloss die Zimmertür hinter sich, wirkte müde und übernächtigt.

»Sie kann nicht schlafen, weil sie ständig husten muss und keine Luft bekommt. Wie soll es ihr besser gehen, wenn sie nicht schlafen kann?« Nun war es Łukasz, der ihren ohnmächtigen Zorn abbekam.

Er antwortete nicht, sondern trat an Claras Bett. »Wie geht es dir, Kleines?«, fragte er auf Polnisch.

»Nicht gut, Papa.«

Er injizierte ihr subkutan Pantopon. »Ruh dich einen Moment aus, ich bleibe bei ihr«, sagte er zu Magdalena. Die nickte nur und erhob sich, unfähig, sich die qualvollen Atemzüge ihrer Tochter anzuhören. Als sie die Küche betrat, war Meta gerade dabei, Kaffee zu kochen. Sie hatte sich eine Zigarette angesteckt, stand am Fenster und rauchte, während sie darauf wartete, dass das Wasser, mit dem sie den Kaffee aufbrühen wollte, anfing zu kochen. Sie drehte sich zu Magdalena um, stellte keine unnötigen Fragen. Magdalena wiederum hatte ein schlechtes Gewissen, weil sie sich nicht um Jan kümmerte, aber momentan war sie schlechterdings nicht dazu imstande. Sie hatte das Gefühl, dass ihr die Zeit mit Clara durch die Finger rann, und sie wollte so viel davon festhalten, wie sie konnte. Als sie ein Kind gewesen war, hatte Carl ihr feinen Pudersand in die Hände rieseln lassen. Wenn sie schließlich die Finger öffnete, waren kaum mehr als ein paar Körner darin übrig.

November 1918

Überall gingen die Menschen auf die Straße. Vier Jahre Krieg, der nun in dem Schock der Niederlage gipfelte und somit all das sinnlose Sterben aufzeigte. Victoria wusste, dass ihre Großväter genauso reformunwillig waren wie die politischen Eliten, gegen die die Menschen auf die Straßen gingen. Formell war das Kaiserreich bereits seit Oktober eine parlamentarische Demokratie, aber die Menschen waren kriegsmüde und desillusioniert.

»Wie ein Fahnenflüchtling hat er das Land verlassen.« Johannes von Reichenbachs Stimme bebte vor Fassungslosigkeit. »Kein Wort des Dankes für all das, was die Menschen geleistet haben. Mein Enkel, die Söhne und Enkel unserer Freunde sind gestorben für nichts und wieder nichts.«

Victoria war seit Oktober wieder auf den Beinen, aber ihr Körper zwang ihr nach wie vor Schonung auf. Seit sie Schloss Lilienau verlassen hatte, hatte sie Alexander nicht mehr gesehen, aber ein Ritt durch die Kälte war derzeit schlechterdings nicht möglich. Sie hatten zwar noch einige Krankheitsfälle hier auf dem Gut, aber um die kümmerte sich Millie.

»Sozialdemokraten!«, bellte ihr Großvater nun. »Wir sind eine sozialdemokratische Republik geworden. Dass ich das noch erleben muss.«

»Und was ändert das im Vergleich zu vorher?«, fragte Victoria.

Ihren Vater erstaunte das Interesse sichtlich. »SPD und USPD haben sich auf den Kompromiss geeinigt, die politische Gewalt in die Hände der Arbeiter- und Soldatenräte zu legen.«

Victoria dachte an die Geschichten, die sie aus Russland gehört hatte. Aber hier war dergleichen doch nicht möglich, oder?

»Nicht ein Wort zu den Familien, nicht eine Anerkennung aller Verluste«, fuhr ihr Großvater fort. »Setzt sich in die Niederlande ab wie ein feiger Verräter.«

»Wir sind ihn los, das ist das Wichtigste«, entgegnete ihr Vater.

Victoria erhob sich und ging zum Fenster, sah hinaus in den Hof, der im trüben, spätherbstlichen Licht dalag.

»Man hätte ausharren sollen«, hörte sie ihren Großvater sagen, »ein paar Tage oder Wochen.«

Das war es auch, was Victoria nach Unterzeichnung des Waffenstillstands in der Zeitung gelesen hatte. *Das Werk, das unsere Väter mit ihrem kostbaren Blut erkämpft – weggewischt durch Verrat aus den Reihen des eigenen Volkes! Die deutschen Sozialisten wussten, dass es nur noch galt, wochen-, vielleicht nur tagelang dem Frieden eine geschlossene Front zu ziehen, um ihm erträgliche Bedingungen abzuringen. Das ist eine Schuld, die nie vergeben wird. Die unbesiegbare deutsche Armee, um den Sieg und den ehrenvollen Frieden gebracht durch den Dolchstoß demokratischer und linker Kräfte in der Heimat.* Victoria war es so leid, um andere Menschen bangen zu müssen. Sie wollte, dass Constantin heimkam, dass das hier wieder ein echtes Zuhause wurde, in dem nicht in allen Ecken die Angst vor dem Tod lauerte.

Ihre Gedanken wanderten zu Alexander. Wenn der Krieg vorbei war, würde man die Gefangenen irgendwann heimschicken, und ebenso wie sie auf Constantin wartete, wartete auch auf ihn eine Familie. Er hatte keine Frau daheim, keine Verlobte. Eine Geliebte vielleicht, Victoria hatte nicht gefragt, hatte es nicht wissen wollen. Ehe er an die Front gemusst hatte, hatte er ein Leben gehabt, und gewiss keines, in dem Frauen keine Rolle gespielt hatten.

»Mama!«

Victoria drehte sich um und sah ihren Sohn durch den Salon auf sie zulaufen. Sie ging in die Hocke und fing ihn auf, lachte, weil er so entzückt aufschrie, als sie das Gleichgewicht verlor. »Na, du Räuber.«

Sie hatte ihn so furchtbar vermisst, als sie nicht in seine Nähe gedurft hatte. Man hatte jedes Risiko vermeiden wollen und ihn erst wieder zu ihr gelassen, als sie vollständig genesen war. Für den Kleinen war das schlimm gewesen, und seither plagten ihn große Verlustängste. Er wollte nachts anfangs sogar in ihrem Bett schlafen, voller Angst, er könne morgens wach werden, und sie sei nicht mehr da.

Carl von Reichenbach stand auf, hob ihn hoch und half Victoria wieder auf die Beine. Sie war immer noch sehr schnell außer Atem, und den Kleinen mit seinem inzwischen beachtlichen Gewicht hochzuheben bereitete ihr große Mühe. Ihr Vater setzte sich mit seinem Enkelsohn auf einen Sessel und bot ihm Plätzchen an, was sehr beifällig aufgenommen wurde.

Gesa von Reichenbach hatte hinter dem Kind das Zimmer betreten und setzte sich neben ihren Sohn. »Man will ihn immerzu ansehen, nicht wahr?«

Victoria kehrte zurück an ihren Platz am Fenster, sah hinaus und dachte an Alexander. Hinter ihrem Rücken lachte und scherzte die Familie, während ihr Sohn immer wieder glucksende Laute ausstieß. Würde es so sein? Wenn sie sich Alexander zuwandte, kehrte sie ihrer Familie den Rücken? Und umgekehrt? Sie lauschte auf Richards Stimme, sein Lachen, und sie wusste, dass niemand in ihrem Leben je wichtiger sein konnte. Sie drehte sich vom Fenster weg und ging zu ihrem Sohn.

Sechs Wochen Einzelhaft. Nicht einen Tag hatte man ihm erlassen. Immerhin hatte man ihm Bücher gegeben, sonst wäre er durchgedreht, hätte er nur die Wände anstarren dürfen. Obwohl er täglich die Zelle abgelaufen war, kamen ihm seine Muskeln steif vor, als man ihn entließ. Wieder bei seinen Offizierskameraden erfuhr er, dass Maximilian vier Wochen auf der Krankenstation verbracht und es sehr ernst ausgesehen hatte. Wirklich gesund sah er nach wie vor nicht aus, aber er fieberte nicht mehr und hustete nur noch hin und wieder.

»Ich habe einen Brief von Helene bekommen«, sagte er. »Er war wohl lange unterwegs, sie hat ihn schon vor zwei Monaten geschrieben.« Sein Gesicht war sehr blass. »Meine Mutter ist gestorben. Im Januar bereits.«

Tante Adela. Ein tiefes Verlustgefühl machte Constantin

einen Moment lang die Brust eng. »Das tut mir sehr leid«, sagte er.

Maximilian nickte nur.

»Wir sehen zu, dass wir so bald wie möglich wieder daheim sind.«

»Fühlst du dich gut genug dafür?«

»Die Frage sollte ich wohl eher dir stellen, nicht wahr?«

Ein leichtes Heben der Schultern war Maximilians einzige Antwort. Leutnant von Balzer gesellte sich zu ihnen. »Wie sieht es aus, von Reichenbach?«

»Von mir aus kann es bei unseren Plänen bleiben.«

Leutnant Kant kam ebenfalls dazu, holte Karten hervor und verteilte sie, damit ihr Gespräch nicht konspirativ wirkte, und sie gingen im Flüsterton an die Planung. Unteroffizier Krusat war auch nach wie vor dabei. Gefreiter Nikoleit, ehemals Jäger zu Pferde, ebenfalls, dafür war nur noch ein Offizier mit von der Partie, da die anderen beschlossen hatten, die Sache sei zu riskant. Die hochrangigen Offiziere wollten offiziell von nichts wissen, denn gutheißen durften sie solche Umtriebe nicht. Aber gut, die hatten auch am wenigsten zu befürchten, denn sie würde man als Erste gehen lassen. Schwierig war es für die niedrigen Offiziersränge, die Unteroffiziere und die Soldaten. Die Briten, die ebenfalls Lager in Frankreich unterhielten, hatten bereits die ersten Gefangenen heimgeschickt, wusste Leutnant Kant zu erzählen.

»Man wird uns nicht gehen lassen«, schloss er, und es war nicht das erste Mal, dass Constantin hörte, man wolle die Gefangenen hier behalten, bis alles aufgebaut und alle Schulden bezahlt waren.

Sie überschlugen die Summe, die ihnen zur Verfügung stand. Zivile Kleidung besaßen sie nicht, aber im Winter konnten sie ihre Mäntel tragen und waren nicht auf den ersten Blick als Kriegsgefangene erkennbar. Die Soldaten hatten bei ihren täglichen Arbeiten das eine oder andere mitgehen lassen, das ihnen von Nutzen war. Mal hatten sie Maurerarbeiten in einem Haus geleistet, in dem eine Wegekarte zu finden war, mal in einem, wo ein Kompass unbeachtet lag. Brotbeutel, Streichhölzer und Feldflaschen waren in Bündel gewickelt versteckt worden. Außerdem besaßen sie zwei Messer, die ebenfalls über die Soldaten in ihren Besitz gelangt waren. Es war wichtig, dass man diese nicht bei ihnen fand, denn Waffenbesitz war unter strengster Strafandrohung verboten.

»Wer hat das Kommando?«, fragte Leutnant Kant. »Das sollten wir vorab klären, ehe es zu Differenzen kommt.«

Da es keinen Offizier bei ihnen gab, der im Rang über ihnen stand, sagte Constantin, dass er die Leitung übernehme, da die gesamte Fluchtplanung seine Arbeit gewesen sei. Maximilian war zu schwach, man könne schon froh sein, wenn er durchhielt, also würde Leutnant Kant übernehmen, wenn Constantin ausfiel. Die anderen willigten ohne Disput ein.

»Damit wäre das geklärt.« Constantin legte seine Karten hin. »Sag allen Bescheid, dass es heute Nacht losgeht.«

Unteroffizier Krusat erhob sich und ging zu seinen Kameraden, während Constantin sich aufrichtete, die Arme über den Kopf hob und streckte. Er musste wieder einigermaßen beweglich werden, wenn er die Flucht durchstehen wollte. Glücklicherweise war der Krieg vorbei, das machte es einfacher, sich in der Öffentlichkeit zu bewegen. Man war offiziell nicht mehr in Feindesland.

Er ging zu den Quartieren, suchte seine Pritsche in dem Bretterverschlag auf und legte sich hin. Er schloss die Augen und versuchte zu schlafen. Im Vergleich zu der Schlafstatt im Gefängnis mutete das hier geradezu luxuriös an. Zwischendurch hörte er Maximilian husten, und seine Gedanken zerfaserten langsam, es schoben sich surreale Bilder hinein, während er die Geräusche von draußen noch vage hörte.

»Constantin?«

Er schreckte hoch und war in der Finsternis einen Moment lang desorientiert. »Max?«

»Hier.«

Constantin richtete sich auf, während seine Augen sich an die Dunkelheit gewöhnten, die nicht gar so undurchdringlich war, wie sie im ersten Moment erschien. Durch das Fenster drang ausreichend von Laternen gespendete Helligkeit, um Maximilians Silhouette zu erkennen. »Wie spät ist es?«

»Halb acht.«

»Grundgütiger! Warum habt ihr mich so lange schlafen lassen?«

»Es hatte den Anschein, als könntest du es brauchen.«

Der letzte Appell war um neun Uhr, danach sollte es losgehen. Bis dahin galt es, so zu tun, als sei alles wie immer. Constantin plauderte mit einigen Offizieren, schloss sich beim Kartenspiel an und gab sich entspannt. Nach dem Appell musizierten einige Soldaten, und es war ein vergleichsweise ausgelassener Abend.

Nach und nach stahlen sie sich davon. Ehe man zu dem Bereich kam, wo sich die Lücke im Zaun befand, musste man durch den tiefen Graben hinter den Latrinen, der zwar regelmäßig mit Kalk bestreut wurde, aber nach wie vor entsetzlich stank. Constantin atmete durch den Mund, als er hineintrat, sich dahinter auf den Bauch legte und unter dem Zaun hindurchrobbte. Den Mantel hatte er ausgezogen und zusammen mit seinem Bündel verschnürt und über den Zaun geworfen. Als er sich aufrichtete, klebte ihm die Kleidung an Brust, Bauch und Beinen nass am Körper. Unmöglich, den Mantel darüber zu ziehen. Er riss sich das Oberteil vom Leib, knüllte es zusammen und stopfte es ins Gebüsch, ehe er den Mantel anzog.

»Man wird das finden«, sagte Leutnant Kant.

»Na und? Beim Frühappell wissen sie ohnehin, dass wir weg sind.«

Constantin nahm sein Bündel auf, lehnte sich an einen Baum und wartete.

Im Nachhinein kam es Maximilian beinahe irrwitzig vor, wie leicht alles gewesen war. Sie nahmen sich Kleidung von Wäscheleinen vor den Häusern, wobei einmal ein Hund anschlug und sie eilig das Weite suchen mussten. Das meiste passte nicht recht, und alles wirkte zusammengewürfelt, aber besser, man hielt sie für Landstreicher als für Kriegsgefangene. Constantin bestand darauf, jedem Geld vor die Tür zu legen.

»Wenn man uns erwischt, können wir zumindest einen Eid darauf schwören, nicht gestohlen zu haben«, sagte er.

Als das erste Frühlicht erschien und sie weiterhin unbehelligt auf den Feldwegen ausschritten, fiel die Anspannung ein wenig von ihnen ab. Irgendwann machten sie eine kurze Rast, frühstückten inmitten dunstiger Felder, und ihre Stimmung war schon beinahe ausgelassen. Auch Maximilian verspürte das erste Mal seit Langem jene ruhige Zufriedenheit, die er von daheim kannte, die stille Vorfreude auf das, was einem der Tag bringen mochte. Nur eines brannte ihm nach wie vor auf der Seele.

»Hast du Millie schon einmal betrogen?«, fragte er, während er neben Constantin herging.

»Nein.«

»Ich habe zu Kriegsbeginn in Belgien mit einer anderen Frau geschlafen.«

»Elisabeth und du, ihr seid doch noch nicht verheiratet. Die neue Erfahrung sei dir also gegönnt.«

»Mit wem rede ich überhaupt?«, murmelte Maximilian und schwieg hernach eine Zeit lang. »Ich weiß nicht, wie ich es ihr erklären soll«, fuhr er schließlich fort.

»Überhaupt nicht. Bist du toll? Warum willst du es ihr erzählen?«

»Weil ich ehrlich zu ihr sein möchte.«

»Gewiss nicht. Du möchtest die Last des schlechten Gewissens auf ihren Schultern abladen und hoffst dabei auf Absolution.«

Diese Antwort ließ Maximilian sich durch den Kopf gehen, indes schlug Constantin auf der Landstraße ein flottes Marschtempo an. Als der Morgen weiter fortgeschritten war und die Gefahr größer wurde, jemandem zu begegnen, verließen sie die Straße und schlugen sich ins hohe Gebüsch. Inzwischen war ihr Fehlen gewiss längst entdeckt und Alarm geschlagen worden. Die Wachleute würden nicht viel zu lachen haben, und vermutlich würde man die anderen Gefangenen danach befragen, was sie gewusst hatten. Letzten Endes waren noch einige vor der Flucht zurückgeschreckt, so dass sie nun zu fünft unterwegs waren, drei Offiziere und zwei Soldaten. Die Gendarmen waren gewiss schon benachrichtigt und würden auf den Straßen nach fünf Männern Ausschau halten.

»Wir werden weitergehen, sobald es dunkel ist«, sagte Constantin. »Es ist zu gefährlich.«

Sie diskutierten, ob sie sich nicht besser trennen sollten, taten das dann jedoch ab. Constantin sprach als Einziger von ihnen fließend Französisch, während Maximilian und Leutnant Kant sehr gebrochen und die beiden anderen es gar nicht sprachen. Wenn man die vier allein erwischte, wären sie praktisch überführt, sobald sie den Mund aufmachten.

Es fing an zu regnen, und sie suchten sich einen Unterstand, wobei sie darauf achteten, stets im Schutz der Bäume zu bleiben. Schließlich fanden sie einen Schuppen, dessen Wände wirkten, als könnten sie jeden Moment unter der Last des Daches nachgeben. Der Boden im Innern war feucht, da es durchs Dach regnete, aber immerhin konnten sie sich in einer Ecke zusammenkauern, ohne bis auf die Haut nass zu werden.

Während der Regen draußen rauschte und aufs Dach trommelte, wanderten Maximilians Gedanken zu Elisabeth. Nichts wollte er mehr, als in ihren Armen zu liegen, ihren Körper zu spüren, ihren warmen Atem an seinem Gesicht. Nach wie vor wusste er nicht, ob er ihr von seinem Fehltritt erzählen sollte. Constantin war in dieser Hinsicht abgeklärter als er, natürlich. Für ihn war dergleichen keine große Sache, er hatte eben keine Ahnung von wahrer Liebe.

Es kam gewiss nicht nur Maximilian so vor, als dauerte es eine Ewigkeit, bis sich endlich die Dunkelheit über das Land senkte. Sie erhoben sich mit steifen Muskeln, verließen langsam den Schuppen. Draußen stieg eine frostige Kälte vom Boden auf, und Maximilian erschauerte. Trotz des dicken Wollmantels zitterte er vor Kälte. Wenigstens hatte es aufgehört zu regnen.

Sie waren eine gute Stunde marschiert, als eine Stimme in englischem Zungenschlag »Stop!« rief. Briten. Natürlich, es gab ja auch britische Gefangenenlager in Frankreich. Für die Dauer eines Lidschlags erstarrte Maximilian, und er hörte das Geräusch von eiligen Schritten. Dann das Durchladen eines Gewehrs.

Constantin lief los, die anderen hinter ihm her. Der erste Schuss krachte, und Erde spritzte auf. Noch waren dies Warnschüsse. Sie rannten weiter, runter vom Weg und in den Wald, wo sie sich in die Büsche schlugen. Schüsse waren zu hören, Rufe, weitere Schüsse. Auf dem Bauch robbte Maximilian unter dichtem Gestrüpp, hatte bald die anderen aus dem Blick verloren, ahnte sie aber irgendwo vor sich. Einmal knackte ein Zweig, dann war ein unterdrückter Schmerzenslaut zu hören.

Die Rufe und Schüsse entfernten sich, dennoch dauerte es lange, ehe sich Maximilian aus seinem Versteck wagte. Er fand Constantin und den Gefreiten Nikoleit, der sich gerade aus dichtem Dornengebüsch kämpfte.

»Das war, verdammt noch mal, knapp«, sagte er.

»Wo sind die anderen?«, fragte Maximilian.

»Ich weiß es nicht, und wir haben auch keine Zeit, sie zu suchen«, kam es von Constantin. »Also los, weiter!«

»Aber wir können sie doch nicht einfach zurücklassen.«

»So war die Vereinbarung. Wenn wir getrennt werden, schlägt sich jeder allein durch. Wir können keine Zeit mit Suchen verschwenden.«

»Aber Johann Kant hat die Karte.«

»Dann muss es eben ohne gehen.«

Gefreiter Nikoleit, der schweigend daneben gestanden hatte, nickte und stellte sich somit auf Constantins Seite.

»Nun gut, du bist der Kommandant«, sagte Maximilian.

»Dann komm jetzt.« Constantin ging los und vertraute darauf, dass sie ihm folgten.

»In Johannisburg war man über die Genesung der Kleinen wohl sehr erleichtert«, sagte Wilhelm von Schletter. »Hab gehört, es stand auf Messers Schneide.«

»Endgültig über den Berg ist sie wohl auch noch nicht«, antwortete Helene. »Die Lungenentzündung hat ihr schlimm zugesetzt.« Ihr Onkel Justus hatte ihr geschrieben. Bis dahin hatte sie nicht einmal gewusst, dass auch er erkrankt gewesen war.

Von Maximilian war vor einigen Tagen ein Brief gekommen, in dem er sich für die finanzielle Zuwendung bedankte. Sowohl sie als auch Carl hatten Geld geschickt, Carl sogar mehrmals, da niemand wusste, wie viel letzten Endes bei Max und Constantin ankommen würde. Von Kaspar war ebenfalls eine kurze Epistel gekommen, in der er schrieb, es ginge ihm gut, aber er müsse derzeit noch von einer Verletzung genesen, ehe er heimkehren konnte. Jetzt hieß es abwarten. Der Krieg war vorbei, und langsam kamen die Männer zurück, so auch die jungen Angestellten von Schloss Lilienau. Von zwanzig Männern, die aufgebrochen waren, waren fünf wieder da, einer von ihnen mit nur einem Arm. Die übrigen waren gefallen oder suchten ihr Glück nun anderswo.

Helene war nach dem Frühstück in den Stall gegangen, wo ihre Stute mit dem im September geborenen Hengstfohlen stand. Während um sie herum die Grippe wütete, hatte die Stute das Fohlen still und heimlich bei Nacht geboren. Als Helene morgens nach ihr gesehen hatte, hatte sie dagestanden, während das Füllen trank, und Helene angesehen. Es schien, als wolle sie sagen: *Du musst kein schlechtes Gewissen haben, weil du nicht da warst. Wie du siehst, schaffe ich das allein.*

Sie hatte das Fohlen auf den Namen Prometheus getauft und beschlossen, dass sie es behalten würde. Sollte ihr Großvater sich auf den Kopf stellen, aber wenn dieses Fohlen gute Anlagen hatte – und alles sprach dafür –, wollte sie es für die Zucht einsetzen.

Nachdem sie im Stall nach dem Rechten gesehen hatte, ging sie durch den Nebeneingang ins Schloss zurück, da sie von dort aus schneller im Arbeitszimmer war, wo Andreas über der Buchhaltung saß. Sie ging zu ihm, schlang ihm die Arme um den Hals und küsste ihn lange.

»Ich bin so froh, dass der Krieg vorbei ist«, sagte sie. »Jetzt wird hoffentlich alles wieder ein wenig wie früher.« Gänzlich würde es das nie, das wusste sie. Die Welt hatte sich verändert, auch hier im Kleinen. Ihre Mutter weilte nicht mehr unter ihnen, und Menschen, die sie von Geburt auf kannte, waren entweder im Krieg gefallen oder an der Grippe gestorben. Sie würden künftig mit weniger Personal auskommen, und sie würden nicht nur in der Pferde-, sondern auch in der Rinderzucht nahezu von vorne anfangen müssen. Aber Neuanfänge waren gut, dachte Helene. Sie bargen Hoffnungen und Versprechen.

Sie war im Begriff, noch etwas hinzuzufügen, als die Tür ohne jede Vorankündigung aufgestoßen wurde und Markus eintrat. »Gnädiges Fräulein, der Herr hat unsere Gebete gehört und uns unseren Herrn Baron zurückgeschickt.«

»Mein Vater ist da?« Helene mochte es nicht glauben.

»Er ist gerade in den Hof geritten.«

Noch ehe Markus den Satz beendet hatte, war Helene hinausgestürmt, lief durch den Korridor in die Halle, sah ihren Großvater dort stehen, Tante Karolina, indes die Tür weit aufstand und ihr Vater in staubigem Übermantel eintrat, das Haar grauer als noch vor vier Jahren, die Augen umgeben von einem Kranz aus Fältchen, die tiefer geworden waren, aber doch so unverkennbar sein Lächeln zeigten.

»Papa.« Helene erstarb die Stimme. Sie umarmte ihn, fröstelte in der Kälte, die von der Tür hereinwehte und von seinem Mantel verströmt wurde. Ihr Vater roch nach Tabak und einem leichten Anflug von Pfeifenrauch, vertraute Gerüche, die sie so unvermittelt an ihre Kindheit erinnerten, dass ihr war, als müsse sie sich nur umdrehen, um ihre Mutter auf der Treppe zu sehen.

Ihr Vater ließ sie los und begrüßte seinen Vater, ehe Karolina ihm um den Hals fiel. Nachdem sie ihn losgelassen hatte, fiel sein Blick auf Elisabeth, die scheu im Hintergrund stand, die sich einerseits nicht traute, ihn zu begrüßen, andererseits aber auch wusste, was sich gehörte.

»Besser, du gewöhnst dich an sie«, knurrte Wilhelm von Schletter. »War einer der letzten Wünsche deiner Frau.«

Erstaunt sah Helene ihn an, und er zwinkerte ihr hinter dem Rücken ihres Vaters zu. Noch ehe Helene sich von ihrer Überraschung erholt hatte, ging ihr Vater zu Elisabeth und gab ihr die Hand.

»Ich bin wohl spät dran damit, dich hier herzlich willkommen zu heißen, nicht wahr?«

»Besser spät als nie«, sagte Helene, die bemerkte, dass Elisabeth zu verlegen für eine Antwort war.

Leonhard von Schletters Lächeln wirkte müde und erschöpft, und Helene wies Markus an, dafür zu sorgen, dass sein Koffer in das Zimmer gebracht wurde.

»Elisabeth, gib doch bitte in der Küche Bescheid, dass etwas zu essen vorbereitet wird.« Eine Aufforderung, der die Frau sichtlich gerne nachkam.

Indes hakte Helene sich bei ihrem Vater ein und begleitete ihn nach oben.

»Komm, Vater«, sagte Karolina und führte Wilhelm von Schletter aus der Halle in den Salon. »Du siehst aus, als könntest du einen Moment Ruhe gebrauchen.«

»Hier hat sich einiges verändert«, sagte Leonhard von Schletter.

»Nicht nur hier.«

»Habt ihr etwas Neues von Maximilian gehört?«

»Nein, nur, dass er krank war und inzwischen genesen ist.«

Sie betraten das elterliche Schlafzimmer, in dem eine klamme Kälte herrschte. Helene kniete sich vor den Kamin und schichtete Scheite auf, damit später Feuer gemacht wurde. Vermutlich wollte ihr Vater sich nach dem Essen ausruhen. Als sie aufblickte, bemerkte sie, dass ihr Vater an der Anrichte stand und das nun in einem schwarzen Rahmen steckende Bild ihrer Mutter betrachtete.

»Sie wollte nicht, dass ich gehe«, sagte er. »Hätte ich gewusst, dass sie in meiner Abwesenheit stirbt, wäre ich nicht gegangen.«

»Du hast getan, was du für richtig gehalten hast.«

Sein Blick wanderte zu dem Bett, das er so viele Jahre mit Helenes Mutter geteilt hatte, und es wirkte, als ginge sein Blick hindurch in eine Wirklichkeit, die lange zurücklag.

»Ihre letzten Worte galten dir«, sagte Helene.

Ein wenig bemüht kehrte sein Blick zu ihr zurück. »Was hat sie gesagt?«

Sag deinem Vater, ich … »Sag deinem Vater, ich liebe ihn.«

In seinem Gesicht zuckte es, und er wandte sich ab. »Lass mich einen Moment allein, Liebes.«

Nach kurzem Zögern tat sie ihm den Gefallen und verließ den Raum.

Sie hätten längst über die Grenze sein müssen, aber dadurch, dass sie ständig Umwege gehen mussten, waren sie länger unterwegs als geplant. Der Vorteil daran, dass sie nun nur noch zu dritt waren, lag darin, dass sie so tun konnten, als seien sie arbeitslose Herumtreiber. Wenn sie jemandem begegneten, schlugen sie sich nicht hastig in die Büsche, sondern nickten freundlich, während Constantin auf Französisch grüßte und nach dem Befinden fragte. In der Hoffnung, dass die Gendarmen mit so viel Dreistigkeit nicht rechneten, gingen sie inzwischen meist auf den Wegen, da sie auf diese Weise schneller vorankamen.

»Manchmal ist es unauffälliger, wenn man nicht versucht, unauffällig zu sein«, sagte Constantin.

Ohne Karte war es schwierig, sich zurechtzufinden, und als sie in einen größeren Ort kamen, hatte Constantin keine Ahnung, wo sie sich befanden. Grob geschätzt stimmte die Richtung jedoch. Große Teile der Stadt waren zerstört, Trümmer lagen auf den Straßen, Häuser waren nur noch Ruinen mit leeren Fensterhöhlen und ohne Dächer. Immer wieder mussten sie andere Wege nehmen, da Schuttberge alles versperrten, und da Constantin sich nicht auskannte, irrten sie durch die Straßen, ohne eine Ahnung, wie sie aus der Stadt wieder hinaus auf die nächste Chaussee kamen. Außerdem hatten sie Hunger, ihre Vorräte waren fast aufgebraucht.

Da es keinen Sinn hatte, hier im Dunkeln weiter herumzulaufen, zogen sie sich in eine der Ruinen zurück und verbrachten dort die restliche Nacht. Es war noch etwas Brot da und ein wenig Schokolade, die sie untereinander aufteilten. Als es anfing zu dämmern, traten sie wieder hinaus auf die Straße und gingen weiter. Constantin pfiff leise einen französischen Gassenhauer vor sich hin, der zwischen den Wänden widerhallte, ebenso wie ihre Schritte auf dem Pflaster. Dann und wann begegneten ihnen Männer auf dem Weg zur Arbeit und Frauen, die ihr Tagewerk aufnahmen. Kinder spielten auf den Straßen und zwischen den

Schutthaufen. Dann wiederum kamen sie an Häusern vorbei, die gänzlich intakt waren, ja, geradezu idyllisch wirkten an diesem schönen Herbstmorgen.

Schließlich fanden sie den Weg aus der Stadt hinaus und marschierten weiter. Laut Kompass gingen sie zumindest in die richtige Richtung, und Constantin hoffte zutiefst, dass sie die Grenze bald erreichten. Maximilians Husten war wieder schlimmer geworden, was angesichts der Kälte und des Regens der letzten Tage kein Wunder war. Sobald sie über die Grenze waren, würden sie in ein Gasthaus einkehren und Constantins Vater schreiben, damit er Geld schickte. Dann könnten sie einige Tage dort bleiben, sich erholen und hernach mit dem Zug nach Königsberg.

»Sollten wir nicht lieber vom Weg runter, Leutnant?«, fragte Gefreiter Nikoleit.

»Warum?«

»Weil mir so ist, als hätte ich ein Geräusch gehört.«

Constantin hielt inne, lauschte. Nichts. Er wollte schon weitergehen, als er es dann doch vernahm. Pferde. Weit weg, aber unverkennbar. Vielleicht standen sie auf der Weide, vielleicht – und das erschien ihm wahrscheinlicher – waren sie jedoch mit Reitern unterwegs, und das konnten berittene Patrouillen sein. Hier war jedoch weit und breit nichts, kein Gebüsch, kein Wald, nur leere Stoppelfelder.

»Kommt.« Sie stiegen hinab in die Reste ehemaliger Schützengräben und duckten sich die Wege entlang, bis sie zu den früheren Unterständen kamen. Hier hielten sie inne, verharrten und lauschten. Maximilian versuchte, das Husten zu unterdrücken, und würgte dabei, dass ihm die Tränen kamen.

Mit einer Handbewegung gab Constantin ihnen zu verstehen, ihm zu folgen. Vereinzelt standen hier Häuser, die meisten leer und zerstört. Sie betraten eines, das sich in eine Senke duckte, kaum mehr als ein Mauerrest, umgeben von abgebrannten Bäumen. Eine Luke im Boden führte zu einem Kellerloch, und Constantin konnte ihr Glück kaum fassen.

Behutsam stiegen sie die steinerne Treppe hinunter, die Luft roch klamm und modrig. Maximilian entzündete ein Streichholz, und sie sahen sich um. Das Zündholz erlosch, und ein weiteres wurde angestrichen. Zu ihrer Linken hing eine altmodische Öllaterne, und Maximilian entzündete den Docht.

»Das gibt es nicht«, stieß er hervor. Ein Vorratskeller, und alles nahezu unberührt.

Constantin stieß ein ungläubiges Lachen aus, während Gefreiter Nikoleit bereits das erste Glas mit eingelegten Pilzen in der Hand hatte.

»Ob das Zeug vergiftet ist?«, argwöhnte er.

»Unsinn. Keiner konnte damit rechnen, dass deutsche Soldaten sich hierher verirren«, sagte Constantin. »Vielleicht konnten sie nichts mehr davon retten, vielleicht haben sie es für ihre eigenen Leute dagelassen.«

Sie setzten sich auf den Boden, aßen sich satt an gepökeltem Fleisch und eingelegtem Obst. Constantin hatte das Gefühl, lange nicht mehr so gut gespeist zu haben, und sein Bauch fühlte sich an, als wolle er platzen. Mit einem Seufzer legte er sich hin und schloss die Augen.

»Gefreiter«, murmelte er, »Sie halten die erste Wache.«

»Zu Befehl, Leutnant.«

Es fiel Constantin schwer, die Augen zu öffnen, als ihn der Gefreite in der zweiten Hälfte der Nacht weckte, aber er erhob sich dennoch und übernahm die nächste Wache. Maximilian ließ er schlafen, denn dessen rasselnder Atem verhieß nichts Gutes, und Constantin hoffte, dass er noch bis über die Grenze durchhielt.

Morgens packten sie so viel von dem Fleisch ein, wie sie tragen konnten. Draußen stand ein Brunnen, damit würden sie ihre Flaschen auffüllen, und dann ging es weiter. Constantin war zuversichtlich, dass sie es an diesem Tag über die Grenze schaffen würden. Einigermaßen gut gelaunt stiegen sie die Treppe hoch, und er öffnete die Bodenluke, blinzelte in die Helligkeit und kletterte hinaus.

Als sie die Ruine verließen, blieb er so ruckartig stehen, dass die beiden Männer in ihn hineinliefen. Draußen standen, Gewehr im Anschlag, sechs französische Soldaten.

Dass Helene und Andreas heiraten wollten, hatte ihm Adela seinerzeit geschrieben, und Leonhard hatte nichts dagegen einzuwenden gehabt. Im Gegenteil, er war glücklich darüber, dass Helene jemanden gefunden hatte, den sie mochte, und er gönnte ihr dieses Glück von Herzen. Weitaus schwerer war es für ihn gewesen, sich mit der Wahl seines Sohnes zu arrangieren, wenngleich er seine Sturheit mittlerweile bedauerte. Elisabeth war reizend, aber daran hatte er von Anfang an nicht gezweifelt. Vielmehr war es von jeher ihre Familie gewesen, die ihm nicht gefallen hatte. Allerdings relativierte der Krieg alles, und aus den beiden Taugenichtsen waren Soldaten geworden, die für ihr Land kämpften.

Leonhard war es wichtig gewesen, seinen Anteil beizutragen, und die ganze Zeit über hatte er immer daran gedacht, dass er, wenn alles gut ging, bald wieder daheim war, zusammen mit Adela und seinen Kindern. Maximilian würde sich schon irgendwann für die richtige Frau entscheiden, wenn ihm klar wurde, dass eine Ehe mit Elisabeth niemals infrage käme. Und Helene würde gewiss den richtigen Mann finden. Wenigstens Letzteres war eingetroffen. Und Kaspar käme bald nach Hause, auch das war ein Grund zur Freude.

Leonhard hatte oft darüber nachgedacht, was wäre, wenn Maximilian starb, stets in der Gewissheit, dass sein Vater dem, was er sich als Glück auserkoren hatte, im Wege stand. Deshalb hatte er ihm nach seiner Heimkehr einen Brief geschrieben und ihm gesagt, dass er Elisabeth in seinem Haus willkommen geheißen hatte und sie alle auf ihn warteten.

Sag deinem Vater, ich liebe ihn. Hatte er Adela jemals gesagt, dass er sie liebte? Vielleicht war das nicht nötig gewesen, weil es sich in den vielen kleinen Dingen des alltäglichen Lebens offenbarte. Das Leben ohne sie war für ihn kaum vorstellbar. Das Bett, das nun ihm allein gehörte. Das Zimmer, in dem ihr Duft langsam verblasste. Die Kleider in ihrem Schrank, die weniger wurden, weil Helene sie verschenkte. Mal eines an die Frau eines Pächters, mal eines an die Frau eines der Angestellten im Schloss, ab und zu nahm sie welche mit in das nächstgelegene Dorf und stiftete sie dem Wohltätigkeitsbasar.

»Ich habe gehört, dass du wieder da bist«, begrüßte Carl ihn, als er in den Hof des Gutes Reichenbach ritt. »Aber wir wollten dir noch ein wenig Zeit geben, ehe wir dich dort überfallen.« Er lächelte.

»Wie geht es Victoria? Ich habe gehört, sie war krank?«

»Glücklicherweise war es ein leichter Verlauf, sie erholt sich derzeit noch von den Folgen, aber so weit geht es ihr gut.« Carl winkte einen Reitburschen heran, damit dieser Leonhard das Pferd abnahm. »Willst du dich bei einer Tasse Tee aufwärmen? Victoria wird sich freuen, dich zu sehen. Deinen Großneffen kennst du ja noch gar nicht.«

Leonhard begleitete ihn ins Haus, in dem ihn eine angenehme Wärme empfing. Es war so gänzlich anders als das Schloss, wo entweder klamme Kälte herrschte oder die Räume überheizt waren. Sobald es sich einrichten ließ, wollte er sich um ein funktionierendes Heizsystem kümmern. Und vielleicht um ein Telefon. Und elektrischen Strom … Es tat gut, wieder Pläne für die Zukunft machen zu können.

»Danke, dass du dich um meine Familie gekümmert hast«, sagte er, als sie den Salon betraten, wo gerade für den nachmittäglichen Tee gedeckt wurde.

»Das war doch nicht der Rede wert.«

»Helene stellte es anders dar.« Leonhard zögerte, indes ihm die Fragen um Adelas letzte Momente auf der Zunge lagen, Fragen, vor deren Antwort er sich fürchtete.

Vielleicht bemerkte Carl, was in ihm vorging, denn er beantwortete die ungestellten Fragen. »Ich war bei ihr, einige Tage, ehe sie gestorben ist. Und ihre letzten Worte an mich waren, dass es gut so ist, wie es ist.«

Langsam atmete Leonhard aus, spürte, wie seine Hände leicht zitterten, als er sich an den Tisch setzte. Das Stubenmädchen stellte die Kanne auf den Tisch, befreite sie von ihrer wärmenden Hülle und schenkte ihm Tee ein. »Ich habe oft darüber nachgedacht, was ich hätte anders machen können, damit die Dinge nicht so furchtbar aus dem Ruder laufen.«

»Es war nicht deine Schuld. Letzten Endes war sie glücklich mit dir, und niemand von uns wird sich angesichts der Kinder wirklich wünschen, dass alles anders gekommen wäre. Es sind eher meine eigenen Verfehlungen, die ich bedaure.«

Leonhard nippte an seiner Tasse und schwieg, dachte an Elisa, daran, wie ihre Augen geleuchtet hatten, wenn sie Carl sah, daran, wie verliebt sie gewesen war. Es fiel ihm auch nach all den Jahren schwer, ohne Bitterkeit daran zu denken. Dann dachte er an Karolina, an Victoria. »Wir können jetzt anfangen, all die Fehler, die gemacht wurden, gegeneinander aufzurechnen. Oder aber wir lassen es endlich gut sein damit, stets zu denken, ein Unrecht könne durch ein anderes aufgewogen werden.«

Die Tür wurde geöffnet, und Victoria trat ein. Ihre Augen weiteten sich erstaunt, dann flog ein Lachen über ihr Gesicht. »Onkel Leonhard!«

Er stand auf, und sie kam zu ihm, umarmte ihn. Schmaler war sie geworden, und man sah ihr an, dass sie krank gewesen war, wenngleich die dunkel umschatteten Augen und die hohlen Wangen ihre Schönheit schon beinahe dramatisch wirken ließen.

»Ich wollte kommen, als ich von deiner Rückkehr gehört habe«, sagte sie, »aber ich bin noch etwas schwach auf den Beinen.«

Er gab ihr einen Kuss auf die Stirn. »Daher komme ich ja auch zu dir, mein Liebes. Möchtest du mich nicht mit deinem Sohn bekannt machen?«

»Ich hole ihn nach dem Tee, er macht gerade seinen Nachmittagsschlaf.«

»Na, so etwas«, war Johannes von Reichenbachs Stimme zu vernehmen. »Wie geht es dir, Leonhard?«

»Erst Millie, jetzt du«, rief Gesa von Reichenbach. »Es ist wohl endlich die Zeit der Heimkehrer.«

Es war vollkommen sinnlos gewesen, auch nur an Flucht zu denken, wenngleich Constantins erster Impuls gewesen war, die Situation nach entsprechenden Möglichkeiten auszuloten. Sie hatten es doch nicht mehr weit gehabt und nun endlich wieder Vorräte. Wie bitter das war.

»Mets-toi à genoux!«, kam es vom Kommandanten, und folgsam gingen sie alle drei auf die Knie, verschränkten die Hände hinter den Köpfen.

Recht grob nahmen ihnen die Soldaten ihre Bündel ab, drehten ihnen die Arme auf den Rücken und durchsuchten die Manteltaschen nach ihren Papieren. Das Messer war bei Kant geblieben, so dass es außer ihren Vorräten, dem Geld und den Papieren, die sie eindeutig als Deutsche auswiesen, nichts zu finden gab. Der Kommandant nickte seinen Männern zu, und diese zerrten die drei auf die Beine, fesselten ihnen die Hände vorne und führten das Seil um die Mitte des Vordermanns. Das Seil um die Hände von Nikoleit war am Sattel eines der Soldaten befestigt, dahinter kam Constantin und dahinter wiederum Maximilian. Unnötig, auf den Status als Offizier hinzuweisen, die Männer waren bestrebt, sie zu bestrafen, und ließen nicht mit sich reden.

Der Kommandant sah Constantin an, als erahne er in

ihm den Anführer der drei. »La frontière est à un kilomètre.«

So nahe. Constantin presste die Zähne zusammen, spürte, wie seine Kiefermuskeln seitlich hervortraten, schwieg jedoch. Der Kommandant neigte höflich lächelnd den Kopf, dann saß er auf, und es ging los. Es dauerte einen Moment, ehe sie eine Schrittfolge gefunden hatten, bei der weder einer stolperte noch dem anderen in die Hacken lief.

Was für eine schmachvolle Rückkehr. Menschen blieben stehen, sahen sie an, blickten von der Feldarbeit auf, spuckten aus. Hinter sich hörte Constantin Maximilian husten, und nach vier Stunden Fußmarsch stolperte er immer wieder und fiel schließlich auf die Knie.

»Lève-toi!«, rief der Kommandant.

Während Maximilian schwankend auf die Beine kam, versuchte Constantin zu erklären, dass sein Cousin krank war – als hätte es da noch einer Erklärung bedurft. Niemand schenkte ihm Beachtung, und so ging es weiter, bis Maximilian schließlich fiel und liegen blieb, hustend und schwer atmend. Constantin wollte zu ihm, doch die Fessel ließ das nicht zu, und der Soldat, an dessen Sattel das Seil befestigt war, dachte gar nicht daran, ihm mehr Spielraum zu geben.

Ein anderer Soldat stieg ab und setzte Maximilian eine Feldflasche an die Lippen. »Il a de la fièvre.«

Der Kommandant saß nun selbst ab, überzeugte sich davon, dass der Soldat die Wahrheit sagte, und nickte. Kurz beriet er sich mit ihnen, dann schnitten sie Maximilian los und hoben ihn auf eines der Pferde. Bald darauf kamen sie an einer Gendarmerie an, wo Constantin und Nikoleit über Nacht in einer feuchtkalten Zelle untergebracht wurden.

»Was machen sie wohl mit ihm?«, fragte Nikoleit.

»Ich hoffe, sie bringen ihn in ein Krankenhaus«, antwortete Constantin. Er ließ sich auf der Pritsche nieder und fuhr sich durchs Haar. Ein Kilometer, dachte er. So nahe dran. Warum waren sie nicht einfach weitergegangen? Warum die Pause über Nacht?

»Die ganze Schinderei, und dann war alles umsonst«, sagte der Gefreite.

»Danke, dass Sie es noch einmal betonen.« Constantin legte sich rücklings auf die Pritsche und schloss die Augen. Es kam ihm so vor, als sei er gerade erst eingeschlafen, als ihn ein Soldat rüde aus dem Schlaf riss, indem er scheppernd ein Tablett auf den Boden stellte.

»Ah, das pettit deschöner«, sagte der Gefreite in schauderhaftem Französisch.

Aus einem Becher dampfte es, und Constantin konnte kaum fassen, dass man ihnen tatsächlich Kaffee brachte. Na ja, zumindest konnte man das Gebräu mit viel gutem Willen als solchen bezeichnen, aber wer wollte in dieser Situation wählerisch sein? Außerdem gab es dunkles Brot mit dünn geschnittenem kaltem Braten. Nikoleit nahm sich seinen Becher und den Teller.

»Immerhin lassen sie uns nicht verhungern.«

»Nein, warum sollten sie auch? Tot nützen wir ihnen nicht viel.«

»Ich mag keine Franzosen, ich mochte sie noch nie.«

»Man kann ihnen wohl kaum verübeln, dass sie nicht gut auf uns zu sprechen sind.«

»Sind Sie etwa auf deren Seite?«

»Ich bin auf überhaupt keiner Seite. Ich möchte einfach nach Hause.«

Verstimmt machte sich Nikoleit über sein Frühstück her und schwieg, bis sie abgeholt wurden.

»Où est lieutenant von Schletter?«, fragte Constantin den Soldaten.

»A l'infirmerie.«

Sie wurden erneut gefesselt, aber entgegen Constantins Befürchtung ging es nicht zu Fuß weiter, sondern mit dem Zug. Maximilian, so sagte man ihm, würde folgen, sobald er reisetauglich sei. Eine beginnende Lungenentzündung, so die Worte des Kommandanten.

Zwei Stunden fuhren sie im Zug, danach wurden sie wieder aneinandergefesselt und zu Fuß zum Lager gebracht, wo sie ein vor Wut schäumender Kommandant erwartete. Zwei Monate Einzelhaft und zwanzig Hiebe, lautete das Urteil.

»Ce comportement est indigne d'un officier«, schimpfte der Kommandant, ehe man Constantin fortbrachte, erst in die Zelle, wo er die Hiebe in Empfang nahm, danach in die Arrestzelle, die direkt neben der von Leutnant Kant gelegen war.

»Ach was?«, sagte der. »Und ich dachte, Sie hätten es geschafft.«

»Ich dachte dasselbe von Ihnen. Wo ist der Unteroffizier?«

»Inzwischen über die Grenze, hoffe ich. Er hat bei der Flucht vor den Gendarmen Haken geschlagen wie ein Hase.« Kant grinste.

Der Soldat schloss die Tür auf und stieß Constantin

hinein, was eine weitere Konversation unmöglich machte. Er ging zum Fenster und sah hinaus. Der Rücken schmerzte von den Hieben, aber es war erträglich. Sein Hauslehrer hatte ihm das eine oder andere Mal mit dem Rohrstock eins übergezogen, das war kaum weniger schmerzhaft gewesen. Während er nach draußen blickte, in einen strahlend schönen Herbsttag, dachte er an Millie, die daheim auf ihn wartete, und eine nahezu unerträgliche Sehnsucht erfasste ihn.

»Wir versuchen es noch einmal«, sagte Constantin kaum hörbar zu sich selbst.

März 1919

Die Scheune gehörte zum Weideland ihres Großvaters Wilhelm und hatte seinerzeit als Unterstand für Rinder gedient. Den Winter über war sie hin und wieder von Landstreichern als Unterschlupf genutzt worden und stand ansonsten mehr oder weniger vergessen inmitten der Wiese, auf der der Frühling zögerlich erwachte. Überall waren die kleinen Versprechen auf ein Ende des Winters zu sehen. In den Wäldern roch es nach Frühling, feuchter Erde, die langsam trocknete, indes das erste Grün spross. Stare kehrten zurück, Kinder hockten an den Wegesrändern, zupften Gräser aus, bauten kleine Flöße aus Zweigen und ließen sie in dem Wasser der Fuhrrinnen fahren. Die Landschaft erwachte im ersten Frühjahr seit Kriegsende aus ihrem Winterschlaf.

Victoria lag im Heu, das alt war und modrig roch. Während draußen noch nahezu winterliche Kälte herrschte, war es in der Scheune klamm, aber immerhin windgeschützt. Mit einem Heuhalm kitzelte Victoria Alexander unter der Nase, bis er nieste und ihre Hand umfasste, um ihr Handgelenk zu küssen, dann sah er sie an mit jenem trägen Lächeln, das ihr Herz stets schneller schlagen ließ.

Trotz ihrer Ungeduld hatte er sie langsam geliebt, geduldig und in einer Art, als sei all das neu. Ungekostetes Entzücken. Es war so schön gewesen, dass Victoria hernach am liebsten in Tränen ausgebrochen wäre. Eng an ihn geschmiegt lag sie da, zugedeckt von ihrem Mantel, da es sie in der Kälte nun, da die Gier abgeklungen war, fröstelte. Langsam richtete sie sich auf und stützte sich mit verschränkten Armen auf seine Brust, um ihn anzusehen.

»Was wird jetzt aus uns?« Sie wagte kaum, die Frage in Worte zu fassen, da sie Angst vor der Antwort hatte.

Seine Finger strichen sanft über ihre Wirbelsäule. »Ich weiß bis jetzt nicht einmal, was aus mir wird, wann ich überhaupt jemals heimkomme und was mich dort erwartet.«

In eben diesem Moment wollte Victoria nirgendwo anders sein, auch wenn der erdig-feuchte Geruch des Schuppens ihr in der Nase kitzelte und das Heu unter ihrem bloßen Körper stach und juckte. »Ich wünsche dir so sehr, dass du heimkannst und dein altes Leben dort wiederfindest, auch wenn ein egoistischer Teil in mir wünscht, du würdest für immer bleiben.«

»Es würde mich betrüben, gäbe es diesen egoistischen Teil nicht.«

Victoria überlief ein leiser Schauer, der sowohl seinen Fingerspitzen auf ihrem Rücken als auch seiner liebkosenden Stimme geschuldet war. »Es wird nie wieder einen anderen Mann in meinem Leben geben.« Sie war sich dessen sicher.

Er antwortete nicht, sondern sah sie auf eine Art an, als wolle er ausloten, ob ihre Worte nur dem Moment geschuldet waren, in dem die gerade genossene Leidenschaft immer noch in ihr schwelte, oder ob es ihr ernst war. »Ich kann dir derzeit nicht die Sicherheit versprechen, die du mit deinem Sohn brauchst.«

Victoria stellte sich vor, wie ihr Vater reagieren würde, würde sie ihm eröffnen, dass sie ihr Leben mit einem ehemaligen russischen Gefangenen verbringen würde. Denn das war es, was sie alle in ihm sahen, den Russen, den Soldaten einer feindlich gesinnten Kriegsmacht, gegen die ihr Bruder zu Felde gezogen war. Den Soldat eines Landes, das so viel verbrannte Erde in Masuren hinterlassen hatte. Nicht den feinsinnigen Mann, der er war. Nicht den Sprössling einer angesehenen Familie aus Petersburg. Nicht den Arzt, der andere Menschen in dieser Kunst anleitete. Und doch war es Victoria gleich, was die anderen dachten. Sie würde jeden Kampf für ihn auf sich nehmen, und letzten Endes würden sich weder ihr Vater noch ihr Bruder dem in den Weg stellen. Zumindest hoffte sie das zutiefst. Konnte Justus' Familie ihr Richard wegnehmen, wenn sie der Meinung war, sie sei nicht geeignet dazu, ihm eine gute Mutter zu sein? Justus würde das nicht tun. Oder doch?

Sanft strich sie Alexander das Haar aus der Stirn. »Wirst du mich vergessen?«

»Wenn ich dir eines ganz sicher versprechen kann, dann, dass das niemals geschehen wird.« Er drehte sie auf den Rücken, neigte sich über sie und sah sie an, fuhr mit der Fingerspitze die Konturen ihres Gesichtes nach, die Linie ihrer Wangenknochen, den Schwung ihrer Lippen, als zeichne er ihr Bild in sich hinein.

Das Grenzgebiet war nach der Niederlage deutsch geblieben, aber nun vom Reichsgebiet getrennt und glich einer Enklave, die man zwischen Polen und Litauen eingezwängt hatte. Für das alltägliche Leben machte das allerdings keinen großen Unterschied. Magdalena war froh darum, dass das Leben langsam zurück zur Normalität fand. Nach wie vor grassierte die Grippe, aber sie hatte ihre Kinder aus den Fängen gelassen, wenngleich Clara sehr unter den Folgen litt. Nach wie vor war sie bettlägerig und musste Medikamente nehmen, die ihr das Atmen erleichterten. Im Frühjahr würden sie sie zur Rekonvaleszenz ans Meer schicken und danach vielleicht in die ländliche Umgebung des Gutes ihres Bruders. Clara liebte Pferde, und das war gewiss genau das Richtige für sie. Zudem kannten ihre Kinder ihre Großeltern kaum, und selbst wenn Magdalena keinen Wert darauf legte, dass Clara die nähere Bekanntschaft ihrer Mutter machte, so war diese erpicht darauf, beide Großeltern kennenzulernen und sich selbst ein Urteil zu bilden.

»Zu Onkel Constantin ist sie doch nett«, sagte Clara.

»Das war sie zu meinem Bruder auch. Zu mir war sie garstig, ebenso zu Anna und zu Victoria.«

»Dann bin ich gewiss die Erste, zu der sie es nicht ist.«

Das bezweifelte Magdalena, aber Clara konnte ja abreisen, wenn es ihr nicht gefiel. Diese Möglichkeiten hatten seinerzeit weder sie noch Victoria gehabt. Da hatte erst etwas passieren müssen, damit sie sich aus ihren Fängen befreien konnten, und in Magdalenas Fall war das auch erst nach der Hochzeit gelungen. Heute noch überlief sie ein angstvolles Zittern, wenn sie an den Sturz ihrer Tochter dachte.

»Denkst du, Victoria lässt sich überreden, hierher zurückzukehren?«, fragte Justus, der sie zum Nachmittagskaffee besuchte.

Jan hatte kurz den Kopf zur Tür hineingesteckt und ihn begrüßt, ehe er sich wieder an seinen Schreibtisch setzte und für die Universität büffelte. Er hatte beschlossen, Arzt zu werden wie sein Vater.

»Es klang nicht danach, auch wenn ich es schön gefunden hätte. Aber eigentlich hat sie hier nie hingehört.«

»Sie war doch glücklich hier mit Richard.«

»Ja, *mit* ihm. Aber ohne ihn ist es für sie keine Heimat mehr.«

»Unser Haus steht ihr jederzeit offen.«

»Das weiß sie, und sie ist euch gewiss dankbar.« Magdalena tunkte ihren Keks in den Kaffee, etwas, das ihre Mutter immer furchtbar gefunden hatte und das Magdalena allein aus dem Grund getan hatte, obwohl sie als Heranwachsende den in Kaffee aufgeweichten wässrigen Keks ekelhaft fand.

»Sobald es mir zeitlich möglich ist, werde ich mit Meta nach Königsberg fahren und Victoria besuchen. Es wird Zeit, meinen Enkel zu sehen.«

»Wird dein Vater mitkommen?«

»Ich denke nicht, dafür ist er inzwischen zu gebrechlich. Und ich kann auch nicht gerade behaupten, dass mir seine Gesellschaft dort fehlen wird.«

»Wie ist er eigentlich mit Adelas Tod zurechtgekommen?«

»Der Tod meines Sohnes hat ihn stärker getroffen, mehr muss man dazu eigentlich nicht mehr sagen.«

Magdalena hob ihre Tasse und prostete ihm in einer übertriebenen Geste zu. »Auf die Elternliebe.«

In gewisser Weise beneidete Karolina ihre Nichte Helene darum, ihren Platz in der Welt mit einer solchen Sicherheit gefunden zu haben. Sie lebte für ihre Pferde, und sie hatte einen Mann gefunden, der dies mit ihr teilte, das war wunderbar. Die Frau ihres Neffen, Millie, wusste ebenfalls, was sie wollte. Sie war nicht nur die Ehefrau des Haupterben und künftige Mutter seiner Kinder, sie wusste auch, dass sie nicht nur zierendes Beiwerk sein wollte, sondern dachte darüber nach, sich ernsthaft der Krankenpflege zu widmen und darüber, wie das zu bewerkstelligen war, da sie ja mitnichten täglich in die Stadt fahren konnte. Victoria hingegen schien derzeit einfach zufrieden mit dem Leben an sich zu sein. Sie hatte gelernt, Constantins Wagen zu fahren, wirkte mondän und elegant auf eine Weise, wie Karolina es immer hatte sein wollen. Zudem war ihr Liebesleben offenbar immer noch sehr zufriedenstellend, wenn Karolina das leise Lächeln, das stets ihre Lippen umschattete, sowie die glänzenden Augen richtig deutete.

Karolina hingegen war zwar im Großen und Ganzen glücklich inmitten ihrer Familie, aber gelegentlich war es schmerzhaft zu sehen, was hätte sein können, hätte sie nur das eine oder andere Mal die Weichen in ihrem Leben anders gestellt. Eigentlich hing alles an einer Entscheidung. Karolina dachte an jenen Tag, an dem sie beschlossen hatte, Carl aufzusuchen, da dieser gar zu lange nichts mehr von sich hatte hören lassen und der Gedanke daran, wie er mit Elisa schlief, sie peinigte.

Maximilians Sohn Ludwig spielte auf dem Hof mit den Kindern der Angestellten Krieg. Eine Zeit lang stand Karolina da und beobachtete ihn. Die kleineren Kinder mussten die Russen und Franzosen sein, was zu lauten Unmutsäußerungen führte, aber in dieser Hinsicht war Ludwig schon ganz und gar Gutsherr. Was er befahl, wurde getan. Und wer das nicht wollte, durfte eben nicht mitspielen. Beistand erfuhr er von den älteren und gleichaltrigen Jungen, die natürlich auf gar keinen Fall der Feind sein wollten. Wenn die Kleinen nicht auf die Ehre, von den Großen beim Spiel erlaubt zu sein, verzichten wollten, mussten sie nachgeben.

Ihr Bruder stand hinter den Stallungen auf dem Weg, der zu den Rinderkoppeln führte, die Hände hinter dem Rücken verschränkt. Er musste sie kommen gehört haben, denn er wandte den Kopf und sah sie aus den Augenwinkeln an, ehe er den Blick wieder auf den Weg richtete.

»Carl sagt, er würde mir ein Darlehen geben, um die Rinderzucht wieder aufzubauen. Was denkst du? Soll ich es annehmen?«

Es erstaunte sie, dass er ausgerechnet sie fragte. Ihr Vater würde vermutlich empört ablehnen, Helene begeistert zusagen und darauf hoffen, dass ein wenig von dem Geld in ihre Pferdezucht floss. Sie antwortete nicht sofort, sondern dachte einen Moment lang nach. »Wenn du es tust, bist du ihm etwas schuldig.«

»Ja, aber nur Geld.«

»Und wenn du es nicht zurückzahlen kannst, ist Maximilian Constantin etwas schuldig.«

»Das ist richtig.«

»Du solltest es trotzdem tun.«

Er sah sie an und lächelte. »Das denke ich auch.« Das Lächeln erstarb in einem Seufzer. »Ich habe lange nichts von Maximilian gehört.«

Der letzte Brief war im September gekommen. Wenn ihm etwas geschehen wäre, hätte man das gewiss erfahren, war es nicht so? »Von Constantin kam doch ein Brief im Dezember, dachte ich.«

»Ja, aber der war sehr nichtssagend, einige kurze Zeilen.«

»Und er hat nichts über Maximilian geschrieben.«

»Eben, und das beunruhigt mich.« Karolina trat neben ihn, und er legte ihr den Arm um die Schultern. »Und wenn Ludwig und Johanna nun alles sind, was von ihm bleibt? Wir sind nicht im Guten auseinandergegangen.«

Karolina dachte an Carl und Adelas letzte Worte, von denen Leonhard ihr erzählt hatte. *Es ist gut, wie es ist.* Vielleicht käme auch für sie eines Tages der Punkt, an dem sie diese Worte voller Überzeugung würde sagen können.

»Ist ein Brief von Constantin dabei?«, fragte Victoria, als ihr Vater die Post durchging.

Er schüttelte nur stumm den Kopf und legte die Briefe auf die Anrichte. Dann bemerkte er offenbar, dass sie zum Ausgehen gekleidet war. »Wo möchtest du hin?«

»Zu Onkel Leonhard.«

»Schon wieder? Ihr scheint euch ja viel zu erzählen zu haben.«

In einer angedeuteten Geste zuckte Victoria die Schultern. »Er war lange fort, und ich denke, wir haben lange genug dieses distanzierte Verhältnis gepflegt. Es wird Zeit für eine Annäherung, das weißt du gewiss so gut wie ich.«

»Ich habe ihm ein Darlehen angeboten für den Aufbau der Rinderzucht.«

»Und? Hat er zugesagt?«

»Er hat sich Bedenkzeit erbeten.«

»Vermutlich steht ihm sein Stolz im Weg. Umso wichtiger, dass der Umgang miteinander endlich enger wird. Ihr wart doch mal Freunde.«

Der Blick ihres Vaters zuckte zum Fenster, bekam etwas Versonnenes, als sehe er etwas, das Victoria verborgen war. Sie war überzeugt davon, dass gleich, was vorgefallen war, die Vertrautheit von Freunden aus Kindertagen nie gänzlich schwand.

»Wann bist du zurück?«, fragte er.

»Heute Nachmittag.«

»Falls du es nicht vor dem Dunkelwerden schaffst, lässt du dich bitte heimbringen, ja?«

»Du weißt doch, dass Onkel Leonhard etwas anderes nicht zulassen würde.« Sie zwinkerte ihm zu und war zur Tür hinaus.

Ihre Stute Gloria empfing sie mit einem leisen Wiehern. »Na, meine Hübsche, freust du dich auch schon so wie ich?« Bei dem Gedanken an Alexander ging Victoria das Herz schneller, und sie striegelte die Stute rasch in kräftigen Strichen, bürstete das Fell nach, reinigte die Hufe und machte sich ans Aufsatteln und -zäumen.

Überall zeigten sich die Zeichen des Frühjahrs, die Seen erschienen ihr blauer, die Wiesen grüner, der Geruch der Erde intensiver. Nach einer Weile ließ sie ihre Stute in einen leichten Galopp fallen und genoss den sanften Wind. Erst kurz vor Schloss Lilienau zügelte sie Gloria und trabte in den Hof. Sie saß ab und führte die Stute in den Stall, der wie ausgestorben dalag. Ein Stallbursche kam auf sie zugelaufen und wollte ihr Gloria abnehmen, und sie überließ ihm das Pferd, während sie sich umsah und aus dem Stall zurück in den Hof trat.

Helene stand mit einer Kladde in der Hand im Rinderstall und diskutierte etwas mit Andreas, als sie Victoria bemerkte.

»Habt ihr etwas von Maximilian gehört?«, fragte Victoria, damit ihr Eintreten in den Viehstall nicht befremdlich wirkte.

»Nein, leider nicht.« Helene ließ die Kladde sinken und wirkte besorgt. »Kam Nachricht von Constantin?«

Victoria verneinte. »Es ist so still bei euch«, kam sie zu dem eigentlichen Grund, der sie hergeführt hatte. »Wo sind die Arbeiter?« Sie versuchte, ihre Stimme beiläufig klingen zu lassen.

»Fort. Einige auf andere Gutshöfe, einige in die Industrie, andere nach Hause. Von unseren Angestellten sind viele wieder da, und man hat beschlossen, dass wir die zusätzlichen Kräfte nicht mehr brauchen.«

»Verstehe.« Victoria spürte, wie ihr die vorgetäuschte Gelassenheit auf der Zunge zersplitterte. Ehe ihre Cousine antworten konnte, verließ sie den Viehstall und ging zu ihrem Pferd, das der Stallbursche abgesattelt und in eine Box geführt hatte. Stumm stand sie da, atmete den Geruch von Leder, Pferden und Sattelfett. Er hatte ihr keinen Brief hinterlassen, nichts, was ihr die Hoffnung gab, sie würde ihn je wiedersehen. Vermutlich hatte er befürchtet, er könne sie damit in Schwierigkeiten bringen. Vielleicht hatte auch die Zeit nicht mehr gereicht. Ihr war klar gewesen, dass es eines Tages vorbei sein würde, aber hätte es nicht noch ein wenig länger dauern können? Mit fahrigen Fingern öffnete sie den Riegel der Tür, schlüpfte zu Gloria in die Box, barg das Gesicht in der dichten Mähne der Stute und weinte.

»Sie ist ein wenig seltsam heute, nicht wahr? Fehlt ihr etwas?«

Etwas sehr Konkretes, dachte Helene, aber dies war Victorias Geheimnis, nicht ihres, und so schüttelte sie nur in einer ratlosen Geste den Kopf. Dann widmete sie sich wieder der Kostenaufstellung, die Andreas gemacht und ihr vorgelegt hatte. Es half alles nichts, ihre finanziellen Mittel waren nahezu erschöpft, da gab es nichts schönzurechnen. Und das Jahr hatte gerade erst angefangen.

»Wird dein Vater das angebotene Darlehen annehmen?«

»Das hoffe ich zutiefst, sonst müssen wir alles verkaufen, das Weideland verpachten und einfach hoffen, dass wir uns von ein paar Rindern, Hühnern und dem restlichen bisschen Ackerland selbst versorgen können.«

»Das kann er doch unmöglich wollen.«

Nein, das wollte er gewiss nicht. Aber dieser Stolz, dieser törichte, jede Hilfe verneinende Stolz. Als böte sich eine solche Gelegenheit jeden Tag, als seien sie in der Situation, diese abzuwägen und Nein zu sagen. Sie sah zum rückwärtigen Tor, durch das ihr Vater gerade aus Richtung der Weide eintrat. Sie wollte ihn darauf ansprechen, aber dies war nicht der richtige Moment, und so beschränkte sie sich darauf, ihm die Kladde zu geben und den Stall zu verlassen. Vielleicht half es ja, wenn er alles noch einmal schwarz auf weiß sah.

Der Hof wirkte verwahrlost, etwas, das zu Lebzeiten ihrer Mutter undenkbar gewesen war. Helene würde sich darum kümmern, dass sich das änderte. Am besten machte sie noch an diesem Abend eine Aufstellung aller dringend anstehenden Arbeiten und sorgte dafür, dass diese baldmöglichst in Angriff genommen wurden. Sicher würde Elisabeth ihr gerne helfen.

Sie war im Begriff, zurück ins Haus zu gehen, als sie aus dem Augenwinkel in der Ferne eine Bewegung wahrnahm und innehielt. Zwei Silhouetten, die langsam, sehr langsam näher kamen und allmählich zur Gestalt zweier Männer wurden, einer von ihnen schwer auf den anderen gestützt. Helene hob die Hand, beschattete damit ihre Augen. Allmächtiger, dachte sie, und ihr Herzschlag dröhnte ihr in den Ohren. Im nächsten Moment löste sich ihre Erstarrung.

»Es ist Max! Papa! Es sind Max und Constantin!« Helene wartete keine Antwort ab, raffte ihr Kleid und rannte los, den beiden entgegen.

Epilog

Juli 1920

Der Sommer stand in voller Blüte, als sich die Familie im Garten von Schloss Lilienau versammelte. Mochte das Schloss auch marode sein und wohl irgendwann tatsächlich zusammenbrechen, so war der Garten in all seiner verwilderten Schönheit doch wie der Herzschlag des gesamten Gutes. Helene mochte ihn so viel mehr als die gepflegten Anlagen von Gut Reichenbach.

Dienstboten hatten den großen Holztisch unter die Platanen gestellt, und nun standen dort die Reste des Kuchens – vor allem von den Kindern geplündert –, buttriges Gebäck sowie das Kaffee- und Teegeschirr. Geplant als großer Nachmittagskaffee war es mehr ein Picknick geworden, denn so recht Lust hatte niemand auf eine steife Veranstaltung, nicht einmal die alten Herrschaften von Reichenbach. Carls Nichte Clara weilte seit einigen Monaten auf dessen Gut und machte mit ihrer Großmutter einen Spaziergang im Garten. Helene kam es vor, als wolle die alte Frau all die verloren gegangene Zeit, die sie mit ihrer Tochter und Victoria nie hatte ausschöpfen wollen, nun nachholen.

Großvater Wilhelm saß mit Johannes von Reichenbach am Kopfende des Tisches und unterhielt sich über Politik und die Konsequenzen für die Ostprovinzen. Maximilian, der infolge seiner Krankheit immer noch kurzatmig war, stand neben Elisabeth – die er im Sommer nach seiner Heimkehr endlich hatte heiraten dürfen –, den Arm um ihre Hüften gelegt, und plauderte mit Constantin. Millie hockte im Gras bei Maximilians Kindern und zeigte ihnen, wie man einer Puppe den gebrochenen Arm schiente, was jedoch nur Johanna interessierte, während sich Ludwig bockig über den »blöden Weiberkram« ärgerte. Millies Kleid spannte über ihrem gewölbten Bauch, und die Leute witzelten darüber, dass Constantin offenbar keine Zeit verloren hatte. Es konnte jeden Tag so weit sein, und Großvater Wilhelm hoffte stets, dass es passierte, wenn sie auf Schloss Lilienau waren. Sein Urenkel und Erbe von Gut Reichenbach, geboren unter seinem Dach – das würde ihm gefallen.

Victoria hielt sich ein wenig abseits, beobachtete ihren Sohn Richard, der gerade seine Zinnsoldaten auf dem Gehweg in Reih und Glied aufstellte und sich immer wieder aufregte, wenn sie auf den unebenen Steinfliesen, zwischen denen das Moos hervorquoll, nicht stehen wollten. Kaspar saß neben ihm und half ihm mit einer Geduld, die Helene ihm nicht zugetraut hätte. Zu Victorias Füßen stand ein Weidenkorb, in dem ihre sieben Monate alte Tochter schlief. Dunkle Haare, dunkle Augen – hätte Helene noch Zweifel hinsichtlich des Vaters gehegt, so wären die spätestens beim Anblick des Kindes beseitigt gewesen. Elisa Alexandra Lamberg. Ein großer Name für ein so kleines Geschöpf.

Vermutlich ahnte auch Carl etwas, aber da Victoria über die Vaterschaft schwieg, insistierte er nicht weiter. Stattdessen hatte er sich an Helene gewandt. »Ich weiß es nicht«, hatte diese geantwortet. »Wir waren uns nie so nahe, dass sie mir dergleichen erzählt.«

Auch Constantin hatte sie diesbezüglich gefragt. »Du musst doch etwas beobachtet haben.«

»Wenn sie es euch nicht erzählen möchte, wie kommt ihr dann darauf, dass ich es tun würde, selbst wenn ich es wüsste? Nehmt es einfach hin. Sie war glücklich, das konnte man ihr ansehen, und niemand hat ihr Gewalt angetan.«

Constantin hatte nur genickt und das Thema ruhen gelassen. Wer hingegen nicht dazu schwieg, war Meta, die das Andenken an ihren Sohn besudelt sah – noch dazu von einem Bastard, der nun seinen Namen trug. Sie war mit Justus im Sommer nach Kriegsende nach Königsberg gekommen, als Victorias Bauch ihren Zustand zwar nur im Ansatz, aber doch gut sichtbar zeigte. Es war zu einem heftigen Streit gekommen, in dessen Verlauf Meta gar gedroht hatte, Richard mit sich zu nehmen, denn eine solche Mutter sei wohl kaum geeignet, ein Kind großzuziehen. Justus hingegen hatte Victoria versichert, dergleichen werde nicht geschehen, davon abgesehen, dass Carl das niemals zulassen würde.

Nach Alexanders Abreise war Victoria am Boden zerstört gewesen, das hatte sie nur schlecht verbergen können. Dann jedoch – es musste der Zeitraum gewesen sein, in dem sie bemerkt hatte, schwanger zu sein – war die Niedergeschlagenheit einer stillen Zuversicht gewichen. Vielleicht war sie froh, dass sie wenigstens etwas von ihm behielt.

»Ebenso verrucht wie ihre Tanten«, sagten die Leute, und das Ansehen, das sie als Kriegswitwe genossen hatte, war dahin. Dass ihre Familie zu ihr hielt, sie nicht fortschickte, nicht versteckte, in das kleine Mädchen geradezu vernarrt war, nahm dem Gerede ein wenig den Wind aus den Segeln, und die Spekulationen wichen Verunsicherung.

Helene hatte mit Maximilian eine Doppelhochzeit gefeiert, aus dem pragmatischen Grund, dass sie einerseits nicht hatten warten wollen, andererseits einfach das Geld für zwei Hochzeiten nicht da war, und ihr Vater wollte keinesfalls, dass jemand anders als er dafür zahlte. Elisabeths Vater und Brüder waren ebenfalls erschienen, hatten anfangs recht linkisch und verlegen am Rand gestanden, waren dann aber ein wenig aufgetaut und hatten sich unter die Leute gemischt. Dies war jedoch nicht ihre Welt und würde es wohl auch nie werden, selbst jetzt nicht, da sie zur Familie gehörten. Aber stolz waren sie doch, dass eine Moors-Tochter nun die Freiin von Schletter war. Elisabeth hatte aus Anstand auch ihre Mutter und ihre Schwester eingeladen, aber diese hatten nicht einmal geantwortet.

Helene und Andreas wohnten in Helenes Zimmer im Schloss, und diese neue Nähe und Vertrautheit war, obwohl sie von ihr so herbeigesehnt worden war, etwas, mit dem sie umgehen lernen musste. Nicht mehr allein in einem Bett zu schlafen, keine Scham zu empfinden, wenn Andreas ihr dabei zusah, wie sie sich an- oder auskleidete. Und sie hätte so gerne ein Kind, war bisher aber nicht schwanger geworden, was gewiss nicht daran lag, dass sie es nicht ausgiebig genug versuchten. Andererseits wusste sie von Millie, dass dergleichen gar nicht so ungewöhnlich war.

»Wird da gerade über mich gesprochen?«, fragte sie und drehte sich zu ihrem Bruder um.

»Ganz recht. Wir denken daran, die Pferdezucht in großem Maße aufzunehmen, und Constantin hat einige Ideen.«

Andreas, der neben Helene stand, wurde nun ebenfalls aufmerksam.

»Es sind deine Pferde«, sagte Maximilian, »du bist die Einzige von uns, die wirklich etwas davon versteht. Du und Andreas übernehmt die Leitung des Gestüts, ich kümmere mich weiterhin um die Rinderzucht.«

»Wir haben uns das folgendermaßen vorgestellt«, begann Constantin, kam jedoch nicht dazu, genauer auszuführen, was er sich vorgestellt hatte, denn Markus trat hinaus in den Garten und kam zu Maximilian.

»Entschuldigen Sie die Störung, Herr Baron.«

Maximilian ging zu ihm, lauschte, wirkte erstaunt, dann folgte er ihm ins Haus.

»Erwarten wir noch jemanden?«, wollte Andreas wissen.

»Was fragst du mich?«, antwortete Constantin. »Ich wohne hier nicht.«

»Tante Helene! Fang!«

Es war Andreas' schneller Reaktion zu verdanken, dass der Ball, den Ludwig zielsicher geschossen hatte, Helenes Gesicht verfehlte. »Na, das üben wir aber noch«, rief er und warf ihm den Ball zu.

Maximilian kam zurück in den Garten, die Stirn kaum merklich gerunzelt, Irritation, in die sich Neugier mischte. »Victoria, du hast Besuch.«

Personenübersicht

Familie von Reichenbach

Johannes, reicher Gutsbesitzer und Rittmeister
Gesa, seine Ehefrau

Gemeinsame Kinder
Carl, Offizier und Haupterbe

Kinder aus Carls Ehe mit Elisa von Schletter
Victoria (spätere Lamberg), Carls einzige Tochter
Constantin, Haupterbe, schlägt ebenso wie alle Männer der Familie die Offizierslaufbahn ein

Magdalena (spätere Korol), einzige Tochter des Hauses

Uneheliches Kind
Anna, Tochter aus einer kurzen Beziehung

Kinder aus der Ehe mit Łukasz Korol
Jan
Daniel
Clara

Familie von Schletter

Wilhelm, verarmter Gutsbesitzer mit politischen Ambitionen

Berta †, seine stets im Hintergrund stehende Ehefrau

Gemeinsame Kinder

Leonhard, Haupterbe und Offizier wie sein Vater

Kinder aus Leonhards Ehe mit Adela

Helene »Lene«, Leonhards Tochter mit einem erstaunlichen Gespür für Pferde

Maximilian, sein Haupterbe, Offizier

Kaspar, das Nesthäkchen der Familie

Elisa (spätere von Reichenbach) †, Leonhards Lieblingsschwester

Karolina, die stets an den Rand gedrängte jüngste Tochter der Familie

Friedrich, der jüngste Sohn, Geistlicher

Familie Lamberg

Oskar, verwitweter Kaufmann

Seine Kinder

Justus, sein ältester Sohn

Kinder aus Justus' Ehe mit Meta

Richard, Kaufmann wie sein Vater und Großvater

Henriette »Jette«, Justus' Lieblingstochter

Charlotte, seine fügsame jüngere Tochter

Emma, das verwöhnte Nesthäkchen

Adela (spätere von Schletter), Oskars schöne Tochter

Sonstige

Andreas Bächtold, Sohn des Stallmeisters der von Schletters

Łukasz Korol, polnischer Arzt, Magdalenas Ehemann

Meta Lamberg, Justus' Ehefrau

Melanie »Millie« Adler, (spätere von Reichenbach), Gutsherrentochter, spätere Ehefrau von Constantin

Elisabeth Moors, Tochter eines armen Bauern

Alexander, russischer Kriegsgefangener bei den von Schletters

Paul von Sabrowski, Graf

Gerhard von Sabrowski, sein Neffe

Hanne, Haushälterin in Johannisburg

Markus, Hausdiener bei den von Schletters

Beata, Stubenmädchen bei den von Reichenbachs

Dr. Ziedorn, Arzt

Frau Rebuschat, Köchin bei den von Reichenbachs

Ernst, Hausdiener bei den von Reichenbachs

Autorin

Nora Elias ist das Pseudonym einer im Rheinland lebenden Autorin historischer Romane. Zum Schreiben kam sie bereits als Studentin. Sie liebt Reisen und lange Wanderungen. Ihr Roman »Antonias Tochter« wurde mit dem begehrten DELIA-Literaturpreis 2018 ausgezeichnet.
Weitere Titel der Autorin sind bei Goldmann in Vorbereitung.

Nora Elias im Goldmann Verlag:

Antonias Tochter. Roman
Die Frauen der Familie Marquardt. Roman
Königsberg. Glanzvolle Zeiten. Roman
Königsberg. Bewegte Jahre. Roman

(Alle auch als E-Book erhältlich)

GOLDMANN
Lesen erleben